插图本

名著名译
丛书

插图本名著名译丛书

热爱生命
——杰克·伦敦小说选

Love of Life and Other Stories

Jack London

〔美〕杰克·伦敦 著

万紫 等 译

人民文学出版社

Jack London
LOVE OF LIFE:SELECTED STORIES OF JACK LONDON

图书在版编目(CIP)数据

热爱生命:杰克·伦敦小说选/(美)杰克·伦敦著;万紫,雨宁,胡春兰译.—北京:人民文学出版社,2017
(插图本名著名译丛书)
ISBN 978-7-02-013383-3

Ⅰ.①热… Ⅱ.①杰…②万…③雨…④胡… Ⅲ.①短篇小说—小说集—美国—近代 Ⅳ.①I712.44

中国版本图书馆 CIP 数据核字(2017)第 243796 号

责任编辑	曾少美
装帧设计	刘　静
责任印制	徐　冉

出版发行　人民文学出版社
社　　址　北京市朝内大街 166 号
邮政编码　100705
网　　址　http://www.rw-cn.com

印　　刷　三河市延风印装有限公司
经　　销　全国新华书店等

字　　数　310 千字
开　　本　880 毫米×1230 毫米　1/32
印　　张　11.375　插页 3
印　　数　10001—15000
版　　次　2003 年 1 月北京第 1 版
印　　次　2018 年 9 月第 2 次印刷

书　　号　978-7-02-013383-3
定　　价　28.00 元

如有印装质量问题,请与本社图书销售中心调换。电话:010-65233595

出版说明

人民文学出版社自上世纪五十年代建社之初即致力于外国文学名著出版，延请国内一流学者论证选题，优选专长译者担纲翻译，先后出版了"外国文学名著丛书""世界文学名著文库""二十世纪外国文学丛书""名著名译插图本"等大型丛书和外国著名作家的文集、选集等，这些作品得到了几代读者的认可。丰子恺、朱生豪、傅雷、杨绛、汝龙、梅益、叶君健等翻译家，以优美传神的译文，再现了原著风格，为这些不朽之作增添了色彩。

2015年，精装本"名著名译丛书"出版，继续得到读者肯定。为了惠及更多读者，我们推出平装版"插图本名著名译丛书"，配以古斯塔夫·多雷、约翰·吉尔伯特、乔治·克鲁克香克、托尼·若阿诺、弗朗茨·施塔森等各国插画家的精彩插图，同时录制了有声书。衷心希望新一代读者朋友能喜爱这套书。

人民文学出版社
2018年1月

前　言

　　一百多年前,加拿大小城道森曾热闹非凡。淘金潮裹挟着各色各样的人流过道森城,他们来了,又去了。道森城收留过他们,又遗忘了他们——只有一个人例外。一八九七年秋天,一位二十一岁的美国青年杰克·伦敦也曾在道森城的街头徘徊。他的黄金梦最终破灭了。可是,道森城忘掉了众多的得意者和失意者,独独记住了他。

　　一九九七年九月中旬,道森小城再度热闹非凡,国际杰克·伦敦节正在这里举行。作家和游客从北美和世界各地赶来,凭吊杰克·伦敦,重温他那一篇篇脍炙人口的作品。

　　一八七六年一月十二日,杰克·伦敦出生于美国加利福尼亚州圣弗兰西斯科(即旧金山)。他的父亲是一个游方星相家,自称詹尼教授;他的母亲是一个招魂降神的女人,有时也教钢琴课。在杰克·伦敦出生之前,他们已经离婚。他的母亲改嫁约翰·伦敦,他于是改名为杰克·伦敦。

　　杰克·伦敦自幼得不到母亲的疼爱,他是由黑人乳母珍妮·普仑提斯太太的乳汁喂养大的。他继父的长女伊丽莎始终照料着他,直到他逝世。然而,尽管有乳母和伊丽莎的照料,用杰克·伦敦自己的话说,他没有童年。他是在美国经济大萧条时诞生的。他的继父原本是工人,后改为务农,几经波折,后又失业。杰克·伦敦十一岁时便在黎明前和放学后充当报童。他只进过小学,十三岁时就离开学校去做养家糊口的童工。有时,他甚至要一天工作十八至二十小时,累得筋疲力尽,在饥寒交迫的牛马生活中尝尽了艰辛。他的短篇小说《叛逆》可以说是他童年生活的

1

写照。

和所有的穷孩子一样,伦敦也有他美丽的幻想。他渴望读书,凡是借得到的,他都借来读。他曾熟读华盛顿·欧文的西班牙旅游札记《阿尔罕伯拉》。同时,他也向往海上生活。他常常到奥克兰公立图书馆去借阅关于旅行、航海、冒险的书籍,憧憬着在惊涛骇浪中漂洋过海的水手生涯。这时,由于结识了劫蚝贼,他起了铤而走险的念头。他向疼爱他的黑人乳母珍妮妈妈借来三百美元,买了一艘旧单桅小帆船,开始过起夜袭蚝床的海盗式的成人生活。在袭劫蚝床之余,他仍然到奥克兰图书馆去借书。因为蚝子价高,不久他就把三百美元还给了珍妮妈妈。后来他又反过来去参加捉拿劫蚝贼的水上巡逻队,仍然过着放荡冒险的水上生活。渐渐地,他感到旧金山湾终究不如太平洋辽阔。梅尔维尔的《白鲸》吸引着他,他搭上捕海豹的船,远航到日本海。等到帆船返航又驶入旧金山湾时,他已经读完了福楼拜的名著《包法利夫人》和托尔斯泰的《安娜·卡列尼娜》。他感到流浪生涯不是长久之计了。

一八九三年的美国经济危机使全国陷入萧条,杰克·伦敦总算在一家黄麻工厂找到了工作,一天十小时,每小时工资十美分。这时,他在母亲鼓励下参加了旧金山《呼声报》的征文比赛。他的《日本海岸外的飓风》获得了一等奖,奖金为二十五美元。只受过小学教育的杰克·伦敦在十七岁时第一次表现了他的写作才能,他的文章里有着强烈的大海的节奏。然而他仍然不得不在大萧条的阴影下求生。他曾经再度更换职业,但他的就业却使那个因之而失业的工人自杀了,这对他是一个沉重的打击,他对工业资本剥削之残酷有了更深的体会。

他打算参加失业工人到华盛顿请愿的大军,但在他动身时,队伍已经出发,于是他开始了沿铁路线流浪的生涯。他偷乘火车,与流浪汉为伍,过着乞丐的生活。请愿的队伍缺衣无食,只有少数人到达华盛顿,而在那里等待着他们的却是监狱。杰克又开始四处流浪,他学会了编故事,并且用这种手段乞食。他有时睡在田地里,有时睡在公园里;在尼亚加拉瀑布城,他因此而被捕入狱。他对流浪生活的浪漫幻想开始破灭了。他感到了资本主义社会的野蛮和无情。他这时开始热切地阅读《共产党宣言》,

向往一个社会主义的社会。他认识到出卖体力的前景是悲惨的。为了生活,他决定依靠脑力劳动,他需要文化教育。

十九岁的杰克·伦敦以工读方式在奥克兰中学读了一年,便考进了伯克利的加利福尼亚大学;但在一学期之后,他又不得不放弃学习,去做洗衣工人。一八九六年,克朗代克发现金矿,在伊丽莎的支持下,杰克·伦敦加入了淘金的队伍。他在丛林莽莽、冰雪漫漫之中,在荒原上,在激流险滩里,在陡峭的山路上跋涉,终于到达了阿拉斯加以东的道森城。他没有淘到一粒金沙,但是在他一文不名地回到旧金山时,却带回了丰富的关于北方故事的素材。

从此,杰克·伦敦开始了他的创作生活。然而,靠脑力劳动为生也包含着无限的辛酸。约翰·伦敦已经去世,杰克必须承担养家糊口的重担。他到处做零工,出卖体力。当铺是他常去的所在。他经常遇到的是退稿。他在《大陆月刊》发表的第一个短篇小说《为赶路的人干杯》只给他带来了五美元的收入。

从一九〇〇年起,杰克·伦敦发表了一连串的短篇小说,生动有力地描写了到北方淘金的人们和太平洋上水手的生活,人和无情的大自然的斗争,印第安人悲惨的命运和英勇不屈的精神,资本主义社会的弱肉强食,以及白人殖民主义者的掠夺。杰克·伦敦还接着开始创作中、长篇小说,如描写动物的小说《荒野的呼唤》以及《白牙》(一译作《雪虎》),政治幻想小说《铁蹄》,自传性小说《马丁·伊登》和表现尼采"超人哲学"的小说《海狼》等等。晚年杰克·伦敦受酗酒和财务问题困扰。一九一六年,他终于在精神极度空虚的悲观失望中自杀。

杰克·伦敦是一位多产的作家,在他短促的一生中,他创作的作品共达四十九卷。仅在短篇小说方面,他就写了一百五十多篇。这些短篇小说和他的其他作品一样,也是瑕瑜互见,但是其中最优秀的作品都洋溢着美国短篇小说中前所未有的清新气息。来自社会底层的杰克·伦敦对生活在"资本主义文明的垃圾堆上"的悲惨处境是有深切体会的。他在《叛逆》中描写了资本主义发展过程中,以人为机械的冷酷剥削对童工心灵的摧残。童工强尼终于不顾一切走上流浪者的道路,正是因为他受不了敲骨吸髓的剥削和折磨。然而,伦敦从他的亲身经验中告诉我们,等待着流浪者的美国监狱生活比工厂里更加阴森恐怖。在描写墨西哥革命青年的《墨西哥人》中,杰克·伦敦出色地刻画了利威拉这个"血管里流着印第安人和西班牙人血液的"小伙子。为了推翻狄亚士反动政权,这个踏着革命先烈的、包括他父母的血迹前进的志士,不声不响地为革命工作,丝毫不计较个人安危;他在革命的紧要关头,为了给革命事业提供资金,沉着、勇敢、机智地击败了美国的第一流拳击手。在美国短篇小说中,以这样力透纸背的笔墨刻画无名的革命志士的刚强意志的作品是不多见的。

　　杰克·伦敦写了大量的"北方故事",描写在十九世纪末叶和二十世纪初淘金人的生活。在为列宁赞赏的《热爱生命》中,作者向我们提供了一幅在寂寥的北方荒野里,在严寒和狼的威胁下,人同大自然进行顽强斗争的画面。在《寂静的雪野》里,作者描写了在淘金者之间共患难的友谊。在《女人的刚毅》里,他描写了印第安妇女坚贞的爱情和舍己为人的高贵品质。在《北方的奥德赛》里,杰克·伦敦以广阔的画面展现出一个印第安酋长的悲惨遭遇——他虽然经过多年跋涉,历尽千辛万苦,终于找到了夺去他妻子的白人,一洗前仇,却不能赢回他的妻子。这个故事介于传奇和史诗之间,表现了杰克·伦敦对印第安人的同情。在另一方面,作者也着力反映了在资本主义社会里见财起意的相互残杀,例如《意外》和《黄金谷》。美国的文学史家和文艺批评界对杰克·伦敦颇多贬抑,但他们都不能不承认杰克·伦敦是一个会讲故事的人。这正是因为他写的这些短篇小说一扫委靡与庸俗之风,以刚健的笔力刻画了高尚的情操,在紧凑的结构和生动的细节中寄托着他的褒贬。

　　杰克·伦敦的一部分短篇小说还谴责了资本主义的社会制度。《一块牛排》着力于写资本主义制度下一位出色的拳击家晚年的凄凉。年轻时他不知给他养的那只狗吃了多少牛排,而在他沦落为一个"在二流俱乐部拳击的老头子"之后,连为了养家糊口而争取拳场获胜所需的一块牛排都吃不上。《在甲板的天篷下面》描写了一个被杰克·伦敦斥为猪狗不如的资产阶级小姐。她用一枚金币引诱一个当地的小孩子跳下海去，使这个孩子被鲨鱼咬成两段。她虽然长得漂亮，她的心肠却丑恶之极。从这里可以看出杰克·伦敦鲜明而强烈的爱憎：他对剥削制度和以剥削为生的人的切齿痛恨和他对被剥削者的悲惨遭遇的深切同情。如果说在杰克·伦敦的作品里很少看到美国式的幽默，那么，在《疑犯从宽》里，作者正是以美国式的幽默来批判美国的司法制度的腐败，只不过这种幽默带有十分辛辣的气味罢了。

杰克·伦敦曾以相当多的篇幅揭露美帝国主义的殖民掠夺。在《马普希的房子》里，作者揭露了白人殖民主义者是怎样剥削、压迫和屠杀当地人民的。他指出，这些殖民主义者有如"魔鬼"，其实"不过是一堆垃圾"。他们之所以肆无忌惮地欺凌弱小民族，是因为有帝国主义的炮舰政策作为其后盾。

《荒野的呼唤》是杰克·伦敦的不朽之作。作家以刚健的笔力描写了争取生存的原始斗争。一百年来小说一直深受广大读者的喜爱。

从艺术手法来看，杰克·伦敦的小说是写得很出色的，结构紧密而情节动人。短篇小说的篇幅有限，不容许作者从多方面来刻画人物。而杰克·伦敦总是带着强烈的感情让他们在特定的环境中，用行动和语言来表现自己性格的某一方面。他注意用恰当的语言在恰当的情节中勾勒出人物的鲜明形象，着墨不多却给人留下深刻的印象。他所用的语言可以真正称得上洗练。他吸收了《旧约》和华盛顿·欧文的文笔的优点，既刚劲简洁，又如行云流水，时而轻快，时而深沉。

百年一瞬。如今，加拿大小城道森的居民已经摆脱了当年淘金潮的喧嚣，心境坦然地迎接凭吊杰克·伦敦的文人墨客。百年的风风雨雨，荡涤了多少有价的金尘，却留下了无价的文学瑰宝，这足以告慰杰克·伦敦的在天之灵了。

雨　宁

目　次

寂静的雪野……………………………………… 1
为赶路的人干杯………………………………… 11
一千打…………………………………………… 22
热爱生命………………………………………… 39
女人的刚毅……………………………………… 59
黄金谷…………………………………………… 72
有伤疤的人……………………………………… 91
北方的奥德赛…………………………………… 104
荒野的呼唤……………………………………… 136
马普希的房子…………………………………… 202
叛逆……………………………………………… 223
意外……………………………………………… 242
有麻风病的顾劳………………………………… 263
在甲板的天篷下面……………………………… 279
一块牛排………………………………………… 287
疑犯从宽………………………………………… 305
墨西哥人………………………………………… 323

寂静的雪野

"卡门支持不了两天啦。"梅森吐出一块冰,愁闷地打量着这个可怜的畜生,然后把它那只脚放到他嘴里,咬掉在它脚趾中间结得很牢的冰块。

干完了这件事,他把它推到一边,说道:"我从来没见过一条狗,取了这样一个怪里怪气的名字,还会中用的。它们总是一天天衰弱下去,给沉重的负担压死。你看那些名字取得比较得体的狗吧,譬如说卡西亚,西瓦什,或者哈斯基吧,它们出过毛病没有?没有,老兄!你瞧苏克姆,它……"

忽地一下!那只精瘦的畜生猛地跳起来,它的雪白牙齿差一点没咬中梅森的咽喉。

"你想咬我吗?"他用狗鞭的柄,对着它耳朵后面,狠狠打了一下。那条狗立刻倒在雪地里,轻轻地哆嗦着,从它的牙齿上滴下黄色的口涎。

"我是说,你瞧瞧苏克姆——它多么精神。我敢打赌,不出这个星期,它一定会吃掉卡门的。"

"我敢跟你另外打一个相反的赌。"马尔穆特·基德把放在火上化冻的面包翻了个个儿,说道,"不等我们走到头,我们也一定会把苏克姆吃掉的。你怎么看呢,露丝?"

那个印第安女人往咖啡里放下一块冰,让末子沉下去。她瞧了瞧马尔穆特·基德,瞧了瞧她丈夫,又瞧瞧那几条狗,可是没有回答。这种事一看就明白了,用不着回答。眼前还有两百英里没开辟过的路,粮食勉强够吃六天,狗吃的东西一点也没有了,当然没有别的办法。两个男人同一个女人围着火,开始吃起少得可怜的午饭。那几条狗仍旧套着皮带卧着,因为这是午间休息,它们瞧着人一口一口地吃,非常嫉妒。

"从明天起,不吃中饭了。"马尔穆特·基德说,"我们得好好留神这些狗——它们变得凶起来了。它们一有机会,就会一下子把人扑倒的。"

"从前,我也当过美以美教会的主席,还在主日学校①教过书呢。"梅森文不对题地说完这句话之后,就只顾望着他那双热气腾腾的鹿皮靴出神,直到听见了露丝给他斟咖啡的声音才惊醒过来。"谢谢上帝,我们总算还有不少茶!先前在田纳西州,我亲眼看见茶树长大的。现在,只要有人给我一个热乎乎的玉米面包,我还有什么舍不得的呢!露丝,别担心,你不会挨饿很久了,也不用再穿鹿皮靴了。"

那个女人听到他这样说,愁容就消散了,她眼睛里流露出对她的白人丈夫的一片深情——他是她见到的第一个白种男人——也是她认识的男人里第一个对待女人比对待畜生或者驮兽要好一点的男人。

"是的,露丝。"她的丈夫接着说,他说的是只有他们自己才听得懂的一种混杂切口,"等到我们把事情料理完了,就动身到'外面'去。我们要坐着白人的小船,到盐海里去。是的,那片海坏透了,凶透了——浪头像一座座大山似的,总是跳上跳下。而且,海又那么大,那么远,真远啊——你在海上,得过十夜,二十夜,甚至四十夜。"他用手指头比画着,计算着日子。"一路都是海,那么坏的海。然后,你到了一个大村子,那儿有很多很多的人,多得跟明年夏天的蚊子一样。那儿的房子呀,嘿,高极啦——有十棵,二十棵松树那么高。嘿,真棒!"

说到这里,他说不下去了,像求救似的望了马尔穆特·基德一眼,然后费力地比着手势,把那二十棵松树,一棵接一棵地叠上去。马尔穆特·基德含着快活的讥诮神情微微一笑;可是露丝却惊奇得、快活得睁大了眼睛。她虽然半信半疑,觉得他多半在说笑话,可是他那份殷勤的确也使得她这个可怜的女人感到高兴。

"然后,你走进一个——一个箱子里,噗!你就上去啦。"他做了个譬

---

① 主日学校是基督教会为儿童开的一种学校,通常只在星期日上课,对儿童宣讲宗教教义。

2

喻,把他的空杯子向上一抛,然后熟练地把它接住,喊道,"啪!你又下来了。嘿,伟大的法师!你到育空堡,我到北极城——相距有二十五夜的路程——全用长绳子连着——我拿着绳子的一头——我说,'喂,露丝!你好吗?'——你说,'你是我的好丈夫吗?'——我说,'是呀。'——你又说,'烘不出好面包了,没有苏打粉了。'——于是我说,'到贮藏室找找看,在面粉下面;再会。'你找了一下,找到了很多苏打粉。你一直在育空堡,我还在北极城。嘿,法师可真了不起呀!"

露丝听着这个神话,笑得那么天真,引得那两个男人都哈哈大笑起来。可是,狗打起架来了,这些关于"外面"的神话也给打断了,等到乱吼乱咬的狗给拉开以后,她已经把雪橇捆扎停当,一切就绪,准备上路了。

"走!秃子!嘿!走啊!"梅森灵巧地挥动着狗鞭,等到套在笼头里的狗低声嗥叫起来,他把雪橇舵杆向后一顶,就使雪橇破冰起动了。接着,露丝跟着第二队狗也出发了,剩下帮着她上路的马尔穆特·基德押着最后的一队。基德虽然身体结实,有一股蛮劲,能够一拳打倒一头牛,可是却不忍心打这些可怜的狗,他总是顾惜它们。这对于一个赶狗的人来说,的确是少有的——不,他甚至一看到它们受的苦,就几乎要哭出来。

"来,赶路吧,你们这些可怜的脚很疼的畜生!"他试了几次,雪橇却拉动不起来。他不由唠叨了两句。不过他的耐心到底没有白费,尽管这群狗都疼得呜呜地叫,它们还是急忙赶上了它们的伙伴。

他们一句话也不谈,艰苦的路程不容许他们浪费精力。世上最累的工作,莫过于在北极一带开路了。如果谁能用不说话作为代价,在这样的路上风吹雨打地度过一天,或者在前人开过的路上走下去的话,他就算很幸运了。

的确,在让人心碎的劳动中,开路是最艰苦的了。你走一步,那种大网球拍似的雪鞋就会陷下去,直到雪平了你的膝盖。然后你还要把腿提上来,得笔直地提,只要歪了几分,你就会倒霉。你必须把雪鞋提得离开雪面,再向前踏下去,然后把你的另一条腿笔直地提起半码多高。头一次干这种事的人,即使侥幸没有把两只雪鞋绊在一块,摔倒在莫测深浅的积雪里，也会在走完一百码之后，累得筋疲力尽；如果谁能一整天不给狗绊着，他一定会在爬进被窝的时候，感到一种谁也不能理解的心安理得而又自豪的心情；至于在这种漫长的雪路上一连走了二十天的人，就是神仙见了，也要对他表示钦佩。

下午慢慢地过去了。寂静的雪野上，有一种森严可怕的气氛，迫使沉默的旅客都战战兢兢地只顾干活。大自然有很多办法使人类相信人生有限——例如，川流不息的浪潮，猛烈的风暴，地震引起的震动，隆隆不息的雷鸣——不过，最可怕，最让人失魂落魄的，还是这冷漠无情的寂静雪野。什么动静也没有。天气晴朗，天色却像黄铜一样；只要微微有一点声息，就像亵渎了神明；人变得非常胆怯，连听到自己的声音也会害怕。只有他这一丝生命在到处都是死沉沉的、鬼蜮般的荒原上跋涉。一想到自己的大胆，他立刻就会害怕得发抖，他会觉得自己的生命只像一条蛆虫的生命一样。奇怪的念头不期而至，万物都想说出自己的秘密。他会产生对死亡，对上帝，对宇宙的恐惧，同时又会对复活，对生命产生希望，对不朽产生思慕，这一切就像一个囚徒的无益挣扎——到这时候，人也就只好听天由命了。

这一天就这样慢慢地过去了。后来，那条河转了个大弯，梅森带着他那一队狗，打算抄近路，穿过一个很窄的地方。可是那群狗在高高的河岸上畏缩不前了。尽管露丝同马尔穆特·基德一次又一次地使劲往上推雪橇，它们还是滑了下来。最后，人同狗一齐用力。这群饿得非常虚弱的可怜的狗，使尽了最后一点力气。上去——再上去，雪橇终于稳稳地拖到了岸顶；可是，领队的狗拖着它后面的一群狗，忽然向右一冲，撞在梅森的雪鞋上。结果很糟。梅森给撞倒了，拖索中的一条狗也给撞倒了；接着，雪橇摇摇晃晃地向后滑去，又把一切都拖到岸底下去了。

嗖！嗖！鞭子狠狠地朝狗群打下去，特别是那条给挤倒了的狗。

"别打啦，梅森！"马尔穆特·基德央告着，"这个可怜的畜生只剩一口气了。等一等，让我们把我那队狗套上去吧。"

梅森不慌不忙地先收回鞭子，等到基德的话一说完，他马上扬起长鞭一甩，缠住那个触怒了他的畜生的全身。于是卡门——因为它就是卡门——立刻畏缩在雪里,悲惨地叫了一声,身子一歪,倒了下去。

这一刹那,光景非常凄惨,这是旅途中一幕小小的悲剧——一条狗快要死了,两个伙伴都在发怒。露丝提心吊胆地来回瞧着这两个男人。马尔穆特·基德的眼睛里虽然充满了责难,可是他克制住自己,弯下腰,割断了这条狗身上的皮带。大家一句话也没说。他们把两队狗并成一队,克服了困难;于是,一辆辆雪橇又前进了,那条快死的狗也勉强跟在后面。只要一个畜生还走得动,它就不会给枪毙的,这是给予它的最后一次机会——如果它能爬到宿营的地方,也许那儿就会有一只打死了的。

这时,梅森对自己刚才发脾气的举动,已经有点懊悔了;不过他的性情太倔强了,不肯承认错误,只是一个劲儿在队伍前面辛苦赶路,一点也没有想到大难已经临头。在荫蔽的坡底下,有一片密林,他们的路正从这里穿过。离开这条路大约五十多英尺的地方,有一棵高大的松树,已经在那儿屹立了好几百年;而且几百年前,命里注定要落到这样一个下场——也许,这个下场同时也是梅森早就命中注定的。

他弯下腰系鹿皮靴上松开了的带子。一辆辆雪橇都停了下来,狗全卧在雪里,一声不响。周围安静得出奇,没有一丝风吹动这片结满白霜的树林;林外的严寒和沉寂,冻结了大自然的心脏,敲击着它的颤抖着的嘴唇。只听见空中有一声微微的叹息——其实,他们并没有真正听到这个声音,这不过是一种感觉,好像在静止的空间里即将出现什么行动的预兆。接着,那棵大树,在长久的岁月和积雪的重压之下,演出了生命悲剧中的最后一场戏。梅森听见了大树快倒下来的折裂声,正打算跳开,不料他还没有完全站直,树干就已经砸到了他的肩膀。

突然的危险,迅速的死亡——马尔穆特·基德已经见得太多了!松树的针叶还在抖动,他就发出命令,投入行动中。那个印第安女人,既没有昏倒,也没有无益地高声啼哭,她跟她的白种姐妹完全不同。她一听到基德的命令,立刻把全身压在一根仓促做成的杠杆一端,来减轻树的压力,一面注意听她丈夫的呻吟。马尔穆特·基德使劲用斧头砍树。钢刃一砍进冻僵的树身,立即发出了清脆的响声,同时,随着斧声,还听得见这位樵夫费劲地"呼呼"喘息。

最后，基德总算把这个不久以前还是个人的可怜东西，放到雪里了。但是比他的伙伴的痛苦更令人难受的，是露丝脸上那种默默无言的悲伤，同她那交织着希望同绝望的问询眼光。他们几乎一句话也没说；生长在北极地带的人，早就懂得空话无益和实际行动之可贵。在零下六十五度的气温里，一个人只要在雪里多躺几分钟，就活不了的。于是，他们立刻割下雪橇上的皮带，用皮褥子把不幸的梅森裹好，放在树枝搭成的地铺上面，并且利用那株造成这场灾难的树的树枝，在他面前生起一堆火来。然后，他们在他背后撑起一块帆布，当做一个简单的屏风，把篝火散发出来的热量反射到他身上——这样的窍门，凡是从大自然中学过物理的人都会知道。

可是，只有遇到过生命危险的人，才知道什么时候会死。梅森给树压得很惨。即使马马虎虎地检查一下也看得出。他的右臂、右腿跟脊背都断了，他的腿从屁股以下全麻木了，内伤大概也很重。只有偶尔的一声呻吟，说明他还活着。

没有希望，也没有办法。无情的黑夜慢慢地过去了——露丝所能做的，只是在无可奈何之中，尽量发挥她那个民族坚忍不拔的精神；马尔穆特·基德的青铜色脸上，已经添了几条新的皱纹。事实上，梅森受的苦反而最少，因为他已经回到田纳西州东部，在大烟山区重新度着他的童年。他满口呓语，最可怜的是，他总是用他忘了很久的南方音调，说起他在湖里游泳，捉树狸和偷西瓜的情形。这些话，露丝一点也不懂，可是基德明白，而且听了很感动——就像与文明社会里的一切隔绝了多年的人听了之后那样感动。

第二天早晨，受伤的人清醒过来了，马尔穆特·基德俯身过去，倾听着他那悄悄地细语。

"你还记得我们在塔纳纳见面的情形吗？如果算到下一次冰消雪化的时候，就是整整四年了。当时，我并不太喜欢她。她好像还漂亮，也有点吸引人。可是后来我就变得老是在想她了。她是我的好老婆，每逢遇到了困难，她总是跟我一块担当。如果讲到我们这一行，你也知道，那真是谁也比不过她。你还记得那一回，她冒着像冰雹一样打在水面上的枪林弹雨,穿过麋鹿角急流,把你和我从岩石上拉下来的情形吗?——你还记得当初在努克路凯脱挨饿的事吗?——记得那回她怎么奔过流水,给我们带来消息的事吗?真的,她真是我的好老婆,真比我以前的那个好多了。你不知道我结过婚吗?我从来没有告诉过你,呃?是的,先前在我的老家——美国的时候,我结过一次婚。我到这儿来,就是为了这个缘故。我们还是一块儿长大的呢。我离开老家,是为了给她一个离婚的机会。她算得着机会了。

"不过,这跟露丝可没有什么关系。我本来打算赚一点钱,明年一块到'外面'去——我跟露丝——现在已经太晚啦。基德,千万别送她回娘家去。叫一个女人回娘家,那可让她太难受啦。想想看!——她跟我们一块吃腌肉、豆子、面食和干果,差不多已经有四年啦,难道现在又要她回去吃鱼跟鹿肉吗?她已经过惯了我们的日子,知道这种日子比她娘家的人过得好,现在要她回去,那对她也不好。基德,你得多照顾她——你为什么不肯呢?——不说了,你总是避着她们——你从来没有告诉我,你为什么到这儿来。你要好好地看待她,尽可能早一点把她送到美国去。不过,你要记住,要是她想家,你就送她回来。

"还有那个孩子——他使我们更亲密了,基德。我只希望他是一个男孩子。想想看!——他是我的亲骨肉呀,基德。他绝不能留在这个地方。万一是个女孩子,不,这不可能。把我的皮货卖了吧,它们至少可以卖五千块钱,我在公司里的钱也有这个数。把我的股跟你的合起来一块搞吧。我看,我们申请购买的那块高地一定会出金子的。你得让那个孩子受到很好的教育;还有,基德,最要紧的就是别让他回到这儿。这种地方不是白种人住的。

"基德,我算是完啦。最多也拖不了两三天啦。你一定得继续往前走!你必须继续往前走!记着,这是我的老婆,我的孩子——唉,天啊!我只希望是个男孩子!你不能再守在我旁边了——我是个快死的人,我请求你,赶紧上路吧。"

"让我等三天吧。"马尔穆特·基德恳求着,"你也许会好起来,可能会出现想不到的事。"

7

"不行。"

"只等三天。"

"你必须赶紧走。"

"两天。"

"基德,这是为了我的老婆和我的儿子。你别再说了。"

"那么一天。"

"不行,不行!我一定要你……"

"只等一天。靠着这些干粮,我们会对付过去的,说不定我还会打到一只麋鹿哩。"

"不行……好吧;就是一天,一分钟也不能超过。还有,基德,别……别让我孤零零地在这儿等死。只要一枪,扣一下扳机就行。你懂得的。想想看!想想看!我的亲骨肉,我今生可见不到他啦!

"叫露丝过来,我要跟她告别。我要告诉她,叫她想想孩子,不能等到我断气。如果我不跟她说,也许她不肯跟你走。再会,老伙计,再会。

"基德!我说——呃——你要在那个小山谷旁边的坡上打个洞。我曾经在那儿一下铲出了四十美分的金子。

"还有,基德!"基德把身子俯得更低一点,以便听清楚他的微弱的最后几个字,临终前的忏悔,"我对不起——你知道——我对不起卡门。"

马尔穆特·基德穿上皮外套,套上雪鞋,把来复枪夹在腋下,让那个女人去轻轻哭她的男人,就走到树林里去了。在北极一带的这种不幸的事,他不是没有遇见过,可是从来没有面对这样的难题。说得抽象一点,这只是一个很清楚的算术题——三条可能活下去的生命对一个注定要死的人。可是现在,他拿不定主意。五年来,他们肩并肩,在河上,路上,帐幕里,矿山里,一块儿面对着旷野、洪水同饥荒所造成的死亡的威胁,结成了患难之交。他们之间的友谊真是太亲密了,因此,自从露丝第一次插到他们中间之后,他往往会隐约地感到一丝妒忌。可是现在,这种友谊要由他亲手割断了。

虽然他只祈求找到一只麋鹿,只要一只就够了,可是,所有的野兽似乎都离开了这一带。到了天黑的时候,这个累得筋疲力尽的男人,只好两手空空,心情沉重地朝帐幕慢慢走去。可是,狗的狂吠和露丝的尖利喊叫使他加快了脚步。

他一冲进宿营地就看见露丝正在一群狂吠的狗当中抡舞着斧头。那群狗破坏了主人们的铁的纪律,正在一拥而上地抢夺干粮。他立刻倒提着步枪,参加了这场战斗。于是,这出自然淘汰的老戏,就像在原始时代那样残酷地演起来了。步枪同板斧以单调的规律性上下飞舞,有时打中,有时落空。那些灵活的狗,睁着发狂的眼睛,露出狗牙,流着口涎,飞快地扑来躲去。人和兽,为了争夺主权,展开了一场惨烈的决战。接着,那群打败了的狗就爬到火堆旁边,舐着自己的伤口,不时地对着星星,哀嗥着诉说它们的苦难。

全部的干鲑鱼都给狗吞掉了。前面还有两百多英里荒野,只剩下五磅左右的面粉。露丝回到她丈夫身边,马尔穆特·基德就把一条身体还热的死狗的肉割下来,它的脑壳已经给斧头劈碎了。基德很仔细地藏好每一块肉,只把狗皮和没用的杂碎丢给不久之前还是它的伙伴的那群狗去吃。

早晨又出了新的乱子。那群狗互相撕咬起来。奄奄一息的卡门,已经给众狗扑倒了。用鞭子抽它们,它们也不理。尽管它们给打得畏畏缩缩地惨叫,它们还是要把那条狗的骨头、皮、毛和一切都吃得干干净净才肯散开。

马尔穆特·基德一边干活,一边听着梅森的声音。梅森又回到了田纳西州,他正在对他年轻时的伙伴们东扯西拉,争论不休。

基德利用附近的松树,很快地干着活。露丝瞧着他搭棚,这是猎人有时为储存兽肉,免得让狼和狗吃掉而搭的那种棚子。他先后把两株小松树的树梢面对面地弯下来,差不多碰到地面,再用鹿皮带把它们捆紧。接着,他又把那些狗打得驯服了,把它们分别套在两乘雪橇前面,把所有的东西都装上去,只留下梅森身上的皮褥子。然后,他把梅森身上的皮褥子裹好捆紧,把绳子的两头捆在弯倒的松树上。这样,只要用猎刀砍一下,就会让松树松开,把他的身体弹到半空中去。

露丝顺从地接受了她丈夫的遗嘱。可怜的女人,她受的服从教育太深了。从童年起,她就对造物主俯首听命,她所看到的女人也都是这样,好像女人生来就不应该反抗。当时,她得到基德的允许,才痛哭了一场,吻别了她的丈夫——她本族的人都没有这个习惯——然后,基德领着她走到第一乘雪橇跟前,帮她套上雪鞋。她盲目地,本能地握着雪橇舵杆和狗鞭,吆喝一声,就赶狗上路了。于是基德回到已经昏迷过去的梅森身边;后来,等到早已看不见露丝的影子了,他还蹲在火堆旁边,等待着,祷告着,希望他的伙伴早点断气。

　　一个人独自待在寂静的雪野里,怀着痛苦的心事,可不是件好受的事。要是在昏暗的寂静里,那也许好一点。昏暗笼罩着人,仿佛给了你一种保护,同时又对你吐露着一千种不可捉摸的同情;可是在铁青的天空下,这一片凛冽的白色的寂静,就显得冷酷无情了。

　　一小时过去了,两小时——可是梅森仍旧没有死。到了正午,太阳在南方地平线下,连边也不露,只把一片火红的光照在天空里,表示了一下意思,就很快地收敛了。马尔穆特·基德惊醒了,拖着脚步走到他的伙伴旁边。他向周围扫了一眼。寂静的雪野好像在嘲笑他,他不禁毛发悚然。尖利的枪声一响,梅森就给弹到他的空中坟墓里去了;随后马尔穆特·基德鞭打得那些狗疯狂地奔腾起来,在雪野上飞驰而去。

万紫　雨宁 译

为赶路的人干杯

"倒进去。"

"可是我说,基德,这不是太凶了吗?威士忌加酒精已经够糟了,要是再加上白兰地,胡椒酱跟……"

"倒进去,究竟谁在调五味酒呀?"马尔穆特·基德透过烟雾腾腾的蒸汽亲切地微笑着,"孩子,等到你在这一带跟我住得一样久,总是靠着打兔子,钓鲑鱼过日子的时候,你就会明白,一年只有一次圣诞节。如果过圣诞节,却没有五味酒,那就等于说,虽然洞已经挖到床岩上,但仍旧没有找到金矿矿脉。"

"你说得对。"大吉姆·贝尔登很赞成基德的话,他是从马齐·梅,他的矿场里到这儿过圣诞节的,在过去的两个月里,人人都知道,他完全靠着鹿肉过日子,"你还没有忘了我们在塔纳纳河边一块儿配的那种烈酒吧?"

"唔,我想是的。伙计们,要是你们看见就因为用糖和酸面团酿出了那样的烧酒,一大帮人全成了好斗的醉汉,心里一定很痛快。这还是你出世之前的事了。"马尔穆特·基德转过来对着斯坦利·普林斯说,普林斯是一个年轻的采矿专家,在北方住了两年,"当时,这一带没有一个白种女人,梅森想结婚。露丝的父亲是塔纳纳族的酋长,他反对这件婚事,就像部落里其余的人一样。酒性很烈吧?嘿,我把剩下的一磅糖都用上了,这是我一生中做得最好的酒了。你们真应该看看那一次追逐,顺着河追逐,一直追过转运线。"

"可是那个印第安女人呢?"路易斯·萨沃埃问道。这个高个子的法国种加拿大人听得津津有味,因为去年冬天,他在四十英里站的时候,就

11

听到了这件无法无天的事。

马尔穆特·基德,这个天生好高谈阔论的人,于是毫不掩饰地讲起了这个北方的洛钦瓦尔的故事①。不止一个到北方来冒险的粗鲁汉子觉得心弦紧张起来,茫然若失地怀念着阳光普照的南方,那儿的生活,总比徒劳无益地跟寒冷和死亡斗争要好一点。

"我们正好在第一块冰融化的时候走上育空河。"基德在结尾的时候说,"她部落里的人只比我们晚了一刻钟。可是这样一来,就救了我们;因为第二次融冰,冲破了上游淤塞的冰块,把他们拦阻在河那面了。等到最后他们赶到奴克鲁克托的时候,全站的人都准备好了,在等着他们。至于结婚的事,你们问问这儿的鲁勃神父好了,他主持的婚礼。"

那位耶稣会的神父取出了含在嘴里的烟斗,只流露着教长式的微笑来表示他的喜悦心情。这时候,在场的新教徒和天主教徒都起劲地鼓起掌来。

"我的天!"路易斯·萨沃埃叫了起来,这段浪漫故事好像使他非常感动,"这个小小的印第安女人!咱们勇敢的梅森!我的天!"

接着,一杯杯用洋铁杯盛着酒传递开了,浮躁的贝特尔斯跳起来,唱起了他心爱的进酒歌:

> 有一个亨利·华德·比契尔,
> 还有主日学校的几个教员,
> 　全喝起了黄樟根酿的酒;
> 可是你照样可以打赌,
> 要是这酒有个合适的名儿,
> 　那就是禁果酿的美酒。
>
> 哎嗨哟,用禁果酿的美酒。

于是,所有的酒徒都大声合唱起来:

---

① 洛钦瓦尔是英国作家司各特的长诗《马密恩》中的男主角,因为爱慕女主人公艾仑,他在她结婚的那天将她抢走了。这里系指梅森。

哎嗨哟,禁果酿的美酒!
你照样可以跟他们打赌,
要是这酒有个合适的名儿,
那就是禁果酿的美酒!

马尔穆特·基德的这种吓人的混合酒发生了作用;宿营地的人和过路投宿的人在那种暖烘烘的热力影响下,都活跃起来,围着餐桌,说笑话,唱歌,讲着过去的冒险故事。这些从十几个国家来的异国人,互相敬酒。那个英国人普林斯为"山姆大叔,新世界的早熟婴儿",干了一杯;美国佬贝特尔斯举杯"祝贺女皇,愿上帝祝福她";萨沃埃同那个德国商人迈耶斯,也为阿尔萨斯—洛林碰杯畅饮起来。

这时候,马尔穆特·基德站起来,手里端着酒杯,向油纸窗瞧了一眼,窗上结的冰霜足足有三英寸厚。"祝今天夜里赶路的人身体健康;但愿他的干粮足够维持到底,他的一群狗始终不垮;但愿他的火柴永远不会划不出火。"

啪!啪!他们听到了熟悉的狗鞭的声音,马尔穆特那一群狗的呜咽般的嗥叫和一辆雪橇驶近木房的沙沙声。他们的谈笑渐渐消沉了,大家都在等待下文。

"是个老手,先顾狗,再顾自己。"马尔穆特·基德悄悄地对普林斯说,他们听到狗咬东西的声音,像狼一样的嗥吠和痛苦的狺狺声,这些声音一传到他们的有经验的耳朵里,他们就知道那个陌生人正在打退他们的狗,喂他自己的狗。

终于传来了预料中的敲门声,声音急促而有力,于是,那个陌生人进来了。灯光照得他睁不开眼睛,他在门口停了一会儿,大家趁此机会仔细地打量了他一下。他是一个很引人注目的人,穿着一身北极的羊毛衣和皮衣,简直跟画上的人一样。他有六英尺二三英寸高,宽宽的肩膀和厚厚的胸脯配得非常匀称,一张修得精光的脸冻得红通通的,长长的眉毛和睫毛上都结满了白冰,狼皮大帽子的护耳同护颈都松松地敞开来,他好像真的是冰霜世界里的一位国王,才从黑夜里走出来。他的厚呢夹克外面系着一条子弹带,皮带上吊着两支柯尔特式自动手枪和一把猎刀,手里拿着一根必不可少的狗鞭,还背着一支口径最大,式样最新的无烟步枪。他走上前来的时候,尽管步伐很稳定,很有弹性,但是他们仍旧看得出他已经很累了。

一阵尴尬的沉默。可是他热诚地招呼了一声:"伙计们,你们好吧?"这使他们很快就感到自在了。马尔穆特·基德和他紧紧握起手来。他们虽然从来没有见过面,可是彼此久闻大名,一见面就相互认出来了。客人还没有来得及说明此行的目的,主人就迅速向他介绍了大家,并且把一杯五味酒硬塞到了他手里。

"有三个男人赶着八条狗拖的一辆柳条车身的雪橇,过去多久啦?"他问道。

"那还是两天以前的事了。你在追赶他们吗?"

"对,那是我的雪橇和狗。那三个该死的小子简直是从我的鼻子底下把它们赶走的。我已经追上两天的路程——再追一程就赶上他们啦。"

"估计他们会跟你拼一下吧?"为了不使谈话中断,贝尔登问道,因为这时候,马尔穆特·基德已经把咖啡放在炉子上,正忙着煎腌猪肉和鹿肉。

这位陌生人意味深长地拍了拍他的左轮手枪。

"你什么时候离开道森的?"

"十二点。"

"昨天夜里吗?"贝尔登问,以为这是当然的事。

"今天白天。"

周围的人都啧啧称奇起来。这是很有理由的,因为这时正是午夜,在十二个小时内,在非常难走的冰河上奔跑了七十五英里,这可是不能讥笑的。

不过,他们的谈话很快就变得和个人无关了,大家都回忆着童年时的情景。在这位陌生的年轻人吃起他那顿简陋的饭食的时候,马尔穆特·基德仔细地研究了一下他的相貌。不久,他就断定了这是一张正直、诚实、坦率的脸,他很喜欢这个人。这个陌生人年纪不大,可是脸上已经牢

牢地印上一道道劳碌辛苦的皱纹。他的脸色虽然在谈话的时候很亲切，在休息的时候很温和，但是仍旧看得出，到了要动手的时候，尤其是在以寡敌众的时候，他那双蓝眼睛会射出严厉的、钢铁一样的光芒。他的宽大的牙床和方正的下巴说明了他的那种粗野的、顽强的、不可制服的性格。不过，尽管他具有狮子一样的特性，他仍然有一种温柔的、带着少许女人气的神色，这说明了他是一个多情善感的人。

"我就是这样和我的老婆结婚的。"贝尔登结束他求婚的动人故事说，"她说：'爸爸，我们来了。'她父亲对她说：'你这该死的。'然后又对我说：'吉姆，你，你把你那套好衣服换下来，吃饭之前，我要你把那四十亩地给我大部分犁好。'接着，他扭过脸对她说：'你，萨尔，你赶紧去洗盆子吧。'说完了，他好像用鼻子嗤了一声，和她亲了亲嘴。我真快活极了——可是他看见我还没走，立刻大吼了一声：'你，吉姆！'我就连忙跑到谷仓里去啦。"

"有孩子们在美国等着你回去吗？"陌生人问道。

"没有，萨尔还没有生孩子就死了。我就是为了这个才到这儿来的。"贝尔登心不在焉地点起了烟斗，因为烟斗已经熄灭了，可是，接着他又高兴起来，问道："你怎么样，先生，是结了婚的人吗？"

作为答复，他打开怀表，把它从一根当做表链用的皮带上解下来，递了过去。贝尔登挑亮了油灯，细细地瞧着表壳里面，自言自语地粗鲁地称赞着，然后把它递给路易斯·萨沃埃。萨沃埃喊了好几声："我的天！"之后，最后把它递给了普林斯，他们看出他的手在发抖，眼睛里平添了一种异常的温柔神色。于是，这块表就从一只粗手里传到了另一只粗手里——表壳里粘着一张女人的照片，怀里抱着一个孩子，正是这些人想象中的那种叫人难以割舍的照片。还没有看到这种珍奇物件的人都充满了强烈的好奇心，已经看过的都变得一声不响，想起了往事。他们都能够毅然承受饥饿的痛苦，坏血病的折磨，或者面对立刻可以置人于死地的荒野和洪水，也毫无惧色，可是这个陌生的女人同孩子的照片，却使他们全变成了女人和孩子。

陌生人收回他的珍宝的时候说："我还没有见过这个孩子——据她

说,是个男孩子,已经两岁啦。"他依依不舍地又向表里瞧了一会儿,才合上表壳,扭过头去,可是动作不够快,并没有来得及掩藏住他忍住好久的,像泉涌一样的眼泪。

马尔穆特·基德把他领到一张床旁边,叫他上床躺下。

"到四点整叫醒我,可别误了我的事。"这是他说的最后几句话。过了一会儿,他就在筋疲力尽的沉睡中呼呼睡着了。

"我的天!他可真是个有闯劲的伙计。"普林斯称赞道,"带着狗赶了七十五英里路之后,只睡三小时,然后又要开路。他是谁呀,基德?"

"杰克·威斯顿德尔。在这儿待了三年,一无所有,除了他干活像牛马一样那种名声。可是他的运气要多坏有多坏。我一向不认识他,但是塞特卡·查理跟我讲过他的事情。"

"这可真不容易,像他这样,有了这么年轻可爱的媳妇,居然会跑到这种荒凉的地方,白白浪费光阴。这儿的一年,足足抵得上外面两年。"

"他的毛病是过分刚强固执。先前有二次赌钱,他也赚到了不少钱,可是都输光了。"

说到这里,他们的谈话就给贝特尔斯的一阵喧叫声打断了,因为那张相片的作用已经开始消失。过了不久,他们就在粗鲁的狂欢中忘掉了只有单调寡味的伙食和劳累磨人的凄凉岁月。这时候,只有马尔穆特·基德一个人似乎还没有忘掉一切,他焦急地向他的表瞧了很多次。有一次,他戴上无指手套和海狸皮帽子,走出小木房,到贮藏室里摸索起来。

他无论如何也不能等到指定的时间,他提前十五分叫醒了他的客人。这个身材巨大的年轻人,身体僵得很厉害,必须激烈地揉搓一阵才站得起来。他吃力地摇摇晃晃走出了木房,发现他的狗全套好了,一切准备停当,只等他动身了。大伙都祝他一路顺利,能够很快地追上去。接着,鲁勃神父匆匆为他祝福,就领着一哄而散的这一群人回到木房里去了。这也难怪,光着耳朵和手,面对着零下七十四度的寒冷天气,可很不好受。

马尔穆特·基德送他上了大路,就热诚地握着他的手,嘱咐他几句。

"你在雪橇上会找到一百磅鲑鱼子。"基德说,"狗吃这种东西走的路程,就像吃一百五十磅鱼走的路程那么远。你也许指望在佩利能买到狗粮,可是你买不到。"那个陌生人吃了一惊,眼睛里闪现出光芒,可是没有插嘴。"不到五指河,不论人食狗粮,你连一英两也买不到。那是非常难走的二百英里路程。到了三十英里河,要留神没有结冰的地方,你一定得抄近路,走巴尔杰湖上那条捷径。"

"你怎么会知道的?消息总不会传得比我还快吧?"

"我没有听到什么消息,而且,我也不希望知道。不过,你追的那群狗根本不是你的。那群狗是去年春天,塞特卡·查理卖给他们的。但是,有一次,他跟我品评过你,说你很正派,我相信他的话。我已经看到了你的相貌,我很喜欢你那张脸。我已经看出……算啦,他妈的,你还是快点赶路,赶到海水那边,回到你老婆那儿去吧,还有……"说到这里,基德脱下手套,猛地掏出了他的皮口袋。

"不,我用不着。"眼泪冻结在他的脸上,他抽搐地紧握着基德的手。

"既然这样,那就别舍不得狗,只要它们一倒下来,就切断套绳;要买几条狗,就是十块钱一磅也应当觉得便宜①。你在五指河,小鲑鱼河和胡塔林卡可以买到狗的。还有,千万注意脚不要弄湿了。"这是他的临别赠言,"路程一直维持在二十五英里以上,如果低于这个数,你就生一堆火,换换袜子。"

*　　*　　*

才过了十五分钟,一阵丁丁当当的铃声就宣布有新客人来了。开门之后,一个西北地区的骑警走了进来,后面跟着两个赶狗的混血儿。他们跟威斯顿德尔一样,也是全副武装,神色很疲倦。那两个混血儿是生来会赶路的人,满不在乎,可是那个年轻的警察却累坏了。不过,由于他那个民族的顽强固执的性格,他还是撑住了,可以说,只要他在路上不倒下来,他就撑得住。

"威斯顿德尔走了多久了?"他问道,"他在这儿歇过脚,是不是?"这些话简直是多余的,路上的雪橇痕迹早就清清楚楚地说明了一切。

---

① 那儿的狗是论磅卖的。

马尔穆特·基德看出了贝尔登的眼色,知道其中必有原因,就推托搪塞地回答道:"走了好一会啦。"

"爽快点,伙计,照实说吧。"警察训斥道。

"你好像要马上找到他。难道说,他在道森出了什么乱子吗?"

"他抢了哈利·麦克法兰四万块钱,在太平洋港湾公司的商店里换到一张西雅图的支票,要是我们不追上他,谁会拦住他,不让他兑现呢?他走了多久啦?"

这时候,马尔穆特·基德已经发出了暗示,每一个人都收敛住诧异的眼色。这个年轻的警官看来看去,张张脸都跟木头人一样。

他迈开大步走到普林斯面前,向他提出问题。怎样回答这个问题呢?虽然普林斯感到痛心,可是他瞧着他的同胞的坦率认真的脸色,仍旧用一些互相矛盾的话来回答他。

这时候,警察偶然看到了鲁勃神父,知道他不能撒谎。"走了一刻钟了。"神父回答道,"可是他跟他的那一群狗已经休息了四个钟头。"

"已经走了十五分钟,而且精神勃勃!我的天!"这个可怜的家伙又累又失望,不由得蹒跚地后退了两步,几乎昏倒,然后他喃喃地说,他从道森赶到这儿,费了十小时的工夫,那群狗都累坏了。

马尔穆特·基德硬塞给他一杯五味酒,接着,他就转身向门口走去,吩咐那两个赶狗的人跟着他走。可是暖和的房间和休息一阵的希望太诱人了,他们拼命反对。基德非常精通法国的方言土语,连忙注意地听着。

他们赌咒发誓地说,那一群狗垮了,走不了一英里路,沙瓦希同巴比特[①]得开枪打死,其余的狗也是一样;无论人和狗都要休息一下才好。

"借给我五条狗,行不行?"他转过身,对马尔穆特·基德说。

可是基德摇了摇头。

"我可以用康士坦丁队长的名义,给你开一张五千元的支票——这是我的证件,我可以根据情况开出支票。"

又是默默地拒绝。

---

① 狗名。

"那我就要用女皇的名义征用你的狗了。"

基德瞧了瞧自己的储备充足的武器库,表示怀疑地微微一笑。那个英国人明白自己无能为力,就扭转身,向门口走去。可是那两个赶狗的人仍然反对,他于是回转身来,凶恶地骂他们是女人,杂种。那个年纪比较大的混血儿站起来的时候,气得一张黝黑的脸通红:他痛快淋漓地回敬了几句,说要让领队的狗跑得筋疲力尽,把他埋在雪里才高兴。

那个年轻的警官鼓足浑身的劲儿,坚定地向门口走过去,装出很精神的样儿。可是他们都明白,而且很钦佩他这种骄傲劲儿。不过,他也掩盖不住掠过他脸上的一阵阵懊恼神情。那一群身上结满了冰霜的狗都蜷缩着卧在雪里,简直没有办法使它们站起来。这一群畜生在痛打之下哀号起来,因为赶狗的人非常生气,非常残酷。后来,直到他们切断套索,把领队的狗巴比特拖了出去,它们才拉动雪橇,走了起来。

"这个该死的流氓,骗人的家伙!""他妈的!根本就不是好人!""一个贼!""比印第安人还坏!"很清楚,大家都冒火了——首先,因为他们都受了骗;再者,在北方,诚实是最宝贵的品德,现在,连这样的道德也遭到了破坏。"知道这家伙干了坏事,还要帮他的忙。"所有人的谴责眼光都转移到马尔穆特·基德身上。这时候,他正在房间的角落里把巴比特安置得舒服一点。于是,他站起来,默默地把剩下的五味酒全斟在各人的杯子里,作为最后一巡。

"今天晚上可真够冷的,伙计们——真是冷得刺骨。"他用这些不相干的话作为替自己辩护的开场白,"你们都赶过路,都知道那是怎么回事。不要打落水狗。你们只听到一面之词。就拿那些跟咱们一锅吃饭,合盖一条毯子的人来说吧,谁也不比杰克·威斯顿德尔清白。去年秋天,他把所有的积蓄,四万块钱,交给裘·卡斯特尔到英国自治领地去买进股票。今天他本来会变成一位百万富翁。可是当时,他要留在圜城照顾一个生坏血病的朋友,而卡斯特尔干了什么事呀?他跑到麦克法兰的赌场里,把赌注加到最大限额,一下子全输光了。第二天,大家在雪地里找到了他的尸首。可怜的杰克本来打算今年冬天回家看望老婆和没见过面的孩子。你们要注意,他只拿走了四万块钱,正好是他那个伙计输掉的。好吧,他已经走了,你们打算怎么办呢?"

  基德瞧着周围审判他的这些人,看出他们的脸色都缓和下来,就高高地举起了酒杯。"那么,让我们为今天晚上赶路的那个人的健康干一杯吧;但愿他的粮食够吃;但愿他那一群狗不跌倒;但愿他的火柴一划就着;愿上帝保佑他一路顺利,祝他幸福,祝他……"

  "让那个骑马的警察见鬼去吧!"贝特尔斯和大家碰着空杯子,大喊起来。

万紫 雨宁 译

一 千 打

大卫·拉斯蒙森是个拼命向上爬的人,而且和很多大人物一样,也是个专心致志的人。所以,等到向北方出发的号声传进了他的耳朵,他就想出了一个在鸡蛋上搞一次投机倒把的主意,他要用全部力量来实现这个主意。他简单扼要地盘算了一下,这种冒险简直跟找到了一个五光十色的宝库一样妙。就算一打鸡蛋在道森可以卖到五块钱吧,这样的估计总是拿得稳,行得通的。那么,将来到了这座"黄金城",毫无疑问,一千打鸡蛋准可以卖到五千块钱。

此外,开销也是要考虑的。他考虑得很周到,因为他是一个谨慎的人,处处精打细算,生就了一副冷静的头脑和一颗从来不会给幻想引得激动起来的心。照每打十五美分计算,一千打鸡蛋的成本不过一百五十块钱,在那样大的利润面前,真是显得微乎其微。假定,就假定这一趟他大大地挥霍了一下,人同鸡蛋的运费一共要八百五十块钱吧,那么,等到最后一个鸡蛋脱了手,最后一粒金沙进了他的口袋的时候,他仍然可以不折不扣地赚到四千块钱。

"你瞧,艾尔玛。"他于是跟他的妻子盘算起来。他们的舒服的饭厅里,摆满了各种地图同政府测量报告,还有许多旅行指南和关于阿拉斯加的旅行手册,"你瞧,要到狄亚以后,费用才算真正开始——起头的一段路,连头等船票也算上,只要五十块钱就满够了。从狄亚到林得尔曼湖,运货的印第安脚夫,每一磅要十二美分,一百磅要十二块,一千磅要一百二十块。就算我的货重一千五百磅吧,总共是一百八十块——稳当一点,算它二百好啦。有一个刚从克朗代克回来的很可靠的人对我说过,我可以出三百块钱买到一条小船。这个人还说,我准可以弄到两个搭客,从每一个人身上赚到一百五十,那条船等于白送给我的,此外,他们还可以帮我驾船。还有……全算进去啦。我一到道森,就把鸡蛋从船里运上岸。现在先让我算算,一共是多少?"

"从旧金山到狄亚,五十;从狄亚到林得尔曼湖,两百;船价是搭客付的——一共二百五十。"她马上算好了。

"还有我自己的衣服行李,要一百。"他很快活地接下去说,"这样,起码还剩五百美元钱来对付意外的开销。可是,究竟会有什么意外开支?"

艾尔玛耸耸肩,扬了扬眉毛。如果那个辽阔的北方吞得下一个人和一千打鸡蛋,当然也有地方容纳他所有的一切。她是这么想的,可是她什么也没说。她对大卫·拉斯蒙森的为人了解得太清楚了,所以她不说。

"就算因为意外的耽搁,要多用一倍时间,我这一趟旅行需要两个月吧。想想看,艾尔玛!两个月到手四千!这比我现在的每月一百块干薪可强得多啦。嗯,将来我们要在城外造一幢房子,让我们住得宽敞一点,非但每间房里都有煤气灯,而且要望出去视野开阔。至于现在的这幢房子,可以出租,收来的房租除了付捐税、保险费、水费之外,还有剩余。此外,也许我还会找到一个金矿,变成一位百万富翁哩,这种机会总是有的。艾尔玛,你认为我的想法是不是一点也不过分?"

艾尔玛简直不可能朝别处想。可不是吗?她娘家那个堂兄弟——当然,这门亲很远,那是个害群之马,没出息的,野蛮的冒失鬼——当初从那个神秘的北方回来的时候,不就带来了十万块钱的金沙吗?这还没算上他在开采金沙的矿上拥有的一半所有权呢。

大卫·拉斯蒙森常去买东西的杂货店的老板,看见他在柜台一头的秤上称鸡蛋,觉得非常诧异,可是,拉斯蒙森自己更觉得诧异,他发现一打鸡蛋有一磅半重——这样,他那一千打鸡蛋就有一千五百磅重了!即使不算他在路上必须吃的粮食,他预算的重量中也没有余地留给他的衣服、毯子和餐具了。他的算盘完全垮了,正在他要重新盘算的时候,他忽然想到了用小蛋来称称的主意。他很精明地对自己说:"反正不论大小,一打鸡蛋总是一打鸡蛋。"而一打小蛋的重量,根据他称出的结果,只不过一又四分之一磅。于是,旧金山城里立刻出现许多神色焦急的跑街,那些牙行和畜产品批发所的人看到突然有人要一打不到二十英两的鸡蛋,都吃了一惊。

于是拉斯蒙森把他的小房子抵押了一千块钱,把老婆安置在娘家多住些日子,然后就辞掉差事,动身到北方去了。为了不超出预算,他只买了一张二等船票,可是因为正在淘金的浪头上,二等舱比统舱还糟糕;这时候是夏末,等到他带着鸡蛋,登上狄亚的海岸时,他已经变成一个面色苍白,走路一摇一晃的人了。不过不久他的腿便又有劲了,胃口也好了。他跟契尔库特①脚夫的第一次谈判,使他挺起腰杆,硬起了头皮。对这二十八英里路,他们讨的运费是四角一磅,可是,等到他缓过气,刚咽下一口唾沫,运价又涨到了四十三美分。后来,十五个结实的印第安人,看到他肯出四十五美分一磅,就把皮带套上了他的货箱。不料有一个穿着脏衬衫和破烂罩衣的斯卡圭财主,因为在白隘口路上丢掉了马匹,急于要穿过契尔库特山道往前走,肯出四十七美分,他们又把箱子放下了。

不过,拉斯蒙森是个很刚强的人,终于以五十美分一磅的代价雇到了几个脚夫。两天之后,他们已经把这些鸡蛋安安稳稳地送到林得尔曼了。可是五十美分一磅就等于二千块钱一吨,他这一千五百磅已经耗尽了他那笔备用的款子,搞得他因在谭塔劳斯角,只好每天看着那些新造好的小船开往道森。还有,造船厂里也充满了一种非常焦急的气氛。所有的人都在起早贪黑,不顾一切地干活;至于他们为什么要这样急急忙忙地嵌缝,钉钉子,涂油,要找到适当的解释也是不难的。那些荒凉嶙峋的山峰上的雪线每天都要降下来一截,夹着冰霰雨雪的大风刮了又刮,小可湾和岸边的水面已经结起了薄冰,冰层正在随着飞逝的光阴加厚。每天早晨,那些辛苦得手僵脚硬的人,全要扭转苍白的脸瞧瞧湖面上是不是已经封冻。因为一封冻他们的希望就落空了——就不能趁着这一连串的湖泊封冻之前,在湍急的河里顺流而下了。

不过,还有使他更伤心的事——他发现了三个跟他竞争的蛋商。当然,那个德国矮子已经破产了,他正在亲自背着最后一箱鸡蛋,伤心失意

---

① 加拿大的印第安人。

地回去了。可是另外那两个定造的船已经快完工了,他们正在天天恳求商贩的保护神把严冬的铁掌再拦住一天。可是这双铁掌已经扣紧了大地。很多人都在横扫契尔库特山的暴风雪里冻伤了,拉斯蒙森的脚趾也不知不觉地冻伤了。这时候,他碰到了一个机会,他带着货物可以搭上一条正要从碎冰块上开航的船,不过要两百块现款,可是他没有钱。

"我看,你稍微等等吧。"那个造船的瑞典人说,他在这儿简直就像找到了金矿,他是个聪明人,自己也知道这一层,"稍微再等等,我就会给你造一条非常好的小船,放心好啦。"

得到这句空口无凭的保证之后,拉斯蒙森回到火山湖那边去了。他在那儿碰到了两个记者,他们在从石屋屯越过山道,在到幸福营的路上散失了很多乱七八糟的行李。

"是的。"他郑重其事地说,"我有一千打鸡蛋在林得尔曼,我的船的最后一条缝也快嵌好了。我的运气总算还好。现在船很宝贵,你们当然知道,连买也买不到。"

那两个记者听到这种话,都吵着要跟他去,简直像要动武似的,然后又用绿颜色的钞票在他眼前晃来晃去,并且在手里玩弄着黄澄澄的二十美元一枚的金币。他根本不要听这些话,可是他们缠得他毫无办法,等到他们每个人出到三百块的时候,他也只好勉强答应了。此外,他们还硬要把旅费先付给他。等到他们各自写信给他们的报馆,说起这位有一千打鸡蛋的"好心的撒马利亚人"①的时候,这位"好心的撒马利亚人"已经匆匆回到林得尔曼,找那个瑞典人去了。

"喂,我说啊!把那条船给我!"他一见面就这样招呼,手里叮当叮当地玩弄着那两个记者的金币,一双眼睛贪婪地注视着那条已经完工的船。

那个瑞典人麻木地瞧着他,摇了摇头。

"那个家伙出了多少钱?三百吗?唔,这儿是四百。收下吧。"

他打算把钱硬塞给那个瑞典人,可是那个瑞典人却倒退了几步。

---

① 在《圣经·新约·路加福音》第十章里,耶稣讲过一个故事,说是有一个人给土匪打得半死之后,幸亏遇到了一个好心的撒马利亚人才得救。后来的人常常就用"好心的撒马利亚人"来泛指能扶难救危的人。

"不成。我说过,这条船是给他的。你得再等一等……"

"这儿是六百。出到顶了。要不要随你。跟他说搞错啦。"

那个瑞典人动摇了,终于说:"好吧。"等到拉斯蒙森最后一次瞧见他的时候,他正在结结巴巴地用不通顺的英语费力地对那几个定船的人解释怎么搞错了。

这时候,那个德国人因为在深湖附近的陡峭山峰上摔坏了脚腕子,已经用一美元一打的价钱卖掉了他的存货,雇了几个印第安脚夫,把他抬回狄亚去了。不过,等到拉斯蒙森跟记者出发的那天早晨,另外的两个蛋商也要开船了。

"你带了多少?"其中的一个瘦小的新英格兰人喊道。

"一千打。"拉斯蒙森趾高气扬地回答。

"哼! 我是八百打,我敢跟你打赌,我能赶上你。"

记者自动地要借钱给他打赌,可是拉斯蒙森谢绝了。于是那个新英格兰人跟另外一个蛋商比赛,那是一个结实的水上人,是一个阅历丰富的水手。这个水手说,等到张满篷帆的时候,他要对他们显一两下本事。他果然张满篷帆,飞快前进,每逢遇到一个浪头,他那张大油布方帆就把船头压得一半淹在水里。他是头一个驶出林得尔曼湖的人,可是因为他不屑在浅滩上搬下货物把船拖过去,他那条满载的船在激流里的礁石上搁浅了。至于拉斯蒙森跟那个也载了两位搭客的新英格兰人,他们都是先背着货物涉水过去,然后驾着空船通过这条险恶的水道,驶入本乃湖。

本乃湖是一个又窄又深,长二十五英里的湖,它像漏斗一样坐落在两旁的高山当中,总是受着暴风的折磨。湖口的沙滩上有很多冒着北极的严寒准备到北方去的人和船,拉斯蒙森也在这儿搭起了帐篷。第二天早晨他醒来的时候,呼啸的大风正在从南面刮过来,夹着雪峰和冰谷里的寒气,简直跟北风一样。不过天气晴朗,他可以看出那个新英格兰人正在张起满帆,一路颠簸着驶过第一座陡峭的山岬。所有的船全在一条接一条地准备出发,那两个记者都干得非常起劲。

"我们会在驯鹿口之前赶上他的。"他们很有把握地对拉斯蒙森说着,一面拉起帆来,头一片冰冷的浪花已经溅上了"艾尔玛号"的船头。

拉斯蒙森生平见了水就有点胆怯,可是这时他板着脸,咬紧牙关,紧紧握住那根一跳一跳的、当做舵用的大桨。现在,他那一千打鸡蛋全在他眼前的小船里,安安稳稳地放在记者的行李下面,他好像还看见他那幢小房子和一千美元的押单也在眼前。

天气冷得刺骨。他常常要拖上那根当做舵用的桨,换一根新的放下去,让他的乘客敲掉桨上的积冰。浪花溅到哪儿,立刻就在哪儿结成一片冰霜。斜杠帆的下桁,有一边沾上了水,很快就挂满了冰柱。"艾尔玛号"一路奋勇前进,后来给大浪冲击得连船上的缝和接合处都松开了,可是那两个记者却只顾去敲碎冰块,把冰扔到船外,而不去戽水。来不及了。必须赶在冬天前面的疯狂比赛已经开始了,所有的船都在不顾一切地破浪前进。

"我……我……我们要想活命,就不能住手!"一个记者结结巴巴地说,他是冷得这样结结巴巴的,并不是因为害怕。

"说得对!老伙计,让船从湖当中划过去吧!"另一个记者鼓励道。

拉斯蒙森报以露齿的傻笑。冰坚似铁的湖岸上尽是浪花的泡沫,即使顺着湖当中划下去,也要避开那些大浪才有一线指望。一落帆就会给浪赶上淹没。他们常常从那些触礁的小船旁边划过去,有一次他们看见一条浪头上的船正要撞到礁石上去。他们后面有一条小船,载着两个人,帆一转,船底就朝天了。

"留……留……留神呐,老伙计!"那个结结巴巴的人喊道。拉斯蒙森傻笑了一下,用那双握得疼痛的手使劲地握住舵柄。激浪一再地抓住"艾尔玛号"的又大又方的船尾,把它倒掀起来,弄得斜杠帆的后翼空荡荡地拍来拍去。每一次,全靠他使出全身力气,才把船救了出来。现在,他那种傻笑已经变成了一种固定的标志,弄得那两位记者一瞧见就觉得很不舒服。

这时候,他们正在咆哮的浪声里掠过一块离湖岸一百码左右的峙立的礁石。有一个人正在这块给浪打得湿淋淋的礁石顶上拼命喊叫,喊声居然一时透过了怒吼的风浪。但是,一转眼,"艾尔玛号"已经一掠而过,那块礁石也迅速地变成了激浪中的一个黑点。

"这一下,那个新英格兰人可完了!那个水手又在哪儿?"一个搭客喊道。

拉斯蒙森猛一回头,瞧见了一片黑帆。一个钟头之前,他就看出了这片方帆怎样从灰蒙蒙的湖上蹿到上风头里,怎样时隐时现,逐渐变大。那个水手分明已经修好了他的船,正在急起直追。

"瞧,他来了!"

两个记者顾不上敲冰,只顾瞧了。船后是二十英里的湖面——形势如此开阔,也足够排山的大浪向天空怒涌了。那个时沉时浮,逐波赶浪的水手,一下子超过了他们。那张大帆好像一会儿抓住这条浪头上的小船,拉得它离开了水面,一会儿又把它甩下来,按在两浪之间的大口里。

"这种浪永远也抓不住他!"

"可是他会让……让船头钻到水里面去的!"

正在他们说话的时候,那张油布黑帆已经给后面的一个大浪卷走了。一个浪头接着一个浪头从那个地方涌过去,可是那条船再也没有出现。"艾尔玛号"冲过那儿的时候,只看见了一点桨同木箱的碎片。二十码外的湖面上,有一个人从水里伸出一只胳膊,露出了一个披头散发的脑袋。

一时间,大家都不做声了。到了看得见湖的尽头的时候,激浪不住地打上船来,那两位记者不再敲冰,只顾用桶把水戽出去了。可是这样戽仍旧无济于事,他们大喊大叫地跟拉斯蒙森商量了一会儿,就去抓船上的行李。面粉,腌肉,豆子,毯子,炉子,绳子,总之,凡是可以抓到手的东西,都给他们扔到船外面去了。这样,果然立刻生效了,船里进的水少了,船身也浮得高了一点。

"行啦!"拉斯蒙森声色俱厉地喝道,因为他们正在伸手去抓放在头一层的几箱鸡蛋。

"鬼才行啦!"那个牙齿打仗的人很野蛮地回敬了一句。除了他们的笔记本、照相软片和照相机以外,他们已经把所有的行李都牺牲了。他弯下腰,抓住一箱鸡蛋,打算把它从绳子下面拉出来。

"住手!告诉你,住手!"

拉斯蒙森已经拔出他的左轮枪,把胳膊肘架在桨柄上瞄准。那个记者挺起身,站在坐板上,前后地摇晃,给这种威胁和说不出的愤怒气得脸上的肉不住地抽搐。

"老天爷呀!"

他的伙伴这样喊了一声,就脸朝下地扑到船底去了。这时候,因为拉斯蒙森分散了注意力,"艾尔玛号"给一片大浪一掀,就转了向。帆的后翼的缆绳断了,帆身一落空,猛然一跳,帆的下桁就以可怕的威力横扫过船面,打断那位发怒的记者的脊梁,把他带下水了。同时,桅杆和帆也翻倒在船外去了。船一停止前进,一片大浪就扑上了船,拉斯蒙森连忙跳过去抓住戽水的桶。

在后来的半小时里,从他们旁边掠过了好几条船——都是跟"艾尔玛号"一样大小的小船,而且一样受尽惊吓,无能为力,只顾疯狂地向前奔驶。后来,有一条十吨的驳船,冒着灭顶的危险,在上风里收下帆,很吃力地向他们开了过来。

"让开!让开!"拉斯蒙森拼命地喊叫。

可是,他的低矮的船舷已经碰到那条笨重的大船边上,还活着的那位记者已经爬上了大船。拉斯蒙森像猫一样蹲在鸡蛋箱上,在"艾尔玛号"的船头,竭力用他的麻木的手指去把拖绳系拢。

"上来!"一个红胡子对他喊道。

"我这儿有一千打鸡蛋。"他用同样大的声音回答道,"拖我一下!我会给你们钱的!"

"上来!"大船上的人异口同声地喊道。

一片白花花的大浪从他们附近扑过来,冲过那条驳船,往"艾尔玛号"里灌了半船水。那些人一面扯帆开船,一面咒骂他。拉斯蒙森回骂了几句,就去戽水。幸亏他的桅杆和帆仍旧给帆旗的升降索拉得很紧,像海船的大锚一样,在风浪里撑住了船头,使他能够借此和积水奋斗。

三小时之后,这个浑身麻木,筋疲力尽,像疯子一样胡言乱语,可是仍旧不停地戽水的人,终于在驯鹿口附近的一个堆满冰块的湖滩上靠了岸。有两个人,一个是政府的信差,一个是混血儿旅行家,一起把他从浪里拖出来,救出他的货物,把"艾尔玛号"拖上了岸。他们划着一条独木船,正要离开北方,当天晚上就留他在他们避风雨的帐篷里过了一夜。第二天早晨,他们全走了,可是他宁可守着他的鸡蛋。从此以后,这个带着一千打鸡蛋的人的名声就在这一带传开了。那些在封冻以前走到北方找金矿的人,已经把他就要到来的消息带走了。四十英里站和圜城的那些头发花白的老住户,那些牙床像皮革一样,胃里给豆子磨出茧的采矿老手,一听见他的名字就像做梦一样想起了童子鸡和青菜。狄亚和斯卡圭的人都很关心他,他们常常向那些从隘口过来的人打听他的情形;至于道森——只有黄金却没有炒鸡蛋的道森——那儿的人已经等得心烦意乱,只要偶尔来了一个人,他们就会拦着他向他打听拉斯蒙森的消息。

不过,关于这些情形,拉斯蒙森一点也不知道。他在落难之后的第二天就修好"艾尔玛号",又动身了。从塔吉什来的凛冽东风,一直刮到了他的牙缝里;尽管有一半时间因为敲去桨上的积冰,船不时地被刮了回去,可是他仍旧在船旁边按着桨,勇敢地迎风划了下去。后来,他的船还是风刮到了风浪湾的岸上,接着又在塔吉什搁浅了三次,终于困在冰封的马什湖里。"艾尔玛号"已经给浮冰挤垮了,可是那些鸡蛋却没有受到一点损伤。他背着它们,从冰上走到两英里外的岸上,在那儿搭了一个藏东西的棚;后来过了很多年,这个棚仍旧竖在那儿,让那些知道它的来由的人指点着,议论着。

这时候,他和道森之间还隔着五百英里的冰路,水道已经封冻了。可是拉斯蒙森却神色非常紧张地徒步从湖上走了回去。他只带了一张毯子、一柄斧头和一把豆子,一路上孤零零的,受的苦绝不是常人所能想象的。这只有到北极冒过险的人才能了解。他在契尔库特山上遇到了一场暴风雪,单单这一次,他就在绵羊寨的外科医生那儿送掉了两个脚趾头。可是他挺住了,并且在"帕汪纳号"船上找到了一个在厨房里洗碟子的工作,借此来到了普吉特海湾,在那里又在一条客船上找到加煤的工作,回到了旧金山。

等到他一瘸一拐,走过银行里的光亮地板,向那儿的人提出第二次抵押借款的时候,他已经成了一个形容枯槁、蓬头垢面的人了。透过稀疏的胡须看得见凹陷的双颊,眼睛好像陷在两个很深的洞里,射出两股寒光。

由于风吹日晒和辛苦操劳,他的手已经变得非常粗糙,指甲缝里尽是嵌得很结实的积垢和煤屑。他含含糊糊地谈起了鸡蛋、冰块和狂风大浪;等到他们表示不能再借给他一千美元以上的钱时,他就变得语无伦次起来,尽说些关于狗同狗粮的价钱,以及雪鞋、鹿皮靴同雪路的事。后来,他们借给了他一千五百美元,这已经超过了他那幢房子所能担保的数目,他这才舒了一口气,涂上自己的签名,走出银行。

两个星期之后,他带着三乘由五条狗拖一乘的雪橇,走过了契尔库特。他自己驾着一乘,其余的由两个印第安人驾驶。到了马什湖的时候,他们打开那个棚,把鸡蛋装上了雪橇。可是没有现成的路。他是头一个从冰上来的人,因此,他必须担负起踏雪开路,穿过冰块壅塞的河道的工作。沿途,他常常看见后面寂静的天空中有一缕淡淡的篝火炊烟袅袅上升,不由得猜测起为什么那些人不赶上来。不过,因为他对北方还陌生,他总是搞不明白。甚至在那两个印第安人尽力对他解释之后,他也不明白。他们都认为开路是很艰难的事,因此,每逢他们踟蹰不前,不肯在早晨拔营时开路的时候,他就用枪口逼着他们工作。

后来,他在白马隘附近的一座冰桥上滑了一跤,冻坏了他那只已经生了冻疮、肿得一碰就疼的脚,那两个印第安人都以为他一定要躺下了。可是他牺牲了一条毯子,把脚包起来,套上一只大得跟水桶一样的鹿皮靴,仍旧跟他们轮流着驾驶第一乘雪橇开路。这是最惨最苦的事,尽管他们常常背着他用指节敲着前额,彼此会意地摇头,他们也不得不佩服他。有一天晚上,他们打算逃跑,可是他的子弹打在雪里的嗖嗖声音,把这两个印第安人追了回来;他们虽然口出恶言,到底还是屈服了。不过,他们都是野蛮的契尔凯特人,因此他们就一块儿商量,打算杀死他。可是他睡得跟猫一样警觉,无论他醒着还是睡着,从来不给他们一点机会。他们常常竭力把后面那一缕烟的意义告诉他,他非但不能理解,反而对他们添了一层疑心。每逢他们的脸现出怒容或者畏缩不前的时候,他总是马上给他们当面一拳,然后一下子掏出那支随时备用的左轮枪,让他们的发热的头脑冷静下来。

于是,日子就这样过了下去——既要对付叛逆的人,凶野的狗,还得忍受使他筋疲力尽的跋涉。他跟人斗，为的是留住他们；他跟狗斗，为的是不让它们走近鸡蛋。此外，他还要跟冰、跟寒气、跟他那只不会好的冻脚的疼痛斗争。新的肌肉一生出来，立刻长了冻疮，结成硬块，终于烂成一个流脓的大洞，几乎连他的拳头都塞得进去。每天早晨，那只脚一踏在地上，他的头就觉得发晕，疼得他简直要昏过去；可是早晨一过，他又会照例变得麻木起来，直到他爬进毯子，打算睡觉的时候，才开始恢复知觉。尽管如此，这个当了一辈子小职员、一向坐在办公桌旁边的人，却操劳得连那两个印第安人都赶不上他，甚至连那些狗都觉得筋疲力尽，支持不住。他甚至连自己操劳得多么辛苦、受了多少罪都不知道。他本来是个心无二念的人，现在既然产生一个念头，这个念头也就把他完全控制住了。在他的意识里，他的前景是道森，他的背景就是那一千打鸡蛋，而在这两者之间飘动着的他的自我，总是竭力要把这两者拉拢来合成一个闪闪发亮的金点。而这个金点就是那五千块钱，这是他的思想的顶点，也是他可能有的一切新念头的出发点。除此之外，他不过是一部自动化机器。其他的，他全不理会，即使看见了也像隔着昏暗的玻璃望到的一样，从不把它们放在心上。他的手做事，全凭这部机器来指挥，他的头脑也是这样。因此，他的脸色终于变得非常紧张，连那两个印第安人见了也很害怕；他们看到这个把他们当做奴隶的古怪白人强迫他们去这样蛮干，都觉得非常诧异。

后来，当他们到达巴尔杰湖上时，地球的这一端受到外层空间冷气的袭击，气温降到了零下六十多度。当时，为了呼吸得比较自在，他张着嘴干活，一下子冻坏了肺，从此以后，他就得了干咳的毛病，一闻到篝火的烟子或者操劳过度，就咳得非常难受。走到三十英里河的时候，他发现河面有好多处没有结冰，上面横架着靠不住的冰桥，旁边结着不坚固的薄冰。这种薄冰根本不牢靠，可是他居然不顾一切地走上去，而且仗着他的左轮枪，逼着他的雪橇夫也走了上去。至于冰桥上面，那儿虽然覆满积雪，预防的办法倒还是有的。他们在过桥的时候，都套上雪鞋，手里横拿着长杆，以便遇到意外可以有所凭借。他们总是人一过去，马上招呼狗也跟过去。后来，他们走到这样一座冰桥上，积雪之下掩藏着一个未结冰的空洞,一个印第安人就此送了命。他沉得很快很干脆,好像刀子插到薄薄的奶油里面,立刻给浮冰下的河水冲得看不见了。

这天晚上,他的伙伴趁着暗淡的月色逃走了,拉斯蒙森枉自开了几枪,只划破了夜里的沉寂——枪声虽快,枪法并不高明。三十六小时之后,这个印第安人已经跑到大鲑鱼河上的警察所里去了。

"这……这……那家伙真古怪……你说他是什么呢?……他简直昏了头。"译员向莫名其妙的警察队长解释道,"呃?对啦,疯啦,完全是个疯子。鸡蛋,鸡蛋,说来说去还是鸡蛋——懂吗?他就要来啦。"

拉斯蒙森过了好几天才走到这个警察所。这一路,他把三乘雪橇拴在一块,把所有的狗全并在一起。这样走当然很不方便,尽管在大多数情形下,他总是使出赫克里斯般的神力①,勉强把三乘雪橇一次全拖过去,可是到了实在难走的地方,他只好一乘一乘地拖。据这个警察队长说,那个印第安人正在奔向道森,这时候大约在塞克尔克和斯图尔特河之间,可是他听了之后,一点也不动气。甚至在他听到那些警察已经打通去佩利的路之后,他也不觉得高兴;现在,他完全抱着一种听天由命的态度,不论好坏,都随它去。不过,等到他们告诉他道森正在闹饥荒的时候,他反而笑了笑,连忙套上狗,动身赶路。

关于烟的秘密,在他走到下一个落脚的地方的时候,总算搞清楚了。自从大鲑鱼河传出到佩利去的路已经打通的消息之后,这些烟子就用不着等在他后面了;蹲在寂寞的火堆旁边的拉斯蒙森,只看见一连串各种各样的雪橇飞驰而过。头一批过去的,是把他从本乃湖拖出来的那个信差同那个混血儿;其次是到圜城去的邮差,一共有两雪橇人,然后就是那些拼凑起来到兑朗代克淘金的人。这些人同他们的狗都是精神饱满,身强体壮,而拉斯蒙森和他的畜生却累得筋疲力尽,瘦得只剩了皮包骨头。这些燃起一团团炊烟的人每三天里面只有一天赶路,他们总是养精蓄锐,以便等到路打通了的时候,可以猛奔;而拉斯蒙森却每天都在跋涉挣扎,搞垮了他的狗的精神,夺去了它们的勇气。

---

① 希腊神话中的大力士。

至于他自己,那可是搞不垮的。既然他替那些精神饱满、身强体壮的人出了不少力,他们也不免要亲切地感谢他一番——他们都咧着嘴,嬉皮笑脸地谢过了他;现在,因为他已经明白了,所以也就不去理睬他们。不过,他并没有怀恨在心。这种事实在算不了什么。他那个主意——以及那个主意所依据的事实——并没有变。他和他的一千打鸡蛋仍旧好好的,道森仍旧在那儿;问题丝毫未变。

走到小鲑鱼河的时候,因为缺少狗粮,狗就吃起了他的粮食。从这里开始,直到塞克尔克,他就只吃豆子——粗糙的焦黄的大豆只能勉强维持营养,梗得他的胃每隔两小时就要疼得他弯腰驼背一次。不料塞克尔克的站长在驿站门口挂起了一张布告,说是育空河上游已经两年没有见到轮船,因此粮食已经成了无价之宝。尽管这样,那位站长仍旧愿意以一杯面粉抵一个鸡蛋的方式跟他交换。可是拉斯蒙森摇摇头,就拔腿开路了。过了驿站之后,他设法买了一点冻马皮来喂狗,那儿的马全给契尔凯特的牧人杀死了,宰下来的零碎废肉全归了印第安人。他自己也尝了尝这种马皮,可是马毛扎到他嘴里的溃疡里面,疼得他不能忍受。

同时,在塞克尔克,他还碰到第一批从道森逃荒出来的人,他们一路挣扎,样子非常凄惨。"没有东西吃!"他们异口同声地说,"没吃的,只好走。""人人都认为春天粮食还要涨价。""面粉涨到一点五美元一磅,还是没有人卖。"

"鸡蛋吗?"其中的一个人回答道,"一块钱一个,可是一个也没有。"

拉斯蒙森迅速地算了一下。"一万二千块钱。"他高声说道。

"怎么回事?"那个人问道。

"没什么。"他一面回答,一面就赶着狗走开了。

走到斯图尔特河,离道森七十英里的时候,他的狗已经死掉了五条,其余的拖着雪橇,也都支持不住了。现在,连他自己也背着套绳,尽他剩余的一点气力来拖雪橇了。即使这样,他每天也只能撑十英里路。因为不断地生冻疮,他的颧骨和鼻子已经变得尽是淤血的黑斑,非常难看。那个握着舵杆的大拇指,因为经常跟其他的指头分开,也冻坏了,疼得他受不了。那只大得出奇的鹿皮靴仍然套在他的脚上,现在那条腿感到了一种奇怪的痛楚。走到六十英里河的时候,他省着吃了好久的豆子也吃完了;可是他下定决心不去动那些鸡蛋。他不肯跟自己的思想妥协,承认这是一种合法的行为;因此,他只好跌跌撞撞地向印第安河撑。到了那里,他碰到了一位慷慨的老住户,那人给了他一头新杀死的麋鹿,他和他的狗才添了一点气力。走到恩斯里的时候,他碰到一个在五小时之前才从道森仓皇逃出来的人,听说他的鸡蛋一定可以卖到一美元二十五美分一个,他心头产生一种苦尽甘来的感觉。

他在爬上道森的营盘旁边的陡坡的时候,心里扑腾乱跳,膝盖抖个不停。那些狗简直不能动弹了,他只好让它们休息休息,自己无力地撑着舵杆等着。一个人,一个仪表堂堂,穿着一件熊皮大外套的人很悠闲地走到了拉斯蒙森旁边。他瞧了拉斯蒙森一眼,就停下来,打量着那些狗和那三乘捆在一起的雪橇。

"你这里面是什么东西?"他问道。

"鸡蛋。"拉斯蒙森用嘶哑得跟耳语一样的声音回答道,他简直没有办法把声音提得再高一点。

"鸡蛋!太好啦!太好啦!"他一下跳到半空里,像发狂一样旋转了一圈,然后迈着军人的步伐走了几步,"难道说——都是鸡蛋吗?"

"都是鸡蛋。"

"唔,你一定是那个蛋商了。"他绕过去,从另一面打量着拉斯蒙森,"喂,说话呀,你究竟是不是那个蛋商?"

拉斯蒙森一点也不明白这是怎么回事,只好假定就是这样,那个人才镇静了一点。

"你打算卖什么价钱?"他很小心地问道。

拉斯蒙森立刻变得毫无顾忌起来。"一点五美元。"他说。

"好!"那个人立刻回答道,"给我一打。"

"我……我是说一点五美元一个。"拉斯蒙森吞吞吐吐地解释道。

"当然啰。我听得懂你的话。给我两打吧。金子在这儿。"

那个人掏出一个很体面的装金沙的口袋,大约有一根小腊肠那么大,毫不介意地用它敲着舵杆。拉斯蒙森觉得胃里有一种奇怪的颤动,鼻子痒丝丝的,真想坐下来大哭一场。这时候,他周围已经聚拢了一群好奇的、睁大眼睛的人,个个都喊着要买鸡蛋。他没有天平,可是那个穿熊皮外套的人立刻弄来了一架,在拉斯蒙森把蛋递出去的时候,很殷勤地帮他把金沙称了一下。不久,他周围就熙熙攘攘,挤满了一大群人,全在大喊大叫。人人都要买蛋,争先恐后的。等到他们变得非常兴奋的时候,拉斯蒙森反而冷静了下来。这可不成。他们这样争先恐后地抢着要买,里面一定有什么道理。不如先歇一歇,摸摸行情,要聪明一点。也许一个鸡蛋值两美元也说不定。总之,无论什么时候,只要他想卖,一点五美元一个总是拿得稳的。

"停一停!"他喊道。这时候,已经卖出了两百个蛋,"现在不卖了。我很累了。我得先弄一所房子,以后你们可以到那儿来找我。"

大家听到这种话,都不住地叹气,可是那个穿熊皮外套的人很赞成。既然三十四个冻蛋已经骨碌碌地滚进了他的大口袋,他就不管城里其余的人有没有东西吃了。再者,他也看得出,拉斯蒙森的确是撑不住了。

"从蒙特·卡罗街过去第二个拐角上有一所房子。"他告诉他说,"一所窗子用草泥做的房子。它不是我的,不过归我管。房租是十美元一天,价钱很便宜。你马上就搬进去好啦,以后我会来看你的。别忘了窗子是用草泥做的。"

"嘿!嘿!嘿!"过了一会儿,他又回头喊道,"我可要到山上吃鸡蛋,做家乡梦去啦。"

拉斯蒙森在往那所房子去的路上,想起肚子饿了,就到北美商业运输公司的铺子里买了少量的食品,另外又到肉店里买了一块牛排和一些喂狗的鲑鱼干。他没有费多少事就找到了那所房子,于是,他没把狗从拖索上卸下来,就一个人进去生起火,煮起了咖啡。

"一点五美元一个——一千打——一万八千美元!"他一面干活,一面反反复复地这样自言自语。

他刚把牛排放到油锅里,门就开了。他扭过头一瞧,原来是那个穿熊皮外套的人。他进来的样子很坚决,好像专门为了什么事,可是他一瞧到拉斯蒙森,脸上又出现了一种疑惑不定的表情。

"喂……喂,告诉你……"他刚说出口,又停下了。

拉斯蒙森恐怕他是来讨房租的。

"喂,告诉你,他妈的!你知道吗,那些鸡蛋都是坏的!"

拉斯蒙森摇晃了一下。他觉得好像有人给他迎面一拳,打得他昏天黑地。房子里的墙全转得倾斜了。他伸出手,想撑住自己,不觉把手放到了炉子上面。炽烈的痛苦和烧焦了的肉味,终于使他清醒了过来。

"我明白了。"他慢慢地说着,一面伸手到口袋里去摸那袋金沙,"你要我还你的钱?"

"我不是为了钱。"那个人说,"你还有鸡蛋没有……有好蛋吗?"

拉斯蒙森摇了摇头。"你还是把钱拿回去吧。"

不料那个人不肯,反而后退了几步。"我会再来的。"他说,"等你的新货到了,我再来买。"

拉斯蒙森把劈柴的砧头滚到屋里之后,就把那些蛋搬了进去。他忙来忙去,一直非常镇静。接着,他就拿起斧头,把鸡蛋一个一个地劈成两半。劈开的蛋经过仔细检查之后,都给他扔到了地板上。起初,他只从各个蛋箱里挑出几个来试试,后来就索性一箱一箱地劈。地板上的蛋也越堆越多。咖啡煮过了头,烧焦的牛排气味充满了一屋子。可是他仍旧单调地、不住地劈下去,直到劈完了最后一箱。

这时候,有人敲了敲门,然后又敲了敲,接着就自己推门进来了。

"怎么搞得这么乱七八糟!"他一面说,一面停下来打量了一下这种情形。

劈开的蛋给炉子里的热气一熏,都化开了,臭味也越来越浓了。

"毛病一定是出在轮船上面。"他推测道。

拉斯蒙森茫然地瞧着他,望了很久。

"我叫默雷,大吉姆·默雷,无论哪个都认识我。"那个人自我介绍道,"我刚才听说你的蛋都坏了,我愿意出两百块钱,把它们一起买下来。它们虽然比不上鲑鱼,可是用来喂狗也还不坏。"

拉斯蒙森好像变成了一块石头。他一点也不动。"你给我滚开。"他毫无感情地说。

"仔细想想吧。这么一堆臭蛋,还能得到这个价钱,照我看,也算不坏啦,总比一点也捞不着要强吧。两百块。你说怎么样?"

"你给我滚开。"拉斯蒙森轻轻地重复了一遍,"滚出去!"

默雷吓得张口结舌,不由得盯着对方的脸,小心谨慎地倒退了出去。

拉斯蒙森跟着他走到外面,解开了那些狗。他把他买来的鲑鱼全丢给它们之后,就拿起雪橇上的一根绳子,盘在手里。接着,他立刻回到屋里,把门闩上。乌焦的牛排发出的烟熏得他的眼睛生疼。他站在床上,把绳子套过房梁,用眼睛打量着它摆动的距离。这样好像还不称心,于是他搬来一张凳子,放在床上,爬到凳子上面。他在绳子的一头打了一个活结,把头伸了进去。同时,他把绳子的那一头也拴紧了。接着,他就踢开了下面的凳子。

万紫　雨宁 译

热 爱 生 命

  一切,总算剩下了这一点——
    他们经历了生活的困苦颠连;
  能做到这种地步也就是胜利,
    尽管他们输掉了赌博的本钱。

  他们两个一瘸一拐地,吃力地走下河岸,有一次,走在前面的那个还在乱石中间失足摇晃了一下。他们又累又乏,因为长期忍受苦难,都带着愁眉苦脸、咬牙苦熬的表情。他们肩上捆着用毯子包起来的沉重包袱。总算那条勒在额头上的皮带还得力,帮着吊住了包袱。他们每人拿着一支来复枪。他们弯着腰走路,肩膀冲向前面,而脑袋冲得更前,眼睛总是瞅着地面。

  "我们藏在地窖里的那些子弹,我们身边要有两三发就好了。"走在后面的那个人说道。

  他的声调阴沉沉的,干巴巴的,没有任何感情。他冷冷地说着这些话;前面的那个只顾一瘸一拐地向流过岩石、激起一片泡沫的白茫茫的小河里走去,一句话也不回答。

  后面的那个紧跟着他。他们两个都没有脱掉鞋袜,虽然河水冰冷——冷得他们脚腕子疼痛,两脚麻木。每逢河水冲激着他们膝盖的地方,两个人都摇摇晃晃地站不稳。

  跟在后面的那个在一块光滑的圆石头上滑了一下,差一点没摔倒,但是,他猛力一挣,站稳了,同时痛苦地尖叫了一声。他仿佛有点头昏眼花,一面摇晃着,一面伸出那只闲着的手,好像打算扶着空中的什么东西。站稳之后,他再向前走去,不料又摇晃了一下,几乎摔倒了。于是,他就站下了,瞧着前面那个一直没有回过头的人。

他这样一动不动地足足站了一分钟,好像心里在说服自己一样。接着,他就叫了起来:

"喂,比尔,我扭伤脚腕子啦。"

比尔在白茫茫的河水里一摇一晃地走着。他没有回头。后面那个人瞅着他这样走去,脸上虽然照旧没有表情,眼睛里却流露着跟一头受伤的鹿一样的神色。

前面那个人一瘸一拐,登上对面的河岸,头也不回,只顾向前走去。河里的人眼睁睁地瞧着。他的嘴唇有点发抖,因此,他嘴边乱棕似的胡子也在明显地抖动。他甚至不知不觉地伸出舌头来舔了舔嘴唇。

"比尔!"他大声地喊着。

这是一个坚强的人在患难中求援的喊声,但比尔并没有回头。他的伙伴干瞧着,只见比尔古里古怪地一瘸一拐地走着,跌跌撞撞地前进,摇摇晃晃地登上一片不陡的斜坡,向矮山头上不十分明亮的天际走去。他一直瞧着比尔跨过山头,消失在山那边。于是他掉转眼光,慢慢扫过比尔走后留给他的那一圈世界。

靠近地平线的太阳像一团快要熄灭的火球,几乎被那些混混沌沌的浓雾同蒸气遮没了,让你觉得它好像是什么密密团团,然而轮廓模糊、不可捉摸的东西。这个人单腿立着休息,掏出了他的表。现在是四点钟,在这种七月底或者八月初的季节里——他说不出一两个星期之内的确切的日期——他知道太阳大约是在西北方。他瞧了瞧南面,知道在那些荒凉的小山后面就是大熊湖;同时,他还知道在那个方向,北极圈的禁区界线深入到加拿大冻土地带之内。他所站的地方是铜矿河的一条支流,铜矿河本身则向北流去,通向加冕湾和北冰洋。他从来没到过那儿,但是,有一次他在赫德森湾公司的地图上曾经瞧见过那地方。

他把周围那一圈世界重新扫了一遍。这是一片叫人看了发愁的景象。到处都是模糊的天际线。小山全是那么低低的。没有树,没有灌木,没有草——什么都没有,只有一片辽阔可怕的荒野。他两眼露出了恐惧神色。

"比尔!"他悄悄地、一次又一次地喊道,"比尔!"

他在白茫茫的水里畏缩着,好像这片广大的世界正在用压倒一切的力量挤压着他,正在残忍地摆出得意的威风来摧毁他。他像发疟子似的抖了起来,连手里的枪都哗啦一声落到水里。这一声总算把他惊醒了。他和恐惧斗争着,尽力鼓起精神,在水里摸索着,找到了枪。他把包袱向左肩挪动了一下,以便减轻扭伤的脚腕子的负担。接着,他就慢慢地,小心谨慎地,疼得闪闪缩缩地向河岸走去。

他一步也没有停。他像发疯似的拼着命,不顾疼痛,匆匆登上斜坡,走向他的伙伴的踪影消失的那个山头——比起那个瘸着腿,一瘸一拐的伙伴来,他的样子更显得古怪可笑。可是到了山头,只看见一片死沉沉的、寸草不生的浅谷。他又和恐惧斗争着,克服了它,把包袱再往左肩挪了挪,蹒跚地走下山坡。

谷底一片潮湿,浓厚的苔藓像海绵一样,紧贴在水面上。他走一步,水就从他脚底下溅射出来,他每次一提起脚,就会引起一种吧唧吧唧的声音,因为潮湿的苔藓总是吸住他的脚,不肯放松。他挑着好路,从一块沼地走到另一块沼地,并且顺着比尔的脚印,走过一堆一堆的、像突出在这片苔藓海里的小岛一样的岩石。

他虽然孤零零的一个人,却没有迷路。他知道,再往前去,就会走到一个小湖旁边,那儿有许多极小极细的枯死的枞树,当地的人把那儿叫做"提青尼其利"——意思是"小棍子地"。而且,还有一条小溪通到湖里,溪水不是白茫茫的。溪上有灯心草——这一点他记得很清楚——但是没有树木,他可以沿着这条小溪一直走到水源尽头的分水岭。他会翻过这道分水岭,走到另一条小溪的源头,那条溪是向西流的,他可以顺着水流走到它注入狄斯河的地方,那里,在一条翻了的独木船下面可以找到一个小坑,坑上面堆着许多石头。这个坑里有他那支空枪所需要的子弹,还有钓钩、钓丝和一张小鱼网——打猎钓鱼求食的一切工具。同时,他还会找到面粉——并不多——此外还有一块腌猪肉同一些豆子。

比尔会在那里等他的,他们会顺着狄斯河向南划到大熊湖。接着,他们就会在湖里朝南方划,一直朝南,直到麦肯齐河。到了那里,他们还要朝着南方，继续朝南方走去，那么冬天就怎么也赶不上他们了。让湍流结冰吧，让天气变得更凛冽吧，他们会向南走到一个暖和的哈得逊湾公司的站点，那儿不仅树木长得高大茂盛，吃的东西也多得不得了。

　　这个人一路向前挣扎的时候，脑子里就是这样想的。他不仅苦苦地拼着体力，也同样苦苦地绞着脑汁，他尽力想着比尔并没有抛弃他，想着比尔一定会在藏东西的地方等他。他不得不这样想，不然，他就用不着这样拼命，他早就会躺下来死掉了。当那团模糊的像圆球一样的太阳慢慢向西北方沉下去的时候，他一再盘算着在严冬到来之前他和比尔向南逃去的每一英寸路。他反复地想着地窖里和哈得逊湾公司站点上的吃的东西。他已经两天没吃东西了；至于没有吃到他想吃的东西的日子，那就更不止两天了。他常常弯下腰，摘下沼地上那种灰白色的浆果，把它们放到口里，嚼一嚼，然后吞下去。这种沼地浆果只有一小粒种子，外面包着一点浆水。一进口，水就化了，种子又辣又苦。他知道这种浆果并没有养分，但是他仍然抱着希望，耐心地嚼着它们，不顾及理智和常识。

　　走到九点钟，他在一块岩石上绊了一下，因为极端疲倦和衰弱，他摇晃了一下就栽倒了。他侧着身子、一动也不动地躺了一会儿。接着，他从捆包袱的皮带当中脱出身子，笨拙地挣扎起来，勉强坐着。这时候，天还没有完全黑，他借着流连不散的暮色，在乱石中间摸索着，想找到一些干枯的苔藓。后来，他收集了一堆，就生起一蓬火——一堆不旺的，冒着黑烟的火——并且放了一白铁罐子水在上面煮着。

　　他打开包袱，第一件事就是数数他的火柴。一共六十七根。为了弄清楚，他数了三遍。他把它们分成几份，用油纸包起来，一份放在他的空烟草袋里，一份放在他的破帽子的帽圈里，最后一份放在贴胸的衬衫里面。放好之后，他忽然感到一阵恐慌，于是他把它们完全拿出来打开，重新数了一遍。仍然是六十七根。

　　他在火边烘着潮湿的鞋袜。鹿皮鞋已经成了湿透的碎片。毡袜子有好多地方都磨穿了，两只脚皮开肉绽，都在流血。一只脚腕子胀得血管直跳，他检查了一下。它已经肿得和膝盖一样粗。他一共有两条毯子，他从其中一条毯子上撕下一长条，把脚腕子捆紧。然后，他又撕下几条，裹在脚上,代替鹿皮鞋和袜子。接着,他喝完那罐滚烫的水,上好表的发条,就爬进两条毯子当中。

他睡得跟死人一样。午夜前后的短暂的黑暗来而复去。太阳从东北方升了起来——确切地说,那个方向出现了曙光,因为太阳给乌云遮住了。

六点钟的时候,他醒了过来,静静地仰面躺着。他仰视着灰色的天空,知道肚子饿了。当他撑住胳膊肘翻身的时候,一种很大的呼噜声把他吓了一跳。他看见了一只公鹿,它正在用机警好奇的眼光瞧着他。公鹿离他不过五十英尺光景,他脑子里立刻出现了鹿肉排在火上烤得咝咝作响、香味扑鼻的情景。他下意识地抓起了那支空枪,瞄好准星,扣了一下扳机。公鹿打了个响鼻,一跳就跑开了,只听见它奔过山岩时蹄子嘚嘚乱响的声音。

这个人骂了一句,扔掉那支空枪。他一面拖着身体站起来,一面大声地哼哼。这是一件很慢、很吃力的事。他的关节都像生了锈的铰链。它们在骨臼里的动作很迟钝,阻力很大,一屈一伸都得咬着牙才能办到。最后,两条腿总算站住了,但又花了一分钟左右的工夫才挺起腰,让他能够像一个人那样站得笔直。

他慢腾腾地登上一个小丘,看了看周围的地形。既没有树木,也没有小树丛,什么都没有,只看到一望无际的灰色苔藓,偶尔有点灰色的岩石,几片灰色的小湖,几条灰色的小溪,算是一点点缀。天空是灰色的。没有太阳,也没有太阳的影子。他不知道哪儿是北方,他已经忘掉了昨天晚上他是怎样取道走到这里的。不过他并没有迷失方向。这他是知道的。不久他就会走到那块"小棍子地"。他觉得它就在左面的什么地方,而且不远——可能翻过下一座小山头就到了。

于是他回到原地,打好包袱,准备动身。他摸清楚了那三包分别放开的火柴还在,虽然没有停下来再数数。不过,他仍然踌躇了一下,在那儿一个劲地盘算,这次是为了一个厚实的鹿皮口袋。袋子并不大,它可以放在两个手掌里。他知道它有十五磅重——相当于包袱里其他东西的总和——这个口袋使他发愁。最后,他把它放在一边,开始打背包。可是,打了一会儿,他又停下手,盯着那个鹿皮口袋。他匆忙地把它抓到手里,用一种警觉的眼光瞧瞧周围,仿佛这片荒原要把它抢走似的;等到他站起来,摇摇晃晃地开始这一天的路程的时候,这个口袋还是放在了他背后的背包里。

他转向左面走着,不时停下来吃沼地上的浆果。扭伤的脚腕子已经僵直,他比以前跛得更明显了,但是,比起肚子里的痛苦,脚疼就算不得什么了。饥饿的疼痛是剧烈的。它们一阵一阵地发作,好像在啃着他的胃,疼得他不能把思想集中在到"小棍子地"必须走的路线上。沼地上的浆果并不能减轻这种剧痛,那种刺激性的味道反而使他的舌头和口腔热辣辣的。

他走到了一个山谷,那儿有许多松鸡从岩石和沼地里呼呼地拍着翅膀飞起来。它们发出一种"咯儿—咯儿—咯儿"的叫声。他拿石子打它们,但是打不中。他把背包放在地上,像猫捉麻雀一样地偷偷走过去。锋利的岩石划破了他的裤腿,膝盖流出的血在地面上留下一道血迹;但是在饥饿的痛苦中,这种痛苦也算不了什么。他在潮湿的苔藓上爬着,衣服湿透了,身上发冷;可是这些他都浑然不觉,因为他想吃东西的念头那么强烈。而那一群松鸡却总是在他面前飞起来,呼呼地转,到后来,它们那种"咯儿—咯儿—咯儿"的叫声简直变成了对他的嘲笑,于是他就咒骂它们,随着它们的叫声对它们大叫起来。

有一次,他爬到了一定是睡着了的一只松鸡旁边。他一直没有瞧见,直到它从岩石的角落里冲着他的脸蹿起来,他才发现。他像那只猛然起飞的松鸡一样惊慌地抓了一把,只捞到了三根尾巴上的羽毛。当他瞅着它飞走的时候,他心里非常恨它,好像它做了什么对不起他的事。随后他回到原地,背起背包。

时光渐渐消逝,他走进了连绵的山谷,或者说是沼地,这些地方的野物比较多。一群驯鹿走了过去,大约有二十多头,都在可望而不可即的来复枪的射程以内。他心里有一种发狂似的、想追赶它们的念头,而且相信自己一定能追上去捉住它们。一只黑狐狸朝他走了过来,嘴里叼着一只松鸡。这个人喊了一声。这是一种可怕的喊声,那只狐狸吓跑了,可是没有丢下松鸡。

傍晚时,他顺着一条小河走去,由于含有石灰而变成乳白色的河水从稀疏的灯心草丛里流过去。他紧紧抓住这些灯心草的根部,拔起一种好像嫩葱芽、只有木瓦上的钉子那么大的东西。这东西很嫩,他的牙齿咬进去,会发出一种咯吱咯吱的声音,仿佛味道很好。但是它的纤维却不容易嚼。它是由一丝丝的充满了水分的纤维组成的,跟浆果一样,完全没有养分。他丢开背包,爬到灯心草丛里,像牛似的大咬大嚼起来。

他非常疲倦,总希望能歇一会儿——躺下来睡个觉;可是他又不得不继续挣扎前进。不过,这并不一定是因为他急于要赶到"小棍子地",多半还是饥饿在逼着他。他在小水坑里找青蛙,或者用指甲挖土找小虫,虽然他知道,在这么远的北方,是既没有青蛙也没有小虫的。

他瞧遍了每一个水坑,都没有用,最后,到了漫漫的暮色袭来的时候,他才发现一个水坑里有一条独一无二的、像鲦鱼般的小鱼。他把胳膊伸下水去,一直没到肩头,但是它又溜开了。于是他用双手去捉,把池底的乳白色泥浆全搅浑了。正在紧张的关头,他掉到了坑里,半个身子都浸湿了。现在,水太浑了,看不清鱼在哪儿,他只好等着,等泥浆沉淀下去。

他又捉起来,直到水又被搅浑了。可是他等不及了,便解下身上的白铁罐子,把坑里的水舀出去。起初,他发狂一样地舀着,把水溅到自己身上,同时,因为泼出去的水距离太近,水又流到坑里。后来,他就更小心地舀着,尽量让自己冷静一点,虽然他的心跳得很厉害,手在发抖。这样过了半小时,坑里的水差不多舀光了。已没什么可舀的了。可是,鱼却不见了。他这才发现石头里面有一条暗缝,那条鱼已经从那里钻到了旁边一个相连的大坑——坑里的水他一天一夜也舀不干。如果他早知道有这个暗缝,他一开始就会用石头把它堵死,那条鱼也就归他所有了。

他这样想着,四肢无力地倒在潮湿的地上。起初,他只是轻轻地哭,过了一会儿,他就对着把他团团围住的无情的荒原号啕大哭;后来,他又大声抽噎了好久。

他生起一堆火,喝了几罐热水让自己暖和暖和,并且照昨天晚上那样在一块岩石上躺了下来。最后他检查了一下火柴是不是干燥,并且上好表的发条。毯子又湿又冷,脚腕子疼得在悸动。可是他只有饿的感觉。在不安的睡眠里,他梦见了一桌桌酒席和一次次宴会,以及各种各样的摆在桌上的食物。

醒来时,他又冷又不舒服。天上没有太阳。灰蒙蒙的大地和天空变得愈来愈阴沉昏暗。一阵刺骨的寒风刮了起来,初雪铺白了山顶。他周围的空气好像越来越浓,成了白茫茫一片,这时,他已经生起火,又烧了一罐开水。天上下的一半是雨,一半是雪,雪花又大又潮。起初,一落到地面就融化了,但后来越下越多,盖满了地面,淋熄了火,糟蹋了他那些当做燃料的干苔藓。

这是一个警告,他得背起背包,一瘸一拐地向前走;至于到哪儿去,他可不知道。他既不关心"小棍子地",也不关心比尔和狄斯河边那条翻过来的独木舟下的地窖。他完全给"吃"这个词儿管住了。他饿疯了。他根本不管他走的是什么路,只要能走出这个谷底就成。他在湿雪里摸索着,走到湿漉漉的沼地浆果那儿,接着又一面连根拔着灯心草,一面试探着前进。不过这东西既没有味,又不能把肚子填饱。后来,他发现了一种带酸味的野草,就把找到的都吃了下去,可是找到的并不多,因为它是一种蔓生植物,很容易给几英寸深的雪埋没。

那天晚上他既没有火,也没有热水,他就钻在毯子里睡觉,而且常常饿醒。这时,雪已经变成了冰冷的雨。他觉得雨落在他仰着的脸上,给淋醒了好多次。天亮了——又是灰蒙蒙的一天,没有太阳。雨已经停了。刀绞一样的饥饿感觉也消失了。他已经丧失了想吃食物的感觉。他只觉得胃里隐隐作痛,但并不使他过分难受。他的脑子已经比较清醒,他又一心一意地想着"小棍子地"和狄斯河边的地窖了。

他把撕剩的那条毯子扯成一条条的,裹好那双鲜血淋淋的脚,同时把受伤的脚腕子重新捆紧,为这一天的旅程做好准备。等到收拾背包的时候,他对着那个厚实的鹿皮口袋想了很久,但最后还是把它随身带上了。

雪已经给雨水淋化了,只有山头还是白的。太阳出来了,他总算能够定出罗盘的方位来了,虽然他知道现在他已经迷了路。在前两天的跋涉中,他也许走得过分偏左了。因此,他为了校正,就朝右面走,以便走上正确的路。

现在，虽然饿的痛苦已经不再那么敏锐，他却感到了虚弱。他在摘那种沼地上的浆果或者拔灯心草的时候，常常不得不停下来休息一会儿。他觉得他的舌头很干燥，很大，好像上面长满了细毛，含在嘴里发苦。他的心脏给他添了很多麻烦。他每走几分钟，心里就会猛烈地怦怦地跳一阵，然后变成一种痛苦的一起一落的迅速猛跳，逼得他透不过气，只觉得头昏眼花。

中午时分，他在一个大水坑里发现了两条鲦鱼。把坑里的水舀干是不可能的，但是现在他比较镇静，他想法子用白铁罐子把它们捞了起来。它们只有他的小指头那么长，好在他现在并不觉得特别饿。胃里的隐痛已经越来越弱，越来越麻木了。他的胃好像睡着了似的。他把鱼生吃下去，费劲地咀嚼着，因为吃东西已成了纯粹出于理智的动作。他虽然并不想吃，但是他知道，为了活下去，他必须吃。

黄昏时候，他又捉到了三条鲦鱼，他吃掉两条，留下一条作第二天的早饭。太阳已经晒干了零星碰到的苔藓，他能够烧点热水让自己暖和暖和了。这一天，他走了不到十英里路；第二天，只要心脏许可，他就往前走，只走了五英里多地。但是胃里却没有一点不舒服的感觉。它好像已经睡着了。现在，他到了一个陌生的地带，鹿越来越多，狼也多起来了。荒原里常常传出狼嗥的声音，有一次，他还瞧见了三只狼在他前面的路上穿过。

又过了一夜。早晨，因为头脑比较清醒，他就解开系着那厚实的鹿皮口袋的皮绳，从袋口倒出一股黄澄澄的粗金沙和金块。他把这些金子分成了大致相等的两堆，一堆包在一块毯子里，在一块突出的岩石上藏好，把另外那堆仍旧装到口袋里。同时，他又从剩下的那条毯子上撕下几条，用来裹脚。他仍然舍不得他的枪，因为狄斯河边的地窖里有子弹。

这是一个下雾的日子，这一天，他又有了饿的感觉。他的身体非常虚弱，他一阵一阵地晕得什么都看不见。现在，对他来说，一绊就摔跤已经不是稀罕事了；有一次，他给绊了一跤，正好摔到一个松鸡窝里。那里面有四只刚孵出的小松鸡，出世才一天光景——那些活蹦乱跳的小生命只够吃一口;他狼吞虎咽,把它们活活塞到嘴里,像嚼蛋壳似地吃起来。母松鸡大吵大叫地在他周围扑来扑去。他把枪当做棍子来打它,可是它闪开了。他投石子打它,碰巧打伤了它的一个翅膀。松鸡拍击着受伤的翅膀逃开了,他就在后面追赶。

那几只小鸡只吊起了他的胃口。他拖着那只受伤的脚腕子,一瘸一拐,跌跌撞撞地追下去,时而对它扔石子,时而粗声吆喝;有时候,他只是一瘸一拐,不声不响地追着,摔倒了就咬着牙、耐心地爬起来,或者在头晕得支持不住的时候用手揉揉眼睛。

这么一追,竟然穿过了谷底的沼地,发现了潮湿苔藓上的一些脚印。这不是他自己的脚印——他看得出来。一定是比尔的。不过他不能停下,因为母松鸡正在向前跑。他得先把它捉住,然后回来察看。

母松鸡被追得筋疲力尽,可是他自己也累坏了。松鸡歪着身子倒在地上喘个不停,他也歪着倒在地上喘个不停,只隔着十来英尺,然而他没有力气爬过去。等到他恢复过来,它也恢复过来了,他的饿手才伸过去,它就扑棱着翅膀,逃到了他抓不到的地方。这场追赶就这样继续了下去。天黑了,它终于逃掉了。由于浑身软弱无力,他绊了一跤,头重脚轻地栽下去,划破了脸,背包压在背上。他一动不动地过了好久;后来才翻过身,侧着躺在地上,上好表,在那儿一直躺到早晨。

又是一个下雾的日子。他剩下的那条毯子已经有一半做了包脚布。他没有找到比尔的踪迹。可是没有关系。饥饿逼得他太厉害了——不过——不过他又想,是不是比尔也迷了路?走到中午的时候,累赘的背包压得他受不了了。于是他又把金子分成两份,但这一次他把其中的一份就那么扔在了地上。到了下午,他把剩下来的那一点也扔掉了,现在,他只有半条毯子、一个白铁罐子和那支枪。

一种幻觉开始折磨他。不知为什么,他总觉得他还剩下一粒子弹,它就在枪膛里,而他一直没有想起。可是另一方面,他也始终明白,枪膛里是空的。但这种幻觉总是萦回不散。他斗争了几个钟头,想摆脱这种幻觉。后来他拉开了枪栓,结果面对着空枪膛。这样的失望非常痛苦,仿佛他真的希望会找到那粒子弹似的。

经过半个钟头的跋涉之后,这种幻觉又出现了。于是他又跟它斗争,而它又缠住他不放,直到为了摆脱它,他又打开枪膛打消自己的念头。有时候,他越想越远,只好一面凭本能自动向前跋涉,一面让种种奇怪的念头和狂想像蛀虫一样地啃噬他的脑髓。但是这类脱离现实的遐思大都维持不了多久,因为饥饿的痛苦总会把他刺醒。有一次,正在这样瞎想的时候,他忽然猛地惊醒过来,看到一个几乎叫他昏倒的东西。他像醉汉一样地晃了几下,竭力使自己不致跌倒。在他面前站着一匹马。一匹马!他简直不能相信自己的眼睛。他觉得眼前一片漆黑,霎时间金星乱迸。他狠狠地揉着眼睛,让自己瞧瞧清楚:这哪里是马,分明是一头大棕熊!那头野兽正在用一种好战的狐疑目光仔细察看着他。

他举枪上肩,把空枪举起一半,就记起来了。他放下枪,从屁股后面的镶珠刀鞘里拔出猎刀。他面前是肉和生命。他用大拇指试试刀刃。刀刃很锋利。刀尖也很锋利。他本来会扑到熊身上,把它杀死的。可是他的心却猛地跳动起来,像是在警告:咚,咚,咚——接着又向上猛顶,迅速跳动,头像给铁箍箍紧了似的,脑子里渐渐感到一阵昏迷。

他的不顾一切的勇气已经给一阵汹涌起伏的恐惧驱散了。处在这样衰弱的境况中,如果那头野兽攻击他,怎么办?他只好尽力摆出极其威风的样子,握紧猎刀,狠命地盯着那头熊。它笨拙地向前挪了两步,站直了,发出试探性的咆哮。如果这个人逃跑,它就追上去;不过这个人并没有逃跑。现在,由于恐惧而产生的勇气已经使他振奋起来。同样地,他也在咆哮,而且声音非常凶野,非常可怕,透出那种生死攸关、紧紧地缠着生命的根基的恐惧。

那头熊慢慢向旁边挪动了一下,发出威胁的吼声,它自己也给这个站得笔直、毫不害怕的神秘动物吓住了。可是这个人仍旧不动。他像石像一样地站着,直到危险过去,他才猛然哆嗦了一阵,倒在潮湿的苔藓上。

他重新振作起来,继续前进,心里又产生了一种新的恐惧。这不是害怕他会束手无策地死于饥饿,而是害怕没等到饥饿耗尽他的最后一点求生力,他已经给凶残地撕成碎片。这地方的狼很多。狼嗥的声音在荒原上飘来飘去,在空中交织成一片危险的罗网,吓得他不由举起双手,把它

49

向后推去,仿佛它是鼓满了风的篷布。

那些狼时常三三两两地从他前面走过,但是都避着他。一则因为它们为数不多,再者,它们要找的是不会搏斗的驯鹿,而这个直立走路的奇怪动物却可能既会抓又会咬。

傍晚时他碰到了许多零乱的骨头,说明狼在这儿咬死过一个动物。这些残骨在一个钟头以前还是一头一面尖叫,一面飞奔的小鹿。他端详着这些骨头,它们已经给啃得精光发亮,现出生命还未褪尽的粉红色。难道在天黑之前,他也可能变成这个样子吗?生命就是这样吗,呃?真是一种空虚的、转瞬即逝的东西。只有活着才感到痛苦。死并没有什么难过。死就等于睡觉。它意味着结束,休息。那么,为什么他不甘心死呢?

但是,他对这些大道理并没有想多久。他蹲在苔藓地上,嘴里衔着一根骨头,吮吸着仍然使骨头微微泛红的残余生命。甜蜜蜜的肉味,跟回忆一样隐隐约约,不可捉摸,却引得他要发疯。他咬紧骨头,使劲地嚼。有时他咬碎了一点骨头,有时却硌碎了自己的牙。于是他就用岩石来砸骨头,把它捣成了酱,然后吞到肚里。匆忙之中,有时他也砸到自己的指头上;使他一时感到惊奇的是,石头砸了他的指头他并不觉得很痛。

接着下了几天可怕的雨雪。他不知道什么时候露宿,什么时候收拾行李。他白天黑夜都在赶路。他摔倒在哪里就在那里休息,一到垂危的生命火花闪烁起来,微微燃烧的时候,他就慢慢向前走。他已经不再像人那样挣扎了。逼着他向前走的,是他体内的生命,生命本身在抗拒死亡。他也不再痛苦了。他的神经已经变得迟钝麻木,他的脑子里则充满了怪异的幻象和美妙的梦境。

不过,他老是吮吸着,咀嚼着那只小鹿的碎骨头,这是他收集起来随身带着的一点残屑。他不再翻山越岭了,只是沿着一条流过一片宽阔的浅谷的溪水走去。可是他既没有看见溪流,也没有看到山谷。他只看到幻象。他的灵魂和肉体虽然在并排向前走,向前爬,但它们是分开的,它们之间的联系已经非常微弱。

有一天,他醒过来,神智清楚地仰卧在一块岩石上。太阳明亮亮的,有些暖意。他听到远处有一群小鹿尖叫的声音。他只隐隐约约地记得下过雨,刮过风,落过雪,至于他究竟被暴风雨吹打了两天还是两个星期,那他就不知道了。

他一动不动地躺了好一会儿,温和的阳光照在他身上,使他那受苦受难的身体充满了暖意。这是一个晴天,他想道。也许,他可以想办法确定自己的方位。他痛苦地使劲偏过身子。下面是一条流得很慢的很宽的河。他觉得这条河很陌生,真使他奇怪。他慢慢地顺着河望去,宽广的河流蜿蜒在许多光秃秃的小荒山之间,那些小山比他往日碰到的任何小山都显得更荒凉,更低矮。于是他慢慢地,从容地,毫不激动地,或者至多也是抱着一种极偶然的兴致,顺着这条奇怪的河流的方向,向天际望去,只看到它注入一片明亮光辉的大海。他仍然无动于衷。太奇怪了,他想道,这是幻象吧,也许是海市蜃楼吧——多半是幻象,是他的错乱的神经搞出来的把戏。后来,他又看到光亮的大海上停泊着一只大船,就更加相信这是幻象。他的眼睛闭了一会儿又睁开了。奇怪,这种幻象竟会这样地经久不散!然而这并不奇怪,他知道,在荒原中心绝不会有什么大海,大船,正像他知道他的空枪里没有子弹一样。

他听到背后有一种吸鼻子的声音——仿佛喘不出气或者咳嗽的声音。由于身体极端虚弱和僵硬,他极慢极慢地翻了一个身。他看不出附近有什么东西,但是他耐心地等着。又听到了吸鼻子和咳嗽的声音,离他不到二十英尺远的两块巉岩之间,他隐约看到一只灰狼的头。那双尖耳朵并不像别的狼那样竖得笔挺;它的眼睛昏暗无光,布满血丝;脑袋好像无力地、苦恼地耷拉着。这头野兽不断地在太阳光里眨眼。它好像有病。正当他瞧着它的时候,它又发出了吸鼻子和咳嗽的声音。

至少,这总是真的。他一面想,一面又翻过身,以便瞧见先前给幻象遮住的现实世界。可是,远处仍旧是一片光辉的大海,那条船仍然历历可见。难道这是真的吗?他闭着眼睛,想了好一会儿,终于想出来了。他一直在向北偏东走,他已经离开狄斯分水岭,走到了铜矿谷。这条流得很慢的宽广的河就是铜矿河。那片光辉的大海是北冰洋。那条船是一艘捕鲸船,本来应该驶往麦肯齐河口,可是偏东了,太偏东了,目前停泊在加冕湾里。他记起了很久以前他看到的那张哈得逊湾公司的地图。现在,对他来说,这完全是清清楚楚,入情入理的。

他坐起来,想着切身的事情。裹在脚上的毯子已经磨穿了,他的脚破得没有一处好肉。最后一条毯子已经用完了。枪和猎刀也不见了。帽子不知在什么地方丢了,帽圈里那小包火柴也一块儿丢了;不过,贴胸放在烟草袋里的那包用油纸包着的火柴还在,而且是干的。他瞧了一下表。时针指着十一点,表仍然在走。很清楚,他一直没有忘了上表。

他很冷静,很沉着。虽然身体衰弱已极,但是并没有痛苦的感觉。他一点也不饿。甚至想到食物也不会产生快感。现在,他无论做什么,都只凭理智。他齐膝盖撕下了两截裤腿,用来裹脚。他总算还保住了那个白铁罐子。他打算先喝点热水,然后再向船靠拢,他已经料到这是一段可怕的路程。

他的动作很慢。他好像半身不遂似的哆嗦着。等到他预备去收集干苔的时候,他才发现自己已经站不起来了。他试了又试,后来只好死了这条心,他开始用手和膝盖支着爬行。有一次,他爬到了那只病狼附近。那只野兽一面很不情愿地避开他,一面用那条好像连弯一下的力气都没有的舌头舔着自己的牙床。这个人注意到它的舌头并不是通常那种健康的红色,而是一种暗黄色,好像蒙着一层粗糙的、半干的黏膜。

这个人喝下热水之后,觉得自己可以站起来了,甚至还可以像想象中一个垂死挣扎的人那样走路了。他每走一两分钟,就不得不停下来休息一会儿。他的步子软弱无力,很不稳,就像跟在他后面的那只狼一样又软又不稳;这天晚上,等到黑夜笼罩了光辉的大海的时候,他知道他和大海之间的距离只缩短了不到四英里。

这一夜,他总是听到那只病狼咳嗽的声音,有时候他还听到一群小鹿的叫声。他周围全是生命,不过那是强壮的生命,非常活跃而健康的生命,同时他也知道,那只病狼所以要紧跟着他这个病人,是希望他先死。早晨,他一睁开眼睛就看到那个畜生正用一种如饥似渴的眼光瞪着他。它夹着尾巴蹲在那儿,好像一条可怜的倒霉的狗。早晨的寒风吹得它直哆嗦,每逢这个人对它勉强发出一种低声咕噜似的吆喝,它就无精打采地龇着牙。

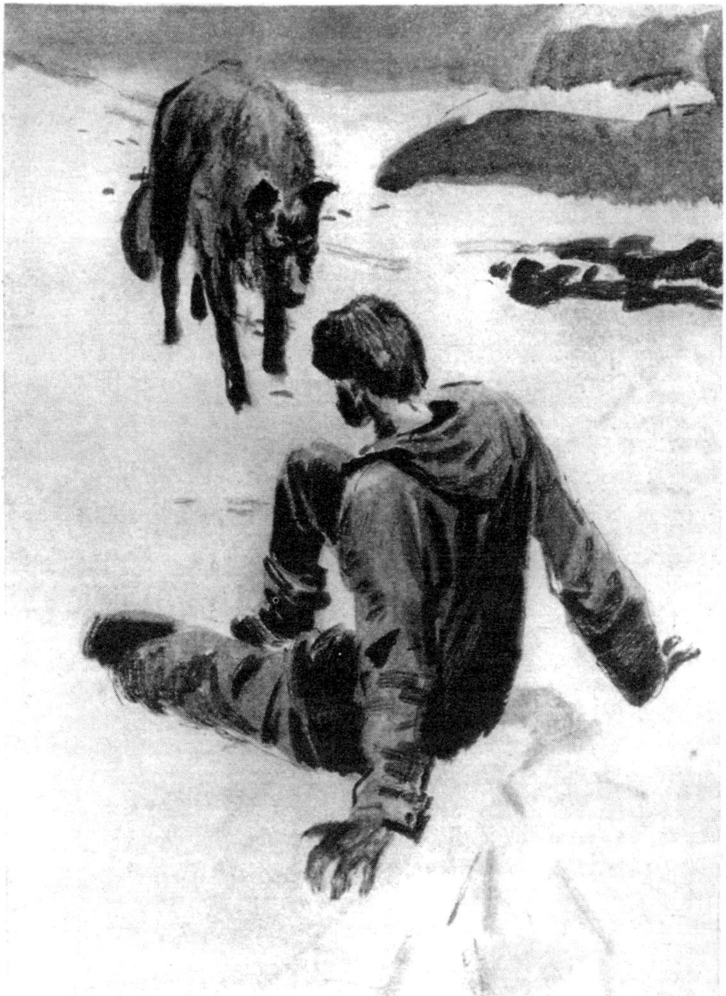

太阳亮堂堂地升了起来。这一天早晨,他一直在绊绊跌跌地朝着光辉的海洋上的那条船走。天气好极了。这是高纬度地方的那种短暂的晚秋。它可能连续一个星期。也许明后天就会结束。

下午,这个人发现了一些痕迹。那是另外一个人留下的,那人不是走,而是爬的。他认为可能是比尔,不过他只是漠不关心地想想罢了。他并没有什么好奇心。事实上,他早已失去了兴致和热情。他已经不再感到痛苦了。他的胃和神经都睡着了。但是内在的生命却逼着他前进。他非常疲倦,然而他的生命却不愿死去。正因为生命不愿死去,他才仍然要吃沼地上的浆果和鲦鱼,喝热水,一直提防着那只病狼。

他跟着那个挣扎前进的人的痕迹向前走去,不久就走到了尽头——潮湿的苔藓上摊着几根才啃光的骨头,附近还有许多狼的脚印。他发现了一个厚实的鹿皮口袋,跟他自己的那个一模一样,但袋子已经被尖利的牙齿咬破了。他那无力的手已经拿不动这样沉重的袋子了,可是他到底把它提起来了。比尔至死都带着它。哈哈!他可以嘲笑比尔了。他可以活下去,把它带到光辉的海洋里那条船上。他的笑声粗野可怕,跟乌鸦的怪叫一样,而那条病狼也随着他,一阵阵地惨嗥。突然间,他不笑了。如果这真是比尔的骸骨,如果这些有红有白、啃得精光的骨头,真是比尔的话,他怎么能嘲笑呢?

他转身走开了。不错,比尔抛弃了他;但是他不愿意拿走那袋金子,也不愿意吮吸比尔的骨头。不过,如果事情掉个头的话,比尔也许会做得出来的。他一面摇摇晃晃地前进,一面暗暗想着这些情形。

他走到了一个水坑旁边。就在他弯下腰找鲦鱼的时候,他猛然仰起头,好像给戳了一下。他瞧见了自己反映在水里的脸。脸色之可怕,竟然使他一时恢复了知觉,感到震惊了。这个坑里有三条鲦鱼,可是坑太大,不好舀;他用白铁罐子去捉,试了几次都不成,后来他就不再试了。他怕自己会由于极度虚弱,跌进去淹死。而且,也正是因为这一层,他才没有跨上沿着河流并排漂去的木头,让河水带着他走,尽管浅滩里有许多圆木。

这一天,他和那条船之间的距离缩短了三英里;第二天,又缩短了两英里——因为现在他是跟比尔先前一样地在爬;到了第五天晚上,他发现那条船离开他仍然有七英里,而他每天连一英里也爬不到了。幸亏天气仍然继续放晴,于是他继续爬行,继续晕倒,辗转不停地爬;而那头狼也始终跟在他后面,不断地咳嗽和哮喘。他的膝盖已经和他的脚一样鲜血淋漓,尽管他撕下了身上的衬衫来垫膝盖,他背后的苔藓和岩石上仍然留下了一路血渍。有一次,他回头看见病狼正贪婪地舔着他的血渍,他不由得清清楚楚地看出了自己可能遭到的结局——除非——除非他干掉这只狼。于是,一幕从来没有演出过的残酷的求生悲剧就开始了——病人一路爬着,病狼一路跛行着,两个生灵就这样在荒原里拖着垂死的躯壳,谁都想先要了对方的命。

如果这是一条健康的狼,那么,他觉得倒也没有多大关系;可是,一想到自己要喂这么一只令人作呕、只剩下一口气的狼,他就觉得非常厌恶。他就是这样吹毛求疵。现在,他脑子里又开始胡思乱想,又给幻象弄得迷迷糊糊,而神智清楚的时候也越来越少,越来越短。

有一次,他从昏迷中被一种贴着他耳朵喘息的声音惊醒了。那只狼向后一跳,因为身体虚弱,一失足摔倒了。那情景可笑极了,可是他一点也不觉得有趣。他甚至也不害怕。他已经到了这一步,根本谈不到恐惧。不过,这一会儿,他的头脑却很清醒,于是他躺在那儿,仔细地考虑起来。那条船离他不过四英里路,他把眼睛擦净之后,可以很清楚地看到它;同时,他还看出了一条在光辉的大海里破浪前进的小船的白帆。可是,无论如何他也爬不完这四英里路。这一点,他是知道的,而且知道以后,他还非常镇静。他知道他连半英里路也爬不了啦。不过,他仍然要活下去。在经历了千辛万苦之后,他居然会死掉,那未免太不合理了。命运对他实在太苛刻了。然而,尽管奄奄一息,他还是不情愿死。也许,这种想法完全是发疯,不过,就是到了死神的铁掌里,他仍然要反抗它,不肯死。

他闭上眼睛,极其小心地让自己镇静下去。疲倦像涨潮一样,从他身体的各处涌上来,但是他刚强地打起精神,绝不让这种令人窒息的疲倦把他淹没。这种要命的疲倦很像一片大海,一涨再涨,一点一点地淹没他的意识。有时候,他几乎完全给淹没了,他只能用无力的双手划着,漂游过那黑茫茫的一片;可是,有时候,他又会凭着一种奇怪的心灵作用,另外找到一丝毅力,更坚强地划着。

他一动不动地仰面躺着,听到病狼一呼一吸地喘着气,慢慢地向他逼近。它越来越近,一直在向他逼近,好像经过了无穷的时间,但是他始终不动。它已经到了他耳边。那条粗糙的干舌头正像砂纸一样地摩擦着他的两腮。他那两只手一下子伸了出来——或者,至少也是他凭着毅力要它们伸了出来。他的指头弯得像鹰爪一样,可是抓了个空。敏捷和准确是需要力气的,他没有这种力气。

那只狼的耐心真是可怕。这个人的耐心也一样可怕。这一天,有一半时间他一直躺着不动,尽力和昏迷斗争,等着那只要把他吃掉的狼,而他也希望能吃掉那只狼,只要他能够的话。有时候,疲倦的浪潮涌上来,淹没了他,他会做起很长的梦;然而在整个过程中,不论醒着还是做梦,他都在等着那种喘息和那条粗糙的舌头来舔他。

他并没有听到这种喘息,他只是从梦里慢慢苏醒过来,觉得有条舌头在顺着他的一只手舔去。他静静地等着。狼牙轻轻地扣在他手上了;扣紧了;狼正在尽最后一点力量把牙齿咬进它等了很久的东西里面。可是这个人也等了很久,那只给咬破了的手也抓住了狼的牙床。于是,慢慢地,就在狼无力地挣扎着,他的手无力地掐着的时候,他的另一只手已经慢慢摸过来,一下把狼抓住。五分钟之后,这个人已经把全身的重量都压在狼的身上。他的手的力量虽然还不足以把狼掐死,可是他的脸已经紧紧地压住了狼的咽喉,嘴里已经满是狼毛。半小时后,这个人感到一小股暖和的液体慢慢流进他的喉咙。这东西并不好吃,就像硬灌到他胃里的铅液,而且是纯粹凭着意志硬灌下去的。后来,这个人翻了一个身,仰面睡着了。

"白德福号"捕鲸船上,有几个科学考察队的人员。他们从甲板上望见岸上有一个奇怪的东西。它正在向沙滩下面的水面挪动。他们没法分清它是哪一类动物,但是,因为他们都是研究科学的人,他们就乘上船旁边的一条捕鲸艇,到岸上去察看。接着,他们发现了一个活物,可是很难把它称做人。它已经瞎了,失去了知觉。它就像一条大虫子似的在地上蠕动着前进。它用的力气大半都不起作用,但它始终不放弃努力,它一面摇晃,一面向前扭动,照它这样,一个小时大概也爬不了二十英尺。

三星期以后,这个人躺在"白德福号"捕鲸船的一个铺位上,眼泪顺着他的消瘦的面颊往下淌,他说出他是谁和他经过的一切。同时,他又含含糊糊地、不连贯地谈到了他的母亲,谈到了阳光灿烂的南加利福尼亚,以及橘树和花丛中的他的家园。

没过几天,他就跟那些科学家和船员坐在一张桌子旁边吃饭了。他贪婪地望着面前这么多好吃的东西,焦急地瞧着它溜进别人口里。每逢别人咽下一口的时候,他眼睛里就会流露出一种深深惋惜的表情。他的神智非常清醒,可是,每逢吃饭的时候,他免不了要恨这些人。他给恐惧缠住了,他老怕粮食维持不了多久。他向厨子、船舱里的服务员和船长打听食物的贮藏量。他们对他保证了无数次,但是他仍然不相信,仍然会狡猾地溜到贮藏室附近亲自窥探。

看起来,这个人正在发胖。他每天都会胖一点。那批研究科学的人都摇着头,提出他们的理论。他们限制了这个人的饭量,可是他还在发胖,特别是腰围仍然在加大。

水手们都咧着嘴笑。他们心里有数。等到这批科学家派人来观察他的时候,他们也知道了是怎么回事。他们看到他在早饭以后溜上甲板,像叫花子似的向一个水手伸出手。那个水手笑了笑,递给他一块硬面包。他贪婪地把它拿住,像守财奴瞅着金子般地瞅着它,然后把它塞到衬衫里面。别的咧着嘴笑的水手也送给他同样的礼品。

这些研究科学的人默不作声地由他去了。但是他们常常暗暗检查他的床铺。那上面摆着一排排的硬面包,褥子也给硬面包塞得满满的,每一个角落里都塞满了硬面包。然而他的神智非常清醒。他是在防备可能发生的另一次饥荒——就是这么回事。研究科学的人说,他会恢复常态的;

事实也是如此,"白德福号"的铁锚还没有在旧金山湾里隆隆地抛下去,他就恢复正常了。

万紫　雨宁 译

女人的刚毅

一个眼睛四周结着一层霜的狼一样的脑袋,带着沉思的神情顶开了帐篷的门帘。

"嘿!啐!西瓦希①!啐,你这个鬼东西!"里面的人都异口同声地愤愤喝道。贝特斯用铁皮盘子狠狠地把这条狗打了一下,它连忙缩了回去。路易斯·萨沃埃重新缚好门帘,一脚把那口平底锅踢翻了,在炉子上暖暖手。外面非常冷。四十八小时以前,酒精温度计在零下六十八度的时候碎了。此后,天气越来越冷、越来越不好受。谁也说不出这种严寒到什么时候才会结束。除非万不得已,在这种时候,谁也不愿意离开炉子旁边,或者去呼吸冰冷的寒气。有时候,有人这样做了,结果就冻坏了肺。这样,就会引起干咳,尤其是闻到煎咸肉气味的时候。以后,到了春天或者夏天的什么时候,人们就在冻结的黑泥地上烧开一个洞,把那个人的尸首扔进去,用苔藓盖在上面,相信到了世界末日,这个冷藏起来的、完整无缺、毫不腐烂的死人会重新站起来。因此,对于那些不大相信到了世界末日肉体会复活的人,克朗代克②是最好的埋葬地点。不过,你不能引申下去,认为它也是宜于生活的地方。

现在,外面非常冷,可是里面也不太热。这儿惟一可以称做家具的东西,只有那个炉子,因此,大伙都坦率地露出了特别欢喜它的心情。这儿的地上,有一半摊着松枝;松枝上铺着皮褥子,而下面就是冬天的积雪。

---

① 西瓦希原指加拿大西北部至阿拉斯加一带的印第安人。这里是指当地的狗。
② 克朗代克是加拿大西北育空河一带出产金沙的区域。一八九六年这里发现矿,遂引发一八九七至一八九八年的淘金热,有两万多人蜂拥而至。至今这里仍生产少量黄金。

其余的地方全放着用鹿皮袋盛的雪,还有一些锅子罐子以及一座北极帐篷里所需的一切用具。炉子烧得通红,但是不到三英尺的地面上就有一块冰,跟刚从河底采来的时候一样锋利而干燥。外面寒气的压力逼得里面的热气直升上去。炉子顶上,正好在烟囱穿过帐篷的地方,有一小圈干燥的帆布;外面的一圈环绕着烟囱的帆布正在冒着热气;再外面是一个湿淋淋的圈子;此外帐篷其余的地方,无论篷顶或四壁,都蒙着一层洁白、干燥、有半英寸来厚的结晶的浓霜。

"哎哟!哎哟!哎哟!"一个满脸胡子、憔悴苍白的青年,躺在皮毯子里,在睡梦中发出了一阵痛苦的呻吟;他并没有醒,可是喊疼的声音却愈来愈响,愈来愈惨。他从毯子底下半撑起身子,痉挛地颤抖着,瑟缩着,好像要离开一张满是刺的床。

"给他翻个身。"贝特斯命令道,"他在抽筋。"

于是,六个自告奋勇的伙伴,本着无情的好意,把他的身子左右前后地翻来倒去,重重地捶打了一阵。

"这条该死的路。"他一面轻轻嘟哝着,一面掀开皮毯子坐了起来,"我跑遍全国,跑了十来个月,再苦的地方也去过,总以为自己已经锻炼好了;可是,现在到了这个鬼地方,却变成了一个跟娘儿们一样的雅典人,连一点男子气也没有了。"他向火炉凑近一些,卷了一根烟卷,"我不是在发牢骚。这种苦,我完全吃得消,我受得住;不过我觉得很丢脸,就这么回事。现在,我到了这该死的三十英里站上,我垮啦,浑身僵硬,又酸又疼,就像一个弱不禁风的少爷在乡下的公路上走了五英里路一样。呸!真叫我恶心!有火柴吗?"

"别激动,小伙子。"贝特斯把一根点着火的木头递给他,用老前辈的语气继续说下去,"你慢慢会习惯的。难受得要发疯!难道我还不记得我头一回走这条路的情形吗?冻僵啦?我也是这样,那时候,我每次从冰窟窿里喝够了水,总得花上十分钟才能站起来——浑身的骨节都在咯咯地响,疼得要命。抽筋吗?当初我碰上这种情形的时候,整个帐篷里的人得在我身上捶半天才能叫我松过来。你这个新手还不错,算得上条好汉。过几年,你一定会赶上我们这批老头子的。幸而你长得不太胖,有很多身体强壮的人都因为太胖了,没到年纪就回了老家。"

"胖?"

"对。就是说块头大。你要知道,走雪路的时候,块头大可并不占便宜。"

"从来没听说过。"

"从来没听说过,呃?这可是斩钉截铁、一点也不假。要讲使劲,块头大当然很好,可是讲到耐劳持久,块头大就不中用啦,大块头不能持久。只有短小精悍的人才吃得起苦,才熬得住,就像一条瘦狗盯住骨头那样坚持下去。要讲韧性,块头大可不中用!"

"对!"路易斯·萨沃埃插嘴说,"你的话有道理!我认识一个人,块头大得跟水牛一样。当大家一窝蜂似的往硫磺河去的时候,他跟一个叫朗·麦克范的小个子一路。你们都认识那个朗·麦克范,那个红头发,总是咧着嘴笑的爱尔兰小子。他们一路走呀走的,不分白天黑夜地赶路。那个大块头后来累坏了,在雪地里躺了老半天。那个小个子踢了大块头一脚,于是他就哭起来了,哭得像个,怎么说来着——对啦,像个小娃娃一样。那个小个子就这么一路踢呀踢的,不知花了多少时候,走了多长的路,总算把那个大块头踢到了我的木房子里面。他在我毯子里躺了三天才爬起来。我从来没见过像他这样大的块头。一辈子也没见过。他就像你所说的,太胖了。你这话的确不假。"

"可是阿克塞尔·冈德森呢。"普林斯说,那个高大的斯堪的纳维亚人和他死得那样悲惨的情形,在这个采矿工程师的心里留下了很深的印象。"他就埋在那儿,大概就在那儿。"他把手向神秘的东方一挥,指着一个不很明确的方向。

"那些到海边去的人,或者那些追麋鹿的勇将里面,就数他块头最大。"贝特斯接上来说,"不过他是例外。记得他的老婆吗,恩卡?她顶多不过一百一十磅重,浑身都是肌肉,没有一点多余的肥肉。可是她比她的男人更有毅力。她为他受尽苦难,百般地关心他。可以说,世上的事,她没有做不到的。"

"这不过是因为她爱他。"工程师反驳道。

"我不是说这个。那……"

"喂,弟兄们。"坐在食品箱上的塞特卡·查理打断了他们的话,"你们谈过男人身上的肥肉,女人的毅力,还有爱情,你们说得都很公道。不过我倒想起了从前这儿还很荒凉、人烟还很稀少的时候发生过的一件事。当时,我跟一个高大肥胖的男人,还有一个女人,有过一番经历。那个女人个子很小,可是她的心比那个高大的男人的心伟大得多,她很有毅力。我们到海边去的路很难走,天气冷得刺骨,雪很深,大伙都饿得不得了。这个女人的爱情是一种伟大的爱情——一个男人这样称赞女人的爱情,也就算说到顶了。"

他停了一下,顺手用斧头劈碎了一大块冰。他把碎冰放到炉子上淘金用的锅子里,把它化成水喝。这时,大伙挤得更拢了,那个抽筋的人也在徒然地使劲,想让他的僵硬的身体舒服一点。

"弟兄们,我的血是西瓦希人的鲜红的血,不过我的心是清白的心。第一点要怪我的祖先,第二点要归功于我的朋友们。我还是小孩子的时候,就懂得了一个伟大的真理。我听说,土地是属于你们和你们这类人的。西瓦希抵挡不住你们,只得像鹿跟熊一样,在冰天雪地里死掉。于是我就跑到暖和的地方,跟你们待在一块,坐在你们的火旁边,瞧,我变成你们当中的一个了。我一生见过的事情很多。我见识过很多怪事,我跟许多种族的人到过各种地方。我总是照你们的样子来判断事情,来判断人,来想问题。因此,当我谈到你们当中的一个人,说了对他不客气的话的时候,我知道你们一定不会见怪;同时,在我大大称赞我的一个同胞的时候,你们也一定不会说什么:'塞特卡·查理是个西瓦希人,他的眼光不正确,他的话靠不住。'对吗?"

周围的人都在喉咙里咕哝了一声,表示同意他这番话。

"这个女人叫做帕苏克。我花了很公道的代价从她亲人那儿把她买来。他们是海边的人,他们的契尔凯特图腾就竖立在一个海岬上。我并没有把她放在心上,我也没有留心她的相貌。因为她的眼睛总是难得离开地面,她跟那些给扔到她们从来没见过的男人怀里的姑娘一样,又害羞又害怕。我刚才说过,我没有把她放在心上,因为我只想到我要走很长的路,需要一个人来帮我喂狗,而且在河上长期旅行的时候,还需要一个人来帮我划桨。再说,一条毯子也满可以盖两个人,所以我选上了帕苏克。

"我不知道有没有跟你们说过,我是给政府办事的人?要是没有,你们现在知道了也好。因此,我就带着雪橇、狗和干粮,还有帕苏克,一起乘上了一艘兵舰。我们向北驶,一直开到严冬冰封的白令海边,在那儿登陆——我跟帕苏克,还有那些狗。因为我是给政府办事的人,政府给了我一笔钱,几张地图,那上面的地方谁也没见过,此外还有几封信。这些信都是密封的,而且封得很巧妙,再大的风雪也不怕,我得把它们交给困在浩荡的麦肯齐河冰块当中的北极捕鲸船。除了我们自己的育空河——万河之母以外,我从来没见过那么大的河。

"这些都不在话下,因为我要讲的,跟捕鲸船或者我在麦肯齐河边度过的严冬,都没有关系。后来,到了春天,白天长了,雪面融成了一层冰,我们,我同帕苏克,就向南走,要走到育空河一带。这条路可不容易走,不过总算有太阳给我们指点方向。我说过,当时,这儿还是一片光秃秃的地方,于是我们就撑起篙,划着桨,逆流而上,一直划到四十英里站。又瞧见了白人,这可真叫人高兴,因此我们就靠了岸。那一冬是个很难熬的冬天。黑沉沉的天和冷气逼得我们受不了,同时,又闹饥荒。公司的代理人分给每个人四十磅面粉,二十磅腌肉。没有豆子。狗总是在嗥,大伙的肚子都瘪了,脸上全是深深的皱纹,强壮的人变得衰弱,衰弱的人就死了。害坏血病的也很多。

"后来,有一天晚上,我们聚在铺子里,橱架上空空的,使我们觉得肚子里更饿了。我们借着炉子里的火光,低声谈了起来,因为蜡烛已经藏好,要留给那些能够活到春天的人。我们讨论了一下,决定派一个人到海边去,把我们的困苦告诉外面的人。谈到这里,大家的眼睛全瞧着我,因为大家都知道我是一个大旅行家。当时我就说,'沿海岸到汉因斯教区,一共有七百英里路,而且每一英寸路都要套上雪鞋来走。把你们最好的狗和最好的粮食给我,我愿意走一趟。同时,帕苏克也得跟我一道走。'

"这些条件,他们全答应了。可是有一个人站了起来,他叫做朗·杰夫,是一个美国佬,身材魁梧,肌肉强壮。他说话的口气也不小。他说,他也是个了不起的旅行家,天生善于穿雪鞋走路,而且是吃水牛奶长大的。他愿意跟我一起去,如果我在路上垮了,他会把信带到教区。当时我还年轻,对美国佬还不大了解。我怎么知道说大话的人结果都不中用呢?我怎么会知道做大事的美国佬都是不开口的呢?于是我们三个人——帕苏克、朗·杰夫和我,就带着几只最好的狗和最好的粮食,一同上路了。

"好吧,你们都在没人走过的雪地上开过路,吃力地扳过雪橇的舵杆,见惯了壅塞的冰块;所以,我就不必谈路上怎么辛苦了。我们有时一天走十英里,有时一天走三十英里,不过多半是一天十英里。所谓最好的粮食也并不好,而且我们一开头就得省着吃。同样,那些挑出来的狗也都很糟糕,我们得费很大的力气才能逼着它们不断往前走。到了白河,我们的三乘雪橇已经变成了两乘,可是我们只走了两百英里路。不过,我们并没有丢掉什么东西;那些送了命的狗全到了活下来的狗的肚子里。

"一路上,我们既没有听到一声招呼,也没有看到一丝炊烟,我们就这样一直走到佩利。我本来打算在这儿补充一点粮食,还打算把朗·杰夫留在这儿,因为他老是哼个不停,他已经走乏了。可是那儿的公司代理人咳嗽,气喘得很厉害,病得眼睛亮光光的,而且他的地窖也差不多空了;他让我们瞧了一下传教士的空粮窖和他的坟,为了防狗去刨,那上面堆着很高的石头。那儿还有一伙印第安人,不过没有小孩和老头,很清楚,他们没有几个能活到春天。

"于是我们只好肚子空空、心情沉重地继续走,前面还有五百英里路,而在我们和海边的汉因斯教区之间,到处都是静悄悄的。

"那是一年里最黑的时候,即使在中午,太阳也没有冒出南方的天际线。不过冰块小了一点,路好走了一点,我们拼命地赶着那些狗,从早到晚地不断前进。我已经说过,在四十英里站,每一英寸路都要套上雪鞋来走。雪鞋把我们的脚磨烂了几大块,冻疮破了,结了疤,怎么也不好。这些冻疮弄得我们一天比一天更难受,后来到了一天早晨,我们套上雪鞋的时候,朗·杰夫像小孩一样哭了起来。我叫他在一乘轻一点的雪橇前面开路,可是他为了舒服,脱下了雪鞋。这样,路就不平整了,他的鹿皮鞋踩得雪上尽是大洞,害得那些狗全陷到了洞里。狗的骨头已经快要戳破它们的皮了,这当然对它们不好。因此我狠狠说了他几句,他答应了,可是并没有那样做。后来我就用狗鞭子抽他,这样,狗才没再陷进洞里。他简直是个小孩子,是痛苦和他那一身肥肉使他变成这样的。

"可是帕苏克!每逢这个男人躺在火旁边哭的时候,她总是忙着烧饭;早晨她总是帮我套上雪橇,晚上解开雪橇。她很爱惜那些狗。她总是走在前面,提起套着雪鞋的脚,踩在雪上,让路可以平整一点。帕苏克——我该怎么说才好呢?——我只觉得她做这些事是应该的,我一点也没有把这些情形放在心上。因为我脑子里正在想着别的许多事情,再说,当时我还年轻,我还不了解女人。后来事情过去了,我回头一想,才明白了。

"那个男人后来简直变得毫无用处了。那些狗已经没有什么力气,可是每逢他掉在后面,他总是要偷偷乘上雪橇。帕苏克说她愿意驾一乘雪橇,这样,那个家伙就没有事可做了。早晨,我很公道地分给他一份粮食,让他一个人先走。然后由帕苏克跟我一同拆帐篷,把东西装上雪橇,把狗套上。等到中午,太阳逗着我们玩的时候,我们就会赶上那个男人,只看见他的眼泪在脸上冻成了冰,接着,我们就赶过了他。晚上,我们搭好帐篷,把他那份粮食放在一边,替他把皮毯子摊开。同时,我们还要生起一大堆火,让他可以瞧见。过了几个钟头以后,他就会一瘸一拐地走进来,一面哼一面哭地吃着饭,然后睡觉。这个男人并没有生病。他不过是走乏了,累了,饿软了。不过我跟帕苏克也是走乏了,累了,饿软了;我们什么事都做,他却一点事也不做。可是,他有我们的老大哥贝特斯讲过的那一身肥肉。而我们总是很公道地分给他一份粮食。

"有一天,我们在寂静的雪野上碰到两个鬼魂一样的过路人。一个大人和一个少年,都是白种人。巴尔杰湖上的冰已经解冻了,他们的主要行李都掉到了湖里。他们每人肩膀上背着一条毯子。晚上,他们生起一堆火,在那儿一直蹲到早晨。他们只有一点面粉。他们把它调在水里当糊喝。那个男人拿出八杯面粉给我瞧——他们所有的口粮全在这儿了,可是佩利也在闹饥荒,而且离他们有两百英里路。同时,他们还说,后面有一个印第安人；他们分给他的粮食很公道,可是他跟不上他们。我可不相信他们分得公道,否则那个印第安人一定跟得上。但是我不能分给他们食物。他们打算偷走我的一条狗——最肥的一条,其实也很瘦——我用手枪对他们的脸晃了一下,叫他们滚蛋。于是他们只好走开,像喝醉酒似的,穿过寂静的雪野走向佩利。

"这时候,我只剩下三条狗和一乘雪橇,狗也只剩了皮包骨头。柴少火不旺,房间里自然冷冰冰的。我们的情形正是这样。吃得少,冻得也更厉害,我们的脸冻得发黑,连我们的亲娘也不会认出我们是谁了。还有,我们的脚也很疼。早晨动身的时候,我一套上雪鞋就疼得要命,我尽量忍着不响。帕苏克从来不哼一声,她总是在前面开路。那个男人呢,他只会号叫。

"三十英里河的水很急,流水正在从下面把冰化开,那儿有许多空洞和裂口,还有大片露在外面的水。有一天,我们照往常那样赶上了杰夫,他正在那儿歇脚,因为他每天早晨总是提前动身。不过我们之间隔着一片水。他是从旁边的冰上绕过去的,那些冰很窄,雪橇通不过。后来我们找到了一长条比较结实的冰带。帕苏克身体很轻,先走,她手里横拿着一根长杆子,打算万一压碎了冰掉下去,用它救急。但是她很轻,雪鞋又大,总算走过去了。接着,她就招呼那些狗。可是它们既没有竿子,也没有雪鞋,都掉在冰底下给水冲走了。我在后面紧紧抓住雪橇,直到冰破裂了,狗掉到了冰底下。它们身上的肉很少,可是照我原来的打算,它们还够我们吃一个星期,现在,连这个指望也完了。

"第二天早晨,我把剩下来的一点粮食分成三份。我对朗·杰夫说,他可以跟着我们,也可以不跟着,一切都随他自便,因为我们要轻装快走。但是他大声哭了起来,抱怨他的脚疼和他的困难,说了很多难听的话,骂我们不讲义气。可是,帕苏克的脚跟我的脚也很疼——唉,比他的还疼得厉害,因为我们还得给狗开路,我们也很困难。朗·杰夫赌咒发誓地说他快要死了,再不能走路了。于是帕苏克就拿了一条皮毯子,我拿了一个锅和一把斧头,准备动身。可是她瞧了瞧留给那个男人的一份粮食,就说:'把粮食糟蹋在没用的人身上可不对。他还是死了的好。'我摇了摇头,说不可以这样——一旦成了伙伴,一辈子都是伙伴。可是她提起了在四十英里站的人;她说那儿有许多人,都是好人;他们都指望我到春天能给他们送粮食去。我仍然说不成,不料她立刻取下了我皮带上的手枪,开了一枪,于是朗·杰夫也就像我们的老大哥贝特斯说的那样,没到年纪就回了老家。为了这件事,我骂了帕苏克一顿;可是她并不难过,也不懊悔。同时,我心里也知道她做得对。"

塞特卡·查理停了一会儿,又拣了几块冰扔到炉子上的淘金锅里。大伙一声不响,只听见悲切的狗吠声好像在诉说外面的冰雪之苦,使他们觉得背上有一股寒意。

"我们每天都走过那两个鬼魂露宿的地方——而我们,帕苏克和我,也知道在走到海边之前,能够像他们那样过夜,就该觉得很快活了。后来,我们遇到了那个印第安人,他也是像鬼一样,他的脸朝着佩利方向。他说,那个男人和少年对他很不公道,他已经三天没有吃到面粉了。每天晚上,他只能把鹿皮鞋撕下几块,放在杯子里煮熟了当饭吃。可是他的鹿皮剩得也不多了。他是海边的印第安人,这些话都是帕苏克翻译给我听的,因为她会说那儿的话。他在育空河一带还很陌生,他不认识路,可是他正在向佩利的方向走。有多远呢?两夜路吗?十夜吗?一百夜吗?——他不知道,不过他要走到佩利。现在,回头已经来不及了,他只能继续向前走。

"他并没有向我们讨东西吃,因为他看得出,我们也很困难。帕苏克瞧了瞧那个人,又瞧了瞧我,就像一只母鹧鸪看到她的小鹧鸪在受难的时候那样心神不定。于是我就对她说:'这个人受了委屈。我们把自己的粮食分给他一份,好不好?'我看出她眼睛一亮,好像一下子快活起来了;不过,她瞧了那个人很久,又瞧了瞧我,用力地咬紧嘴唇,后来说:'不成。海还远得很,随时都有死亡的危险。最好还是让这个陌生人去死,让我的男人度过危险。'因此,那个印第安人就穿过寂静的雪野向佩利走去。那天晚上,她流了眼泪。我从来没见她流过眼泪。不是火里的烟熏得她流泪,因为木头是干的。因此,我觉得她的难过有点奇怪,我想,可能是因为走黑路,受尽折磨,她的心已经变软了。

"人生真是一个奇怪的东西。我在这个问题上想了很多,想了很久,可是一天天过去,奇怪的感觉非但没有减少,反而增加了许多。为什么要这样眼巴巴地想活下去呢?这是人不会赢的一场赌博。活着就等于辛苦操劳,忍受各种痛苦,直到老年沉重地压在我们身上,我们才把双手放在熄灭的火堆的冷灰上。生活是艰难的。小娃娃吸第一口气的时候很痛苦,老年人喘最后一口气的时候也很痛苦,人生充满了不幸和痛苦;可是当他向死神怀里走去的时候,他还是很不情愿,颠颠踬踬,跌跌绊绊,回头看了又看,一直挣扎到底。可是死神是很和蔼的。只有生活跟生活里的东西才会使人痛苦。然而我们热爱生命而痛恨死亡。这可真是奇怪。

"在后来的许多天里,我们,帕苏克跟我,很少谈话。晚上,我们像死人一样躺在雪里;早晨,我们继续赶路,像死人一样走着。周围的一切都死一般的沉寂。那儿没有松鸡,没有松鼠,也没有大脚兔子——什么都没有。河水在它的白外衣下面不声不响地流着。森林里的树汁都结了冰。天气变得冰冷,跟现在一样;夜里,星星离我们很近,显得很大,一跳一跳的;白天,太阳的光点总是在作弄我们,使我们觉得眼前好像有许多太阳。整个天空光辉闪耀,雪变成了微小的钻石。可是既没有热气,也没有声音,只有刺骨的冷气和寂静的雪野。我说过,我们走路,跟死人一样,好像是在梦里,我们一点也不把时间放在心上。只有我们的脸对着海,我们的心灵渴望着海,我们的脚让我们走向海。我们在塔基纳过夜,可是一点也不觉得那是塔基纳。我们瞧着白马村,可是一点也没瞧出那是白马村。我们的脚踩在深谷里的地上,可是一点也不觉得。我们什么都不觉得。同时,我们还常常在路上摔跤,不过我们总是脸朝着海摔下去。

"我们的最后一点粮食吃完了,我们,帕苏克跟我,总是平分着吃的,不过,她摔倒的次数比较多,走到鹿隘口,她就垮了。到了早晨,我们仍然在一条皮毯子下面躺着,不赶路了。我打算待在这儿,跟帕苏克手拉着手,一块儿等死;因为我变得年纪大了,懂得女人的爱情了。此外,到汉因斯教区还有八十英里路,当中又隔着远远高过了森林的大契尔库特山的充满风暴的山峰。当时,帕苏克为了让我听得见,用很低的声音,用嘴唇贴着我的耳朵,说了很多话。现在,因为她不必再怕我生气,她就说出了她的心事,告诉我她怎样爱我,以及我以前不了解的许多事情。

"她说:'你是我的男人,查理,我是你的好老婆。我一直给你生火,给你做饭,喂狗,帮你划船,开路,我从来没有抱怨过。我从来没说,我父亲的家里更暖和,或者在契尔凯特吃的东西更富裕。你说话的时候,我总是听着,你吩咐我的时候,我总是服从。是不是这样,查理?'

"我说:'哎,是这样。'

"接着,她就说:'你头一次到契尔凯特来的时候,你瞧也没瞧我一眼就把我像买狗一样买下来,带着走了。当时,我心里非常恨你,真是又恨又怕。不过那是很久以前的事了。因为你对我很好,查理,就像一个好心的男人对他的狗一样。你的心是冷的,那儿没有我的位置,可是你对我很公平,你为人很正直。每逢你做出勇敢的事情,干出伟大的事业的时候,我都跟你在一起,我常常把你跟别的种族的人比较,觉得你在他们当中最具荣耀,你的话很有道理,你对人从来不失信。于是我就渐渐觉得你值得我自豪了,后来,你就占据了我整个的心。我自己也一心一意只想着你。你好像仲夏的太阳,总是金光灿烂地绕着圈子,从来不离开天空。无论我朝哪儿瞧,我都会看见这个太阳。可你的心一直是冰冷的,查理,那儿没有我的位置。'

"我接着就说:'是这样。我的心很冷,那儿没有你的位置。不过这是过去的事。如今,我的心就像春天里太阳回来之后的积雪。它正在大量地融化,正在变软,那儿有水的声音,还有正在发芽抽枝的绿树。那儿有松鸡拍翅膀的声音,那儿有知更鸟唱歌的声音,那儿有伟大的音乐,因为冬天已经消失了,帕苏克,我懂得女人的爱了。'

"她笑了笑,做了一个叫我抱得她更紧一点的手势。于是她说:'我很高兴。'说完了,她安安静静地躺了很久,把头贴在我的胸口,轻轻喘气。后来,她悄悄地说:'我的路走到这儿就算走完了,我累了。不过,我要先谈一点别的事情。很久以前,当我还是契尔凯特地方上的一个小姑娘的时候,我常常一个人在我父亲放着一捆捆皮子的小屋里玩,因为男人全出门打猎去了,女人和男孩子就把打死的野兽从森林拖回家来。有一天,那时是春天,我只有一个人在玩。一头大棕熊睡了一冬才醒过来,它一下把头伸到了小木房里,叫了一声:"噢!"它很饿,瘦得只剩了皮包骨头。这时候,我哥哥刚拖着一雪橇肉刚好回来。他从火里抽出烧着了的柴火去打那头熊,那些狗也带着挽具,拖着雪橇向熊扑了过去。他们打得很厉害,声音很大。他们在火里滚着,一捆捆的皮子都给他们打散了,后来连小房子也撞翻了。不过最后那头熊还是给打死了,我哥哥也给它咬掉了几根指头,脸上给它的爪子抓了几条印子。先前那个到佩利去的印第安人,在我们的火旁边暖手的时候,你注意到他的手套没有?那上面没有拇指。他就是我哥哥。可是我没有给他东西吃。而他也就在寂静的雪野里,空着肚子走开了。'

"弟兄们,这就是帕苏克的爱情,她死在鹿隘口的雪里。这是伟大的爱情,她为了我这个把她带出来吃尽千辛万苦,害得她凄惨地死掉的人,连自己的哥哥也不顾了。非但这样,她连自己也搭上了,这个女人的爱情就是这么了不起。在她闭上眼死去之前,她拉着我的手,把它放到她的松鼠皮外套里面,让我摸她的腰。我摸到了一个装得很满的袋子,这才明白了她的身体为什么会垮。我们每天都把粮食分得很公平,谁也不少一点;可是每天她只把她那份吃掉一半,另外的一半全放进了这个装得很满的袋子。

"她说:'帕苏克的路,走到这儿就完了;可是你的路,查理,那还要连绵不断,越过契尔库特山,到汉因斯教区,再到大海。而且它还要继续向前,在许多太阳的光辉下面,越过没人知道的土地和陌生的海洋,要这样过很多年,年年充满了荣誉和伟大的光彩。它会领你走到有许多女人的地方,而且都是好女人,不过它再也不会使你得到比帕苏克的爱更深的爱情了。'

"我知道我老婆说的是实话。我急疯了,一下子把那个装得很满的口袋扔掉了,对她赌咒,说我的路也在这儿到了头。她那双疲倦的眼睛充满了眼泪。于是她说:'在所有的男人里面,塞特卡·查理是最诚实的,他说的话永远算数。难道现在他会忘了荣誉,在鹿隘口说起废话来了吗?难道他不记得四十英里站的人了吗?他们把自己最好的粮食和最好的狗都给了他。帕苏克一向认为她的男人是值得她自豪的。让他振作起来,

套上雪鞋,走吧,让我仍旧觉得他值得我自豪吧。'

"等到她在我怀里变得冰冷之后,我站了起来,找着那个装得满满的口袋,套上我的雪鞋,摇摇晃晃地上路了。这时候我的腿发软,我的头晕得厉害,我的耳朵里好像有一种吼声,我眼睛前面尽是一闪一闪的火光。童年的景象又回到了我脑子里。我好像坐在节日的筵席上唱着歌,一会儿又随着男人和姑娘们的歌声,在海象皮鼓的咚咚声中跳起舞来。而帕苏克握着我的手,在我旁边走着。每当我昏昏欲睡的时候,她就来叫醒我。每当我栽倒下去的时候,她就把我扶起来。如果我在雪地里迷失了方向,她就会把我引到正路上。这样,我就像一个失去了理智的人,看到了许多幻象,我的头脑就像喝醉了酒一样轻飘飘的;当时,我就这样一直走到了海边的汉因斯教区。"

塞特卡·查理拉开了帐篷的门。这时候正是中午。南面,在荒凉的亨德尔森山脉的峰顶上,挂着一轮冰冷的太阳。两旁的幻日闪闪发光。空气好像闪烁的霜花织成的轻纱。帐篷前面的路边有一条狼狗,它竖起沾满了霜的毛,头向着天,悲切地哀号着。

万紫　雨宁 译

黄 金 谷

这儿是峡谷的碧绿心脏,布局呆板的峭壁一到这里便豁然开朗,一改粗犷的格调,形成一个荫蔽的小天地,洋溢着甜蜜、丰满、柔和的情趣。这儿的一切都在安息。甚至狭窄的小溪也收住了汹涌的奔腾,渐渐变成了恬静的池塘。一头绛红的、角上丫杈很多的公鹿低垂着头,半闭着眼睛,站在深及膝盖的水里,正在打盹。

从水边开始,池塘的一面有一片小小的草地,阴凉柔韧的绿茵伸展到峭壁底下。水塘那面,有一片平缓的土坡,迎着对面的峭壁向上升去。坡上覆满嫩草,草和杂花相映,到处五彩缤纷:橘红的、绛紫的,金黄的。坡下,峡谷幽闭。眼界也给挡住了。两边的峭壁突然靠拢,峡谷尽头乱石错综,石上覆着青苔,给一片由藤葛、爬山虎和树枝织成的绿幕遮掩着。由峡谷上方望去,远山重叠,还有一大片一大片遥远的布满松树的山麓。再向远处望去,伊斯兰寺院尖塔一般的银峰像天际白云一样,常年积雪,凛然地反射着太阳的光辉。

峡谷里没有灰尘。树叶同花朵洁净无瑕。嫩草像天鹅绒。池塘上有三株白杨,一团团雪白的杨花在寂静的空气里飘飘落下。草坡上,带有酒味的石南树的花朵使空气里充满春天的气息,它们的经验丰富的叶子已经聪敏地开始竖卷起来,以防即将来到的夏天干旱。草坡上空旷的地方,在石南树最远的阴影遮不到的那一带,百合花摆出一副姿态,好像许多突然停止飞行的彩蛾正在颤抖着,准备重新起飞。间或还可以看到树木中的丑角马德隆纳树,它们的树干正在众目睽睽之下由豆绿色变成茜红,它们的一大串一大串蜜蜡似的花铃散发着芬芳的气息。这些花铃色泽乳白,形似幽谷里的百合花,芬芳馥郁,散发出春天的甜蜜芳香。

一丝风也没有。空气里浓香醉人。要是空气过分潮湿,这样的芬芳也许会显得太腻人的。可是空气十分清新、稀薄。仿佛星光融化在大气里,被阳光照得暖暖的,浸透了花香。

偶尔有一只蝴蝶在明暗相间的光带里飞来飞去。四周响起了山蜂令人欲睡的嗡嗡的低吟。这些贪图享受的浪子在宴席上和和气气地推挤着,连粗鲁争吵的空闲也没有。小溪涓涓地穿过河谷,十分安静,只偶尔发出轻微的淅沥的水声。这种水声很像懒洋洋的细语,总是一打盹儿就不响了,一醒过来又提高了调子。

在这个峡谷的心脏里,一切似乎都是飘忽不定的。阳光和蝴蝶在树丛中飘进飘出。蜜蜂的歌声和小溪的细语时有时无。这种飘忽变幻的色彩和时有时无的声音,好像共同织成了一片微妙的,不可捉摸的轻纱,那就是这儿的精神。这是和平的精神,它不意味着死亡,只代表着搏动均匀的生命,安静而不沉寂,活泼而没有行动,这是充满生机的恬静的安息,而不是充满斗争和痛苦的激烈生活。这儿的精神是和平生活的精神,陶醉于繁荣中的安逸和满足,不受远方战争谣传的打扰。

那头绛红的、角上丫杈很多的公鹿受着当地这种精神的支配,在没膝深的清爽阴凉池水里打盹。那儿好像没有苍蝇打扰它,它简直歇息得累了。有时,当小溪醒过来低声细语的时候,它也会抖动耳朵,可是只懒懒地抖动一下,因为它早就明白,这不过是小溪发现它睡着了而喃喃地责怪它罢了。

后来有一次,这头公鹿竖起了耳朵,紧张起来,迅速地搜索着声音的来源。它转过头对着下面的峡谷,翕动着灵敏的鼻子嗅来嗅去。它的眼睛看不透小溪穿过去的那张绿幕,可是它的耳朵听出了人的声音,平稳单调的歌声。接着,它听到了金石相撞的刺耳声音。一听到这个响声,它突然一惊,喷着鼻子,立刻从水里四足腾空地跳到草地上,站立在天鹅绒似的嫩草里,竖起耳朵,又嗅嗅空气。于是,它悄悄地掠过这一小片草地,一再停下来,留神倾听,然后像精灵一样,迈开轻巧无声的步子,消失在峡谷外面。

现在,开始听得见钉着铁掌的鞋跟踏在石头上的声音了,那个人的声

音也更响亮了。它变成了高声唱歌的声音,愈近愈清楚,因此连歌词也听得出来了:

> 回过头来,转过你的脸,
> 对着那天赐的美妙小山,
> (罪恶的势力,你要蔑视!)
> 瞧瞧周围,再看看四方,
> 把罪恶的包袱扔到地上。
> (你会一早就遇见上帝!)

随着歌声传来了攀爬的响声,和平的气息也随着绛红的公鹿的足迹飞走了。绿幕突然裂开,一个人探出头来,瞧了瞧这儿的草地、池塘和倾斜的山坡。他是那种深思熟虑的人。他先向周围扫了一眼,然后仔细地瞧着一木一石来跟最初的笼统印象核对。这时候,直到这时候,他才张开嘴,庄重而生动地称赞道:

"生气勃勃,冥冥中的洞天福地!你瞧瞧吧!树木、流水、青草和山坡!探矿人的乐园,凯尤斯人①的天堂!眼睛疲倦了有凉爽的绿茵!这儿可没有给脸色苍白的病人的粉红药片。这是给探矿人安排的一块秘密草地,让累了的驴子歇歇的地方,他妈的!"

他是个沙黄皮肤的人,和蔼幽默似乎是他脸上最突出的特色。这是一张多变的脸,它随着内心的思想情绪而急速变化着。他内心的思想从脸上看得出来。各种思想会像掠过湖面的一阵骤风似的在他脸上吹起涟漪。他的头发稀稀拉拉,乱蓬蓬的,发色跟肤色相仿,都淡得说不出是什么颜色。只有他的眼睛蓝得惊人,仿佛他身上所有的颜色都注入这双眼睛里了。同时,这也是一双含笑的、愉快的眼睛,还颇有几分儿童的天真和惊奇的神色;可是,其中又显示出一种说不出的、根据经验阅历而产生的沉着自信和意志坚强的魄力。

他先从藤葛和爬山虎构成的屏障后扔出矿工用的一把锄头、一把铲

---

① 印第安人的一族。

子和一个淘金盘。然后他爬出来,跳到宽敞的地方。他身穿黑布衬衫和一条褪了色的工装裤,脚上穿一双钉着平头钉的大皮靴,头戴一顶不成样子的脏帽子,一看就知道它经过了无数次风吹雨打、日晒烟熏。他笔直地站着,睁大眼睛来瞧这神秘的景色,通过快活得扩张起来、颤动着的鼻孔,尽情享受地吸入这个峡谷花园里温暖芬芳的气息。他的眼睛笑得眯成了一条蓝线,满脸堆笑,连嘴角也翘起来露出笑意,他大声说道:

"一跳一跳的蒲公英,快活的蜀葵,我闻着都是香喷喷的!随你们去替玫瑰香油和科隆香水的工厂吹牛吧!到了这儿,它们可算不了什么啦!"

他有个自言自语的习惯。尽管他那种变化很快的面部表情会透露他的一切思想和情绪,他的舌头还是不甘于落后,他好像鲍斯威尔①第二,总是不得不复述一遍。

这个人在池边躺下来,喝了好久的水。"味道挺好。"他喃喃地说,一面抬起头,盯着水池那面的山坡,一面用手背擦了擦嘴。这个山坡吸引着他的注意力。他仍然趴在那儿,仔细地把山的结构研究了很久。他用熟练的眼光,从山坡向上瞧到碎裂的谷壁,然后又从上向下瞧到水池旁边。他爬起来,把这个山坡重新打量了一遍。

"照我看,很好。"他下了结论,就拿起了他的锄头、铲子和淘金盘。

他走到池塘下首,轻巧地踩着一块一块的石头,跨过小溪。他在山坡靠水的地方掘了一铲泥,放到淘金盘里。他蹲下来,双手捧着盘子,把它的一半浸在水里。然后,他很巧妙地旋转着盘子,让水流进泥沙,再流出去。比较大、比较轻的粒子于是浮到了水面,他很熟练地把盘子一歪,就把这些粒子漂出去了。有时候,为了做得快一点,他就把盘子放稳,用指头去拣出大石子和碎石。

盘子里的东西消失得很快,后来只剩下了细泥和极小的沙砾。到了这一步,他就淘得非常从容和细心了。这是细淘,他越淘越细致,全凭着他观察敏锐,手法精细准确。最后,盘子里好像除了水,什么都没有了;可

---

① 鲍斯威尔(1740—1795),英国文人,著有《约翰生传》,记述约翰生生前言行。

是，他敏捷地把盘子转了半圈，让水从盘子的浅边上流到小溪里，就发现盘底有一层黑沙。这层黑沙薄得像喷漆一样。他仔细地检查了一下，其中有一粒小小的金沙。他让一点溪水从盘子边上漂进来。他迅速地摆动了一下盘子，让水冲刷盘底，一再翻动着黑沙。总算没有白费力气，他又发现了一粒小小的金沙。

这时候，淘洗已经变得很细致了，细致得完全超过了寻常淘金沙所需要的程度。他一点一点地把黑沙漂到盘子的浅边外面。每一点泥沙都要经过他精细的检查，因此，在漂出去之前，每一粒沙他都亲眼看过。他非常谨慎地让这些黑沙一点一点地滑出去。这时候，盘子边上出现了一粒只有针尖大的金沙。他让水倒流，那粒金沙也回到了盘底。这样，他又发现了一粒，接着，又是一粒。他小心翼翼地保护着这些金沙，像牧羊人放牧羊群一样，不让其中有一粒流失。最后，原来的一盘泥沙全漂走了，只剩下了他那几粒金沙。他数了一数，然后，在费了这么大劳力之后，他把盘子里的水一转，一下子把它们全泼到小溪里去了。

可是，等到他站起来的时候，他的蓝眼睛却充满欲望，闪闪发光。"七粒。"他高声咕噜着，这就是他费尽心血淘出来，而又随随便便丢掉的金沙的数目。"七粒。"他又说了一遍，语气很重，好像他要竭力记住这个数目。

他安静地站了很久，观测着那个山坡。他眼睛里露出一种新生的、炽烈的、好奇的光芒。他好像很得意，他的神气就像一头猎狗闻到野兽的气味那样机警。

他向小溪下游走了几步，又弄了一盘泥沙。

于是，他又仔细地淘起来，谨慎地收集着金沙，然后在数完数之后，又随随便便地把它们从盘子里泼到小溪里去。

"五粒。"他咕噜了一声。然后他又说，"五粒。"

他不禁又观测了一下小山的形势，走到小溪下游，又盛了一盘泥沙。他收集到的金沙越来越少了。"四粒，三粒，两粒，两粒，一粒。"他一面向小溪下游走，一面在脑子里列了一张表。等到只淘出一粒的时候，他就停下来，用干树枝生起一堆火。他把淘金盘放在火里去烧，直到盘子烧成蓝黑的颜色。他拿起盘子,很挑剔地检查了一遍,才满意地点了点头。衬着这种颜色的背景,就是极小的黄点,也逃不过他的眼睛了。

他顺着小溪继续走下去,重新淘起来。只找到了一粒金沙。第三盘根本没有金沙。可是他不满意,又淘了三次,每隔一英尺,铲一铲土。结果表明每一盘都没有金沙。这个事实,非但没有使他泄气,反而使他觉得很满意。他越是淘不着,越是得意,直到他站起来,满心欢喜地喊道:

"这要不是一个真矿,我情愿让上帝用生苹果敲掉我的脑袋!"

他于是回到他开始淘过的地方,到小溪上游去淘。最初,他收集到的金沙增加得很快——简直快得惊人。"十四粒,十八粒,二十一粒,二十六粒。"他在脑子里又列了一张表。就在小溪的水洼里,他淘到最多的一盘——一共三十五粒。

"简直可以留起来了。"当他让它们给水冲掉的时候,他很惋惜地说。

太阳已经升到天顶了。这个人仍然在干活。他逆流而上,一盘一盘地淘下去,收集到的粒数一直在减少。

"照矿脉消失的情形来看,真是太好啦。"他非常得意地说。这一次,他从一铲泥沙里只找到了一粒金沙。

后来,他一连淘了几盘,一粒也没有。他挺直腰,满怀信心地向山坡瞧了一眼。

"哈哈!矿穴先生!"他大声喊着,好像在对隐藏在上面山坡里的听众讲话,"哈哈!矿穴先生!我来啦!我来啦!我一定会抓住你的!你听见了没有,矿穴先生!我一定会抓住你的,错不了!"

他转过身,瞧了瞧晴朗无云的蓝天上的太阳,然后顺着先前淘金时挖出来的那些洞,向峡谷下面走去。走到水洼下游,他跨过小溪,就钻到绿幕后面不见了。现在,这一带要恢复安静已经不太可能了,这个人的爵士歌声一直控制着这片峡谷。

过了一会儿,他鞋底上的铁钉蹬在石头上的声音更响了,他回来了。那道绿幕动荡得非常厉害。它好像在拼命挣扎似的前摇后摆。随着又响起了一阵响亮的金属摩擦撞击的声音。这个人的嗓门忽然扬得更高了,带着一种严厉呵斥的口气。有一个很大的东西正在气喘吁吁地要冲出来。接着,在一阵折断劈裂的声音里,一匹马从纷纷的落叶中冲了出来。它驮着一个行李包,包袱后面拖着一条条断藤破蔓。这匹马看到自己落到了这么一个所在,非常吃惊地瞧了一会儿,就低下头,满意地吃起草来了。这时候,又冲出了一匹马,它在长满青苔的石头上滑了一下,当马蹄踩到松软的草地上时才稳住了身体。它背上有一副带着鞍头的墨西哥式马鞍,因为用了很久,已经斑痕累累,褪了色,可是现在没有人骑。

最后,这个人才出来。他卸下行李和马鞍,看好了露宿的地方,就放开这两匹马,让它们去吃草。他解开粮袋,拿出一个锅子和一只咖啡壶。然后他拾来一抱干柴,用几块石头围成了一个生火的地方。

"嗨唷!"他说,"我的食欲可真旺盛呀!我简直连锉下来的铁末子和马蹄上的钉子都吞得下去。真得谢谢老板娘,要是你让我吃双份,我也不会拒绝的。"

他直起腰来,伸手到工装裤的口袋里去掏火柴,一面打量着小溪湾那面的山坡。他已经抓到了那包火柴,可是指头一松,只出来了一只空手。他分明是在犹豫。他瞧了瞧他准备好的烹调食物,又瞧了瞧那个山坡。

"我要再试试。"他拿定主意,开始跨过那条小溪。

"我知道,这是毫无意义的事。"他道歉似的咕噜说,"照我看,晚一个钟头再吃东西也饿不坏人。"

他在第一次挖掘的那条线后面几英尺的地方,开辟了第二条路线。太阳不断地向西沉下去,影子一点一点地变长了,可是这个人继续干着。后来,他又开辟了第三条路线,顺着淘过去。他向山上爬过去的时候,他在山坡上划了很多横线。在这些线的中点淘到金子最多,一到两头就什么也淘不出了。他越向上走,这些横线越短,仿佛有规律一样。从它们不断减短的尺度来看,到了山坡上某一个地方,那条线一定会短得不得了,终于只剩了一个点。它们的排列组成了一个倒写的"V"字。而这个"V"字向里收缩的两边,就代表着金沙分布的界限。

很清楚,他的目的是要找到这个"V"字的顶点。他常常顺着这两条斜边向山坡上望去,想确定它的顶点的位置,也就是含有金子的泥沙的终点。"矿穴先生"就住在这儿——他总是这样亲热地称呼着坡上那个想

象的点,他常常大声喊着:

"下来,矿穴先生!爽快一点,乖乖地下来吧!"

"好吧!"接着,他就会用坚决的口气这样说着,然后威胁道:"好吧,矿穴先生。看起来,你分明是要我亲自上去,把你的秃脑袋抓出来。我会抓住你的!我一定会抓住你的!"

他把每一盘泥沙都端到下面的水池旁边去淘洗。他越往上走,盘子里淘出来的金沙越多,后来他就开始把金沙收集起来,装在他原来随随便便塞在衣袋里的一个装发酵粉的空铁罐里。他只顾辛苦地工作,没有注意到夜幕已在慢慢下降。直到他怎么也看不出盘底的金沙了,他才知道时间已经过了很久。他突然挺直身体,露出满脸惊恐的表情,懒洋洋地说:

"他妈的!我完全忘了要吃饭啦!"

他在黑夜里踉踉跄跄地跨过小溪,生起了他那堆耽搁已久的火。他的晚饭只有薄煎饼、咸肉和热过的熟豆子。接着,他就在闷着火的木炭旁边抽了一斗烟,听着夜间的沙沙声,望着泻到峡谷里的月光。抽完烟之后,他打开行李,脱下笨重的皮鞋,把毯子拉到了下巴底下。在月光下面,他的脸白得像死尸一样。不过这是一个会活转来的死尸,他突然用胳臂肘撑起身体,盯着对面的山坡。

"晚安,矿穴先生。"他昏昏欲睡地叫道,"晚安。"

他睡过了天色暗淡的早晨,直到阳光射在他那闭着的眼皮上,他才突然惊醒过来,瞧着周围,直到他记起了昨天的事情,省悟到今天的他就是过去活着的那个人。

至于穿衣服,他只要把鞋子穿上系好就够了。他瞧了瞧火堆,又瞧了瞧山坡,心里犹豫不定,后来终于战胜了诱惑,生起火来。

"别着急,比尔,别着急。"他劝告自己,"急有什么好处?急得一身大汗有什么用?矿穴先生会等着你的。他不会在你吃完早饭之前跑掉的。现在你需要的是,比尔,吃点新鲜东西。你应该亲自去找一找。"

他在水边砍下一根短树枝,从口袋里掏出一段钓丝和一个原来很考究、但是已经拖脏了的假蝇饵。

"天气这么早,它们也许会上钩的。"他在第一次抛下钓钩时这样咕噜着。过了一会儿,他就欢天喜地地喊起来:"我说得不错吧,呃?我说得不错吧?"

他没有卷线的轮盘,他也不想浪费时间;他单凭气力,迅速地从水里拉出了一条光亮夺目、十英寸长的鳟鱼。接着,他又很快地一连钓起了三条,当做早饭。等到他踩着踏脚石,穿过小溪,向山坡走去的时候,他头脑中忽然产生一个念头,他停了一会儿。

"最好先到小溪下游走一趟。"他说,"也许哪个家伙鬼头鬼脑地藏在附近,那可说不定。"

可是他仍旧踩着石头,跨过了小溪,他只说了一句:"我真该去走一趟。"随后他就忘掉小心谨慎,干起活来了。

傍晚的时候,他挺起身子。他的腰因为一直弯着干活,已经僵了,他把手伸到背后摸摸疼得难受的肌肉,说道:

"他妈的,你倒想想看,这是怎么回事?我又把午饭忘得干干净净了!我要再不注意,我准会变成一个一天只吃两顿饭的怪人了。"

那天晚上,他在爬到毯子里的时候自言自语地说:"照我看,矿穴这东西真是太要不得了,它简直能使人心神恍惚。"可是他仍旧没有忘了招呼那个山坡:"晚安,矿穴先生!晚安!"

太阳才出来,他就起身了。他匆匆吃过早饭,就早早地干起活来了。他好像得了一种越来越厉害的狂热病,淘到的金子虽然越来越多,却也没有缓和他的狂热。他的面颊泛出一片红色,不过这不是给太阳晒的。他既不知道疲倦,也不知道时间在流逝。每当他装满了一盘泥沙,他就跑到山下去淘洗;然后他又气喘吁吁,走路一摇一晃地跑上山去,重新把盘子装满。

这时候,他离开下面的水边大约有一百码,那个倒写的"V"字正在按照一定的比例缩小。含金的泥沙的宽度不断缩短,他暗暗估计着这个"V"字的两条边在山坡上的交点。他的目标正是这个"V"字的顶点,为了确定它的位置,他淘了无数次。

"就在那丛石南树上面大约两码,向右偏一码的地方。"他终于得出了结论。

这种诱惑把他控制住了。"简直跟脸上的鼻子一样清楚。"他说完,就不再辛苦地淘洗了,而是直接爬到了他所设想的那个顶点。他挖满了一盘泥沙,把它带到山下去淘洗。那里面没有一点金子。他深挖浅挖,淘了十几盘,连一粒最小的金沙也没有找到。他气极了,只怪自己不应该这样容易受诱惑,狠狠地把自己辱骂了一顿。接着,他就走下山,再沿着横线挖起来。

"情愿慢而准,比尔,情愿慢而准。"他轻轻地说,"干你这一行,抄近路可发不了财呀,现在你该明白了吧。放聪明些,比尔,放聪明些。情愿慢而准,——这是你的不二法门,就这样干下去,干到底吧。"

横线缩短了,"V"字的两边越来越靠拢了,可是深度也越来越增加了。矿脉钻到山里去了。现在他只能在离地面三十英寸的泥沙里找到金子。离地面二十五英寸或者三十五英寸的泥沙里都不含金子。在"V"字的底部,近水的地方,他曾经在草根附近发现过一些金沙。可他越往山坡上去,金子就埋得越深。现在,他试淘一次,就得挖一个三英尺深的洞,干起来可真不容易;而在他和那个顶点之间,还有不计其数的洞要挖出来。"谁知道它会钻多深。"他叹了一口气,休息了一会儿,用指头抚摩着他的疼痛的背脊。

这个人在炽烈的欲望支配之下,不顾背疼和肌肉僵硬,不停地用锄头和铲子挖掘着松软的黄土,千辛万苦地往山上爬。他面前是一片平滑的草坡,上面布满了繁星似的花朵,发散着一片芬芳气息。他后面是一片荒凉。看起来,就好像这座山的平滑的皮肤上出过疹子似的。他的工作进行得很慢,就像一只蜗牛留下了一些肮脏讨厌的痕迹,弄脏了美景。

现在,虽然矿脉越来越深,加重了这个人的工作量,可是他淘到的金子也更丰富了,这倒也是对他的一种安慰。他淘到的每一盘金子的价值,由二十美分,三十美分,五十美分,一直增加到六十美分。到了傍晚,他淘金的时候居然从一铲泥里得到了一美元的金沙。

"我敢打赌,一定有个好事的家伙会闯到我这块草原上来的。"当天晚上,他在把毯子拉到下巴颏的时候,昏昏欲睡地这样咕噜了一句。

他忽然笔直地坐了起来。"比尔!"他尖声地呼喊着,"现在,你听我说,比尔,你听见了没有!明天一早,你一定要到周围瞧瞧有什么情况。明白了吗?明天早晨,可别忘啦!"

他打了个呵欠,瞧着对面的山坡,招呼了一声:"晚安,矿穴先生。"

早晨,他比太阳抢先了一步。等到头一道阳光照到他身上的时候,他已经吃完早饭,正在顺着崩塌得可以踏脚的谷壁爬上去。从谷壁顶上瞭望到的情形来看,他发现自己置身于一片寂寥中。他尽量向远处望去,只有如链的群山一重接一重地映入他的眼帘。他向东西眺望着遥远的、层层叠叠的山脉,终于从山峦当中望到了一排峰顶雪白的山脉——这是主峰,西部世界的高可触天的脊背。向北面和南面望,他可以更清楚地看到那些纵横交错的山脉融入到这道峰峦似海的主要山脉。西面的山头一个接着一个地逶迤而下,渐渐变成平缓的小丘,然后消失在他看不见的那片大山谷里。

在这样辽阔的地面上,他没有看到一点人迹和人所造成的东西——只有他脚下的残破山坡是惟一的例外。他很仔细地瞧了很久。有一次,他看见峡谷下面远远的地方,仿佛有一缕隐隐的青烟。他重新瞧了一遍,才确定这是山间的紫色烟雾被后面环抱着它的谷壁遮暗了而造成的幻影。

"嘿,你,矿穴先生!"他对着下面的峡谷喊道,"你从地下出来吧!我来啦,矿穴先生!我来啦!"

这个人脚上的皮靴很重,使他显得步履笨拙,可是他从高得使人头昏的地方下来,却像山羊一样轻飘。绝壁边上有一块石头在他脚下滑了下去,他一点也不慌张。他好像准确地知道石头滑下去要经过多少时间才会出事,因此,在这一瞬间,他反而要利用这块不牢靠的石头,暂且垫一垫步,把他送到安全的地方。到了坡势很陡,他不可能站直的时候,他也不曾犹豫。他在一瞬间,用脚点着不牢靠的坡面,借势向前跳去。有时,连在刹那间点一点脚的地方都没有,他就会抓住一块突出的岩石,拉住一个裂缝,或者一丛根基不牢的矮树,纵身荡过去。终于,他猛力一跳,大喊一声,舍弃谷壁,从坡面上随着几吨重下泻的泥土和碎石一起滑了下来。

这天早晨,他从第一盘泥沙里就淘到了两块多钱的金沙。这是从"V"字的中心淘出来的。由此向两面淘过去,淘到的金子都减少得很快。他所掘的横线已经变得很短了。这个倒写的"V"字的两边,相隔只有几码远了。它们的交点不过在他上面几码远的地方。可是含金的泥沙埋得越来越深了。午后,他的洞要挖到五英尺深才会露出金沙。

从这种情形来看,金矿不只是一种迹象,这儿已经是真正的沙金矿了。因此,他决定在找到了矿穴之后,再回过来搞这块地。不过,越来越丰富的收获,反而使他担起心来。到了傍晚,他淘到的金沙已经变得一盘有三四美元了。他疑惑不决的搔了搔头皮,瞧着山坡上离他只有几英尺远、大概标志着"V"字顶点的石南树丛。他点了点头,像宣布预言一样地说:

"二者必居其一,比尔,二者必居其一。这个矿,要么就完全消散在这座山里了,要么,他妈的,这个矿就一定富得不得了,叫你没法把它完全带走。要真是这样,那可糟了,你说是吗?啊?"他想着这个令人兴奋的两可之间的问题,不由得嘻嘻地笑了起来。

傍晚到了,为了一盘值五美元的金沙,他不顾天色越来越黑,竭力睁大眼睛,在小溪旁边淘洗。

"真希望有一盏电灯,让我继续干下去。"他说。

那天晚上,他觉得很难睡着。尽管他一再镇定下来,闭上眼睛,希望能够睡着;可是强烈的欲望使他血液沸腾,他总是一再睁开眼睛,疲倦地咕噜着:"要是太阳出来了就好了。"

后来,他终于睡着了。可是星光才暗淡下去,他就睁开了眼睛。天才蒙蒙亮他已经吃完早饭,爬上山坡,向矿穴先生的秘窟走去了。

他开辟的第一条横线,只够挖三个洞。现在,含金沙的土地已经变得很窄了,他找了四天的金矿发源地已经离他很近了。

"沉住气,比尔,沉住气。"他劝慰着自己,正在挖最后一个洞,"V"字的两边终于交叉在一点了。

"我已经把你全招住了,矿穴先生,你跑不掉。"当他越挖越深的时候,已经把这句话说了很多遍。

四英尺,五英尺,六英尺,他不停地向地底下挖着。现在,挖起来更困难了。他的锄头在坚硬的矿石上发出当的一声响。他检查了一下这块石头。

"脆石英。"他下了结论,把洞底的松土铲得干干净净,然后用锄头敲打着这块松脆的石英,每敲一下,这块正在崩解的石头就碎裂了一些。

他把铲子插到松散的碎石里。他看见了一道黄光。他突然丢开铲子,蹲下来。他用双手捧着一块松脆的石英,擦掉上面的土,就像一个庄稼人擦掉新挖出来的山芋上的泥土一样。

"沙达那帕里斯①也要自愧不如吧!"他大喊起来,"简直是一块一块的金子!简直是一块一块的金子!"

他手里捧着的,只有一半是石头。另一半完全是纯金。他把它放在淘金盘里,又拿起一块检查了一下。一点也看不出什么黄颜色,可是,等到他用有力的指头把松脆的石英剥掉之后,他两只手里全是亮闪闪的黄金。他一块一块地把它们上面的泥土擦掉,然后把它们扔到淘金盘里。这完全是一个宝库。这儿的石英已经崩解得差不多了,剩下的还没有金子多。他时常会发现一些没有杂质附着的矿石——一块块纯金。有一块他用锄头从正中敲开的金子,就像一把黄宝石那样闪烁着,他歪着头瞧着它,慢慢地把它转来转去,欣赏着它那夺目的光彩。

"随你们去夸你们那个'金子太多了'的矿吧!"他很轻蔑地哼了一声,"要跟这个矿比,你们那个矿只值三十美分。这个矿全部都是黄金。啊呀,现在我也要给这个峡谷起个名字,就叫它'黄金谷'吧!"

他仍旧蹲着,继续检查那些碎块,把它们扔到淘金盘里。突然间,一种危险的预感袭上心来。好像一片阴影落在他身上。可是又没有影子。他的心几乎要跳到咽喉里,使他透不过气来。接着,他的血就慢慢变冷了,他只觉得汗透了的衬衫冷冰冰地贴着他的肌肉。

他既没有跳起来,也没有东张西望,他一点也没有动。他正在研究他

---

① 亚述的末代国王。

84

得到的这种预兆的性质,打算搞清楚这个向他发出警告的神秘力量的来源,并且依靠感觉来竭力查明这个看不见的、使他觉得受到威胁的东西。有时,我们会感觉到一种敌对的气息,可是这种气息太微妙了,不是我们的五官所能领会的;他感到了这种气息,可是不知道他怎么感觉到的。他只觉得这跟浮云蔽日一样。好像在他和生命之间,掠过了一种令人窒息的、具有威胁性的阴暗东西;似乎是一种忧郁的感觉,它仿佛在吞噬着生命,促成死亡——他的死亡。

他觉得浑身的力量都在迫使他跳起来,去对付这种看不见的危险,可是他的理智抑制住了他的恐慌。他仍旧捧着一块金子,蹲在那儿。他不敢东张西望,现在,他已经知道有什么人正在他身后的洞口上。他装作对手里的金子很感兴趣似的。他用鉴别的眼光检查着这块金子,把它翻来翻去,擦掉它上面的土。可是,他始终都知道,他背后有个什么人正在越过他的肩头望着这块金子。

就在他装作欣赏手里的金块的时候,他很注意地听着,他听到了他后面那个人呼吸的声音。他在面前的土地上搜寻武器,可是只看到了他挖起来的金子,而它们在目前的绝境里对他毫无用处。那儿有一把锄头,必要时这倒是很顺手的武器;可是现在不行。他理解自己的处境。他在一个七英尺深的窄洞里。他的头伸不到地面。他在一个陷阱里面。

他仍旧蹲着。他很冷静,可是想来想去,始终毫无办法。他只好继续擦掉石英碎块上的泥土,把金块扔到盘子里。他一点也没有别的办法。不过他知道,迟早他一定要站起来,对付那个在他后面呼吸着的危险家伙。就这样过了几分钟,他知道,每过一分钟,他就跟他要站起来的那个时刻接近了一分钟,不然的话……一想到这儿,他又觉得他的湿衬衫冰冷地贴在肉上了——不然的话,他就会佝偻着身子,守着他的黄金宝库死掉。

可是他仍旧蹲着,一面擦掉金块上的泥土,一面考虑着他应当用什么方式站起来。他可以猛地一下跳起来,爬到洞外,跟那个威胁他的家伙在平地上面对面地干一下。要不然,他也可以慢慢地、满不在乎地站起来,装作偶然发现了在他后面呼吸的那个家伙。他的本能和全身每一根渴望公开搏斗的肌肉,都赞成那种猛冲到地面上的办法。然而他的理智和他固有的狡猾却赞成用那种缓慢而小心的办法,来面对他看不见的那个威胁他的。正在他这样盘算的时候,他听到一声很响的、爆裂的声音。就在这一刹那,他背脊左面受到了沉重的一击,他感到从击中的那一点,有一道火光穿透了他的身体。他一下子跳了起来,可是跳到一半就倒下了。他的身体蜷曲得好像一片突然给烧焦了的叶子,他垮下来了,他的胸脯压着那盘金子,他的脸贴着泥土和石头。由于洞底的地方有限,他的腿绊在一起,痉挛地扭动了几次。他的身体像患上很厉害的疟疾一样颤抖着。他的肺部深深地吸了一口气,然后,慢慢地,非常缓慢地吐了出来,身体平瘫在地上,一动也不动了。

洞口上面,有一个拿着左轮手枪的人正在向下面窥探。他向下面这个趴着不动的身体瞧了很久。过了一会儿,这个突如其来的人就蹲下来,把枪放在他的膝盖上,向下看去。他把一只手伸到口袋里,掏出了一些棕色的碎纸,然后在纸上放了一点烟屑。他把它卷好,两头一塞,做成了一支棕黄色的又短又粗的香烟。他的眼光一次也没有离开过躺在洞底下的那个身体。他点着香烟,很舒服地吸了一口。他吸得很慢。后来,香烟熄了,他又把它点着了。可是,他始终都在研究着他下面那个身体。

最后,他把香烟头扔掉,站了起来。他向洞口迈了一步,用两只手撑在洞口两边,右手仍然握着枪,靠着臂力把身体放了下去。等到他的脚离洞底还有一码的时候,他松开手,跳了下去。

他的脚刚一沾地,他就看到那个采金人的胳膊猛然一挥,只觉得自己的两条腿迅速地一扭,便摔倒了。他在向下跳的时候,他那只拿着枪的手本来是向上举着的。可是他的腿一被抱住,他便把枪口朝下了。就在他的身体还在空中,他还不曾完全摔倒的时候,他的手已经扣响了扳机。在这个狭窄的洞里,枪声震耳欲聋。洞里硝烟弥漫,弄得他什么也看不见。他仰面朝天摔到洞底,那个采金人立刻像猫一样压到他身上。甚至当采金人压到他身上的时候,他还弯转右臂,准备再开一枪;就在那一瞬间,那个采金人已经用胳膊肘飞快地向他的手腕撞了一下。枪口一翘,那颗子弹打到洞壁的泥土里去了。

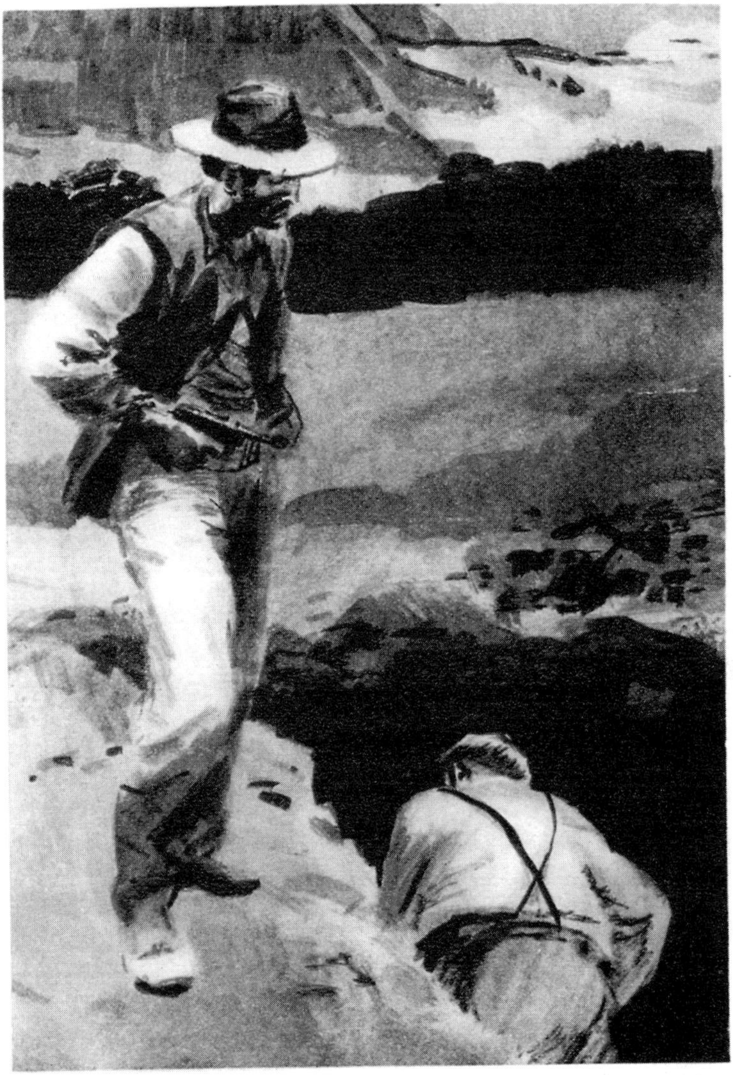

接着,这个突如其来的人觉得采金者的手抓住了他的手腕。他们争夺起那支枪来。每一个人都想把枪口指向对方。这时候,洞里的烟渐渐散了。这个仰面朝天、突如其来的人可以模糊地看见一点东西了。可是他的对头突然故意地对准他的眼睛撒了一把土,他又什么也看不见了。在这突然一惊的时候,他那支左轮手枪抓不住了。接着,他就觉得脑子里突然一片漆黑,可是在这一瞬间,他甚至连那一片漆黑的感觉也没有了。

采金人又接连开了几枪,直到打完了子弹。然后他才把枪扔开,气喘吁吁地在死人的腿上坐下了。

这个采金人啜泣着,不住地喘气。"好一个下流东西!"他气喘吁吁地说,"跟在我后面,让我把活做完,然后从背后打我一枪!"

由于愤怒和疲劳过度,他几乎要哭了。他瞧了瞧那个死人的脸。那上面撒满松土和沙石,很难辨认他的面貌。

"从来没见过这个家伙!"他在仔细瞧过之后说,"不过是一个极平常的小偷,他妈的!可是他居然从背后打了我一枪!他居然从背后打了我一枪!"

他解开衬衫,摸摸左面的胸部和背部。

"完全打穿了,可是不碍事!"他得意地叫了起来,"我敢打赌,他瞄得非常、非常准;可是他在扣扳机的时候,枪口偏了一点,这个混蛋!我把他收拾了!哼,我可把他收拾了!"

他用手指摸着身上的子弹洞,脸上露出了懊丧的神气。"这个伤口恐怕要疼起来的。"他说,"我得包好伤口,赶紧离开这儿。"

他爬出洞口,走到山下露宿的地方。半个钟头之后,他牵着他的驮行李的马回来了。从他的敞开的衬衫里,可以看出他包扎伤口的绷带。他的左手动作很缓慢,很不灵活,可是并不妨碍他运用他的胳臂。

他用绳子捆住死人腋下,把尸首从洞里拖了出来。接着,他就去掘金子。他顽强地干了几个钟头,常常要停下来,让他的僵硬的肩膀休息一会儿,同时一次又一次地说:

"他从背后打了我一枪,这个下流的东西!他从背后打了我一枪!"

等到他的金子差不多全弄出来了,并且牢牢地用几条毯子裹好,打成几个包袱的时候,他估算了一下这些金子的价值。

"要没有四百磅,就算我是个霍屯督人①。"他说,"就算有两百磅石英和泥沙吧——那也还有两百磅金子。比尔!醒醒吧!两百磅金子呀!四千块钱啦!这全是你的——全是你的!"

他快活地抓了抓头皮,手指头无意中伸到了一个他不熟悉的槽里。他顺着这个槽摸下去,它有好几英寸长。原来是第二颗子弹擦过他的头皮时划的一道印子。

他怒气冲冲地走到那个死人旁边。

"你想打死我,是吗?"他气势汹汹地说,"你想打死我吗?好吧,我总算好好地把你收拾了,现在我还要把你体体面面地埋葬。反过来,我待你可比你对我好多了。"

他把尸首拖到洞口,把它推到洞里。这个尸首扑通一声,落到了洞底,它的脸扭着,对着上面的亮光。采金人向下瞧了它一眼。

"你从背后打了我一枪!"他责怪道。

他挥动锄头铲子,用泥土填满了这个洞。接着,他把金子包袱放到马背上。就这匹马说来,这些金子太重了,因此一到露宿地,他就把一部分金子挪到那匹有鞍子的马背上。即使这样,他也不得不丢掉一部分装备——他把锄头、铲子、淘金盘、多余的粮食和烧饭的器具,以及其他零零星星的东西都丢掉了。

这个人赶着他的两匹马到了那一片藤葛织成的绿幕前面的时候,太阳已经升到天顶。为了爬上巨大的岩石,这两匹牲口不得不抬起前腿,盲目地挤进那些纠缠在一块的树丛里。有一次,那匹备上鞍子的马重重地摔倒了,这个人便卸下马背上的包袱,让它站起来。等到它重新上路的时候,这个人转过身,从树叶当中探出头来,瞧了瞧那个山坡。

"下流的东西!"他说完之后,就不见了。

这时传来一阵拉扯藤葛和折裂树枝的声音。那些树前后摇摆着,说明那两匹马正从它们当中穿过。在马蹄嘚嘚地踏在石头上的声音里,不

---

① 西南非洲的一个民族。

时还夹杂着一声咒骂或者尖厉的吆喝。接着,就听到了那个人嘹亮的歌声:

    回过头来,转过你的脸,
    对着那天赐的美妙小山,
    (罪恶的势力,你要蔑视!)
    瞧瞧周围,再看看四方,
    把罪恶的包袱扔到地上。
    (你会一早就遇见上帝!)

  歌声越来越小,沉寂之后,这儿又恢复了原有的精神。小溪又在打盹和低声细语,山蜂令人昏昏欲睡的嗡嗡声又响了起来。雪白的杨花在浓郁的香气里飘荡着。蝴蝶在树丛里翻飞,一切都给安静的阳光照得亮晶晶的。只有草地上的马蹄印和那片残破的山坡,还标志着人生的凶险历程曾经一度打破这儿的平静,接着又离开了这儿。

                  万紫 雨宁 译

有伤疤的人

杰考布·肯特这个人,一生贪财好利。他有了这个毛病,就渐渐产生了一种不信任人的心理,这使他的思想和性格变得十分乖戾,人家见了他都讨厌。同时,他又是一个有梦游病的人,脾气很固执。他几乎一离开摇篮,就当上了织布工人,直到克朗代克的淘金热渗入了他的血管,才使他离开了织布机。他的木房子坐落在六十英里站和斯图尔特河之间,那些经常路过他的木房子到道森去的人,都把他比作一个守住山寨,向通过他那些保养得很糟的道路的商队勒索买路钱的强盗头。做这样的比喻,多少需要一点历史常识,因此,那些从斯图尔特河来的文化较低的人,就用一种更原始的方法来形容他,大多用的是些粗鲁的字眼。

其实,这间木房子也不是他的。那是几年之前,有两个采金矿的人,为了贮藏粮食,顺水放来一排木料搭的。这两个人非常好客,后来,他们不要这间木房子了,那些认得这条路的人,就把它当做一个过夜的地方,因为这样很方便,免得花时间,用气力来搭帐篷。有一条不成文的规定:最后一个离开那儿的人,必须给后来的人留下一堆木柴。几乎每夜都有六七个到二十个左右的人在这儿过夜。杰考布·肯特看到这些情形,立刻把它霸占下来,搬了进去。从此以后,疲劳的旅客必须每人付出一块钱,才能在地板上睡一夜;旅客们付的金沙,他称起来总要搞点鬼。此外,他还会千方百计地要过路的客人替他砍柴拎水。这是十足的强盗行径,不过受他欺骗的那些人都很厚道,他们虽然恨他,却仍旧随他靠这种罪恶的勾当发财。

四月里,有一天下午,他坐在门口——完全像一个吃肉的蜘蛛——一面纳闷地琢磨着春天里太阳为什么这样暖和,一面望着路上,期待飞来的苍蝇。育空河就在他脚边,像一片冰海,足足有两英里宽,沿着南北两个大河湾消失在远方。不平的冰河面上,有一条细长的、凹下去的痕迹,这就是雪橇走的路,它只有十八英寸宽,却有两千英里长,沿途的每一英尺路都比世界上任何其他地方的路要险恶。

这天下午,杰考布·肯特觉得心情特别好。昨夜,打破了已往的记录,他一共款待了二十八位来客。当然,这一夜他睡得很不舒服,有四个人在他床底下打了一夜鼾;可是他那个装金沙的口袋也因此增加了不少分量。那个装着亮晶晶黄金的口袋既是他生活里的主要乐趣,也是致命的毒药。它那个狭窄的空间里,既有天堂,也有地狱。这个房子总共才一间屋,自然没有个人的秘密,因此他总是怕自己的金子给人偷掉,精神上非常痛苦。这些大胡子,像亡命徒一样的陌生人可以毫不费力地把它偷走。他常常梦见这一类的事,而且常被噩梦惊醒。在梦里打扰他的总是那几个强盗,连他们的相貌他都记得清清楚楚,特别是那个面色黝黑、右颊上有伤疤的强盗头。在这伙强盗里面,他梦见这个家伙的次数最多。肯特醒来之后,真怕有这么个人,所以他在房子里里外外,造了几十个藏金的地方。每逢他把金子藏到一个新地方之后,他才松一口气,也许有几夜安宁,然后又在梦里遇见那个有伤疤的家伙正在挖出他的口袋,他又一把抓住那人的领口。等到在照例的争夺之中惊醒之后,他就马上起来把袋子藏到一个更巧妙的新地方去。不能说他是在直接受梦幻的摆布,这不过是因为他相信预兆,认为心灵可通。他相信这些梦里的强盗都是真人的灵魂,不论他们的肉体在什么地方,在他做梦的时候,他们心里一定在想夺他的财产。所以,他就继续剥削那些跨进他的门槛的倒霉鬼,同时,口袋里的金子每增加一盎司,他的烦恼也要添上一分。

当时,这个坐在门口晒太阳的人忽然转了一个念头,立刻跳了起来。他生平最大的乐趣,就是反复地把他的金沙称来称去,可是有一件扫兴的事妨碍了他的消遣作乐,他一直没有办法解决。原来他那座称金子的天平太小,实际上,最多只能称一磅半,也就是十八盎司,而他积蓄的金子差不多有这个数目的三点三倍。他从来不能一次称完他的全部金沙,总觉得自己没福欣赏这种富丽堂皇的新景象。由于得不到这种机会,他就失去了一半占有金子的乐趣;他觉得这种悲惨的障碍,不仅使他的财产显得小了,实际上还缩小了他占有这么多金子的事实。刚才他忽然站了起来,就是因为他一下子想出了解决这个问题的方法。他非常仔细地朝路的两头望了一会儿。什么都看不见,于是他回到房子里面。

转眼之间,他已经把桌子收拾干净,摆上了天平。他先在天平的一边放上十五盎司的砝码,在另一边放上同样重的金沙,然后用金沙代替砝码,这样,天平上就有了整整三十盎司的金沙。接着,他又把两盘金沙并成一盘,在空盘里另外放上金沙使天平重新平衡。等到金子全放上去了,他已经浑身是汗了。他欢喜得发抖,说不出有多么快活。他把袋子角里的金沙,一粒不剩地全拍出来,直到天平失去平衡,一端垂到桌面上。不过,等到他在另一个盘子里加上一个一便士重的砝码和五个一喱的砝码①之后,平衡又恢复了。他仰着头,呆呆地站在那儿。袋子空了,可是天平的潜力却大得不可估计。无论多少金子都可以在这架天平上称出来,从最小的喱,直到好多好多磅。财神的热手已经按到他心上了。这时候,西沉的太阳把光线射进敞开的大门,普照着载着黄金的天平。这两堆宝贵的金沙,就像克娄巴特拉②铜像上的一对金色的乳房一样,反射出柔和的光线。时间和空间都没有了。

"老天爷!你可真积了好几磅金子呀,是不是?"

杰考布·肯特连忙转过身来,同时抓住那支放在附近的双筒猎枪。他的眼光一扫到这个不速之客的脸上,就吓得他愕然倒退了几步。这正是那个脸上有伤疤的人!

那个人好奇地瞧着他。

"哎,别害怕嘛。"他一面说,一面挥手叫肯特放心,"你用不着担心,我不会来害你的,也不会抢走你的他妈的这些金沙。"

他瞅着肯特那种满脸是汗,膝盖直打哆嗦的样子,想了想,又说:"你真是个怪人,真是个怪人。"

---

① 一便士重为二十分之一盎司,一喱相当于一便士重量的二十四分之一。
② 克娄巴特拉(公元前69—前30),埃及女王,绝世美人。

"你为什么不张开嘴,说几句话呢?"他接着说下去,肯特正在竭力想换过一口气来,"你他妈的遭了什么瘟啦?要紧吗?"

"你……你……你这个疤是哪儿来的?"肯特举起颤抖着的食指,指着对方脸上那条可怕的伤疤,好容易才说出几个字来。

"给同船的水手从大桅上用穿绳索的锥子刺的。既然你这个混蛋脑袋管事了,我倒要问问,我的疤跟你有什么关系?这就是我要问的——跟你有什么关系?老天爷!难道这也碍着你了吗?难道像你这样的家伙,还要看着这个疤不顺眼吗?我倒要明白明白!"

"没有,没有。"肯特一面回答,一面朝一张凳子上坐下去,很尴尬地笑了一下,"我不过觉得奇怪。"

"你以前也见过这样的疤吗?"对方气势汹汹地继续问了下去。

"没有。"

"这个疤很漂亮,是不是?"

"漂亮。"为了奉承这位不速之客,肯特认可地点点头,不料反而招来了一顿臭骂。

"你这个该死的混蛋,你这个畜生养的!你这是什么意思?老天爷在人脸上划了这么一道可怕的印子,你居然会说漂亮?你这是什么意思?你……"

说到这里,这个性情暴躁的水手接下去骂了一大串东方的下流话,这里面,上帝、魔鬼、妖怪、祖宗十八代都有,那种野蛮的神气,简直吓得杰考布·肯特好像瘫痪了。他连忙缩回两步,举起胳膊,仿佛怕他打下来似的。那个人看到他吓成这样,只把这篇精彩的演说发表了一半,就像打雷一样哈哈大笑起来。

"太阳快滚到路下面了。"那个有伤疤的人笑到快要笑不出的时候才说,"照我看,有我这样嘴脸的人陪着你,你应当快活才对。把炉子生起来。我就要解开狗,喂它们啦。老弟,你可别怕费柴呀;外面有树,柴多得很,你反正有的是时候,去砍几斧头吧。顺便拎一桶水来。快一点!不然我就揍死你!"

这可真是从来没听人说过。杰考布·肯特居然会去生火、砍柴和拎水——像奴仆一样服侍客人。吉姆·卡德吉在离开道森的时候,就听人说起这个住在路旁边的夏洛克①的种种不义行为。一路上,他又从许多给他剥削过的人口里,听到了肯特的很多罪恶。因此,吉姆·卡德吉,这个像所有的水手一样爱开玩笑的人,决定一走进这个房子,就给房主人一点教训。现在,这个计划已经出乎意料地成功了,他当然不会瞧不出,可是他还不明白他脸上的伤疤在这里面所起的作用。不过,尽管他不明白,他也看得出它所引起的恐怖。因此,他决定利用一下这个伤疤,就像一个现代的商人无情地利用一些门面货发财一样。

"你要不是个麻利人,让老天叫我的眼睛瞎掉!"他歪着头,瞧着忙个不停的主人,恭维了一下,"你根本不用到克朗代克去淘金。你完全是个天生的酒店老板。我常常听见育空河一带的人谈起你,可是没想到你是这么好的一个人。"

杰考布·肯特心里真想一枪把他打死,可是那个伤疤的魔力太厉害了。原来这就是那个带伤疤的家伙,那个心里常想打劫他的人。可见,他一定是那个常在他梦里出现的家伙的肉身,那个老是打算偷他的金子的家伙——因此——也不可能有别的结论——这个有伤疤的人现在一定是亲自来抢他的金子的。那个伤疤!除非他的心脏停止跳动,他的眼睛就离不开那个伤疤。不论他怎样竭力要把眼光移开,它们仍然坚决要回到那个伤疤上去,好像给指南针吸住了一样。

"我的疤碍着你什么事?"正在铺毯子的吉姆·卡德吉偶然一抬头,瞧见肯特那样目不转睛地盯着他,猛然地喝道,"既然这个疤叫你那么不安,我看,你倒不如收拾一下铺盖,灭了火,上床睡觉吧。听我说,别呆着不动,你这个混蛋,不然的话,我就一拳揍塌你的鼻子!"

肯特紧张得连吹了三口气,才吹熄油灯。他连鹿皮靴也没脱,就爬进毯子里去了。

睡在硬邦邦的地板上的水手,过了一会儿就鼾声如雷了;可是肯特躺在床上,眼睛盯住一片漆黑,一只手抓住猎枪,却决定整夜不闭眼睛。他

---

① 莎士比亚剧本《威尼斯商人》中的人物,一个极刻薄的商人。

一直没有机会藏好他的五磅金子,而它们就放在他床头的火药箱里。可是,不管他怎么打算,最后他还是睡着了,而那些金沙仍然沉重地压在他的心上。如果他不是怀着这种心情,不当心睡着了的话,他的梦游病也许就不会发作,第二天吉姆·卡德吉也就不会拿着淘金盘去采矿了。

炉子里的火挣扎了很久,终于熄了。寒气从长了藓苔的木头缝里透进来,使里面的空气变得冰冷。外面的狗也不嗥了,都蜷卧在雪里,梦想着堆满鲑鱼的天堂,那儿既没有赶狗的人,也没有各种监督它们的人。在房子里面,水手睡得像一根木头,房主人却做着各种怪梦,不住地翻来覆去。快到午夜的时候,他突然掀开毯子,起来了。这可真是稀奇,他接着干了许多事,连一根火柴也没划。他始终没有睁开眼睛,这也许是因为房子里很黑,也许是因为他怕看见他客人脸上那条吓人的伤疤;总之,不管怎么说,事实就是这样:他闭着眼睛,打开火药箱,往猎枪的枪膛里灌了一大堆火药,一粒粉末也没落下来,然后用两个塞子塞紧火药,收拾好一切,重新回到床上。

第二天,糊着羊皮纸的窗户上才透进蓝灰色的曙光,杰考布·肯特就醒了。他用胳膊肘撑住身体,掀开火药箱的盖子,瞧了一下。不管他瞧见了什么,或者没有瞧见什么,总之,对于他这样神经质的人来说,这一眼对他的影响的确很不寻常。他瞧了瞧那个睡在地板上的人,轻轻放下箱子盖,然后翻身躺好。他脸上出现了一种非常少有的安静神气。肌肉丝毫不动。一点也没有激动或者烦躁的表示。他躺了好久,想了好久,等到他爬起来,开始走动的时候,他的态度也很冷静,既不慌张,也没有弄出声音。

吉姆·卡德吉的头对着的房梁上,正好有一个突出的、结实的木橛。于是杰考布·肯特轻轻地干起来,把一根半英寸粗的皮绳小心地抛到它上面,然后把绳子两端拉到地面。他把绳子的一头拴在自己的腰上,在另一头打了一个活结。接着,他扳上猎枪扳机,把它放在手边,靠在许多捆麋皮带旁边。他鼓足勇气,望着那条伤疤,把绳子的活结套在那个睡着了的人的脖子上,然后一面利用自己的体重拉紧活结,一面抓起枪,把枪口对准了吉姆。

吉姆·卡德吉醒来之后,闷得喘不过气来,愕然地盯着指向他的枪口。

"东西在哪儿?"肯特一面问,一面松了松绳子。

"你这个该死的……呃……"

肯特只不过把身体向后仰了一下,拉紧的绳子就扼住了对方的咽喉。

"你这个鬼……嘎嘎……呃……"

"东西在哪儿?"肯特又问。

"什么?"卡德吉才透过气来,反问道。

"金沙。"

"什么金沙?"莫名其妙的水手问道。

"你最清楚……我的金沙。"

"我连见也没见过。你把我当成了什么?保险箱吗?岂有此理,这跟我又有什么关系呢?"

"你也许知道,也许不知道,反正我总要勒得你知道为止。如果你的手敢动一下,我就要打碎你的脑袋!"

"老天爷呀!"绳子一拉紧,卡德吉就大叫起来。

后来,肯特松了一下,那个水手就扭动着脖子,装作给勒得难过的样子,设法把那个活结松开一点,让它正好抵着他的下巴。

"怎么样?"肯特又问,指望他会说出来。

可是卡德吉只苦笑了一下。"把我吊死好啦,你这个该死的洗盘子的老鬼!"

接着,这场悲剧,果然像水手料到的那样,变成了一幕闹剧。在这两个人里面,卡德吉的身体比较重,因此,无论肯特怎样拼命向后坐,都不能把卡德吉悬空吊起来。

肯特的力气已经使到顶了,可是水手的脚仍然贴在地板上,支持着他的一部分体重。其余的就靠正好抵着他的下巴的绳子来支撑。

肯特看情形吊不起他来,就继续用力拉,决计慢慢地勒死他,或者逼他说出他把金沙藏到了什么地方。可是那个有伤疤的人就是勒不死。过了五分钟,十分钟,十五分钟,最后,因为毫无办法,肯特只好把他的俘虏放了下来。

"好吧。"他一面说,一面抹掉脸上的汗,"如果你不愿意给吊死,你就要给枪毙。看起来,有的人大概是生来吊不死的。"

"你瞧,你把地板上弄得这么乱七八糟。"卡德吉在争取时间,"好吧,你听着,让我告诉你我们该怎么办;我们可以动动脑筋,一块儿来研究一下。你丢了一点金沙。你说我知道在哪儿,我说我不知道。让我们分析一下,想出一个办法……"

"老天爷呀!"肯特挖苦地模仿着对方的声调,打断了他的话,"办法得完全由我来想,你只能瞧着。你要敢动一动,老天在上,我一定要打穿你一个洞!"

"想想我的老娘吧……"

"要是她疼你的话,那就让上帝来慈悲她吧。哼!你敢?"他看出对方有一种敌对的动作,马上把冰冷的枪口抵在对方的前额上,"好好躺下!你要敢动一动,马上就叫你完蛋。"

这件事做起来可不容易,因为肯特的指头一直要管住枪上的扳机;不过,他到底是个纺织工人,只用了几分钟,就把水手的手脚都捆好了。随后他把水手拖到外面,放在屋子旁边,让自己可以在那儿一面瞭望河上面的情形,一面瞧着太阳升到顶点。

"我可以让你挨到中午,然后……"

"怎么样?"

"然后让你回老家。不过,假使你肯说出来,我就让你躺在那儿,等到下一批骑警队来的时候。"

"老天爷,真有这样的事!我好端端的,像绵羊一样,没有一点罪过,可是你平白无故,像发疯一样,无论怎么也要杀死我。你这个该死的老强盗!你……"

吉姆·卡德吉破口大骂起来,这一次,他骂得空前出色。杰考布·肯特搬出一张凳子,让自己可以舒舒服服地坐着听他骂。后来这个水手把所有骂人的字眼都用完了,终于安静下来,开始苦苦地思索着,他的眼睛总是瞧着东方的太阳,觉得它升得太快了。他那些狗,因为很久没有给套上雪橇,都觉得很奇怪,于是全跑过来挤在他周围。这些畜生似乎也看出了他的孤立无援的景况。它们觉得一定出了什么岔子,不过并不知道是怎么回事;所以它们跑来跑去,凄惨地嗥叫,表示它们的同情。

"啐!滚开!你们这些西瓦希狗!"他喝道,打算像虫一样蠕动着身子来赶开它们。忽然他发现自己是在一个斜坡上挣扎。狗一散开,他就想:他看不到的斜坡那一面是什么样的呢?很快他就得出了一个正确的结论。他想,照道理说,人都是懒的。他要做的事都是非做不可的。当他造木房的时候,他一定得在房顶上铺些泥。从这些道理来看,他一定会就近挖些泥土,这是很合情合理的。因此,他现在躺的地方,准是在一个土坑旁边,杰考布·肯特房顶上的泥准是从这个坑里挖出来的。他想,这一点如果适当地利用一下,也许可以延长生命。接着,他就想到了捆住他的那些皮绳子。他的手是给反绑起来的,手压在雪上,已经给沾潮了。他知道,皮子一潮,就会伸长,于是,他就表面上装作无事,把绳子一点一点地挣松。

他渴切地望着那条雪路。后来,在六十英里站那个方向,有一个黑点在白色的冰层上闪现了一下,他连忙瞧了瞧太阳。太阳已经快升到顶了。他看出那个黑点正在时而爬上冰山,时而沉到山谷里去;不过他不敢正眼瞧着那个方向,他怕那样会引起他的敌人的疑心。有一次,杰考布·肯特站起来,很注意地瞧着那条雪路,卡德吉害怕极了,幸而那乘雪橇驶过的一段路被冰层挡住了,没有被肯特瞧见,危险总算过去了。

"你做这种事,将来一定会给吊死的。"卡德吉用威胁的口气说,打算引起对方的注意,"将来你一定会在地狱里烂掉的,等着瞧吧。"

停了一会儿,他忽然喊道:"喂,你相信鬼吗?"肯特那种突然一惊的神气使他觉得有了把握,他连忙接着说了下去:"一个人要是说了话,做不到,鬼就有权利来抓他;没有响八响①,你就不能打死我——我的意思是十二点钟——你办得到吗?如果你办不到,将来我做了鬼,一定会来抓

---

① 西方船员值班,通常每四小时换一次,每半小时打一响钟,到了打八响的时候就换班。因此,从零时算起,四点钟、八点钟、十二点钟,都要打八响换班。卡德吉是水手,所以说"响八响"是十二点钟。

你。你听明白了没有?如果你提前了一分一秒,我都会来抓你,告诉你,我一定会做到的!"

杰考布·肯特看样子有点将信将疑,可是不跟他说话。

"你那个表行不行?你知道这儿的经度是多少?你怎么知道你的时间准不准?"卡德吉不住地缠着他,枉费心机地打算缠得他的刽子手多给他几分钟,"你用的是什么时间?公司时间还是兵营时间?要是你在响八响之前开枪,我绝不会罢休。我这是老实地警告你。我会回来抓你的。如果你没有表,你怎么会晓得是什么时候?我要问的就是这个——你怎么会晓得?"

"我会准时送你回老家的。"肯特回答道,"我有一座日晷。"

"不管用,那根针有三十二度的偏差。"

"都校准了。"

"你用什么法子校的?用指南针吗?"

"不是的,我是利用北极星校的。"

"真的吗?"

"真的。"

卡德吉哼了一声,偷偷向路上瞧了一眼。那乘雪橇已经爬上一个坡,离这儿大约一英里光景,狗全放开了腿,正在轻快地飞奔。

"影子离那条线有多少?"

肯特走到那个原始的日晷旁边,瞧了瞧。经过仔细的考查之后,他说:"还有三英寸远。"

"喂,在开枪之前,先说一声'八响了',成不成?"

肯特同意了,于是两个人都不做声了。卡德吉腕子上的绳子正在慢慢松开,他已经快把手挣脱出来了。

"喂,影子还有多远?"

"一英寸。"

水手轻轻地扭动着,以便到了紧要关头,可以翻身滚下去。这时候,他已经从手上褪下了第一圈绳子。

"还有多远?"

"半英寸。"就在这时候,肯特听到了雪橇滑木的轧轧声,他向路上瞧了一下。赶雪橇的人平躺在雪橇上,狗正在笔直地奔向这个木房子。肯特急忙转过身来,把枪举到肩头。

"还没有响八响!"卡德吉大声地警告,"我会来抓你的,一定会抓你的!"

杰考布·肯特迟疑了一下。他就站在日晷旁边,离他的牺牲品不过十步远的光景。那个雪橇上的人一定已经看到要出事了,因为他已经站起来了,正在狠命地鞭打那些狗。

影子正好对准了那条线。肯特瞄准了他。

"准备好!"他严肃地命令道,"八响……"

可是离他说完只差几秒钟,卡德吉已经滚到坑里去了。肯特扣住扳机,奔到了坑口。砰!那个水手刚站起来,枪就正对着他的脸炸响了。不过枪口里并没有冒烟,反而在靠近枪托的枪筒旁边迸发出一片火光。杰考布·肯特倒下去了。那些狗冲到岸上之后,拖着雪橇压过了他的身体。吉姆·卡德吉把手从皮绳里挣脱开,从坑里爬出来,赶狗的人已经跳下了雪橇。

"吉姆!"这个新来的人认出了是他,"怎么回事?"

"怎么回事?嘿,根本没什么事。我不过偶尔开个小玩笑,让自己痛快痛快。怎么回事,你这个该死的傻瓜?还要问我怎么回事?把我松开绑,我就告诉你是怎么回事!赶快!不然的话,我就要拿你的身体来擦甲板!"

"哼!"他长吁了一口气,那个人正在用小刀来割开绳子,"怎么回事?连我自己也想知道知道。你倒对我说说看,究竟是怎么回事?呃?"

等到他们把肯特翻过来的时候,他已经完全死了。那支枪就在旁边,是一支老式的、笨重的前膛枪。枪筒和枪身已经分开了。右面的枪筒在靠近枪托的地方有一条几英寸长的裂缝,口向外翻。那个水手一时好奇,把它拎了起来。裂缝里立刻流出了许多亮闪闪的金沙。吉姆·卡德吉这才明白了事实的真相。

"他妈的,这真叫我死也不会明白!"他吼道,"这可是万万想不到!

这就是他那些该死的金沙！我真该死,查理,你也该死,赶快,去拿个淘金盘来！"

万紫　雨宁 译

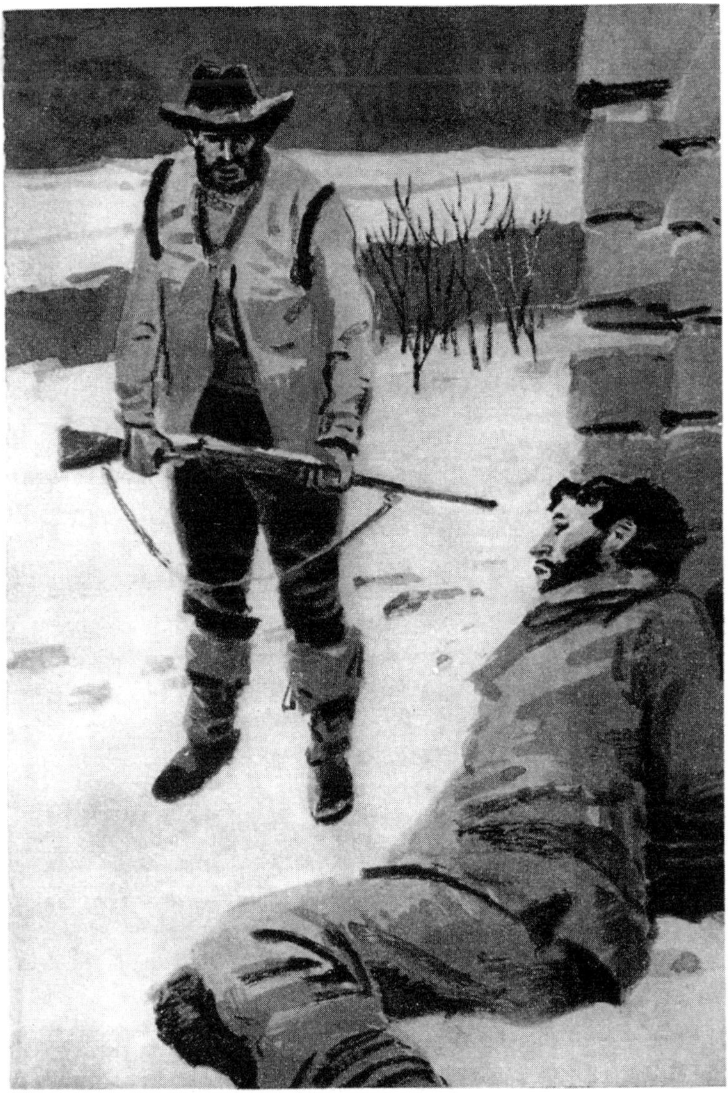

北方的奥德赛*

一

几乘雪橇配合着挽具的吱喳吱喳的声音和领队的狗的丁丁当当的铃声,正在唱着永远不变的悲歌;可是人和狗都累了,全不做声。路上积满了新下的雪,很难行走。他们从很远的地方来,雪橇里装着许多四开的冻鹿,硬得跟燧石一样。滑板紧贴着还没压结实的路面,老向后退,倔强得差不多跟人一样。天色正在暗下来,可是这一夜他们没有帐篷可搭。雪从无声无息的空气里轻轻飘下来,不是雪片,而是玲珑纤巧的雪晶。天气很暖——只有零下十度——大伙都不在乎。迈耶斯同贝特斯已经翻上了护耳,马尔穆特·基德甚至把手套也脱下了。

这群狗在那天下午早就累坏了,现在却好像新添了一股劲头。有些感觉比较灵敏的,已经露出一种不安静的神气——好像受不了拖索的羁绊,想快跑又踌躇不决,正在竖起耳朵,用鼻子嘶嘶地吸气。渐渐地,它们就对那些感觉比较迟钝的伙伴发脾气了,用许多种狡猾的办法去咬它们的后腿,催它们前进。那些受到责备的狗也染上了这种毛病,又把这种毛病传给其他的狗。后来,顶前面那乘雪橇的领队狗满意地高声吠了一下,低低地伏在雪里,用全身力量拉紧了领圈,向前一挣。其余的狗都学着它的样子,于是,后面的皮带一收,拖索一紧,一辆辆雪

---

* 《奥德赛》是希腊诗人荷马所作的叙事诗。诗中主角奥德赛(又叫尤利西斯)在特洛伊战争之后,经过十年艰险的漂泊,才回到本国。这里是作者用来作为借喻。

橇就向前冲出去了。那些人只好抓住舵杆,拼命加快脚步,免得给滑板压着。一天的疲倦都没有了,他们大声吆喝着,催狗赶路。那些狗也用快活的吠声来回答他们。它们就在越来越黑的夜色里,放开步子,啪嗒啪嗒地飞奔起来。

"向右转!向右转!"他们依次喊着,一辆辆雪橇突然离开了大路,翘起一边的滑板,像顺风里的单桅小帆船一样驶去。

一下子冲了一百码路,到了一扇透出灯光的羊皮纸窗户跟前,一看就知道这个木房子是他们的家,里面有烧得呼呼响的育空①式火炉和热气腾腾的茶壶。不过这个木房子已经给别人侵占了。六十条爱斯基摩狗气势汹汹地一同狂吠着,这些毛茸茸的东西立刻向拖着第一乘雪橇的狗扑了过来。门开了,一个穿着西北警察的红制服的人走出来,踩着没膝深的雪,冷静而公正地用狗鞭的把子把那些发狂的畜生治得服服帖帖。然后,两方面就握起手来,马尔穆特·基德就这样被一个陌生人迎进了他自己的木屋。

其实,应该出去迎接他的,是斯坦利·普林斯,前面说过的那个育空式火炉同那壶热茶就是由他负责照料的,可是他正在忙着招待客人。这伙客人大概有一打光景,虽则都是替英国女王执行法律和递送邮件的人,却难得有这样形形色色的。他们的血统各不相同,可是共同的生活却使他们变成了一个类型——一种瘦瘠坚韧的类型,有着在雪路上锻炼得很结实的肌肉,给太阳晒得黝黑的脸,无忧无虑的心,他们的明朗安定的眼睛总是坦率地向前面凝视着。他们赶着女王的狗,使她的敌人心惊胆战;他们吃的是她发下来的微薄口粮,然而很快活。他们见过很多世面,干过不少大事,他们的生活像传奇一样,可是他们自己却不知道。

他们像在自己家里一样。其中有两个人四仰八叉地躺在马尔穆特·基德的床铺上,正在唱歌,当初他们的法国人祖先来到西北一带跟印第安女人结婚时所唱的就是这种歌。贝特斯的床铺也受到了同样的侵犯,三四个身强力壮的押运员盖着毯子,一面搓脚,一面听一个人讲

---

① 育空本来是阿拉斯加的一条大河,一八九五年后成为加拿大一个地区的名称。

故事。这个人曾经在沃尔斯利①进攻喀土穆时,在那位将军的舰队里服役。等到他说累了,一个牛仔就讲起了当年他跟布法洛·比尔②游历欧洲各国首都的时候,他所见到的宫廷和王公贵妇。房间的一角还有两个混血儿,他们是一块打过败仗的老伙伴,正在一面修补雪橇上的皮带,一面谈着当初西北一带人们纷纷起义,路易·里尔③称王时的情形。

粗鲁的玩笑和更粗鲁的俏皮话此起彼伏,水旱两路上极危险的事一到他们口里,都变得稀松平常,好像他们所以会想到这些事,只不过为了其中还有一些幽默可笑的情节。这些无冕英雄的话使普林斯听得入了迷,他们亲眼见过历史的创造过程,可是他们总是把那些伟大的、传奇式的事迹,当做日常生活里的一些平凡的、偶然的小事来谈。普林斯把自己的珍贵的烟草毫不在乎地分给他们;为了报答他的慷慨,生了锈的回忆的链子又一环一环地展开了,忘了很久的奥德赛式的故事也复活了。

谈话停下来,旅客们装好最后一袋烟草,打开他们那些捆得很紧的皮毯子的时候,普林斯回过头,找到他的老朋友基德,打算多了解一下这些人的情形。

"好吧,那个牛仔的来历,你是知道的。"马尔穆特·基德一面回答,一面动手解开他的鹿皮鞋的带子,"那个跟他同床的人有点英国血统,也不难猜到。至于其余的这些,他们全是森林中的流浪汉,他们的血统杂得只有天晓得。睡在门旁边的那两个,却是地地道道的'法

---

① 沃尔斯利(1833—1913),英国侵略军将领,一八六〇年曾侵略我国。一八七〇年任红河远征军司令,在加拿大镇压路易·雷勒的起义。一八八四至一八八五年,他率兵进攻苏丹首都喀土穆,妄图挽救另一个也侵略过我国的臭名昭著的英国将领戈登,但戈登终于死在苏丹人民手里。

② 布法洛·比尔(1846—1917),原名威廉·考狄,曾充当美军侦察兵,残杀过很多印第安人。后来他改行当演员,在欧洲表演以美国西部冒险家生活为主的节目,称之为"野蛮的西部节目"。

③ 路易·里尔(1844—1885),加拿大人,有印第安血统,曾先后两次领导法国血统的印第安人举行红河起义。

种'，也就是'木炭'①。那个围着绒线围巾的小家伙——你只要仔细瞧一瞧他的眉毛和下巴，你就会知道有个苏格兰男人曾经到他妈妈那个烟雾腾腾的帐篷里擦过眼泪。还有这个把长大衣放在头下面的漂亮小伙子，他有一半法国血统——你听见过他说的话吗？他不喜欢那两个睡在他旁边的印第安人。你知道吗，当初这些'法种'在里尔的领导下起义的时候，纯种的印第安人并不支持他们，从此以后，他们彼此就不大有好感了。"

"可是，炉子旁边那个愁眉苦脸的家伙又是个什么样的人呢？我敢说他一定不会讲英语。他整个晚上都没有开过口。"

"你错了。他的英语很好。你注意到他听人说话时的眼神没有？我注意到了。可是他跟别的人一点也不沾亲带故。每逢他们说起他们的家乡话的时候，你就看得出他听不懂了。真的，连我也弄不懂他究竟是什么样的人。让我们探听探听。"

"放两根柴到炉子里去！"马尔穆特盯着那个来历不明的人，提高嗓门吩咐道。

他马上照办了。

"他准是在哪儿受过训练。"普林斯低声说。

马尔穆特·基德一面点头，一面脱下袜子，然后小心地从躺着的人堆里走到炉子旁边，把湿袜子挂在二十来双同样的袜子当中。

"你想你什么时候可以到道森呢？"他试探着问了一句。

那个人在回答之前，先仔细打量了他一下。"据说，有七十五英里。是吗？大概要两天吧。"

他的口音微微听得出有点特别，可是没有打奔儿，也没有思索字眼。

"以前到这儿来过吗？"

"没有。"

"西北边区②呢？"

---

① 指第一批到加拿大森林打猎为生的法国移民。
② 指加拿大北部靠近北极圈一带。

107

"去过。"

"你生在那儿吧?"

"不是。"

"嗯,他妈的你究竟是哪儿的人呢?你跟他们一点也不像。"马尔穆特·基德用手对那些赶狗的人一挥,连睡在普林斯床铺上的那两个警察也包括在内,"你究竟是从哪儿来的?像你这样的脸以前我见过很多,可是我想不起究竟在哪儿见过的了。"

"我认识你。"他文不对题地回答着,马上把马尔穆特·基德的问题岔开了。

"在哪儿?你见过我?"

"不是你,是你的伙计,牧师,在帕斯提里克,很久以前。他问我有没有见过你,马尔穆特·基德。他给了我一点干粮。我在那儿没有待多久。他对你讲起过我没有?"

"对啦!你就是那个用海獭皮换狗的人?"

那个人点了点头,把烟斗里的灰敲出来,拉起皮毯子裹住身体,表示他不愿意再谈了。于是马尔穆特·基德吹熄那盏用铁罐头做的油灯,跟普林斯一块钻到毯子里去了。

"喂,他是干什么的?"

"不知道——他把我的话岔开了,不晓得为什么,像蛤蜊一样闭住了口。但是他这个人会引起你的好奇心。我听人说起过他。八年以前,所有沿海一带的人都觉得他很奇怪。老实说,他这人有点儿神秘。他在严寒的冬天从北边下来,那地方离这儿有好几千英里路,他沿着白令海一路赶来,好像有鬼在追他似的。谁也不知道他是从哪儿来的,不过他一定是从很远的地方来的。他到过高洛温湾,从瑞典牧师那里弄了一点粮食,还打听了一下到南方来的路线,这时候,他已经走得累坏了。这些事,我们都是后来听到的。接着,他就离开海岸线,笔直地从诺屯海峡渡过来。天气可怕极了,尽是暴风暴雪,可是他撑下来了;换上别的人,哪怕一千个也会死掉;他因为错过了圣·迈克尔,就在帕斯提里克登陆了。他什么都丢了,只剩下两条狗,自己差一点没有饿死。

"罗布神父看到他急着赶路,就给了他一点粮食,可是一条狗也不能送给他,因为等我一到,神父自己也要出门。我们的尤利西斯先生①非常清楚,没有狗是不能动身的,因此他着急了好几天。他雪橇上有一捆硝得很好的海獭皮,你知道,海獭皮跟金子一样贵重。当时,帕斯提里克有个俄国商人,是个老夏洛克②,他有几条预备宰来吃的狗。这笔买卖没有费多少时间就谈妥了;等到这个怪人再向南走的时候,他的雪橇前面已经有一队跑得飞快的狗了。夏洛克先生得到了一批海獭皮。我见过,真是漂亮极了。我们算了算,他至少在每条狗身上捞到了五百块钱。倒不是这个怪人也许不懂得海獭的价钱;他虽是个印第安人,可是从他说的那寥寥几句话里,也听得出他跟白人一块儿混过。

"海上的冰融化以后,从奴尼瓦克岛③来的人说,他到那儿找过粮食。后来他就没影子了,此后八年之中,我再没有听到过他的消息。可是现在,他究竟是从哪儿来的呢?他在那些地方干了些什么事呢?为什么他要离开那些地方呢?他是个印第安人,可是他到过那种谁也不知道的地方,而且受过训练;对于一个印第安人来说,这可是很少有的。普林斯,这又是一个要等你来解决的北方的奥秘了。"

"真谢谢你,可是现在我手头上要解决的事已经太多啦。"他回答道。

马尔穆特·基德已经在打鼾了;可是这个年轻的采矿工程师仍然睁着眼睛,在一片漆黑中向上凝视着,等那种奇怪的、使他激动的兴奋心情平静下去。后来,他真的睡着了,可是他的脑子还在继续活动,霎时间,连他也在那种没人知道的雪野里流浪起来,在无穷无尽的路上跟狗一道跋涉着,而且梦见了人们在生活,劳碌,终于像男子汉一样死掉。

第二天一早,离天亮还有几个钟头,邮差们同警察就动身往道森去了。可是代表女王陛下的利益,替她掌握小百姓命运的当局,却不让这班

---

① 即希腊神话中的奥德赛。基德借用这个名字来称呼他,是因为这个人也经过了长期颠沛流离。
② 见95页注①。
③ 白令海里的一个岛。

邮差休息。一个星期以后,他们又到了斯图尔特河边,押着沉重的运往盐湖的邮件。不错,他们的狗倒是又换了一批新的;不过,那是狗。

这些人本来指望多少耽搁几天,休息休息;再者,克朗代克又是北方的一个新地区,他们都希望能见识一下这座金沙似水、舞厅里狂欢不息的黄金城市。现在,他们却差不多跟上一次来的时候一样,一个劲儿烘着袜子,抽着他们的烟;不过,其中有一两个胆子大的,已经起了开小差的念头,他们正在考虑有没有可能越过人迹未到的洛矶山,向东走,再经过麦肯齐山谷,走到契帕文地区,他们从前经常出没的老地方。另外有两三个甚至决定在他们供职期满之后,一块从那条路回家,并且预先订出计划,盼望着这番冒险事业能够实现,就仿佛一个生长在城市里的人,盼望能到森林里度过一天假期一样。

那个用獭皮换狗的人好像心里很不安,虽然他对这种谈话一点也不关心;最后,他把马尔穆特·基德拖到一边,悄悄地跟他谈了一会儿。普林斯好奇地瞟着他们,后来,情形更神秘了,他们居然戴上帽子和手套,走到门外去了。他们回来之后,马尔穆特·基德把称金子的秤放在桌上,称了六十盎司左右的金沙,放到那个怪人的口袋里。接着,赶狗人的头目也参加了他们的秘密会议,并且跟他做了一点交易。第二天,这一伙人沿着河往上走的时候,那个用獭皮换狗的人却带着几磅干粮,回道森去了。

等到普林斯问起来的时候,马尔穆特·基德说:"我也摸不清是怎么回事;总之,这个可怜的家伙总是有什么缘故才不肯干了的——看起来,这在他还是一个很重要的理由,不过他不肯让别人知道。你当然明白,干这种差事就跟当兵一样;他签过字,得干两年,现在要提前离开,惟一的办法只有用金子把自己赎出来。如果开了小差,他就不能再留在这儿,可是他又像发疯似的想待在这一带。据他说,他一到道森,就打定了主意;可是那儿他没有熟人。他身上一分钱也没有,他只跟我还讲过几句话。因此,他就跟副总督谈了一下,并且讲好,只要他能从我这儿弄到钱就办退职的手续——这就是说,他要跟我借钱。他说,他在年内可以还我,要是我愿意,他可以向我指出一条发财的道路。他从来没到过那地方,可是知道那儿有很多金子。

"听我告诉你!唉,刚才他把我拉到外面,他简直要哭了。他又是求,又是央告,还在雪里朝我跪下,我只好把他拉起来。他像疯子一样说了半天,后来还赌咒,说他为了达到这个目的,已经辛苦了很多年,现在要让他落空,他可受不了。我问他是什么目的,他老不肯讲。他只说,他怕他们把他分配在这条路的另外半段上干活,使他在两年之内回不了道森,这样就会太晚啦。我这一辈子,从来没见过这么伤心的人。等到我答应借给他金子的时候,我又不得不把他从雪里拖起来。我跟他说,这笔钱算是我垫出的一份股金好了。你以为他很愿意吗?完全不对,老兄!他赌咒发誓地说,他要把他找到的东西全归我一个人,让我阔得连做梦也想不到。他说来说去,总是这么一套。通常,一个为别人的垫款而成年累月拼命的人,一旦得到了东西,总是连一半也舍不得付给投资人的。普林斯,你记住好了,这里面一定有什么道理,要是他还待在这一带的话,我们准会听到他的消息的……"

"要是他不待在这一带呢?"

"那就算我好心没有得到好报,白白丢了六十盎司金子好啦。"

严寒的天气已经跟着漫长的黑夜一块儿来了,太阳也沿着雪地南面的地平线,玩起了捉迷藏的老把戏,可是马尔穆特·基德的那笔垫款仍旧毫无消息。后来,在一月初的一个阴寒的早晨,许多狗拖着几乘沉重的雪橇,到了斯图尔特河下游他那所小木头房前面。那个用獭皮换狗的人果真来了,跟他一块儿来的还有一个人,那种身材大概上帝现在也记不得是怎样创造的了。人们只要谈到运气、胆量和一铲五百美元的金沙,都会想起阿克赛尔·冈德森这个人的;大家如果围着营火,讲到关于勇气、体力和剽悍的故事,那也少不了要谈一谈他的事迹。而且,每逢大家的谈兴低落下去,只要有人提起跟他同甘共苦的那个女人,他们的话也一定会变得又热烈起来。

前面已经讲过,大概上帝创造阿克赛尔·冈德森的时候,又想起了他们古代的手艺,仿照洪荒时代的人把他塑造出来。他的身材魁伟,足足有七英尺高,穿着一身华丽的服装,显示出一位黄金国国王的气派。他的胸脯、脖子和手脚,都跟巨人一样。他那双雪鞋,因为要负担三百磅重的骨头和肌肉,比别人的长一码多。他那张粗线条的脸上,头角峥嵘,下巴肥大,一双淡蓝色的眼睛从来不知畏缩;一看他这张脸就知道他是个只懂得强梁霸道的家伙。他那结了霜的头发,黄得像熟透了的玉米缨子——衬托着他那张脸,仿佛日光横扫黑夜,一直披到他的熊皮袄上。他在狗前面从窄路上摇摇摆摆地走过来的样子,隐隐约约地露出一种过惯了海上生活的人的习气。他用狗鞭的把子敲马尔穆特·基德的门的神气,简直像一个到南方打劫、猛攻城堡大门的北欧海盗。

普林斯露出他那女人一样的胳膊,揉着生面团,不住地瞟着这三位客人——三个这样的客人同时走进一个人的屋子,这可真是一辈子也碰不到的事。那个怪人,马尔穆特·基德管他叫尤利西斯的那个家伙,仍然吸引着他;不过他最感兴趣的,却是阿克赛尔·冈德森同他的老婆。她赶了一天的路,已经觉得很辛苦了,因为从她丈夫获得了寒带的金矿矿苗,发财之后,她的身体就在舒服的木房里变得软弱了,她觉得很累。她就像一株娇弱的鲜花靠着墙似的偎在她丈夫的宽阔的胸脯上,懒洋洋地回答着马尔穆特·基德的好意的取笑;她那深深的黑眼睛偶尔对普林斯瞟上一眼,就使普林斯很不自然地激动起来。因为普林斯是个男人,身体很健康,一连好几个月都难得见到女人。还有,她的年纪比他大,又是个印第安女人。可是她跟他见到过的那些土著女人都不一样:她出过远门——他从他们的谈话里知道她到过许多国家,还到过他的故乡英国;白种女人懂得的事情,她几乎全懂得,此外她还懂得许多女人不该知道的事情。她能够用鱼干当做一餐饭,在雪地里搭一张床;可是她故意逗弄他们,详细地描述着精致的筵席,让他们听到几乎已经忘记了的各种菜名,肚子里怪不自在。她懂得麋鹿、熊、小蓝狐,以及北方海洋里那些两栖动物的习惯;她对森林里和江河上的事件件精通,无论人、鸟或者野兽在脆弱的雪面上留下什么痕迹,她都能一目了然;普林斯还注意到她在看着他们的宿营规则的时候,露出赞赏的眼光。这些规则是那个习性难改的贝特斯一时冲动,订出来的,写得语气幽默,文字简洁。普林斯总是在女人来之前,把它翻过来,对着墙;可是谁又能猜到这个土著女人会……算啦,反正现在已经来不及啦。

　　总之,阿克赛尔·冈德森的老婆就是这么一个人。她的声名,跟她的丈夫一样,也传遍了整个北方。吃饭的时候,马尔穆特·基德仗着老朋友的资格,毫无顾忌地逗着她玩,普林斯也摆脱了初见面怕难为情的拘束,跟着取笑。她虽然寡不敌众,嘴里可一点也不饶人;至于她的丈夫,他因为口才不灵,只能微笑着给她喝彩助阵。他觉得能有这样的妻子,非常得意;从他的每一个眼色,每一个举动里,都可以看出她在他的生活里占着很重要的地位。那个用獭皮换狗的人只顾不声不响地吃饭,在这场热闹的会战里他被大家忘记了;还没等到别人吃完,他已经老早退席,走到外面跟狗待在一块儿了。不过,他一走,他的伙伴们也立刻戴上手套,穿上皮外衣,跟着到了门外。

　　当时,因为好多天没有下雪,雪橇沿着冻得很坚硬的育空路上滑去,就跟在光滑的冰上一样省力。尤利西斯驾着第一乘雪橇,普林斯同阿克赛尔·冈德森的老婆驾着第二乘,马尔穆特·基德跟那位黄发巨人就驾着最后一乘。

　　"这仅仅是一种预感罢了,基德。"冈德森说,"不过我倒认为这件事很可靠。他从来没到过那儿,可是他讲得头头是道,还给我看了一张地图;几年以前,我在库特奈①一带就听人谈到过这张图。我本来想邀你一块儿去,不过他是个怪人,他说得很干脆,只要有别人插进来,他就马上散伙。可是,等我回来之后,我会让你头一个知道,我会把邻近的矿给你,另外还把筹建城市的地基分一半给你。

　　"不!不!"他叫了起来,因为基德要打断他的话,"这是我的事,在事情没办成之前,也需要有个人商量。假使这件事靠得住,嘿,老伙计,那可是第二个克利普尔河②啊,你听见了没有? 第二个克利普尔河! 你知道,那是石英金矿,可不是矿砂呀;如果我们干得对头,我们能把整个矿都弄到手——那要值几百万,几千万啦。这地方,从前我听人说过,你当然也

----

① 加拿大西南,靠近美国的一个城市。
② 美国科罗拉多州的一个金矿区。

听人说过。我们要造一座城市——雇几千工人——开一条水道——轮船航线——大规模的运输生意——开往上游的小火轮——也许,我们还要勘测一条铁路——一些锯木厂——发电站——而且,我们还要有自己的银行——商业公司——辛迪卡——嘿!在我回来之前,你可别跟人说呀!"

在这条路通过斯图尔特河口的地方,雪橇停下来了。一片连续不断的冰海,伸向谁也不知道的东部。他们把缚在雪橇上的雪鞋解下来了。阿克赛尔·冈德森跟他们握过手以后,就走到了最前面,他那双巨大的蹼足似的雪鞋,在鹅毛似的雪里,足足沉下去半码多深,把雪压得结结实实的,让狗不至于陷进雪里。他的妻子跟在最后一乘雪橇后面,她在运用这种笨重的雪鞋的技术上,看得出是经过长期锻炼的。愉快的告别声打破了沉寂,狗汪汪地叫着;至于那个用獭皮换狗的人,他正在用鞭子教训一条倔强的狗。

一个钟头之后,这队雪橇好像一枝黑铅笔,在这张雪白的大纸上画出了一条长长的直线。

二

好几个星期之后,有一天晚上,马尔穆特·基德同普林斯找到一张从旧杂志上撕下来的纸,正在研究那上面的棋谱。基德才从他的波纳扎矿山上回来,打算先休息一下,然后花一段相当长的时间去打麋鹿。普林斯几乎在河道和雪路上度过了整个冬天,也非常想在木屋里享一个星期的福。

"把黑骑士跳上去,将一军。不行,没有用。你瞧,下一步……"

"为什么要让卒子进两步呢?应当用它来换子,只要吃了主教……"

"慢一点!那样会留下漏洞的,还有……"

"不会的,万无一失,走上去!你瞧吧,这样走准行。"

这盘棋很有趣。因此,外面敲了两次门,马尔穆特·基德才说了声"进来"。门打开了。有一个东西摇摇晃晃地走进来。普林斯迎面一看,不由得跳了起来。他那双吓昏了的眼神,使得马尔穆特·基德急忙转过身来;别瞧他见过不少险事,这一回,连他也吃了一惊。那个家伙盲目地蹒跚着朝他们走过来。普林斯侧着身子慢慢向后退,直到摸着了那个挂着他的手枪的钉子。

"我的天!这是个什么家伙?"他轻轻地问马尔穆特·基德。

"不知道。看情形,也许是冻僵了,没吃过东西。"基德一面回答,一面朝对面溜过去。等到他关好门回来,他又警告道:"留神!这家伙也许疯了。"

那家伙走到了桌子跟前。油灯的亮光照在它的眼睛上。它很高兴,发出可怕的咯咯声,表示它很快活。接着,这个人——原来它是个人——突然向后一跳,束紧皮裤,唱起水手起锚歌来,这是水手们转动着绞盘,在海浪震耳的时候唱的:

美国船,顺流而下,
　能干的小伙子呀!拉呀拉!
你想知道船长是谁吗?
　能干的小伙子呀!拉呀拉!
他就是南卡罗莱纳的江奈生·琼斯,
　拉呀拉!能干的……

他忽然不唱了,像狼一样嗥了一声,摇摇晃晃地朝食品架子走过去。他们没有来得及把他拦住,他的牙齿已经咬进一块生腌肉里了。他和马尔穆特·基德之间凶猛地争夺起来;不过,他那股疯狂力气来得快,去得也快,他无力地交出了已经抢到手的腌肉。基德和普林斯把他架到一张凳子上,他就把半个身子趴在桌子上面。一小杯威士忌酒使他提起了精神。马尔穆特·基德把一罐糖放到他面前,他已经能用匙子去舀糖了。后来,等到他的胃口有点满足了,普林斯就一面哆嗦着,一面递给他一杯淡牛肉茶。

这个家伙的眼睛里流露出一种阴沉的、疯狂的光芒,他每吃一口,这种光芒就一亮一暗。他脸上的皮肤已经很少了。因此,这张凹陷瘦削的脸简直一点也不像人的脸了。一次一次的严寒把他的脸冻坏了,头一次冻伤还没有完全好,新的冻伤又在那上面结了一层疤。表面又干又硬,颜色黑紫,还有好几条深深的锯齿形裂痕,露出红肉。他的皮衣又脏又破,一边的毛已经焦了,有些地方甚至给烧光了,一看就知道他那一边身子曾经贴着火睡过觉。

马尔穆特·基德指着他那件给日光晒黑了的皮衣上割得一条条的地方——可怕的饥饿的标志。

"你——是——谁?"基德慢吞吞地问,每一个字都说得非常清楚。

那个人好像没有听见他的话。

"你是从哪儿来的?"

"美国船,顺流而下。"他声音颤抖地唱了一句,算是答复。

"没问题,这个要饭的准是顺着河下来的。"基德一面说,一面摇着他,想叫他回答得明白些。

可是基德刚碰到他,他就尖叫了一声,一只手按着腰部,显然是因为疼痛。然后他慢慢地站起来,把半个身子靠着桌子。

"她笑我——就这样——她恨恨地瞧着我;她——不——肯——来。"

他的声音几乎听不见了,身子往后倒了下去。这时马尔穆特·基德抓住他的手腕,叫道:"谁?谁不肯来?"

"她,恩卡。她笑我,打我,就是这样——后来——"

"嗯?"

"后来——"

"后来怎么样?"

"后来他就安静地躺在雪里,躺了很久。现在,他还——还——躺在——雪里。"

两个人你瞧着我,我瞧着你,不知所措。

"究竟是谁在雪里?"

"她,恩卡。她恨恨地瞧着我,后来——"

"嗯?嗯?"

"后来她拿起刀子,这样,一下,两下——可是她没有力气。我一路上走得很慢。那地方有很多金子,很多金子。"

"恩卡在哪儿?"从马尔穆特·基德所能听懂的话来看,也许她就在离他们一英里左右的地方,快要死啦。他狠狠地摇着那个人,一再问他,"恩卡在哪儿?恩卡是谁?"

"她——在——雪——里。"

"往下说!"基德狠命地握紧他的手腕。

"所——以——我——本 来——也——想——留 在——雪——里,可——是——我——有——一——笔——债——要——还……它——很——重——我——有——一——笔——债——要——还…… 一——笔——债——要——还——我——有——"他的断断续续,一个字一个字的话停住了,他把手摸到旅行袋里,掏出一个鹿皮口袋。"一——笔——债——要——还——这——五——磅——金——子——垫——款——马——尔——穆——特——基——德——我——"他筋疲力尽的头撞到桌子上,马尔穆特·基德再也没办法把他扶起来了。

"他是尤利西斯。"基德安静地说,一面把那袋金子扔到桌子上,"看起来,阿克赛尔·冈德森和那个女人都完蛋啦。来,让我们把他抬到床上,盖上毯子。他是个印第安人;他会脱离险境的,恐怕他还会给我们讲出一个故事来的。"

等到他们把他身上的衣服割下来的时候,只看见他右面的胸口上有两处没有愈合的刀伤,伤口已经变硬了。

三

"我打算把我亲身经过的事情谈一谈,我想你们会明白的。我要从头说起,谈谈我自己和那个女人,以后,还要谈谈那个男人。"

这个用海獭皮换狗的人向火炉靠近了一点,他就像丢掉了火种的人,害怕普罗米修斯的这份礼物[①]会随时消失。马尔穆特·基德挑亮油灯,把它挪了个位置,让它可以照在讲故事的人的脸上。普林斯也把身体从

---

① 希腊神话,普罗米修斯从天上偷来火种,送到人间。

床边挪过来,跟他们凑在一块儿。

"我叫纳斯,是一个酋长,又是酋长的儿子。我是在日落以后,日出以前,在黑沉沉的大海上,出生在我父亲的皮船里的。那天,整个晚上,男人不停地划桨,女人把冲到我们船上的浪泼出去,我们跟暴风雨搏斗。带咸味的浪在我母亲胸口上结成冰,等到浪退了,她的呼吸也随着停止了。可是我——我随着狂风暴雨大声喊叫,总算活下来了。

"我们住在阿卡屯……"

"哪儿?"马尔穆特·基德问道。

"阿卡屯,那地方在阿留申群岛。阿卡屯这个岛,比契格尼克岛远,比卡尔达拉克岛远,而且比乌尼马克岛还远。我刚才说过,我们住在阿卡屯,在大海当中,世界的边缘。我们在盐海里捉鱼,捉海豹和海獭;我们的家都是毗连在一起的,房子造在树林旁边,黄黄的沙滩中的一长条岩石上,沙滩上,放着我们的皮舟。我们的人数不多,世界也很小。我们东面有几座陌生的岛——都跟阿卡屯一样;因此我们就以为全世界都是岛,并已习惯了这种看法。

"我跟我族里的人不同。在海边的沙滩上有一条船,只剩了几根弯曲的船骨和几块给浪冲翘了的船板,我族里的人从来也没造过这样的船。我还记得,在那三面临海的岛端,有一株整齐、挺拔、高大的松树,也是我们岛上过去所没有的。据说从前有两个男人来到那地方,转来转去,从天亮望到天黑,一连待了许多日子。这两个人就是坐着那条在沙滩上成了碎片的小船,从海外来的。他们长得跟你们一样白,身体衰弱得就像海豹已经逃走,猎户空手回家时挨饿的小孩子一样。这些事都是老年人告诉我的,他们是从自己的父母那儿听来的。起初,这两个陌生的白人不喜欢我们的生活习惯,可是他们吃了鱼和油,身体就强壮起来了,而且变得非常凶猛。以后,他们各自造了一幢房子,讨了我们最好的女人,日子一长,也都生了孩子。于是,我父亲的父亲的父亲,就出世了。

"我刚才说过,我跟我族里的人不同,因为我有那个从海洋上来的白人的强壮的外来血统。据说,在这两个白人来到之前,我们本来另有一套规矩;可是这两个人既凶猛,又爱争吵,他们总是跟我们族里的人打架,直到后来,没有一个人再敢跟他们打架了。于是,他们就自封为酋长,取消了我们的老规矩,并且给我们定下了新规矩,规定男人是他父亲的儿子,而不像我们从前那样,规定是他母亲的儿子。他们又规定,头生的儿子有权继承他父亲的一切,他的弟弟和姐妹都得自谋生计。他们还给我们定了一些其他的规矩。他们教我们用新方法去捕鱼杀熊,我们森林里的熊真是多极啦;同时,他们又教我们多贮存一些东西,以防饥荒。这些,全都是好事。

"不过,等到他们当了酋长,没有人敢触怒他们的时候,这两个外来的白人就彼此打起来了。其中有一个,也就是我得了他的血统的那个人,当时便把刺海豹的鱼叉朝另外一个人身上扎进去有一胳膊深。于是,他们的孩子就接着打了下去,然后再由他们的孩子的孩子接下去;他们之间的仇很深,常常彼此伤害对方,甚至到了我这一代也是这样,结果每一家只剩下一个人能够传宗接代。我这一家,只剩了我一个人,那一家只有一个女儿,就是恩卡。她跟她母亲住在一起。有一夜,她的父亲跟我的父亲出去打鱼,没有回来;后来,他们给大潮冲上了沙滩,两个人还是紧紧地扭在一块儿。

"我们两家的这种仇恨使大家都惊叹不已;上了年纪的人全一面摇头,一面说,等到她养了孩子,我也有了孩子,这个仗还是要打下去的。他们在我小时候就对我讲过这话,后来,我也相信了这种话,把恩卡当做仇人,以为她将来当了母亲,她的孩子一定会跟我的孩子打架。我天天想着这种事,到了我长成一个小伙子的时候,我就问他们为什么一定要弄到这一步。他们回答我说:'我们可不知道,只知道你们的祖先都是这么干的。'我觉得很奇怪,死去的人打过的仗居然一定要让未来的人接下去再打,这样的事我实在看不出有什么道理。可是大伙都说非这样不可,而那时候我的年纪还轻。

"于是,他们就说,我一定要赶快结婚,这样,我的孩子就会比她的孩子先长大,先长得结实起来。这种事很容易办,因为我是酋长,为了我祖先的功绩和他们制订的规矩,还有我自己的财产,大家都很尊敬我。无论哪个姑娘都愿意嫁给我,可是我一个也不中意。于是老年人和那些姑娘的母亲都催我要赶快,因为当时已经有许多猎人正在向恩卡的母亲提出大宗聘礼;如果她的孩子比我的孩子先长得强壮,我的孩子一定性命不保。

"不过,我仍然没有找到一个合意的姑娘,直到有一天黄昏,我打鱼回来。当时,太阳正向西沉,低落的阳光迎面照着我的眼睛。风很顺,几只皮舟乘着雪白的浪花飞驰而来。忽然,恩卡的皮舟在我旁边驶过,她瞧了我一眼,她的头发飘动,像一朵黑云,脸蛋给浪花打得湿淋淋的。我刚才说过,迎面的阳光照着我的眼睛,我的年纪还轻;可是不知怎么,我一下就完全明白了,我知道这是情投意合。等到她催舟向前,划了两桨的时候,她又回头瞧了我一眼——那种瞧人的样子,只有像恩卡这样的女人才有——于是我知道这又是那种表示。我们破浪催舟,飞快地超过了那些慢腾腾的大皮船,把它们远远丢在后面,这时候,大伙都给我们喝彩。她飞快地划着桨,我的心像一片满帆,但是,我没有追上她。后来,风加了一把劲,海上一片白花花的浪,船像海豹一样在波涛上飞驰,我们就在澎湃声中,迎着海面那道金色的阳光,奔腾而去。"

纳斯弯着腰,身体已经一半离开了凳子,做出一种划船的姿势,仿佛又在比赛似的。他好像从炉子后面,看到了那只颠簸的皮舟和恩卡的迎风飘扬的头发。他的耳朵里好像听见了风声,鼻子里也闻到了海水的咸味。

"可是她到岸了。她跑上沙滩,一路大笑,奔回她母亲的房子。那天晚上,我想到了一个伟大的主意——一个不愧为阿卡屯全体人民的领袖的主意。于是,等到月亮上来了,我就走到她母亲的房子前面,瞧了瞧雅希—奴希堆在她门口的那些货色——这是雅希—奴希的聘礼,他是一个结实的猎户,想做恩卡的孩子的父亲。另外还有几个年轻人也曾经把他们的东西堆在那儿,但是后来都自动搬回去了,而且每一个年轻人堆的东西,都比先前那个小伙子堆得要多一些。

"我对着月亮和星星大笑起来,然后回到我自己贮存财产的房子里。我来回搬了几趟,直到我堆下的东西比雅希—奴希的那堆高出一只手。那里面有晒干的和熏的鱼;四十张海豹皮和二十张毛皮,而且每张皮都是扎好口,装满了一大肚子油;此外还有十张熊皮,那是春天熊出来的时候,我在森林里打到的。那里面还有玻璃珠子、毯子和红布,都是我跟住在东面的人交换来的,而他们又是跟住在更东面的人交换来的。我瞧着雅希—奴希的那堆东西,不由得大笑起来,因为我是阿卡屯的首领,我的财产比我那些年轻人的财产都多得多。我的祖先曾经立下丰功伟绩,定下了很多规矩,使他们的名字在人民口里永远流传。

"等到天一亮,我就到海滩上去,从眼角里斜瞟着恩卡的母亲的房子。我的聘礼仍然原封不动地堆在那儿。很多女人都在笑,还偷偷地彼此议论。我觉得很奇怪,因为从来没有谁出过这么多聘礼;当天夜里,我在那一堆东西上又添了许多东西,还在它旁边放了一条从来没有下过海的、硝得非常好的皮舟。可是第二天它仍然堆在那儿,任凭所有的人来拿它当做笑谈。恩卡的母亲可真刁滑,我气坏了,我不能当着我族里的人面受这样的羞辱。因此,那天晚上我又加了很多东西,让它变成很大的一堆,并且把我那条大皮船也拖上岸放进去,这条船足足抵得上二十条皮舟。于是,到了早晨,那堆东西就不见了。

"接着,我就准备结婚,因为宴会很丰盛,还有礼物分送给客人,所以连住在海东面的人都来了。恩卡比我大四个太阳——这是我们计算年纪的方法。我不过是一个毛头小伙子,但是我是酋长,又是酋长的儿子,所以也不成问题。

"但是,有一条船在海面上露出帆来,随着一阵阵的风势,帆看起来愈来愈大了。它的排水口里正在流出清水,上面的人正在匆忙地使劲抽动抽水机。船头上站着一个十分魁梧的男人,正在一面注视水的深浅,一面发出命令,声音跟打雷似的。他的淡蓝色眼睛跟海水一样,头发好像海狮的鬃毛,颜色黄黄的,仿佛南方人收割的稻草,又仿佛水手用来编绳子的马尼拉黄麻。

"在前几年里,我们也见过不少从远处来的大船,可是只有这一只来阿卡屯靠岸了。宴会中断了,女人同小孩都逃回家里,我们这些男人全张好弓,拿起长矛,等那伙人来。不过,等到船头碰到了沙滩,那些陌生人却只顾忙着他们自己的事,并不理会我们。海潮一退,他们就把这只双桅帆船倾侧过来,开始修补船底的一个大洞。于是,女人们又从屋里走出来,宴会又继续下去了。

"到了涨潮的时候,那伙在海上漂泊的人就把那只双桅帆船在深水里抛下锚,然后走到我们当中。他们带来了一些礼物,样子也很和气;因此我给了他们几个座位,并且像我对待所有的客人一样,也慷慨地给了他们纪念品,因为这是我结婚的日子,我又是阿卡屯的酋长。那个头发像海狮的鬃毛的男人也来了,他长得又高大,又结实,使人觉得仿佛他的脚一踏下去,地面就会震动起来。他把两只胳膊交叉着放在胸前,老是盯着恩卡,一直待到太阳落山,星星出来,他才回到他的船上去。他一走,我就拉着恩卡的手,领她到我自己家里。客人们在我家里又是唱又是笑,那些女眷都来取笑我们,就像妇女通常在婚礼上那样。可是我们并不在乎。后来,大家就丢下我们两个,回家去了。

"热闹的声音还没有散尽,那个海上流浪者的头儿已经进了门。他带来了几个黑瓶子,我们一块儿喝着瓶子里的东西,搞得很快活。要知道,当时我年纪还很轻,又一向住在世界的边缘。所以,我的血像火一样燃烧起来,我的心轻飘飘的,好像从浪头上飞到悬崖的泡沫。恩卡一声不响地坐在角落里一堆堆的皮子上,她的眼睛睁得大大的,好像有点害怕。那个头发跟海狮的鬃毛一样的人,直愣愣地瞧了她好久。后来,他手下的人就带着一捆捆的货物进来,他把这些货物堆在我面前,都是阿卡屯岛上所没有的东西。那里面有大大小小的枪,有火药、子弹和炮弹,有亮晃晃的斧头和钢刀,灵巧的工具,还有许多我从来没见过的奇怪东西。他打着手势告诉我,这些东西全归我了。当时我就想,他这么大方,一定是个了不起的人;可是接着他又打起手势,要恩卡乘上他的船跟他一块儿走。你们听明白了吗?——他要恩卡乘上他的船跟他一块儿走。我祖宗的血一下子就火辣辣地涌上来了,我拿起矛,打算把他戳穿。可是瓶子里的那种鬼东西已经夺走我胳膊上的力气,他抓住我的脖子,就这样,把我的头朝房间里的墙上乱撞。我给他撞得有气无力,像刚出世的娃娃,两条腿再也站不稳了。当他把恩卡拖向门口的时候,恩卡尖声地叫着,用手乱抓房里的东西,弄得那些东西在我们周围倒了一地。后来,他用那双大胳膊把她抱起来,恩卡就扯他的黄头发,可是他反而哈哈大笑,笑得跟发情时期的大雄海豹一样。

"我爬到海滩上叫我的人出来,可是他们都害怕。只有雅希—奴希是个真正的男子汉,可是那些人用桨打他的头,一直打得他脸朝下趴在沙滩上,不会动了才停。接着,他们就扯起帆,唱着歌,趁着顺风把船开走了。

"当时,大家都说,这样也好,因为以后在阿卡屯再也不会有流血打仗的事了,可是我一句话也没说。等到月圆的那天,我就把鱼和油装上我的皮舟,动身往东面去了。我见过很多岛和很多人。到了这时候,我这个生长在世界边缘上的人才知道世界原来是很大的。我打着手势跟他们谈话,可是他们并没有看见过什么双桅帆船,也没有见过那个头发像海狮鬃毛的人,他们总是指着东面。我睡在各种古怪的地方,吃着各种稀奇的东西,碰见各种陌生的面孔。很多人都笑我,把我当做疯子;不过有时候,有些老年人会叫我面向阳光,给我祝福;还有一些年轻的女人,当她们向我问起那只外来的船、恩卡和那些航海的人的时候,眼睛都有些湿了。

"于是,我就这样越过奔腾的大海,穿过暴风骤雨,来到了乌纳拉斯卡岛。那儿有两只双桅帆船,不过都不是我要找的那只。接着,我就再往东走,世界也变得越来越大了。可是无论在乌纳莫克岛、科迪亚克岛还是阿托格纳克岛,都没有那只船的消息。有一天,我到了一个多岩的地方,那儿有许多人在山里掘了好几个大洞。那儿也有一只双桅帆船,不过不是我要找的那只,那些人正在把他们掘出来的石头运上船。我觉得这种事简直是小孩子的玩意儿,因为世界上到处都是岩石;可是他们给我东西吃,还逼着我干活。等到船吃水深了,船长就把钱给我,让我走;我问他要到哪儿去,他指了指南面。于是我打了个手势,表示我愿意跟他一块儿走。起初,他只是笑,后来因为船上缺人,他就让我留在船上帮着干活。这样一来,我就学着他们的样子说话,帮他们拉锚索,在突然起了狂风的时候去卷起绷硬的帆,并且轮班掌舵。不过这也没什么稀奇,因为我的祖先和这些航海的人本来就是同一血统的。

"我本来以为,只要我到了他那一族人当中,要找到他就容易了。有一天,我们望到了陆地,我们的船就穿过海峡,驶向港口。我原来想,这里的双桅帆船也许只有我手上的指头那样多。可是沿着码头一连几英里路都停着这种船,靠得紧紧的,像无数小鱼挤在一块儿;我走到这些船上去打听那个头发像海狮鬃毛的人的时候,船上的人都笑起来,他们用各种民族的话来回答我。我才知道他们是从天涯海角来的。

"于是我走进市区,瞧着每一个过路人的脸。可是人多得像游到浅滩上的密密层层的鳖鱼,数也数不清。喧嚣的声音搞得我耳朵也聋了,那种乱哄哄的情形搞得我头也昏了。就这样,我不停地往前走着,经过了许多阳光和煦、歌声荡漾的地方,经过了平原上堆满了丰饶的庄稼的地方,还经过了许多很大的城市,那里面有很多男人过着女人般的生活,他们口里尽是假话,只贪图金子,良心都变得漆黑。可是这时候在阿卡屯岛上,我的人却在打猎捕鱼,快快活活,以为世界不过是一块小小的天地。

"但是,那次恩卡打鱼回家时看我的目光,我始终也忘不了;我知道,到了时候,我会找到她的。过去,她常常在朦胧的夜色里到幽静的小路上散步,有时还引得我穿过晨露沾湿了的茂密的田地去追她,从她眼睛里看到默默相许的神色,也只有恩卡这样的女人才会有这样的神色。

"我一路流浪,经过了上千个城市。有的人很和气,还给我东西吃,有的人取笑我,还有一些人骂我;可是我咬定牙根,不声不响,仍旧在陌生的路上走着,瞧着种种陌生的光景。有时候,我,一个酋长,又是酋长的儿子,居然给人做苦工——给那种言语粗鲁、心肠似铁的家伙做苦工,他们从同胞的血汗和痛苦里榨取金子。但是,我仍然打听不到我要找的那个人的消息,直到我像归巢的海豹一样又回到了海上,才有了一点音信。不过这是在另外一个港口,在另外一个北方的国家里听到的。我在那儿听到了一点关于那个黄头发海上流浪汉的不详细的传闻。我才知道他是个捉海豹的,当时正在海上航行。

"因此,我就跟几个懒惰的西瓦希人一起乘上一只猎海豹的双桅帆船,沿着他那条不留痕迹的路线到北方去了,这时候那里正是猎海豹的旺季。我们又累又乏地在海上过了好几个月,谈到了很多关于船队的事,而且听到了很多关于我要找的那个人的野蛮行为,可是一次也没有在海上遇见过他。我们继续向北,直到普里比洛夫群岛,在那儿的沙滩上杀死了成群的海豹。我们把它们搬上船的时候,它们的身体还是热的。我们尽量往船上装,一直装到船上排水口流出来的都是油和血,没有人能在甲板上站得住为止。接着就有一条轮船来追赶我们,用大炮向我们开火。可是我们扯起所有的帆,船便立刻冲入浪中,很快就隐没在大雾里了。

"据说,就在我们吓得心惊胆战,飞快逃跑的时候,那个黄头发的海上流浪汉正好登上了普里比洛夫群岛。他一上岸就直接走到工厂里,一面叫他手下的一部分人扣住公司里的职工,一面叫其余的人从仓库里搬出一万张生皮装上他那条船。我说过,这是听别人讲的,但是我相信是真的;我虽然在沿海的航行里从未遇见过他,可是北方的海洋上却传遍了他那些野蛮大胆的行径,以致在那儿有属地的三个国家都派出船来捉他。我还听到了关于恩卡的消息,因为许多船长都对她称颂备至。她总是跟那个家伙待在一块儿。据他们说,她已经习惯了他那种人的生活,而且很愉快。可是我比他们明白——我知道她的心还是向着阿卡屯的黄沙滩上她自己的同胞。

"过了很久,我又回到了那个靠近海峡的港口。一到那里,我就听说他已经横渡大洋,到俄罗斯海南面温暖地区的东岸捉海豹去了。这时候,我已经成了一个真正的水手,我就跟他那一族的人一起乘上船,追踪着他捉海豹去了。那个新地区没有多少船,整整一春,我们的船都守在海豹群的旁边,把它们朝北方赶。后来,母海豹怀了孕,全游到了俄国沿海,我们的人就发起牢骚,害怕了。因为那儿常常下雾,乘小船的人每天都有几个失踪。水手们都不肯干了,船长只好沿原路返航。不过我知道那个黄头发的海上流浪汉不会害怕的,他会跟在海豹群附近,一直追随到很少有人去的俄罗斯群岛。于是我就在黑夜里,趁守望的人在船头甲板上打盹的时候,放下一只小艇,独自朝那个暖和的长岛划去。我一路向南划,去同江户湾①附近的人会合,他们也是什么都不怕的野家伙。吉原的姑娘个子很小,皮肤光亮得像钢一样,非常漂亮;可是我不能在那儿停下来,因为

---

① 即日本的东京湾,江户系旧名。

我知道恩卡一定在北方的海豹巢穴附近的海上颠簸。

"江户湾的人来自世界各地,他们不信神,也没有家,乘的船都挂着日本旗。我跟着他们一块儿,到了富饶的铜岛的海岸,我们的船舱里皮子堆得高高的。直到我们准备要走的时候,我们在那片沉寂的海面上,一个人也没有看见过。后来,有一天,一阵狂风吹散了大雾,有一只双桅帆船急急地向我们驶来,它后面有一艘烟囱里冒着浓烟的俄国战舰在紧紧地追赶它。我们张满帆,吃住横扫过来的风飞逃,那只双桅帆船却越逼越近,因为我们每前进两英尺,它却已经追过来三英尺。船尾站着的正是那个头发像海狮鬃毛的家伙,他正按着横木压住帆,自豪地微笑着。恩卡也在那儿——我一眼就认出了她——炮火一开始从海面上飞过来,他就把她送下舱去了。我刚才说过,我们前进两英尺,它却已经追过来三英尺,直到它给浪一掀起来我们就看见了它的绿色的舵——我们已经处在俄国人的炮火射程之内,我一面掌稳舵轮,一面咒骂。因为我们知道,他有心要赶过我们,趁我们给捉住的时候逃掉。我们的桅杆给轰倒了,我们像受伤的海鸥一样在风中乱转;他却一直向前驶去,驶出水平线外——他同恩卡。

"我们有什么办法呢?新剥下的海豹皮本身就说明了一切。于是他们把我们押到一个俄国港口,然后又押到一个荒凉的地方,逼着我们在矿里挖盐。有些人累死了,还有……还有几个总算活下来了。"

纳斯掀开他肩膀上的毯子,露出疙疙瘩瘩的肌肉,那分明是给鞭子打的一道道伤痕。普林斯连忙替他盖好,因为看见了那情景真不好受。

"我们在那儿熬了很久,有时也有人往南面逃,不过他们总是又给抓了回来。因此,等到我们这些从江户湾来的人在晚上动起手来,夺下警卫队的枪之后,我们就向北走。那片地方很辽阔,有潮湿多水的沼泽,还有许多大森林。寒冷的季节来到了,地上的雪很深,谁也认不出路。我们在无边无际的森林里,疲惫不堪地走了好几个月——那种光景,现在我也记不得了,因为那里没有什么吃的,我们常常躺着等死。最后,我们还是走到了寒冷的海边,不过,只剩下三个人瞧到了大海。一个是从江户来的船长,这一带大陆的地形他脑子里都记得,他还知道人们在哪儿的冰面上可以从这片大陆到另外一片大陆。于是他领着我们走——因为路太长,也不知走了多久——后来只剩了两个人。等我们走到了那个从冰上渡海的地方,我们遇到了五个陌生人——当地的土人,他们有很多狗,还有很多皮子,可是我们穷得什么都没有。因此,我们就在雪地里跟他们打起来,后来,他们都给打死了,那个船长也死了,狗和皮子都归了我。接着,我就踏上了布满裂缝的冰面。冰面裂开了,我曾经一度在海里漂流,直到一阵强大的西风把我连同一个大冰块一起刮上了岸。后来我到了高洛温湾、帕斯提里克,还有那个神父那里。接着我就向南,向南,走到了我头一次流浪到的那个温暖的、充满阳光的地方。

"可是,从海里已经获取不了很多东西了,出去捉海豹——利润小,风险大。很少能看到船队了,那些船长和水手都不能告诉我要找的那个人的消息。因此我就离开了永远不会安静的海洋,到树木、房子和群山永远待着不动的陆地上去奔波了。我走得很远,也学会了很多事情,甚至连读书写字都会了。我觉得,这样也好,因为我想,恩卡一定也学会了这些事情,有朝一日,到了那个时候……我们……你们当然明白,到了那个时候……

"我到处流浪,像小渔船一样,只能迎风张帆,而没有舵。不过我的眼睛和耳朵可随时都在注意瞧,注意听;我常常去接近那些游历很广的人,因为我知道,只要他们见过我要找的那两个人,他们一定记得的。后来,我碰到一个刚从山里出来的人,他有几块矿石,那里面嵌着许多跟豆子一样大的金粒。他不仅听人谈到过他们,而且见过他们,还认识他们。据他说,他们发了财,就住在他们从山地里掘金子的那个地方。

"那地方很荒凉,而且很远,可是我终于走到了那个隐藏在群山里的宿营地。那儿的人白天黑夜都在干活,老是见不着太阳。不过时机未到。我倾听着那些人的谈话。他已经走了——他们已经走了——到英国去了。据说,他们是去弄几个有钱的人来一块儿组织公司。我看见了他们住过的房子,好像古老国家里的王宫。晚上,我从窗户里爬进去,想瞧瞧他待她究竟怎么样。我从一个房间走到另一个房间,觉得只有国王同王后的生活才是这样,一切都好极了。他们都说,他待她像待王后一样,好多人都奇怪,不知道她究竟是哪一个民族的人,因为她带着外来的血统,跟阿卡屯的女人不一样;谁也不知道她是怎么回事。不错,她是王后;不过我是酋长,而且是一位世袭的酋长,为了她,我付出了无法估价的皮子、船和珠子。

"可是,为什么要说这么多话呢?我是一个水手,我知道船在海里走的路线。我追踪到英国,然后又到过其他几个国家。有时候,我从别人口里听到了有关他们的消息,有时还会从报上看到有关他们的消息;可是我一次也没有见到他们,因为他们的钱很多,走起路来也快,我可是个穷光蛋。后来,他们也倒了霉。有一天,他们的财产就像一缕烟似的溜走了。当时,报纸上满版地登载着这件事,可是过后又一字不提了。所以我知道他们一定又回到了那个可以从地里掘出更多金子的地方。

"现在,他们既然穷了,也就被世上的人抛弃了;我从一个宿营地流浪到另一个宿营地,甚至到了北方的库特奈一带;我在那儿得到了一点过时的线索。他们到过那儿,可是已经走了。有的说往这边走了,有的说往那边走了,还有一些人又说他们已经到育空河一带去了。因此,我有时往这儿走,有时往那儿走,总是到处得走,一直走得我对这个无边无际的世界似乎都感到厌倦了。不过,我在库特奈一带曾经跟一个西北的土人一起赶路,那条路很糟糕,他耐不住饥饿的折磨,觉得还是死了的好。他曾经沿着一条没人知道的路,翻山越岭,走到育空河一带。当时,他知道临终的时候快要到了,就给我一张地图,并且把秘密的地方告诉我;他凭着上帝起誓,说那儿的确有许多金子。

"那时,所有的人都拥向北方。我是个穷人,只好卖身给别人赶狗。其余的事情你们都知道了。我在道森碰见了他们俩。恩卡一点也没认出我,因为当初我不过是一个小伙子,而那时起她的生活又那么富裕,所以她也没有空儿来想起我这个为她付出了无数代价的人。

"可不是吗?你帮我提前脱离了苦役。我回转去,要把事情按照我自己的办法去做,因为我已经等了很久,现在既然把他抓到了手,我也不在乎这一时。我刚才说过,我打算把这件事照我自己的办法去做,因为我把我的一生回想了一遍,记起了我看到的和经受过的一切,还记起了在俄罗斯海边的无边森林里我怎样受冻挨饿。你们也知道,我带着他——他同恩卡——向东走;那地方,去的人多,回来的可很少。我要把他们领到那白骨和带不走的黄金堆在一起的、人们咒骂的地方。

"这条路很长,一片雪地,又是没有人走过的。我们的狗很多,它们吃得也多;我们的雪橇不可能把开春以前所要的东西都带上。我们必须在河水化冻之前赶回来。因此,我们就把粮食藏在沿途的许多地方,让雪橇的负担轻一点,在回来的路上不至于饿死。在麦克奎森住着三个人,我们在他们附近搭了一个藏粮食的棚;走到马育,我们又搭了一个,那儿有十二个佩利人在打猎宿营,他们是越过南面的分水岭到这儿来的。从那以后,我们再往东走,就看不见人了;一路上只有沉睡的河、不动的森林和北方的寂静雪野。我刚才说过,这条路很长,又是没有人走过的。有时候,我们辛苦了一整天,也不过走上八英里到十英里路;晚上,我们睡得跟死人一样。他们做梦也没有想到我是纳斯,阿卡屯的首领,要报仇雪恨的人。

"这时候,我们搭的粮食棚比以前小了。到了晚上,我又从开过的雪路上回到那儿,把粮食挪到另一个地方,让人看了以为东西已经给黑獾偷走了。这种事干起来一点也不难。再者还有那种容易掉到河里的地方,因为水势很急,冰只结在浮面,底下的那层冰总是受着水的冲刷。我走到这么一个地方,我赶的雪橇连狗一块儿掉了下去,这对他和恩卡当然是倒霉的事,不过以后再也没出过这种事。那乘雪橇上的粮食很多,狗也是最结实的。可是他因为自己精力旺盛,反而大笑起来。从此,他就只用很少一点粮食喂剩下的那几条狗;后来,我们就切断缰绳,把它们一个一个地拖出来,喂给它们的伙伴。他说,这样,我们回家的时候就轻松多了,我们可以一路上从这个粮食棚吃到那个粮食棚,用不着狗和雪橇了;这倒是真的,因为我们的粮食的确很少,等到那个晚上,我们走到了那个摊着黄金和白骨、被临死的人咒骂过的地方,最后的一条狗也死在挽索里了。

"要走到那地方——地图上画得不错,它就在群山中心——我们得在一座冰封的分水岭的峭壁上凿出梯阶来。我们指望岭后面有个通往山谷的斜坡,可实际上一片积雪伸展得像丰收的大平原一样平;我们周围到处都是巍峨大山,它们把雪白的峰头插到满天星斗之中。在那片本来应该是山谷的奇怪平原当中,大地和积雪都向下沉,好像一直沉到了大地的心脏。要是我们没有做过水手的话,看到了这种光景,我们一定会头晕的;可是我们仍然站在这个叫人头昏眼花的山边,想找一条下去的路。其中一面,而且也只有这一面的峭壁是逐渐倾斜下去的,可是也陡得跟刮起飓风时的甲板一样。我不明白这个坡为什么会那样,不过它就是那样。他说:'这是地狱的口,我们下去吧。'于是,我们就走下去了。

"谷底有一座小木房,大概是从前有人用从上面扔下去的木头建成的。那是一栋很老的木房,因为先后到那儿去的人都在那个木房里孤零零地死掉了,我们从地上几片桦树皮上看到了他们的遗言和咒骂。一个是害坏血病死的;还有一个是因为他的伙伴夺去他仅有的一点粮食和弹药之后溜走了,才死的;第三个是给一头脸上有白斑的灰熊伤害的;第四个想打猎充饥,结果仍旧饿死了……其他的,情形也差不多。总之,他们都不肯离开那些金子,最后只好死在金子旁边,只不过死的方式不同而已。他们掘来的那些没有用的金子散落在木房里的地板上,到处都是黄澄澄的,好像人在梦里看到的一样。

"不过,被我引到这么远的那个人,他心里很镇静,脑子也很清醒。他说:'我们一点吃的东西也没有了,我们只能瞧一下这里的金子,弄清楚它是从哪儿来的,到底有多少。然后我们就得赶快走开,免得它迷住我们的眼睛,使我们失去主张。这样,我们终究还可以回来,多带点粮食,全部的金子就都是我们的了。'于是,我们就察看了一下那个大矿脉,它好像人的脉络那样贯穿着谷壁;我们把它测量了一下,又从上到下画出轮廓,然后打下一根根木桩,在树上刻了字,作为所有权属于我们的标志。当时,我们因为没有吃东西,膝盖都在发抖,肚子里很难过,心也扑通扑通地快要跳出来了,因此,我们最后就爬上那个大峭壁,往回走了。

"在最后一段路上,我们两人架着恩卡走。我们常常摔跤,可是到底走到了那个粮食棚。瞧吧,粮食都光了。这件事做得很巧妙,他觉得东西是给黑獾偷走了,他一个劲地骂那些黑獾和他的上帝。不过恩卡很勇敢,她微笑着,把她的手放在他的手里。我只好转过脸,克制住自己。她说:

'我们在火旁边歇歇吧,等到早晨再走;我们可以先把鹿皮鞋吃了,添点力气。'于是我们就把鹿皮鞋的统子切成一条一条的,煮了半夜,好让我们可以嚼碎了吞下去。第二天早晨,我们谈了谈我们的处境。要走到下一个粮食棚还有五天路程,我们走不到。我们一定要找到野兽才行。

"'我们打猎去。'他说。

"'对。'我说,'我们打猎去。'

"于是他规定恩卡留在火旁边,保存气力。我们就出发了。他去找麋鹿,我就到我挪过的粮食棚那儿。可是我只吃了一点,免得他们看出我体力很强。那天晚上,他摔了好多次跤,才回到我们露宿的地方。我也装出十分衰弱的样子,栽栽跌跌,常被雪鞋绊倒,仿佛每一步都是最后一步似的。后来我们把鹿皮鞋吃了,添点力气。

"他真是个了不起的人。他那种精神一直把他的体力支撑到临终时刻;除非为了恩卡,他从来没有大声哭过。第二天,我跟着他去打猎,免得看不到他的结局。他常常躺下来歇一会儿。那天晚上,他几乎不行了;可是到了早晨,他有气无力地骂了几句,又往前走。他就像一个喝醉了酒的人,有好几次我都以为他要完蛋了,可他是一个最坚强的人,他有巨人那种精神,它支撑着他的身体,筋疲力尽地熬过那一整天。他打到了两只松鸡,可是他不肯吃。松鸡是不用举火,可以生吃的,它们能救他的命;可是他惦记着恩卡,因此他就转身向我们露宿的地方返回去。他再也走不动了,只能用手和膝盖在雪里爬。我走到他跟前,在他的眼睛里看到了死亡。即使到了这一步,只要吃下松鸡,也不算太晚。他丢掉来复枪,像狗一样,用嘴衔着那两只松鸡。我挺直身体,在他旁边走着。他在歇一下的那会儿,总是瞧着我,不明白我怎么会这样结实。虽然他已经不会说话了,可是我看得出:他的嘴唇在动,不过没有声音。我刚才说过,他真是一个了不起的人,我也觉得心里有点不忍;可是我想起了过去的一切,又记起了我在俄罗斯海边的无边森林里怎样受冻挨饿。再者,恩卡本来是我的,我为她付出了无法估计的皮子、船和珠子。

"我们就这样穿过了白茫茫的森林,四外一片沉寂,像潮湿的海雾一样沉重地压在我们身上。过去的情景,像幻影一样出现在空中,缠绕在我们周围;我看见了黄色的阿卡屯海滩,打完鱼飞快地回家的皮舟,还有森林旁边的许多房子。我还瞧见了那两个自封为酋长、订下了种种规矩的人,一个是我的祖先,一个是我娶下的恩卡的祖先。对啦,还有雅希——奴希也走在我的身旁,他的头发里粘着潮湿的黄沙,他那根折断了的长矛仍旧在他手里。我知道时候到了,我看见了恩卡眼睛里默默相许的神色。

"我刚才说过,我们就这样穿过了森林,直到鼻子里闻到了营火的烟味。于是我俯下身子,从他的牙齿里夺下那两只松鸡。他侧转身子,歇了一会儿,他的眼睛里涌上诧异的神色,他下面的那只手朝他屁股上的猎刀慢慢摸过去。我拿走了他的刀,然后冲着他的脸大笑。不过就是这时候,他也还不明白。因此我就做出从黑瓶子里喝酒的样子,装着在雪地上堆起一堆很高的货物,把我结婚那天晚上的事重新表演了一番。我一句话也没说,可是他明白了。不过他并不害怕。他的嘴上露出微微的嘲笑,眼中含着冷冷的愤怒,同时,因为知道了这些,他好像力气也大了一点。这条路并不远,可是路上的雪很深,他爬得很慢。有一次,他躺了很久,我把他翻过来,盯着他的眼睛。有时他眺望远方,有时眼睛就没有神了。等到我放掉了他,他又向前挣扎。这样,我们终于走到了火堆旁边。恩卡立刻赶到他身边。他的嘴唇动了几下,没有出声;然后他指着我,想让恩卡明白。后来他躺在雪里,安安静静地过了很久。直到现在,他仍旧躺在那儿。

"我在烧好松鸡之前,一句话也没说。后来我对她说话,我说的是她的家乡话,她已经好多年没有听见过这种话了。她挺直身子,就像这样,她的眼睛惊讶地睁得大大的,然后问我到底是谁,从哪儿学会了这种话。

"我说,'我是纳斯。'

"'是你?'她说,'是你?'于是她爬到我跟前,好仔细看看我。

"我回答她说:'是我,我就是纳斯,阿卡屯的酋长,我这一家的最后一个人,正像你一样,你也是你那一家最后的一个人。'

"她大笑起来。我凭着我见过的和做过的一切赌咒,但愿我别再听到那样的笑声吧。它使我寒了心,在那寂静的雪夜里,只有我一个人跟死神和那个大笑的女人坐在一起。

"'来吧!'我觉得她神经错乱了,就说,'来!吃了东西,我们就走。从这儿到阿卡屯的路很远呢。'

"可是她把脸埋在他的黄头发里,大笑起来,一直笑到好像我们耳边的天要塌下来一样。我本来以为她见了我会欢喜得发狂,会立刻想起从前的事情,可是她采取了这种形式,倒使我觉得很奇怪了。

"我用力地抓着她的手,大声说:'来!路又远又黑。赶快动身走吧!'

"'到哪儿去?'她坐起来问我,这时候,她已经不再奇怪地笑了。

"'到阿卡屯去。'我回答道,我一心一意盼着她一听到我的话,脸色会变得很快活。可是她跟他一样,嘴上露出微微的嘲笑,眼中含着冷冷的愤怒。

"'好。'她说,'我们走,我跟你手拉着手,一块儿到阿卡屯去。我们去住在肮脏的草房里,吃鱼和油,养个小子——让我们一辈子觉得得意的小子。我们会忘掉这个世界,变得快快活活,非常快活。这样真好,真是好极啦。来!我们赶快走。我们回到阿卡屯去吧。'

"她一面用手指梳着他的黄头发,一面恶意地笑着。她眼睛里并没有默默相许的神色。

"我不声不响地坐着,想不透这个女人为什么这样古怪。我想起了那天晚上,他把她从我那里拖走的时候,她那样尖叫,那样撕扯他的头发——现在,她反而抚弄着它,舍不得丢下。我还想起了我付的代价和多年的等待,于是我就紧紧地抓住她,像他先前一样把她拖走。可是她也像那天晚上一样,往后退缩,像母猫被人从小猫身旁拖走那样抵抗着。等到我们扭到火堆那面,跟那个男人隔开之后,我放开了她,她坐了下来,听我讲话。我把我所经历的一切全讲给她听了,我讲到了我在陌生的海洋里和陌生的国家经历的种种事情,讲我怎样找得筋疲力尽,挨了好多年的饿,以及最初她对我流露的默默相许的表示。哎,我全对她说了,连当天我跟那个男人之间的一切经过,以及我们年轻时的事情,都告诉了她。我一面说,一面看出她眼睛里又渐渐露出了默默相许的表示,又强烈,又动人,好像黎明时的一片阳光。我看到了她眼睛里的怜悯、女人的温柔和爱情,我看到了恩卡的心和灵魂。于是我又变成了一个年轻小伙子,因为这种眼色就是当初恩卡奔上沙滩,一面笑,一面跑到她母亲屋里去的时候流露出的眼色。严酷不安的心情消失了,挨饿和焦躁的等待也成了过去。时候到了。我觉得她在招呼我,好像让我把头搁在她的胸口上,忘掉一切。她向我伸开双手,我就向她扑了过去。可是,忽然她眼睛里又燃起了仇恨的火焰,她的一只手已经伸到了我腰间。一下,两下,她刺了我两刀。

"'狗!'她冷笑着说,把我推到雪里。'猪!'她大笑了起来,笑声冲破那一片沉寂,她又回到了她的死人那儿。

"我刚才说过,她刺了我一刀,两刀;但是她饿软了,根本杀不死我。可我还想留在那地方,闭上眼睛,跟那两个人一块儿长眠。他们的生活同我的生活交错在一起,使我走过了无数陌生的道路。但是有一笔债总是压在我心头,使我不能安息。

"路很长,又冷得刺骨,粮食也只有一点。那些佩利人找不到麋鹿,已经把我的粮食棚抢光了。麦克奎森的那三个白人也是这样,可是我从那儿路过的时候,还是看到他们已饿得瘦瘦地死在木房里了。以后我什么都记不得了,直到我来到这儿,看见了吃的东西和火——很多火。"

他说完之后,不胜羡慕地弯下腰,靠近了炉子。有好大一会儿工夫,仿佛油灯投射在墙上的影子也在演出种种悲剧。

"可是恩卡呢?"普林斯喊了起来,那一幅情景仍旧在他身上保持着强烈的影响。

"恩卡吗?她不肯吃松鸡。她躺在那儿,搂着他的脖子,把脸完全埋在他的黄发里。我把火挪得近一点,让她不至于受冻,可是她爬到另一边。我又在那边生了一堆火,可是也没有用,因为她不肯吃东西。现在,他们仍旧那样躺在雪里。"

"你打算怎么办呢?"马尔穆特·基德问道。

"我不知道。阿卡屯是个小地方,我不打算回去,住在世界的边缘。可是活着有什么用?我可以走到康士坦丁队长那儿,他会给我戴上脚镣手铐。以后,他们会给我脖子上套上一根绳索,这样,我就会睡得很安稳了。可是……这也不好;总之,我不知道。"

"可是,基德。"普林斯坚决地说,"这是谋杀呀!"

"嘘!"马尔穆特·基德严厉地说,"有很多事情是我们的智慧所不能及的,也超出了我们的公道标准。这件事究竟谁是谁非,我们也说不上来,而且也不能由我们来判断。"

纳斯向火炉靠得更近了。一片沉寂。无数的图景在每一个人眼睛里一幅接着一幅地展现着。

万紫　雨宁 译

荒野的呼唤

第一节　进入原始

热望本已在，
蓬勃脱尘埃；
沉沉长眠后，
野性重归来。

巴克不看报，要不然他会知道有麻烦了；不光他自己，从皮吉特海峡到圣迭戈，海边每一条身强力壮、长着暖暖和和长毛的狗，都要遭难了。这都是因为人在北极的黑暗中找到了一种黄黄的金属，是因为轮船和运输公司正在大吹大擂这项发现。成千上万的男人正一窝蜂似的往北方奔呢。这些人需要狗，他们要肌肉结实能卖苦力、毛皮密实能挡风寒的大狗。

巴克住在阳光灿烂的圣克拉拉谷地的一座大宅子里，人们都管这里叫米勒法官的宅子。宅子远离大路，绿树掩映，从树缝里能瞥见宅子周围的凉篷。几条蜿蜒曲折的碎石路穿过宽阔的草坪通向宅子，路边是高高的白杨，枝丫交叉，亭亭如盖。宅子背后更有气势。那里有宽大的马厩，由十几名马夫和用人经管着；一排用人的住房外面爬满了青藤，数不清的下房排列得井然有序；长长的葡萄架，绿油油的草场，各色果树和成片的草莓，应有尽有。那里还有一座泵房和一方混凝土水池，米勒法官家的男孩子们早晨在那里嬉水，炎热的下午在那里乘凉。

在这一大片土地上，巴克说了算。四岁的巴克生在这里，长在这里。

不错，这儿还有别的狗。这么一大片地方不可能没有其他的狗，可是他们都不顶用。他们到处瞎逛，睡在拥挤的狗窝里，或者住在暗无天日的房间。这都是跟日本种狮子狗"娘们儿"和墨西哥光皮狗伊莎贝尔学的。这些怪物几乎足不出屋，更别说出门了。还有那二十来只猎狐的猃狗，每当一帮女仆手持拖把扫帚保护"娘们儿"和伊莎贝尔从窗内向外望时，他们就狂吠一通。

巴克可不是屋里狗和窝里狗。这片领地任他纵横驰骋。他陪着法官的儿子们下池嬉水，出门打猎；法官的两位千金莫莉和艾莉丝黄昏或清晨出外散步，也由他保驾；冬夜里，书房的壁炉火焰熊熊，他伏在法官的脚边；他驮着法官的孙子们在草坪上打滚，还得照看他们去马厩前的喷头那儿野游——甚至远到围场和草莓园。路过猃狗群时，他大摇大摆，没拿正眼瞧过他们；对"娘们儿"和伊莎贝尔，他更是不屑一顾，因为他是王。在米勒法官的地界，无论是天上飞的，地下爬的，统统归他管，连人也不例外。

他的父亲艾尔莫是一条圣伯纳德种巨犬，从前一直不离法官左右。巴克注定要追随父辈的辉煌。他体型不算太大——体重不过一百四十磅，只因为他母亲谢普是苏格兰牧羊犬。尽管如此，一百四十磅的体重，外加养尊处优的威严，足以让他显露出堂堂正正的王者风范。从小到大的四年间，他一直过着优裕的贵族生活。虽然像坐井观天的乡绅一样，他有点自大，甚至是刚愎自用，但是他到底没有沦为一条光知道吃的屋里狗。狩猎一类的户外运动使他赘肉不生，筋骨强劲；爱好嬉水也成了他滋补健身的一剂良药，这在所有热衷冷水浴的物种身上都是屡试不爽的。

一八九七年秋天，当克朗代克的发现把天下的男人都引到北方冰原上去的时候，巴克正这样过日子。巴克不看报，也不知道园丁助手曼努埃尔是一个人面兽心的家伙。曼努埃尔有一个无可救药的嗜好——爱玩中国式赌博，赌起来还有一个改不了的毛病：一条道走到黑；这让他没法不栽跟头。一条道走到黑要有大钱，可是凭一个园丁助手的收入，让一个老婆和一群孩子糊口很不容易。

巴克忘不了曼努埃尔成了叛徒的那个晚上。法官那天去参加提子种植园协会的一个会议,男孩们正忙着筹备运动会,没人看见曼努埃尔和巴克穿过果林出去,巴克以为只是去散散步。只有一个人看见他们来到一个叫学院公园的招手停车站,这人和曼努埃尔交谈着,硬币在四只手上叮当作响。

"怎么也不包一包就交货啦。"陌生人很粗鲁。曼努埃尔用双股的粗绳子在项圈下套住巴克的脖子。

"一绞紧,他就喘不上气来了。"陌生人嘟嘟囔囔地接受了。

巴克不失尊严地默许了那根绳子。这件事有点不同寻常;可是他已经学会信赖熟人,因为他们超越自己的智慧而信赖他们。当然,在绳子递到陌生人手里时,他还是威胁地叫了一声,这只不过暗示他不大高兴,他自信这暗示是管用的。谁想,那条绳子勒紧了脖子,让他喘不上气来。他勃然大怒,刚要扑过去,那人却紧紧掐住他的脖子,熟练地把他掀翻在地,毫不留情地收紧了绳子。巴克狂暴地挣扎,无助地喘着粗气,舌头耷拉下来。长这么大,还从来没人对他下过这样的毒手,他也从来没有发过这么大的火。他渐渐没了气力,两眼发黑。那两个人把他弄上火车,扔进行李车厢时,他早已不省狗事了。

再醒来时,他恍惚觉得自己是在一辆摇摇晃晃的车子里面,舌头生疼。听到火车头过岔道口时刺耳的汽笛声,他才明白自己在什么地方。他经常随法官出门,却从来没有尝过蹲行李车的滋味。他睁开眼睛,喷出两道难以遏制的怒火,就像一位被绑架了的君主。那人跳过来要掐他的脖子,却被他抢了先手。他一口叼住那人的手,直到又被勒得昏过去才松口。

行李员听到搏斗的声音走了过来,那人把血肉模糊的手藏在背后说:"哼,犯病了。老板吩咐我把他送到旧金山去,说是那里有个兽医妙手能治。"

到了旧金山海边一家酒馆背后的小屋里,那人花言巧语地把这天的夜行记表白了一番。

"我总共弄了五十块钱。"他老大不情愿地说,"下次给我一千块现钱,我也不干了。"

他手上包着的手绢渗出血来,右裤腿从脚脖子一直撕到膝盖。

"那小子拿了多少?"酒馆老板追问。

"一百块,少一点都不行,没办法。"那人回答。

"那就是一百五啊。"酒馆老板算计着,"值。要值不了这么多,我就是傻瓜。"

绑架者解开血手绢,看看皮破肉烂的手说:"要不得狂犬病……"

酒馆老板嘎嘎笑了起来:"准得,你原本就是上绞架的货。好了,滚蛋以前给我搭一把手。"

巴克被勒得半死,昏昏沉沉的,喉咙和舌头疼得要命。他想反抗,作践他的人又打又勒,弄得他死去活来。最后,他们到底把巴克脖子上的粗铜颈圈锉断,然后解开绳子,把他扔进了一个像兽笼似的板条箱内。

巴克的自尊心受到了伤害,他满腔愤怒,在箱子里挨到天亮。他不明白这都是怎么回事。这些陌生人想要他干什么?干吗要把他关进这个小木笼子?他不知道前因后果,但是他隐隐约约预感到大祸临头,心里觉得憋闷。这天晚上,只要小屋的门吱嘎一响,他就腾地站起来,以为能看到法官走进来,或者哪怕是法官家的男孩子们也好。可是,每次都是那个满脸肥肉的酒馆老板,端着一支光焰摇曳不定的牛油蜡烛来查看。每次巴克满心欢喜的叫声还没出口,就化作狂暴的咆哮。

酒馆老板不理他。早晨,四条汉子进屋架起了箱子。这四个人破衣烂衫,头发乱蓬蓬的,一脸恶相。巴克认定他们更坏,就隔着围栏对他们狂吼乱叫。他们只管笑,伸进棍子来乱戳,巴克又撕又咬。后来他发现,那些家伙正要他这么干,就气呼呼地卧了下来。箱子抬进了一辆货车,从此,他和这个囚笼就不断地倒手。先是由托运处的人照管,上了另一辆货车;后来一辆敞篷板车把他混在一堆行李包裹里送上了轮船,又用板车从船上拉到一个铁路大站,最后送上了一趟快车。

火车头呜呜叫着,拉着这趟快车走了两天两夜;这两天两夜巴克水米没有粘牙。开始,车上的邮差来套近乎,气不打一处来的巴克对着他们一通咆哮。邮差们为了报复,一齐来戏弄他。巴克浑身颤抖,口沫横飞,一次次撞到栏杆上,引来那些人一阵阵的嘲笑和辱骂。他们一会儿汪汪地学狗,一会儿喵喵地装猫,一会儿又扑腾胳膊学鸡叫。巴克知道这场面实在恶心,这越发伤害了他的自尊心,他的愤怒一浪高过一浪。挨饿倒也罢了,喝不上水让他吃尽了苦头,在他心中煽起了狂暴的怒火。这种虐待绷紧了巴克极其敏感的神经,他浑身燥热,口干舌焦,肿痛难忍。

只有一件事让他高兴:那条绳子不在脖子上了。有绳子的时候让他们占了便宜,现在没了绳子,他定要那些家伙好看。他们再也拴不上另一根绳子了。他早打定了主意。整整两天两夜他没吃没喝,这两天两夜的积攒起来的怒火,谁先碰上,谁先倒霉。他变成了两眼通红的狂魔,即使法官大人看见他,恐怕也难认出来了。车到西雅图,把他卸下车来的邮差们都松了一口气。

四个人小心翼翼把箱子搬下篷车,抬进了一个四周围着高墙的小后院。一个身穿一件领口松松垮垮的红绒衣的矮胖子走出来。他给车夫签了一张单子。巴克想,这又是一个对头,就怒冲冲地扑向围栏。那人冷冷一笑,拿来了一把斧头和一根大棒。

"现在就把他弄出来?"车夫问。

"嗯。"那人答道,把斧子劈进箱子缝,撬了起来。

抬箱子进来的四个人马上散开,各自在墙头上找到安身之处,等着看热闹。巴克在快要散架的箱子里乱扑乱撞,又撕又咬。外面的斧子砍到哪里,他就扑向哪里。他吼着,噪着,迫不及待地要冲出牢笼,而红衣人正不动声色,动作坚定地要把巴克从笼里放出来。

"好了,你这个红眼鬼。"那人说。他把箱子劈开一条大缝,让巴克钻得出来,便扔下斧头,把大棒换到右手。

这时的巴克真是红了眼。他鬣毛倒竖,满嘴喷着白沫,两眼通红,冒着凶光,使出全身的力气,带着两天两夜被囚的怒火跳将起来,向那人扑去。还没咬到,巴克就在半空中蓦地挨了一下,这一下就击溃了他的攻势;他疼得上牙直打下牙,打了个滚,侧背朝下,摔在地上。长这么大,巴克从没挨过棍子,也不知道棍子的滋味。他刚出口的吠声变成了一阵尖叫,站稳脚跟又跳了起来,却再次被打翻在地。这一次他知道大棒的厉害了,可还没有被挫了锐气。他一次次冲上去,又一次次被打回来,一连挨了十几棒。

后来,一记重棒打得他头昏眼花,虽然他挣扎着爬了起来,却再也扑不动了。他晃晃悠悠,七窍流血,漂亮的毛皮溅上了血沫,弄得到处都是。这时,那人走上前来,照准他的脸狠狠一击。巴克挨了无数次打,哪一次也没有这一下厉害。他像狮子般大吼一声,又扑了上去。那人把大棒换到左手,腾出右手来不慌不忙扼住了巴克的下巴颏,往下一拧,再往后一拧。巴克被拧得在空中转了一圈半,一头栽到地下。

他最后扑了一次。那人使出深藏不露的一记损招,把巴克打得蜷缩着身子倒在地上,失去了知觉。

"我说了吧?他可是调教狗的行家呀!"一个在墙头上看热闹的人起劲嚷嚷着。

"还不如天天驯马呢,礼拜天还能来两次。"车夫说着,爬上棚车,赶马去了。

巴克有了知觉,却没了力气。他就在被打倒的地方趴着,眼睁睁地看着那红衣汉子。

"名叫巴克。"那人自言自语地念叨着酒馆老板信里的话,那封信说把箱子和箱子里头的东西都交给他了。"好了,巴克老弟,"他和颜悦色地说,"咱俩刚才闹了点小矛盾,最好别记仇。你我各有几套本事,都已经明白了。当一条好狗吧,好狗有好报。要是放着好狗不当,我敲出你的下水来。听明白了?"

他拍拍自己刚刚痛打过的巴克的脑袋,一点儿也不害怕。那人摸着摸着,巴克的毛不由自主地乍了起来,可是他忍着没有反抗。那人端来水,巴克就没命地喝;那人拿来生肉,巴克接着他的手一块接一块地狼吞虎咽。

巴克明白自己是让人打了,但是他没有消沉。这次他全明白了:面对手执大棒的汉子,你一点儿办法都没有。他吸取了教训,在以后的岁月里刻骨铭心的教训。那条大棒给他启了蒙,让他粗通了强者为王的道理,这个道理他接受了一半。生活的现实露出了残酷的一面,他毫不畏缩地面对这残酷的现实,同时又用本能所唤醒的全部精明来应付。

日子一天天过去，一条又一条狗被带了进来。有笼子里关着的，有用绳子拴着的；有逆来顺受的，也有像他当初那样暴跳如雷的；巴克眼看着他们一个个被红衣汉子治得服服帖帖。旁观一幕幕残忍的表演，教训一点点深入巴克心中。一个手执大棒的人的一言一行都是法律，对这样的主子必须服从，但不一定要献媚。他看见过好多挨打的狗舔着那汉子的手摇尾乞怜，但巴克自己在这一点上问心无愧。他也见过一条狗既不献媚也不顺从，结果在决定统治权的斗争中丢了性命。

不时有陌生人来，他们神色各异，花言巧语、脸红脖子粗地和红衣汉子说话。钱过了手，陌生人就牵着一条或者几条狗走了。巴克想知道那些一去不回的狗到哪儿去了，更为自己的前途担心；每一次落选，他都觉得心情舒畅。

终于轮到巴克了。这次来的是一个瘦小枯干的男人，他讲一口磕磕绊绊的英语，中间还夹杂着许多奇奇怪怪、粗俗不堪的大呼小叫，巴克听不明白。

"乖乖！"他看到巴克，眼睛一亮，叫了起来，"这狗真他妈的棒！啊？卖多少钱？"

"三百，简直就是白送。"红衣汉子快嘴快舌地说，"反正也是花公家的钱，你不会计较吧，佩劳？"

佩劳咧了咧嘴。现在狗是供不应求，价钱一个劲地往上翻，这个价买这么一条好狗还真不能算贵。加拿大政府不想吃亏，可也不想让公文慢腾腾地旅行。佩劳懂行，一眼就看出巴克是千里挑一的狗——"简直是万里挑一呀。"他琢磨着。

巴克看着两人把钱过了手，然后被瘦小枯干的男人牵出了门，同行的还有一条好脾气的纽芬兰狗科莉，这倒不出巴克所料。这是巴克最后一次看到红衣汉子。巴克和科莉在"纳华"号甲板上望着西雅图渐渐远去，这也是他们留在温暖南方的最后目光。科莉和他被佩劳带下甲板，交给一个名叫弗朗索斯的黑大个子。佩劳是个皮肤黝黑的法裔加拿大人；弗朗索斯是个混血的法裔加拿大人，皮肤更黑。在巴克眼里，他们是新的一类人（这类人他命里注定要见很多）。渐渐地，巴克虽然不喜欢他们，却真心实意地尊重起他们来。他很快看出,佩劳和弗朗索斯人很正直,断事沉着公道;他们深通狗性,狗甭想蒙他们。

在"纳华"号的底舱,巴克和科莉见到了另外两条狗。一条是雪白的斯匹次卑尔根大狗,他先是被一个捕鲸船长带出来,后来还跟一支地质考察队到过无人地带。他见面三分奸笑,其实是笑里藏刀。比方说,第一顿饭他就偷了巴克的口粮。巴克正要冲过去找他算账,弗朗索斯的鞭子便抖响了,一鞭子抽到了肇事者身上;可是巴克能找回来的只有骨头了。巴克认定弗朗索斯讲公道,他在巴克心目中的地位从此上升了。

另外那条狗不套近乎,不答理人,也不偷新狗的东西。他是个孤僻的家伙,明明白白地对科莉示意:他就想自个儿待着,假如不让他自个儿待着,可别怪他不客气。他的名字叫"戴夫",戴夫吃了睡,睡了吃,剩下的时间打哈欠,除此之外对其他任何事情一概不感兴趣。"纳华"号穿过夏洛蒂皇后海峡时,像着了魔似的被抛上抛下、团团打转,那时巴克和科莉兴奋得要命,吓得半疯半傻;戴夫还是无动于衷,他厌烦地抬起头来,给了他们一个曾经沧海式的眼神,打个哈欠又睡着了。

不知疲劳的桨叶推着轮船日日夜夜空空哐哐地前进。每一天看起来都和另一天差不多,可巴克觉得出来,这天气可是越来越冷了。一天早晨,桨叶终于安静下来,"纳华"号上弥漫着一股不安分的气息。巴克和其他的狗都知道要有变故了。弗朗索斯牵着他们上了甲板。刚踏上冰冷的舱面,巴克的爪子就陷在软乎乎、好像泥一样的白东西里面。他打个喷鼻,跳了开去。更多的白东西还在半空中往下落。他抖开一些,身上却又沾了很多。他好奇地闻闻,又伸出舌头舔了舔。这东西像火一样灼人,刚一入口,马上就没了。他有点纳闷,又试了试,还是一样。旁边的人哄笑起来,他不好意思,又不知道怎么回事,因为这是他第一次看到雪。

第二节 弱肉强食

巴克在代耶海岸的第一天就像一场噩梦,时时刻刻都充满了震惊和意外。他猛然被剥离了文明的怀抱,抛入野蛮万象之中。这里没有阳光轻抚、百无聊赖、游手好闲的慵懒生活；这里没有和平，没有闲暇，连一时一刻的安全也没有。一切都在混乱中骚动，每时每刻生命和肉体都面临危机。随时保持戒备十分必要，因为这里的人不是城里人，狗也不是城里的狗。他们一个个全都野性十足，除了棍棒和犬牙，他们什么规矩都不信。

他从没见过狗像狼一样撕打得那么凶，第一次经历给了他永难忘怀的教训。当然，这教训是间接的，不然他也不能活着从这教训中受益了。牺牲者是科莉。他们当时在堆木场露营，科莉友善地向一条赫斯基狗示意。那狗的身架像一条未长成的狼，还比不上科莉的一半。可突然，没有事先警告，只见那狗来如闪电，去如疾风，钢牙响过以后，科莉的脸从眼睛到下巴已经撕开了一条。

这就是打了就跑的狼式战法，可事情还没有完。三四十条赫斯基狗奔来，围着巴克和科莉画出一个沉默而执著的圆圈。巴克不明白这沉默的执著意味着什么，也不知道为什么他们要迫不及待地舔嘴。科莉向她的对头冲去，那狗出击之后，又跳了开去。下一回合他用胸脯迎击科莉的进攻，用一种独特的方法把科莉掀翻在地。她再也没有站起来。旁观的赫斯基狗等的正是这个。他们一拥而上，狂叫乱吼，一堆狗毛乍起的身体淹没了痛苦尖叫的科莉。

事出意外，来得突然，巴克被吓退了。他看见斯匹次奔拉着舌头奸笑，弗朗索斯挥舞板斧冲进了狗群。三个人拿着棍子也来帮他赶狗。时间不长，科莉倒地两分钟以后，袭击她的赫斯基狗全被赶跑了。纷乱的雪地上血迹斑斑，科莉软软地躺着，差不多被撕成了碎片，没有一丝活气。那个皮肤黝黑的混血儿低头看着科莉，骂不绝口。这一幕以后常常回到巴克的噩梦中，折磨着他。事情就是这样。别提什么公平较量。只要你一倒下去，就算完了。好吧，明白了这一点，他就永远不能倒下去。斯匹次又奔拉着舌头奸笑起来，从这一刻起，巴克就对他怀着难以消除的刻骨仇恨。

还没从科莉的惨死中解脱出来，巴克又遭到一次打击。弗朗索斯把一组绳扣齐全的东西套在了他身上。这是拉套的东西，他在家时看见马夫们往马身上套过。当初他看马怎么干,他现在就怎么干。拖着弗朗索斯坐的雪橇到山谷边的森林去,再把满载的木头拉回来。做一个拉套的牲口大大伤害了巴克的自尊心,可是他很理智,不会造反。尽管这陌生的活计从没干过,他还是俯首帖耳,尽力做好。弗朗索斯十分严厉,说了就要做,靠着鞭子的威力马上就做得到。戴夫是一条经验丰富的驾辕狗,巴克稍有过失他就叼巴克的后腿。斯匹次是头狗,同样内行。他不能经常惩罚巴克,就不时咆哮着训斥巴克,还狡猾地用自身的重量压住缰绳,把巴克拽到本该他走的路上去。在这两个同行和弗朗索斯的共同调教下,巴克学得很快,进步明显。在回到宿营地之前,他已经学到了不少东西:"嘀"是站住,"麻什"是走,转弯处跑大圈,满载的雪橇下坡时追脚后跟,这时就得和驾辕狗保持距离。

"三条狗都挺棒!"弗朗索斯对佩劳说,"那个巴克拉起套来不要命,学得真快。"

佩劳急着送他的公文,下午又带回来两条狗比利和乔。比利和乔是兄弟俩,都是纯种赫斯基狗。他们虽是一母同胞,不同之处却一清二楚。比利的缺点是脾气太好;乔正好相反,性格乖张,爱耍心眼,他眼露凶光,吼个不停。巴克对他们很友善,戴夫爱搭不理的,斯匹次则是欺负完这个再欺负那个。比利息事宁人地摇着尾巴,眼看没有用处时撒腿就跑,斯匹次的尖牙利齿戳到腰眼上他才叫一叫,叫声也是息事宁人的。可是,无论斯匹次怎么兜圈子,乔都转着脚跟盯住他,乍着毛,抿着耳朵,龇牙咧嘴,猖猖狂吠,眼冒凶光。这副穷凶极恶的样子十分吓人,斯匹次不得不放弃调教他的想法。为了掩饰自己的失利,他转向没有害人之心的受气包比利,追得他逃到营地边上去。

黄昏时分,佩劳又带来一条赫斯基狗。这条老狗又瘦又长,形容憔悴,满脸伤疤,炯炯有神的独眼显露出他孔武过人,告诫别人要放尊重一点。他名叫索莱克斯,意思是烦人。他像戴夫一样不求人,不帮人,也不巴望什么。当他慢慢腾腾、从从容容地走到狗群当中时,连斯匹次也没敢惹他。他有个忌讳:不喜欢别人从瞎眼的那一边接近他,不走运的巴克发现了这个忌讳。巴克无意中如此冒犯了他,马上就知道了莽撞的后果:索莱克斯扑过来,在巴克肩头撕开一个三英寸长、露出骨头的大口子。从那以后,巴克见到他的瞎眼就躲着走,这样,他们在共事时再也没发生过口角。猛一看,索莱克斯惟一的愿望和戴夫一样,就是自个儿待着;不过巴克后来才明白,他们俩都还有别的愿望,甚至是远大的志向。

那天夜里,怎么睡觉成了巴克的一大问题。帐篷里点着一根蜡烛,在白茫茫的雪原上闪着温暖的光芒。巴克想当然地走了进去,却被佩劳和弗朗索斯用各种炊具夹杂着一顿臭骂轰了出来。他不知所措、无地自容地逃到外面的冰天雪地。刺骨的寒风像刀削一般,带伤的肩头疼痛难忍。他想躺在雪地上睡觉,可是很快就冻得从头到脚瑟瑟发抖。可怜的巴克闷闷不乐地绕着一座座帐篷转圈,最后发现无论哪里都是一样冷冰冰的。时不时地蹿出些野蛮的恶狗,他颈毛乍起,吼叫两声(他学得很快),那些狗也就不再来找麻烦,随他去了。

最后他想出一个主意:回帐篷那儿去看看同事们是怎么睡的。真奇怪,他们都无影无踪了!他在大营里转来转去找他们,兜了一圈再回到帐篷跟前。难道他们在帐篷里不成?不,不可能,要不他自己也不会被轰出来了。他们能到哪儿去呢?他夹着尾巴,浑身发抖,孤零零地在帐篷周围瞎转。忽然,他的前腿在雪地上踏空,陷了下去,爪子触到一团蠕动的东西。他被这团看不清、猜不透的东西吓了一跳,乍着毛吼了起来。这时,一阵友善的叫声让他放心大胆地回过头来查看。一股热气扑进他的鼻孔,原来是比利缩成一个毛球,舒舒服服躺在雪下面。他像个和事佬似的呜呜叫着,扭扭捏捏地表示他的善意,甚至莽撞地用潮呼呼的热舌头舔舔巴克的脸,当做媾和的贡品。

又学了一招。原来他们是这么干的!巴克安心选了个点,小题大做地费了好大力气给自己挖了一个洞。不一会儿,他身上的热气便充满了这块不大的空间,他睡着了。刚度过一个险恶而漫长的白天,他睡得很沉,很舒服;不过也在噩梦中扭来扭去地叫过几声。

巴克睁开眼睛时,苏醒的营地腾起了喧闹声。他一下子搞不清自己这是在哪儿。夜里下了雪,他被埋了个严严实实。他被四周的雪墙挤在当中,心头掠过一阵恐惧的浪潮——荒野的生灵对陷阱的恐惧。这正是

146

他从自己的生活回归祖先生活的一个信号；因为他是一条文明社会的，甚至可以说过于文明的社会的狗，不曾有过对陷阱的体验，也不会惧怕陷阱。他全身本能地抽紧了，脖子和肩头的毛一根根竖了起来。一声凶猛的咆哮过后，他裹着一道雪雾，径直跳出洞去，冲进耀眼的晨光之中。四爪刚一落地，他就看到白皑皑的营地，明白了自己是在什么地方；从跟着曼努埃尔出外散步，直到昨天夜里自己挖雪洞，这段日子的来龙去脉，他统统想起来了。

弗朗索斯用一声大叫欢迎巴克露面。"我说什么来着？"这驭手对佩劳说，"那个巴克学得真快。"

佩劳板着脸点了点头。佩劳是加拿大政府的信差，有重要公文在身，需要找到最好的狗。能把巴克这样的狗搞到手，他特别高兴。

不出一个小时，又牵进来三条赫斯基狗，现在总共有九条狗了。再过一刻钟，他们便披挂上路，向代耶峡谷进发了。巴克乐意上路，尽管很辛苦，他觉得自己不是特别看不起这项工作。他对激励着全队的热情感到惊奇，这股热情也感染了他；更让他惊奇的是戴夫和索莱克斯的变化。他们被缰绳改造得面目全新。所有的消极和冷漠一扫而光，他们变得机警、卖力气，急着把活儿干得漂漂亮亮。不管是耽搁了时间，还是乱了阵脚，只要是工作受到影响，他们就怒气冲天。拉套卖苦力好像成了他们表现自我的无上境界，好像他们活着就是为了这件事，最高兴的也只有这件事。

戴夫是拖后狗，也就是驾辕狗。在他前面拉套的是巴克，再往前是索莱克斯；队里的其他狗一个连一个，排成单行，一直排到头狗那里。斯匹次被安排在头狗的位置上。

巴克在戴夫和索莱克斯当中，这是有意安排的，为的是让他学徒。学生是聪明的学生；两位老师也是称职的老师，他们从不容忍巴克知错不改，用尖牙利齿贯彻着教学意图。戴夫讲公道，也很贤明。他从不无缘无故地咬巴克，但该咬的时候就咬，绝不宽容。有弗朗索斯的鞭子替戴夫做主，巴克明白了有错就改比伺机报复更合算。一次途中休息时巴克弄乱了缰绳，延误了出发时间，戴夫和索莱克斯一齐蹿了过来，对他实行有理

147

有据的惩罚,结果是把缰绳搞得更乱了。不过,巴克从那以后倍加小心,一直把缰绳弄得顺顺当当。不到天黑,他已经完全上手了,两位教师几乎不再动口,弗朗索斯的鞭声也越来越稀。佩劳甚至屈尊抓起巴克的腿脚,好好研究了一番。

这天的旅程着实辛苦。攀上代耶峡谷,穿越羊儿营,经过天梯和伐木界,跨越冰川和几百英尺深的雪谷,翻过奇尔库特大分水岭——这道岭隔开咸淡水系、守卫着苍凉的北国禁地。他们抓紧时间通过了火山湖带,入夜后驶进了本尼特湖边的一个大营。数千名淘金工正在这里打造船只,为来年春天化冻做准备。巴克在雪地里挖了个洞,累得倒头就睡,可是天还没亮就被早早叫出来,和同伴一齐套上了缰绳。

这一天他们在已经轧实的雪道上走了四十英里;可是第二天和接下来的好几天,他们就得自己开路了,又辛苦,又费时间。按规矩是佩劳走在前面,用大片雪鞋压实积雪,让他们好走一点儿。弗朗索斯掌舵驾橇,有时也和佩劳换一换,但是不常换。佩劳急着赶路,他对自己的冰上知识很自负,这些知识是必不可少的,因为秋天的冰层很薄,在水流湍急的地方,根本就没有冰。

一天又一天,巴克拖着缰绳苦干,这日子好像没有尽头。他们总是天不亮就拔寨启程,天蒙蒙亮时已经把好几英里的路程抛在了后头。他们也总是天黑后再扎营,吃了分给自己的那点儿鱼,蜷缩着睡在雪下。巴克胃口很大。每天配给他的一磅半鲑鱼刚下肚就不知跑到哪儿去了。他从没吃饱过,饥肠辘辘,受尽煎熬。其他的狗个子小,生来就过这样的日子,所以一天只吃一磅鱼就活得好好的。

他很快就改掉了从前那种挑三拣四的毛病。他吃东西本来细嚼慢咽,可是先吃完的同事总来抢嘴,简直防不胜防。没等他赶走两三条狗,没吃完的东西早就进了其他的狗肚子。他说改就改,和他们吃得一样快,而且被饥饿逼得起了非分之想。他边看边学。有一条新来的狗名叫派克。他非常精明,总爱装病,手脚也不干净。巴克看到他偷了一条腌肉,便如法炮制,趁佩劳转身的当儿叼走了整整一大块肉。此案掀起了轩然大波,但是没人怀疑巴克;一条经常被捉的笨狗杜布成了巴克的替罪羊。

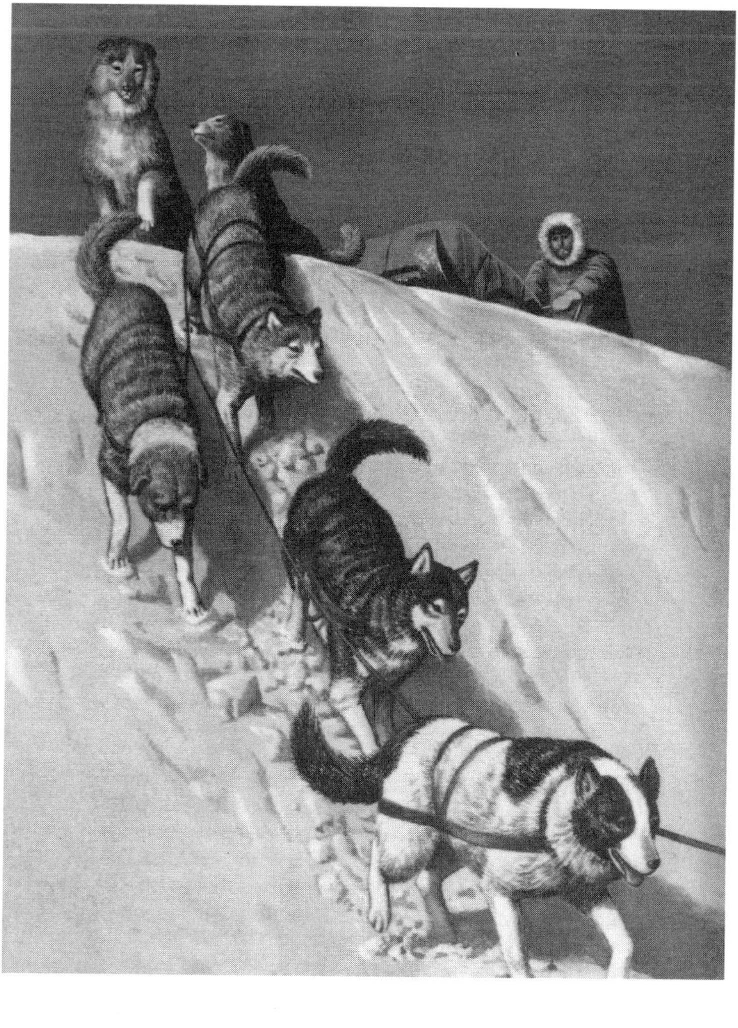

在不是你死就是我活的北国，巴克首开偷戒，标志着他适应了这里的生存环境，显示了他的适应能力，也就是根据变化的条件自我调节的本领，不具备这种本领也就离死不远了。它还标志着巴克良心减退以致崩溃；在毫不留情的生存斗争中，良心不仅百无一用，而且是绊脚石。在南方，在团结友爱、尊重私人财产和个人情感的南方，良心当然是再好不过的东西；可是在北方，在棍棒和犬牙就是规矩的地方，谁再惦记良心谁就是傻瓜，谁有良心必败无疑。

这些道理不是巴克想出来的。他只不过是不知不觉地自我调节，适应了这种新的生活方式。过去无论战斗的结局如何，他从来不怯阵，但是那红衣汉子把一条更基本、更原始的法则敲进了他的脑袋。以前他受文明的熏陶，可以舍身卫道，比如说为了保护米勒法官的马鞭子去死；而现在他已经彻底摆脱了文明，证据就是他具备了舍弃道义保全自己的本领。他并不是乐于偷盗，只不过因为肚子空空。他不去明抢，只是暗偷，为了尊重棍棒和犬牙狡猾地偷。总而言之，他做这些事是因为做比不做更容易。

他进步（说是退步也罢）神速。他的肌肉变得铁一样坚硬，寻常的痛苦已经全然不在话下。他彻头彻尾地经济化了。不管多难吃、多难消化的东西，他都吃；这些东西一吃到肚里，胃液就把一点一滴养分吸得干干净净；他的血液把这些养分一直输送到身体的细枝末节，生成最坚韧的细胞。他的视觉和嗅觉变得极为敏感，听觉也异常灵敏，在睡梦中都能听到最细微的响声、断定有没有险情。他学会了用牙把爪子缝里的冰剔出来；他口渴了，而取水的冰窟窿又冻住了的时候，他就会交替使用后腿和前腿，击碎厚厚的冰碴。他最拿手的本领是隔夜"闻风"。哪怕他在树下河边挖洞时一丝风也没有，后来起风时总能看到他舒舒服服地躲在背风的那一面。

他学会这些东西不光凭经验，还靠沉睡已久、刚刚苏醒过来的本能。祖祖辈辈驯养的痕迹脱落了，族群早年的情景仿佛呈现在它的脑海里，在那个时代，野狗在原始森林里成群结队，游荡捕猎。对他来说，学会咬杀和像狼一样快刀斩乱麻式的格斗并不难。这正是被遗忘的祖先的风格。

他们激发了他内心的古老活力,而他的谋略也打着远古种群谋略的遗传烙印。这些谋略不用发掘、不费吹灰之力地归他所有,好像与生俱来似的。他在寂寂寒夜中遥对一颗星星,像狼一样嗥叫,那正是他已经化作一抔黄土的祖先跨越多少个世纪借他之口对星辰发出的嗥声。这嗥声的旋律正是祖先们的旋律,倾诉着他们的哀怨,倾诉着他们对死寂、寒冷和黑暗的感受。

于是,作为生命是不由自主的一个例证,那古老的歌从他心中奔涌而出,他又回归自我了。他的回归是因为人们在北方发现了一种黄黄的金属,因为曼努埃尔是个园丁助手,因为他的薪水养不活自己的老婆和接二连三出世的小曼努埃尔们。

第三节　野兽霸主

在巴克心中,争霸的原始野性非常强烈。在雪上岁月的恶劣条件下,这种野性不断滋长,悄悄地、含而不露地滋长着。新生的谋略给了他平衡和自制能力。他过于频繁地自我调节以适应新生活,搞得太累。他不主动挑衅,而且还尽可能地躲避。他的态度真可以说是深思熟虑。他不急不躁;虽然他同斯匹次有刻骨仇恨,但是他没有显露出焦躁情绪,避免任何挑衅行动。

在另一方面,也许斯匹次把巴克视为一个危险的敌手,他抓住一切机会显示力量,时常有恐吓巴克的越轨行为,想挑起一场你死我活的战斗。假如不是遇到一桩始料不及的变故,这场战斗也许早在旅途中就爆发了。那天路程结束的时候,他们在荒凉寂寥的巴尔杰湖畔露营。寒风卷着雪花,像一把白花花的尖刀。伸手不见五指,他们只得摸黑安营。情况真是糟透了。在他们背后矗立着一堵石壁。佩劳和弗朗索斯不得不在湖冰上生火打地铺。为了轻装前进,他们把帐篷扔在了代耶。用漂木枯枝生的篝火在冰上熄灭了,他们只好在黑暗中吃晚饭。

巴克紧贴着石壁做了一个窝,又舒服,又暖和。当弗朗索斯把在火上化了冻的鱼分给他们时,巴克老大不情愿地离了窝。等他吃完了自己那份鱼回来,却发现自己的窝被人占了。从一声警告式的咆哮,他听出那侵略者是斯匹次。从前巴克一直避免和敌手发生纠纷,可是这次他也太过分了。巴克心头燃起一股野火,怒气冲冲地向斯匹次扑了过去。这一扑连巴克自己都有些吃惊,斯匹次就更不用说了。根据斯匹次和巴克相处的全部经验,斯匹次认为自己这个对手特别胆小怕事,他之所以平安无事,只不过是因为块头大罢了。

他们扭成一团从毁了的窝里斗到窝外,弗朗索斯也感到意外。他对这场纠纷明察秋毫。"嗨,嗨!"他对巴克叫着,"咬他,该死的!咬他,给那个贱坯点厉害!"

斯匹次冲了上去。他气急败坏地大叫,前前后后地兜圈子,寻找扑上去的时机。巴克和斯匹次一样,又急切,又小心,同样前前后后地兜圈子,想占上风。就在这时发生了那件意想不到的事情,巴克和斯匹次一决雌雄的血战就此拖了下来,一直拖到一段很长的艰苦旅程之后。

只听佩劳大骂一声,一棒打在没什么肉的骨架上,接着是一声疼痛的尖叫,一场大混战就此开场。营地里猛然冒出来一堆鬼鬼祟祟的长毛的东西——原来是哪个印第安人村子闻到营地味道跑来的八九十条赫斯基饿狗。他们在巴克和斯匹次争斗时溜了进来,两个男人手持大棒冲进狗群,狗群张牙舞爪地反击。食物的气味已使他们发狂了。佩劳看到一条饿狗一头钻进食盒里,就挥棒狠狠地打在嶙嶙瘦骨上,食盒里的东西滚了一地。刹那间,一二十条饿狗一拥而上,乱抢面包和腌肉,怎样挨打都无动于衷。他们在雨点般的棒子下嗥叫着,仍然毫不泄气地疯抢,吞了个一干二净。

这时候,雪橇队里的狗吃惊地冲出窝来,却被凶猛的入侵者压了回去。巴克从没有见识过这样的狗,眼看他们的骨头就要顶穿了皮。他们简直是一副副骨头架子,披着一张张松松垮垮的皮,两眼幽幽放光,牙尖上淌着口水。这些饿疯了的家伙令人胆寒,所向无敌,势不可挡。一个回合过后,队里的狗被逼到了石壁前面。巴克受到三条赫斯基狗的围攻,刹那间头上和双肩就被撕开了口子。喧嚣声惊心动魄。比利像往常一样哭了起来。戴夫和索莱克斯遍体鳞伤,仍然肩并肩地英勇战斗。乔像恶魔一样扑出去,一下子咬住了一条赫斯基狗的前腿,咬断了骨头。爱装病的派克一个箭步冲到那瘸腿畜生跟前,猛地一咬,再一拉,绞断了那厮的脖子。巴克叼住了一个直吐白沫的敌人,咬断了他脖子的血管,溅了一身血,嘴里温热的血腥气味把他刺激得越发狂暴起来。他扑向另外一条饿狗,这时却感到利齿咬住了自己的喉咙。这是从侧面施放暗箭的斯匹次。

佩劳和弗朗索斯扫清了营地那一侧,赶来救援他们的狗。饥饿野兽的狂潮在他们面前退却了,巴克摆脱了敌人。但是只过了一会儿,两人就不得不赶回去保护食物;于是赫斯基狗重新向队里的狗压了上来。比利的恐惧化作了逃生的勇气,他撕破野蛮的包围圈,在冰上夺路而逃。派克和杜布紧紧跟上,队里的其他狗也跟在后面。巴克正要奋力一纵跟上队伍时,用眼角的余光看到斯匹次猛冲过来,明明白白是想撞倒自己。一旦立足不稳,倒在赫斯基狗群面前,就没命了。但是巴克顶住了斯匹次的打击,跟着队伍越冰而去。

后来,队里的九条狗聚在树林里藏身。虽然没了追兵,他们的处境却很惨。大家至少都有四五处伤,有的伤势更重。杜布的后腿伤得不轻;多莉是在代耶最后一条入队的赫斯基狗,她的脖子上撕开了一个大口子;乔瞎了一只眼;好脾气的比利耳朵被咬烂了,整夜哭哭啼啼的。天亮后,他们一瘸一拐、提心吊胆地回到营地;打劫者没了,两个人正在发脾气。他们整整一半的食品没了。那些赫斯基饿狗嚼烂了雪橇的皮带和帆布罩。事实上,不管能不能吃,所有的东西都没能逃脱他们的狗嘴。他们吃了佩劳的一双鹿皮鞋,咬断了皮缰绳,就连弗朗索斯两英尺长的鞭梢也没了踪影。垂头丧气、不言不语的弗朗索斯回过神来,查看他的伤狗。

"唉,朋友们。"他和颜悦色地说,"咬了这么多口,也许把你们咬疯了。也许全都成了他妈的疯狗了!你说会不会,佩劳?"

佩劳疑虑重重地摇了摇头。他们去道森还有四百英里的路,狗全染上狂犬病可实在经受不起。他们骂骂咧咧,用两个小时把缰绳理出个头绪。这支伤痕累累的队伍上了路,在空前艰难的路段上苦苦挣扎,这也是他们到达道森以前最艰难的路段。

三十里河没有封冻。湍急的河水抗拒着严寒,只有在洄流处和水流平缓的河段才结了冰。这三十英里艰险的路程需要六天时间。艰险之处在于，每走一步人狗都有生命危险。在前面开道的佩劳有十几次踩坍了冰面，多亏了他手持的长杆每一次都横担在冰窟窿上。可是寒流袭来，温度降到了零下五十度，每次他掉进冰窟窿，都得生起火来烤干衣服，好保住性命。

什么也难不倒他。正因为无所畏惧，他才被选中作政府信差。他那张刚毅的小刀条脸冒寒冲冷，他从早拼搏到晚，历尽艰险。他沿着河边窄窄的冰带前进，冰层在脚下坍塌碎裂，不敢久留。一次，雪橇陷进冰水，戴夫、巴克这两条狗差点儿淹死；拉上来时，他们身上结了一层硬邦邦的冰甲，几乎冻僵了。他们像往常那样烤火保命，两个人赶着他们绕火堆不停转圈，出汗化冻；由于离火太近，他们的毛都被燎着了。

另一次斯匹次掉进冰窟窿，把他后面、巴克前面的一连串狗都拉下了水。巴克拼尽全身力气撑住，前腿蹬着滑溜溜的冰洞边缘，冰层颤抖着，噼噼啪啪地裂开了。跟在后面的驾辕狗戴夫也像巴克一样向后撑住雪橇，在雪橇后面的是弗朗索斯，他用劲拖住雪橇，拉得腱子肉格巴巴直响。

前后的冰层又裂开来，除了攀上侧面的悬崖外，无路可走。佩劳奇迹般地爬上悬崖时，弗朗索斯正在下面祷告奇迹降临；他们用尽全部皮带、雪橇绳和最后一寸缰绳合成一条长绳，把狗一只只拉上了悬崖；然后是雪橇、辎重；最后才是弗朗索斯。他们搜寻着出路，后来还是靠了那根长绳溜了下去。天黑以后，他们才回到冰面上，当天他们总共前进了四分之一英里。

他们走到胡塔林卡，冰况好了，巴克却撑不住了；其他狗的情况也好不了多少。佩劳为了补上耽误的时间，起早贪黑催他们赶路。第一天他们赶到大鲑鱼河，走了三十五英里；第二天到小鲑鱼河，又是三十五英里；第三天走了四十英里，快到五指山了。

巴克的爪子不像赫斯基狗那样粗硬结实。从他的祖先被哪个钻洞的或者是打鱼的收养以来，这种狗的爪子就一代代渐渐软化。白天他疼得一瘸一拐的，刚刚宿营就像死狗一样躺倒了。肚子再饿，他也不愿挪动地方去领自己那份鱼。弗朗索斯只得给他送过来。晚饭后，弗朗索斯给巴克的爪子做了半个小时按摩,还毁了自己的鹿皮鞋,用鞋尖给巴克做了一副爪套。这可帮了巴克的大忙,一天早晨,弗朗索斯忘了给巴克穿爪套,巴克四条腿朝天乱蹬,不穿爪套就不肯动弹;这时,就连刀条脸的佩劳也难得地咧嘴一笑。后来,他的爪子在雪道上练得硬实起来,就扔掉了那副破爪套。

在佩利营地整装待发的那天早上,向来不显山不露水的多莉突然疯了。每条狗都听到了她那狼一样令人心悸的长嗥,顿时吓得毛发倒竖。嗥声刚落,多莉便径直朝巴克冲了过来。巴克从没见过狗发疯,也不知道怕疯狗;他只是害怕,心里发慌,拔腿就跑。他在前面跑,多莉在后面追,前腿跟着后腿;两条狗气喘吁吁,口沫横飞。多莉追不上吓破了胆的巴克,巴克也甩不掉真疯了的多莉。巴克钻过河心岛中央的林子,奔下斜坡,跨过堆满了冰凌的河汊,跑到另一个小岛,再从第三个小岛折回来,六神无主地穿越主河道。这期间他没有回头,但是听得见吼声震天的多莉就跟在屁股后面。弗朗索斯在四分之一英里开外叫他,他扭头往回跑,还是只领先多莉一步。他跑得上气不接下气,只盼着弗朗索斯能救他的命。那驭手手持板斧,等巴克跑过,一斧劈在疯多莉的脑壳上。

巴克摇摇晃晃地靠在雪橇上,筋疲力尽,独自喘粗气。斯匹次的机会来了。他扑向巴克,两次把利齿搜进无力抵抗的敌人的肉里,撕得巴克皮开肉绽,露出了骨头。这时,弗朗索斯的鞭子落了下来,巴克惬意地看着斯匹次暴吃了一顿鞭子,队里从没有哪只狗受过如此严厉的惩罚。

"斯匹次是魔鬼。"佩劳说,"早晚有一天他得杀了巴克。"

"那个巴克是双料魔鬼。"弗朗索斯答道,"我一直盯着巴克,错不了。你听着:哪天他发起疯来,非把斯匹次一片片嚼烂了,再吐到雪地上不可。走着瞧吧。"

从那时起,他们的战争就开场了。斯匹次作为头狗和公认的队长,感到他至高无上的地位受到了这个南方外来户的威胁。巴克确实出奇。斯匹次见识过不少南方狗,谁也没有能在营地里和雪道上争衡。他们都太弱,不是累死,就是冻死饿死。巴克是个例外。只有他坚持了下来,获得了成功,他的力量、野性和狡诈都与赫斯基狗旗鼓相当,是一条能当头儿的狗。那红衣汉子用大棒敲掉了他出人头地欲望中盲动和浮躁的成分,使他变得越发危险。他的狡诈出类拔萃,会用简直是与生俱来的耐心等待时机。

争夺领导权的冲突终将到来,不可避免。巴克期盼着冲突。这是因为他生性如此,是因为他陷入了对雪橇生涯莫名而费解的自豪感而不能自拔。这种自豪感驱使雪橇狗曳着缰绳,至死不渝,视死如归;如果被剥夺了缰绳,他们的心都要碎了。驾辕狗戴夫有这种自豪,索莱克斯全力以赴时满怀这种自豪;这种自豪伴着他们拔营整装,把他们从桀骜不驯的畜生变成努力、热心、有追求的生灵;这种自豪白天激励着他们,又让他们每夜宿营时跌回抑郁不安和不满中去。斯匹次倚仗这种自豪敲打那些在路上马虎偷懒、早晨起来躲着不上套的狗,这种自豪使他害怕巴克可能成为头狗。巴克也有同样的自豪感。

他公然威胁别人的领导地位,在斯匹次惩罚偷懒狗时插一杠子。他故意这样做。一天夜里下了大雪,早晨起来那条爱装病的派克不见了。一尺厚的雪让他安心躲在窝里。弗朗索斯叫着名字,没有找到他。斯匹次气得发疯。他怒气冲冲地在营地里乱闻,刨开每一个可疑之处,他那可怕的咆哮声让派克听了在藏身之处浑身发抖。

派克终于被扯了出来。斯匹次正要扑上去处罚,巴克却猛地冲了过来,怒气冲冲地插在他们中间。斯匹次对这一冲毫无思想准备,一下子被撞了个大跟头。派克本来还畏畏缩缩地发抖,却由于这次公开的暴动来了精神,纵身向被推翻的领袖扑去。巴克已经不知道什么叫公平较量,也扑到斯匹次身上。对这场变故,弗朗索斯一边看热闹,一边铁面无私地执行公正的裁决,挥起鞭子狠狠向巴克抽去。看到还不能把巴克从甘拜下风的对手身上赶走,弗朗索斯索性用上了鞭杆。巴克被打蒙了,只得后退;趁此机会,斯匹次好好教训了再三冒犯自己的派克。

在接下来的日子里,他们离道森越来越近,巴克还是不断插足斯匹次和罪犯之间。不过他讲究策略,不在弗朗索斯的眼皮底下干。在巴克密谋叛乱的同时,反抗情绪普遍滋长。除了戴夫和索莱克斯以外,队里的其他狗变本加厉。事情不再顺顺当当的了,总是有打架斗嘴的,麻烦不断。

归根结底,是巴克在作怪。他总让弗朗索斯穷于应付,总让他担心两条狗的生死决斗早晚要进行。夜里,弗朗索斯常被狗的咬架声惊醒,担心巴克和斯匹次的大战开始了。

可是没等时机成熟,他们就在一个沉闷的下午到了道森,大战延期了。这里有许许多多的人和数不清的狗,巴克看到他们都在忙。好像狗命中注定就得干活。整个白天他们拉着套绳在大街上来来去去,夜里狗铃声还是叮叮当当响个不停。他们拖着盖房子的木料和木柴,运到矿山;凡是圣克拉拉谷地的马干的活,这里的狗都干。巴克有时也碰到几条南方狗,可大多数还是野狼似的赫斯基狗。每天夜里,在九点、十二点和三点钟的时候,他们都定时唱起一首夜曲,一种神秘、怪异的吟唱,巴克愉快地加入了这种合唱。

当北极光在冷冷的夜空里闪烁,群星在冰舞中跳跃,白雪皑皑的大地冻得僵硬时,这首赫斯基之歌可以算做生命的抗争,只不过它压低了调子,加上了如泣如诉的拖腔,因此更像是生命的诉状,是生存痛苦的表白。这是一首古老的歌,和物种本身一样古老,它是世界早期遍地哀歌的日子里最早的歌曲之一。它蕴涵着世世代代的痛苦,这种痛苦把巴克搅得心神不定。他的呻吟和鸣咽沉浸在生的痛苦之中,这正是他的荒野先辈那种古老的痛苦。他对寒冷、黑暗的恐惧和神秘感与他的先辈息息相通。这首歌在他心中引起的共鸣,标志着他穿越了火与屋顶的岁月,彻底回归了洪荒时代的原始生活。

抵达道森后的第七天,他们在巴勒克斯攀上陡峭的河岸,沿育空大道向代耶和盐湖进发。佩劳从道森带走的公文比他送达的公文还要紧急;另外,旅行的自豪感也催他奋进,他打算创造当年的新纪录。几件事都对他破纪录有利:狗队经过一周的休息恢复了体力,阵容整齐;他们在原野上开辟的雪道被后来的旅行者轧实了;还有,警方在沿途为人畜安排了两三个食品补给点,使他可以轻装上路。

第一天他们跑了五十英里,到达六十里河;第二天他们在育空河上疾驶,开始向佩利前进。虽然进展神速,弗朗索斯可不是没有烦恼。巴克领导的阴谋叛乱破坏了队伍的团结,破坏了齐心协力、步调一致的局面。巴克对反叛者的怂恿让他们变成了花样百出的捣蛋鬼,斯匹次不再是人见人怕的领袖。往日的敬畏已经消失,他们慢慢地要平起平坐,挑战他的权威了。一天夜里,派克抢了他的半条鱼,在巴克的护卫下吞了。另一天夜里杜布和乔合伙打击斯匹次,迫使他放弃对他们应有的惩罚。就连好脾气的比利也脾气见长,叫声也不像从前那么安分守己了。巴克一见斯匹次的面,不是咆哮,就是乍起毛来吓唬他。他就在斯匹次的鼻子前面大摇大摆地溜达,这种举动已经有点恃强凌弱的味道了。

纪律涣散影响了狗与狗之间的关系。吵架斗嘴的更多了,有时候,营地简直成了一座鬼哭狼嚎的疯人院。戴夫和索莱克斯虽然不参与,却烦透了这种无休止的争吵。弗朗索斯气得乱骂,在雪地里跺脚,揪自己的头发。他的鞭子不停地在狗群里呼啸,却不怎么管用。只要他一转身,狗群就又闹了起来。弗朗索斯拿鞭子为斯匹次做主,巴克则为队里的其他狗撑腰。巴克是罪魁祸首,这一点弗朗索斯明白,巴克自己也清楚;但是巴克非常狡猾,再也不让人当场抓住把柄。在路上他拖着缰绳干得很投入,因为他以苦为乐。当然,在同伴中挑起争端,把缰绳搅成一团乱麻更让他乐不可支。

一天夜里晚饭后,在塔基那河口,杜布发现了一只雪兔。杜布胡乱一扑,没有扑到;霎时间,全队像开了锅一般。一百码外就是西北警察局的一处营地,那里的五十条狗——全是赫斯基狗,也赶来一起追起兔子来。兔子冲下河去,拐进一条小河汊,在覆着积雪、冻得硬邦邦的河面上飞跑。兔子在雪面上跑起来很轻快,狗蹚着雪跑却要费很大力气。巴克率领六十条狗左转右转,就是逮不着兔子。他急得呜呜直叫,身子低低地贴紧地面,再刷地展开,在苍白的月光下一跳一跳地前进。那雪兔也是一跳一跳的,就像冰天雪地里一个灰白色的幻影。

驱使人们定期离开闹市到森林里和原野上去,用化学方式制出的铅弹屠杀,体验血腥的欲望和杀戮的快感——这是一种古老的本能。巴克此时被激活的正是这种本能。只不过对巴克来说,这些都是纯粹内在的东西。他飞驰在狗队前面,一心要扑倒那个活生生的肉体,用自己的牙齿杀死它,把嘴巴深深地泡在温热的血泊里,一直泡到眼睛。

这里有一种显露出生命巅峰的迷狂。这种迷狂出现的时候,生命正处于最活跃而又全然忘我的状态。这种迷狂,这种忘怀生命的状态出现在艺术家物我不分、迷失在一片烈焰中的时候;出现在战场上士兵打红了眼、格杀勿论的时候;这种迷狂出现在巴克身上时,他正身先狗队,发出古老的、狼似的嗥声,追赶在月光下迅速逃窜的活生生的猎物。巴克呼唤着自己深层的本能,这层本能比他自身更为深远,一直回溯到时间萌动的开端。生命的波涛和存在的浪潮主宰了他,他的每一块肌肉、每一处关节和每一条筋腱都体验着绝妙的快感。这种快感热烈、狂放,蕴涵在一切未死的事物之中。在星空下畅快地飞奔,从一动不动的死物表面掠过——快感就在这种运动中体现出来。

然而,斯匹次即使在最兴奋的时候仍然是冷静和工于心计的。他脱离了狗队,在河汊陡然转弯的地方,横穿窄窄的河心岛。巴克并不知情,他绕着河湾继续追捕那只像冰雪幻影似的兔子;这时,只见一个更大的冰雪幻影从突出的河岸一跃而下,正好挡住了兔子的去路。那是斯匹次。兔子来不及躲闪。白森森的利齿在半空中切入了兔子的脊梁,它像遇难的人一样大声惨叫。这是生命被死神拖着跌下峰顶时的呼声。听到这声音,跟在巴克身后的狗队里腾起一片狂热而欢快的合唱。

巴克没有出声。他脚步未停,纵身向斯匹次扑去。由于扑得太猛,擦肩而过,没有切中斯匹次的咽喉。他们连着打了几个滚,扬起一片雪尘。斯匹次翻身站起,快得就像没跌倒一样。他照准巴克的肩膀咬了一口,又倏地跳开去。他退后站稳,牙齿像捕兽机一样一开一合,咔咔响了两下,翻着两片薄薄的嘴皮子,咧嘴吼了起来。

这一瞬间巴克明白了:时候到了,这正是决一死战的时刻。两条狗兜着圈子咆哮,耳朵向后抿着,各自急切地寻找有利位置。这个场面巴克似曾相识。他好像全都记起来了——白雪覆盖的树丛,大地,月光,以及临战的激动。这片白色笼罩在死一样的沉寂之中。风不再絮语,万物停滞,树叶一动不动,狗的哈气在冰冷的空气中缓缓上升,不绝如缕。这些桀骜不驯的狼狗刚刚结果了那只雪兔,现在团团围成了一个观战圈子。他们也悄然无声,只有眼睛灼灼发亮,呼气飘然而上。在巴克眼里,这场面是一副旧时的图景,既不新鲜,也不陌生。事情好像平平常常,从来都是如此。

斯匹次是一个精于实战的斗士。从斯匹次卑尔根到北冰洋,穿越加拿大荒原,他在形形色色的狗面前都能稳如泰山,凌驾于他们之上。他怒气冲冲,但绝不是匹夫之怒。他怀着斩尽杀绝的强烈欲望,却从未忘记对手也想斩尽杀绝。不做好迎接反击的准备,他决不出击;不先粉碎攻势,他决不进攻。

巴克奋力去咬那条大白狗的脖子,却是白费力气。在他想咬住软肋的地方,碰到的总是斯匹次的利齿。两牙相击,撞得唇破血流,巴克总也攻不破敌人的防线。他火冒三丈,用一连串旋风般的攻击使斯匹次大为惊愕,一次次对准了那雪白的脖子上生命源泉最贴近表层的部位;但是每一次都是斯匹次反咬他一口跑开。巴克用了声东击西的战法,看似直取咽喉,却突然掉头转向一侧,用肩向斯匹次撞去,想把他撞翻在地。然而,每次都是巴克的肩膀落地,斯匹次却轻轻地跳开了。

斯匹次没伤皮毛,巴克却鲜血淋漓,直喘粗气。战斗白热化了。在这期间,那些像狼一样的家伙默默地围在四周,等着收拾先倒下去的狗。巴克上气不接下气的时候,斯匹次开始突击了,他逼得巴克趔趔趄趄,站不稳脚跟。一次,巴克被撞翻了,围成一圈的六十条狗呼地拱起了身子;可是,巴克几乎在半空中就调整过来,狗又都蹲了下去等着。

然而,巴克具备一种成大器的素质,这就是想象力。虽然他出于本性而战,但是他也会动脑筋战斗。他扑了上去,看似攻肩战的老套路,但在最后一瞬间却匍匐在雪地上,咬住了斯匹次的左前腿。那条大白狗断裂的腿骨嘎吱一响,它只得用三条腿迎战。巴克试了三次要撞倒斯匹次,然后故技重演,又咬断了他的右前腿。孤立无援的斯匹次忍住疼痛,疯狂挣扎着站住了。四周的狗默默无语,一个个目光灼灼,耷拉着舌头,银色的哈气徐徐升起;斯匹次眼看着狗圈渐渐围拢来,就像过去围着失败对手的圈子一样。只不过这次是他自己失败了。

斯匹次已经没救了。巴克毫不留情。怜悯是为温柔乡预备的东西。巴克策划着致命的一击。狗圈越收越紧,那些赫斯基狗的哈气直喷到他

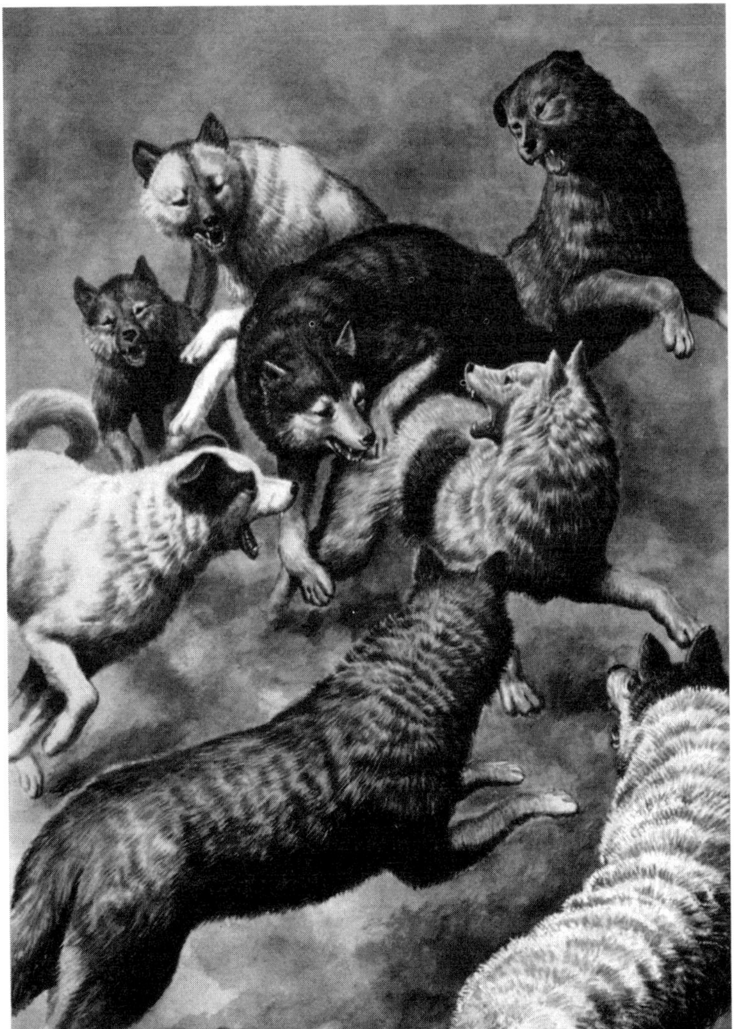

的腰眼上。他的眼光越过斯匹次,看到对面的狗用准备跃起的姿势半蹲着,眼睛紧盯着他。这时似乎有一个停顿。所有的狗都一动不动,好像凝成了石像;只有斯匹次在发抖,他的一根根毛都竖了起来,身子前后乱晃,发出骇人的咆哮,好像要吓跑近在咫尺的死亡。这时,巴克扑上去又退了回来;他扑上去时,肩膀终于端端正正地撞在斯匹次的肩上。斯匹次倒下了。月光如水,泼撒在皑皑雪原上;黑黑的狗圈聚成了一个点,斯匹次消失了。巴克站在一旁看着。这个成功的胜利者,这个称雄的原始野兽开了杀戒,感觉良好。

第四节　谁与争雄

"唉,我说什么来着?这个巴克是双料魔鬼,没错吧?"

这是弗朗索斯第二天一早的话。他发现斯匹次不见了,巴克遍体鳞伤。他把巴克拽到篝火边,借着火光指点他的伤口。

"那个斯匹次斗得真厉害!"佩劳查看着撕裂的伤口说。

"这个巴克打得更带劲呀!"弗朗索斯说,"现在咱们的好日子来了。没了斯匹次,就没麻烦了。"

佩劳打点营具装上雪橇,那驭手走过去套狗。巴克连跑带颠地来到斯匹次的头狗位置;可是弗朗索斯没留意,把索莱克斯牵到了那个让人眼红的位置上。照他的判断,在剩下的狗里面,索莱克斯是最好的头狗了。巴克怒气冲冲地扑向索莱克斯,把他赶了回去,自己站在原先斯匹次的位置上。

"嗨!嗨!"弗朗索斯拍着大腿乐滋滋地嚷嚷着,"瞧这个巴克。他杀了斯匹次,还想顶他的缺呐。"

"走开,去!"他大声喊着,可是巴克不动弹。

他抓住巴克脖子上的赘皮,把他拽到一边去,巴克威胁似的呜呜直叫。弗朗索斯又换上了索莱克斯,那老狗不愿意,明明白白地表示他怕巴克。弗朗索斯决不讨价还价,可是他刚一转身,巴克就又取代了不是不愿离开的索莱克斯。

弗朗索斯发火了。"好吧,妈的,看我整治整治你!"他嚷嚷着,转身拎来一根大棒。

巴克记得那红衣汉子的教训,慢慢向后退去;索莱克斯再被牵过来的时候,他也不敢上前了。他在棒子刚好够不到的地方打转,痛苦地怒吼着。他一边转圈,一边盯着大棒。如果弗朗索斯的大棒出手,就赶快躲开。他对棍棒的套路已经了如指掌了。

驭手接着套狗。轮到巴克的时候,他招呼巴克站到戴夫前面的老位置上去。巴克后退了两三步。弗朗索斯跟过去,巴克再向后退。一而再,再而三;弗朗索斯想,巴克是怕打,就扔掉了大棒。然而巴克是公然抗命。他不是要躲过一顿打,而是要领头。那位置就该是他的。他已经争来了,不给可不成。

佩劳来帮忙了。他们追了巴克大半个小时。他们飞棒去打,巴克躲开。他们骂巴克,从巴克的祖宗三代,一直骂到他还没影儿的孝子贤孙;骂他身上的每一根毛,血管里的每一滴血;巴克一边咆哮着回应,一边躲得远远的,让他们够不到。他并不想跑开,只是绕着营地转圈子,明明白白地表示:只要满足他的愿望,他就回来好好干。

弗朗索斯坐在地上挠头。佩劳看着表直骂娘。时间过得飞快,他们本该上路一个小时了。弗朗索斯又挠挠头,再摇摇头,难为情地对信差咧咧嘴。信差耸耸肩,意思是说:咱们输了。弗朗索斯走到索莱克斯的位置上招呼巴克。巴克用狗的笑法笑了起来,可还是站得远远的。弗朗索斯解开了索莱克斯的缰绳,让他回到老位置去。上了套的狗队站成一行,准备上路。行列里没有空位子,只有最前面的位置留给巴克。弗朗索斯又叫了一遍,巴克笑笑,还不走过来。

"扔了棍子。"佩劳命令道。

弗朗索斯照办了。巴克带着胜利的姿态,一溜小跑过来,转身填补了狗队领头的位置。给他戴上了挽索,雪橇立刻在河道上奔驰起来,两个人在跟着雪橇跑步前进。

驭手说巴克是双料的魔鬼,那是抬举他;可是,这天还没有过完,驭手才觉得自己还是低估了巴克。巴克一鼓作气负起了领导责任;无论是判断能力，还是思考和行动的速度，都比弗朗索斯称之为举世无双的斯匹次还强。

当然，立法以及让他的同伴们守法，才是巴克出类拔萃之处。戴夫和索莱克斯不在意换领导。这不关他们的事。他们是卖苦力的，勤勤恳恳拉着缰绳卖苦力。只要不耽误卖苦力，什么事情他们都不闻不问。只要不乱套，哪怕好脾气的比利当头儿也无所谓。不过队里的其他狗在斯匹次最后的日子里已经变得不安分了。现在巴克却要给他们整肃风纪，让他们大吃一惊。

派克拉套时紧跟在巴克后面，只要没人逼着，他从不肯多卖一丁点儿力气。很快，他就因为偷懒屡遭惩罚。一天还没过去，他就使出了有生以来最大的力气。第一天宿营后，那个脾气古怪的家伙乔被狠狠地教训了一顿——这可是斯匹次从没办到的事。巴克用自己的大块头憋得乔喘不上气来，他不再哀嚎，一个劲地求饶。

全队很快就统一了声音，恢复了往日的团结。大家拖着缰绳，步调一致。到溜冰湍又来了两条赫斯基狗：提克和库纳；巴克降伏他们的速度让弗朗索斯目瞪口呆。

"从来没见过巴克这样的狗！"他嚷嚷着，"从没见过！妈的，他值一千块！啊？你说呢，佩劳？"

佩劳点头称是。他的行进速度已经超过了纪录，而且一天比一天快。雪道硬硬实实的，棒极了。近来一直没有下雪，他们节省了不少气力。天也不算太冷。气温降到零下五十度就停住了，一路上都是这样。两个人轮流驾橇和跑路，狗队不停地奔驰，只是偶尔停下来歇息。

三十里河差不多冻实了，来的时候这段路他们跑了十天，这次只用了一天。他们曾一口气奔驰了六十英里，从巴尔杰湖边直到白马湍。在穿越马什、塔吉什和本尼特这七十英里连绵的湖区时，雪橇飞驰，人只好拽着绳子让雪橇拖着走。第二星期的最后一个晚上，当他们翻过白山口，冲下斜坡疾驶时，斯加圭镇和海船上的灯火就在他们脚下了。

这是一次创纪录的行程。十四天里每天平均四十英里。一连三天，佩劳和弗朗索斯趾高气扬地在斯加圭镇的大街上逛来逛去，请他们去喝一顿的人应接不暇;狗夫和驭手踢破了门槛,对狗队赞不绝口。后来,三四个西部坏蛋洗劫镇子不成,身上被打成了筛子眼,公众的兴趣这才转了方向。紧接着公家来了命令。弗朗索斯把巴克叫到跟前,搂着他掉了眼泪。从此以后,巴克再也没有见过弗朗索斯和佩劳。像其他人一样,他们永远离开了巴克的生活圈子。

一个苏格兰混血儿接管了巴克和他的队友。他们和其他十几队狗一起踏上了返回道森的艰难旅程。这一回没了轻快的步伐,没了纪录,只有日复一日的劳作和沉重的雪橇;因为这是邮车,要把外面的音信带给在北极阴影中搜求金子的人们。

虽然巴克不喜欢这活儿,可是他怀着戴夫和索莱克斯式的自豪感,依然干得很出色;同时,不管队友们有没有自豪感,巴克还要督促他们尽职尽责。这是一种单调的生活,像机器一样按部就班地运转。一天天没什么两样。每天早晨定时爬起来生火,吃早饭。然后,有人打点营具,有人套狗,在夜色隐去黎明降临的时候,他们已经赶了一个小时的路。到了夜里,先扎营;有人搭帐篷,有人打柴,砍些松枝回来铺床;也有人去提水取冰做饭,还要喂狗。对狗来说,这可是一天的大典;当然,吃了鱼以后,找其他狗去逛个把小时也不赖。这儿有一百多条狗。虽然爆发过几次恶战,可是巴克只经过三次战斗就称了王;只要他一咧嘴,一耸毛,别的狗就统统退避三舍了。

也许巴克最喜欢的就是趴在火边,后腿收在身子下面,前腿伸直,抬起头,两眼盯住火苗,如痴如梦地眨眼睛。有时,他也想到米勒法官家在阳光和煦的克拉拉谷地的大宅子,想到混凝土游泳池,想到墨西哥种的光皮狗伊莎贝尔和日本狮子狗"娘们儿";可是,他更多想到的还是红衣汉子,想到科莉的死,想到大战斯匹次,想那些吃过和爱吃的好东西。他并不是思乡。阳光地带遥远而模糊,这些回忆并不激动人心。更有魅力的是那些遗传的记忆,把从来没有见过的东西变得似曾相识;失落的本能(所谓本能不过是把对祖先的记忆化作习性)在他身上又被激活了。

有时,他蜷缩在火堆旁如痴如梦地眨眼睛,那火苗就好像是从另一堆篝火上蹿起来的,而他正蜷缩在那堆火旁边。他看到另一个人——和苏格兰混血儿不一样的人——在烧饭。这人腿短臂长,肌肉不是圆润凸起,而是紧紧绷绷、疙疙瘩瘩的。这人的头发很长,一绺绺地粘连着,眼睛上面的脑门向后斜收,直入发际。他嘴里发出奇奇怪怪的声音,不时向暗处瞥一眼,好像他特别害怕黑暗。他的手长可过膝,手里提着的棍子头上绑了一块沉甸甸的石头。他身体裸露,一块残破不堪、烟熏火燎的兽皮搭在后腰上,身上多毛,胸部、肩部和四肢外侧的汗毛格外浓密。他站不直,臀部以上前倾,膝盖弯曲。他的身体有出奇的弹性,也可以说是反弹能力,和猫差不多;他高度警觉,每一个经常生活在有形和无形可怕事物之中的人都是这样。

有时,这个毛人头埋在两腿中间,蹲着睡着了。这时候,他的胳膊肘顶在膝上,两手抱头,像是用毛茸茸的手臂遮风挡雨。在火光照不到的地方,黑暗四合,巴克看到星星点点的炭火,每两点聚在一起,而且总是两点在一起,他知道那是噬人巨兽的眼睛。巴克听得见他们的身体穿过灌木丛时嘎巴作响,还有他们在黑夜里的聒噪。当巴克对火苗眨巴着慵懒的眼睛,在育空河畔如梦如幻的时候,这些声音和情景让他的毛一根根竖了起来,从后背一直竖到脖子和肩膀。巴克发出低沉、压抑的抽泣,或者是轻轻地呜咽;这时,苏格兰混血儿就会冲他喊,"嗨,巴克,醒醒!"另一个世界消失了,真实的世界重现在眼前,他爬起来,打个哈欠,伸伸懒腰,好像刚睡醒似的。

他们拖着邮橇艰难地前进,沉重的工作耗尽了他们的气力。抵达道森时,他们都瘦了一圈,身体很弱,照理应该休整十天,起码也要一个星期。可是,不到两天,他们又拉着寄出的邮件从巴拉克斯下了育空河。狗队筋疲力尽,驭手牢骚满腹;天公也不作美,天天下雪。这样一来,雪道松软;人越走越累,狗越拉越重;好在驭手们心肠不坏,尽力为雪橇狗着想。

每天晚上都是先照管狗。狗吃完了驭手再吃晚饭,每个驭手都把他们自己的狗从头到脚查看一遍,才去睡觉。尽管如此,狗队还是体力不支了。入冬以来,他们已经走了一千八百英里,在艰苦的旅程中自始至终拉着雪橇;再强壮的狗挣扎了一千八百英里也够受的。尽管巴克也很累,但是他不光自己挺得住,还要保证全队能干活儿,守纪律。比利每天夜里睡觉时不是喊叫,就是呜咽。乔的脾气更怪了,索莱克斯根本不许人靠近他,无论是不是从瞎眼的那边,都不成。

最难受的还是戴夫。他不知出了什么毛病,变得闷闷不乐,老爱发脾气。一宿营他马上去挖洞,驭手只好到那里喂他。只要卸了套躺下,不到早晨上路的时候他不站起来。有时,雪橇突然停下或者启动,戴夫受到推挤,都会疼得大叫起来。驭手给他做了检查,却没能找出毛病。所有驭手都为戴夫担忧。他们边吃饭边议论,睡觉前抽最后一支烟时还在谈戴夫的事。一天晚上他们给戴夫会诊,把他从窝里牵到火边检查,又按又戳,弄得戴夫叫声不断。毛病在体内,可他们搞不清楚到底是哪根骨头断了,不能确诊。

到卡赛尔营地以后,他已经非常虚弱,拉套时不断跌倒。那苏格兰混血儿下令暂停,把戴夫牵出队列,把挨着他的索莱克斯套了上去。他原想让戴夫休息休息,在雪橇后面随便走走。病成这个样子的戴夫对让他出列心怀不满,卸套时也呜呜地咆哮;看到索莱克斯顶替了他服役已久的位置,他肝肠寸断,呜咽起来。出于对雪橇生涯的自豪,他宁肯病死也不愿自己被别的狗取代。

雪橇启动了,戴夫挣扎着走在硬雪道旁松软的积雪上,龇着牙咬索莱克斯,极力想跳进套中,插在他和雪橇中间,把索莱克斯挤到一旁的软雪上去。这些动作让他自己疼得直哼哼,痛苦不堪。那混血儿想用鞭子轰开他;戴夫却对呼啸的鞭子无动于衷,让那人再也不忍心下手了。虽然安安静静地跟着雪橇省力气,戴夫却不愿意,他继续在雪橇一旁特别难走的软雪上挣扎,直到筋疲力尽,倒在地上。戴夫卧在跌倒的地方哀号,眼睁睁看着长长的橇队从身边驶过。

他用尽最后一点残存的力气爬起来,摇摇晃晃地跟在橇队后面。橇队停了下来。他挣扎着走过一架架雪橇,走到自己的雪橇前面和索莱克斯并排站在一起。他的驭手离开了一会儿,向后面的人借火点烟,然后回来赶橇。他们前进时拉了空套,心神不定地回头一看,都吃惊地站住了。驭手也吃了一惊:雪橇一动不动。他叫同事来看个究竟。原来戴夫把索莱克斯两边的缰绳都咬断了,自己站在雪橇前面的老位子上。

他站在那儿，眼里露出哀求的神色。驭手不知怎么办才好。他的同事谈论起一条狗怎么会因为失去工作心碎而死，还回想起他们知道的一些例子：一些年迈或受伤的狗因为卸去缰绳终于死了。他们主张，既然戴夫必死无疑，让他死在套上心满意足，也算是积点阴德。这样，戴夫又被套上了雪橇，他像以往那样自豪地拉紧了缰绳；可是，内伤的折磨使他忍不住一声声地叫。他一再跌倒，在雪道上被拖着走，有一次还被压在雪橇底下，因此断了一条后腿。

戴夫撑到了营地，驭手给他在火边安排了一个地方。早晨他虚弱得走不动路了。套狗时他想爬到驭手身边，哆哆嗦嗦地站起来，又摇摇晃晃地摔倒了。他慢慢往前爬，朝队友正在上套的方向爬过去。他先伸出前腿，再用牵拉的动作把身体向前拽；再伸前腿，再拽身子，一次不过前进几英寸。他的力气用完了。大家看戴夫最后一眼时，他正躺在雪地上捯气，眼巴巴地望着他们。可是，等他们走到河边一片树林后面，看不到戴夫时，却听到了他凄惨的啸声。

雪橇队站住了。那苏格兰混血儿一步步慢慢走回刚刚离开的营地。谁都不说话。很快传来一声枪响。那人匆匆走了回来。一片鞭声响起，铃儿叮叮当当地欢唱起来，雪橇队顺着大路驶去；巴克当然明白河畔的树林那边出了什么事，每一条狗都明白。

第五节　雪道苦旅

离开道森三十天以后，由巴克和同伴们开路的盐湖邮橇队到了斯加圭镇。他们全都筋疲力尽，惨兮兮的。原来一百四十磅的巴克掉了二十五磅肉。他的队友个头没他大，掉的肉可不比他少。爱装病的派克耍了一辈子滑头，经常拐着一条腿，装得很像；现在却实打实地瘸了。索莱克斯一拐一拐地走，杜布的肩胛骨也受了伤。

他们的爪子全都疼得厉害。谁都不会撒欢了。他们的爪子重重地踏在雪道上，震得浑身酸疼，一天下来，加倍疲劳。他们倒也没有别的毛病，就是累垮了。不是那种休息几小时就能缓解的一时过累；而是几个月苦干,慢慢耗尽了气力。没有一点恢复体力的能量,调动不起一丝力气。力气全用光了,一星一点都没有剩下。每一块肉,每一根筋,每个细胞都累,简直累死了。这也是事出有因。在不到五个月的时间里,他们走了两千五百英里,在最后这一千八百英里的旅途中,他们总共休息了五天。到达斯加圭镇时,他们实在力不从心了,在平地上都拉不紧套绳,到下坡的时候只能做到不让雪橇轧着自己。

"走啊,可怜的小伤腿儿们。"在斯加圭的大街上,驭手哄着歪歪斜斜的狗队,"还有最后几步,咱们就能歇些日子了。啊?没错,好好歇些日子!"

驭手们都一心盼着多休息几天。他们赶了两千英里路,也只休息过两天,论情论理都该放松放松了。可是,有这么多男人一窝蜂似的拥到克朗代克来,把那么多女人、情人、结发的和贴心的人留在了家乡,所以,光是邮件就堆成了山,这还不算那些各式公文呢。一批批新到的哈得逊湾狗顶替了那些没用的狗。和钱比起来,狗算不了什么;所以就得抛弃这些没用的狗,把他们卖了。

三天过去了。这三天里巴克和他的队友们才感到身子有多累,有多虚。第四天早上,两个美国人把他们连同全套挽具一块儿买走了,总共也没花几个钱。两个人这个管那个叫"哈尔",那个管这个叫"查尔斯"。查尔斯是个中年人,皮肤白白的,潮呼呼的眼睛黯淡无光;一嘴乱蓬蓬的胡子雄赳赳地往上翘着,盖着的嘴唇却是软耷耷的。哈尔是个毛头小伙儿,没有二十,也有十九岁,腰带上挎着大号左轮枪和一把猎刀,累累赘赘地挂满了子弹。他身上的东西就数这根腰带最惹眼,活脱脱显出他的嫩——太嫩了,嫩得不行。显而易见,这两个人都不适合到这儿来,他们为什么会到北方来冒险,实在让人纳闷。

巴克听到他们讨价还价,看着那人和公家的人数钱。他知道那苏格兰混血儿和那些邮车的驭手们要离开他的生活圈子了,就像佩劳、弗朗索斯以及先前的那些人一样。巴克和队友们被赶到新主人的营地,看到一片乱七八糟的场面。帐篷撑着一半,碗没刷,没一件东西是整齐的;还有一个女人。两个男人管她叫"默西迪斯"。她是查尔斯的妻子和哈尔的姐姐——一家亲上加亲的搭档。

他们拆帐篷装雪橇的时候,巴克在一旁看着,真替他们担心。他们真卖力气,可水平太差。帐篷被卷成了一个大粽子,比卷得好的帐篷大两倍。洋铁餐具洗也没洗就包起来了。默西迪斯唠唠叨叨,不停地给两个男人出主意,一个劲地添乱。他们把放衣服的口袋装在雪橇前部,她非要说该放在后头;等他们真的放到后面去,上面压了不少袋子,她又发现有的东西忘了装,这些东西非装到那个口袋里不可,于是,他们只能再把装好的东西卸下来。

附近帐篷里走出来三个男人,他们嬉皮笑脸地互相使眼色,站在旁边看热闹。

"这样装橇真不错。"当中的一个人说,"本来我不该管你们的事,可要是换了我,还是不带帐篷的好。"

"说什么呢!"默西迪斯做作地举起双手,大惊小怪地嚷嚷,"没帐篷你叫我怎么办哪?"

"打春了,碰不上冷天气了。"那人答道。

她坚定不移地摇摇头,查尔斯和哈尔把最后一点家当放到了小山一样的橇顶上。

"想这样就跑起来啦?"那些人当中的一个问。

"怎么,不行吗?"查尔斯反问的口气很冲。

"啊,没事,没事。"那人赶紧赔小心,"我是有点不放心,就这么回事。这橇好像有点头重脚轻。"

查尔斯转身用尽力气勒紧绳子,但笨手笨脚的。

"这些狗一定能把这个大家伙拉在后头,一天到晚地跑。"另一个人点头称是。

"当然啦。"哈尔冷冷地、客客气气地说。他一只手抓住舵把子,另一只手抡圆了鞭子,"驾!驾!走啊!"

狗队顶紧了胸带,使劲拉了一会儿,又松了下来。他们拉不动雪橇。

"这些偷懒的畜生,我要他们的好看!"他想拿鞭子把狗猛抽一顿,默西迪斯却拦着他大喊大叫:"啊,哈尔,不能啊!"她死死抓住鞭子,从哈尔的怀里夺了过来,"可怜的宝贝儿们!你一定要保证这一路上不逼他们,要不然我一步也不往前走。"

"你可真理解狗。"她弟弟冷笑着,"还是离我远远的吧。我跟你说,他们都是懒骨头,想让他们出力就得抽。他们就吃这个。你问问别人。在那几个人里头找一个去问问!"

默西迪斯可怜巴巴地望着他们,难以言表的恻隐之心全都浮在了美丽的脸上。

"你真想知道?他们弱得就像一摊泥。"那些人当中的一个说,"都累瘫了,就是这么回事。他们需要休息。"

"休息个屁!"嘴上没毛的哈尔说。默西迪斯对这句骂狗的话又痛苦又伤心,唉了一声。

不过她还是分得清里外,马上转过来护着她弟弟了。"别答理那个人。"她坚决地说,"你赶的是咱们自家的狗,自己觉得怎么好,就怎么赶。"

哈尔的鞭子又抽在了狗身上。他们顶紧胸带,爪子在踏实的雪上抓挠,俯在地上,使出了吃奶的力气。那雪橇还是像一块大铁砣子。他们如此这般地拽了两回,站在那儿直喘粗气。鞭子野蛮地呼啸着。最后默西迪斯又来挡驾了。她一下子跪在巴克跟前,抱住了他的脖子。

"可怜见的,可怜的宝贝们。"她心疼地叫着,"你们干吗不使劲呀?使劲就不挨鞭子了。"巴克不喜欢她,可觉得抗拒她也实在难受,是这一天很难受的一件事。

旁观者中有一个人闭着嘴憋了半天,此时终于说话了:"你们怎么办我不管,看在这些狗的份上,我跟你们说:要是让雪橇松动松动,可就帮了他们的大忙了。橇板冻住了。顶住舵把子左右晃一晃,松动松动。"

哈尔又试了第三次,不过这一次他听从劝告,把冻在雪地上的橇板掀了起来。笨重的超载雪橇慢慢启动了,巴克和他的队友们忍着雨点般的鞭子拼命挣扎。前方一百码处是一段陡直地转向大街的弯路,在这里需要一个有经验的人保证雪橇不翻,可哈尔不是这样的人。在转弯的地方雪橇一下子翻了,一半东西挣脱松松垮垮的绳子甩了一地。狗队拉着雪

171

橇没有停下来。轻了许多的雪橇一侧着地在他们后面一颠一颠的。他们因为受到虐待和拉这么重的东西怒气冲冲。巴克发脾气了。他一下子跑了起来,狗队也跟着跑。哈尔喊着:"吁!吁!"可是狗连理都不理。哈尔摔倒了,被雪橇拖着走。翻了的雪橇从他身上压了过去,狗队冲到大街上,雪橇上剩下的东西零零散散抛了一路,把斯加圭镇弄得热热闹闹的。

　　好心的市民们拦住狗,收拾满地的东西,还帮助出主意。这主意就是:要是他们想去道森,就得扔掉一半东西,再添上一倍的狗。哈尔和他的姐姐姐夫一边老大不情愿地听着,一边搭起帐篷,归拢行头。翻出来的罐头惹得大家发笑,因为跑长途带罐头简直是做梦。"这些毯子够开旅馆的了。"一个人边笑边来帮忙,"连一半都用不了。把帐篷扔了,还有那些个盘盘碗碗的——你们说,谁来刷这些东西啊?老天,你们还以为是坐头等快车哪?"

　　这样一来,他们才横下一条心,扔掉了多余的东西。默西迪斯的一条条衣服袋子口朝下,把一件件衣服都倒了出来。默西迪斯大哭起来。她先是一般地哭,再为每一件扔掉的衣服分别哭。她拍打着膝盖,前前后后地摇晃着,肝肠寸断。她毅然决然地说,一步也不走了,哪怕有一个班的查尔斯来求她也罢。她见人就哭,见东西就哭;到后来抹抹眼泪不哭了,自己反倒跑去扔东西,连必不可少的东西也扔了。扔完自己的东西,又抽风似的再去扔两个男人的东西。

　　清理完毕以后,他们的辎重少了一半,可还是有一大摞。查尔斯和哈尔当天晚上出去又买了六条外乡狗,加上队里最早的六条狗和那次创纪录旅行途经溜冰湍时加盟的提克和库纳,狗队扩大到了十四条。这些外乡狗上岸以后都接受过实用的训练,可还是不怎么顶用。他们是三条短毛猎狗,一条纽芬兰狗,两条血统不明的杂种狗。这些新来的好像什么也不懂,巴克和同伴们看不上眼,嫌弃他们。巴克忙不迭地教他们站位,教导他们什么不许做;至于要做什么,他可教不了。外乡狗对缰绳和橇路没有好感。除了两条杂种狗以外,其余四条通过亲眼观察和亲受虐待,对蛮荒的环境深有体会,精神濒临崩溃;至于那两条杂种狗,他们根本没有精神可言,能崩溃的只剩下骨头了。

新狗不中用，老狗又让两千五百英里不间断的路途累垮了身子，所以不可能指望有什么好的结果。可是那两个男人却满怀豪情，兴致勃勃。有了这十四条狗，他们是正正经经干事业呢。他们看见一架架雪橇出出进进，有去道森的，有从道森回来的，却从来没见过一架十四条狗拉的雪橇。这其中有个道理：在北极旅行不能用十四条狗拖一架雪橇，因为一架雪橇载不动十四条狗的口粮。可是查尔斯和哈尔不懂这个道理。他们的旅行计划全是纸上谈兵：一条狗喂多少，共多少条狗，共多少天，如此这般。默西迪斯看着丈夫肩头的上方，懂行似的不住地点头。不就是这么回事儿嘛。

第二天快到中午的时候，巴克率领长长的狗队上路了。旅途上死气沉沉的，巴克和他的伙计们都打不起精神来。一开头就累得要死。从海边到道森巴克来来回回跑过四趟，跑腻了。一看同样的路还要再跑一遍，真让他难受。巴克的心思根本不在工作上，哪条狗都一样。那些外乡狗战战兢兢，圈子里的狗呢，根本就不相信他们现在的主人。

巴克隐隐约约地感到这个女人和那两个男人靠不住。他们不知道怎么做事，也学不会，这一点没过几天就一目了然了。什么事情他们都马马虎虎，没有章法，也不守规矩。他们一搭帐篷就搭到半夜，搭得歪歪斜斜；拆帐篷、装雪橇要用去半个上午，还是装得松松垮垮，一天剩下的时间都用来走走停停、整理雪橇上的东西。有时候，他们一天走不了十英里，有时候简直就上不了路。他们以狗粮定量为基准预定了每日进度，可是哪一天都完不成一半。

狗粮短缺已经不可避免，可他们还要多喂，让饥荒日子早点到来。外乡狗没有经受过慢性饥饿的考验，不具备充分吸收一点一滴营养的消化能力，所以肚量很大。哈尔看到疲惫的赫斯基狗拉不动套了，断定原来的定量太少，于是给了他们双倍的口粮。这本来就不对，美目含泪、嗓子打颤的默西迪斯还要说服哈尔再多喂一点，说服不成就自己从鱼箱里偷鱼来喂狗，这就更要命了。其实，巴克和赫斯基狗需要的不是吃，而是休息。他们虽然走得很慢，拖在后面的重载雪橇还是耗尽了他们的气力。

饥荒的日子来临了。一天，哈尔如梦初醒：他的狗粮已经喂了一半，可路才走了四分之一；而且，现在无论靠什么也弄不来新的狗粮。于是他在最初的定量上又砍了一刀，而且还要加快每天的进度。他的姐姐姐夫举手赞成，可是沉甸甸的辎重和他们自己的无能让好事多磨。给狗少吃非常简单，可是让狗快走谈何容易。一早起来他们自己上路越晚，赶路的时间就越短。别说他们不知道怎么管狗，他们连自己的事还管不过来呢。

先是杜布倒下了。杜布虽然是个可怜的笨贼，总是让人抓住受罚，可他还是个勤勤恳恳的劳动者。他的老肩伤本来就没有治好，又得不到休息，真是雪上加霜。最后，哈尔用那把大号的科尔特左轮枪打死了他。这里的人都说，赫斯基狗的定量能饿死外乡狗；现在这六条外乡狗只吃赫斯基狗原来的一半定量，除非饿死无路可走。纽芬兰狗先带了头，三条短毛猎犬接踵而去，那两条杂种狗多挣了几天命，最后也死了。

此时此刻，南方的温良恭顺已经从三个人身上一扫而光。北极旅行已经脱去了浪漫迷人的外衣，露出了对男人和女人都过于严酷的真面目。为自个儿伤心，和丈夫、弟弟吵架，这些事情让默西迪斯忙得不亦乐乎，所以她不再替狗流眼泪了。他们百吵不厌。他们的脾气原是从不幸的境遇中生出来的，跟着不幸长大，后来又加倍成长，远远超前了。历尽旅途的辛酸苦辣仍然软语相向，一团和气，这种绝好的耐性他们不会有，一点没有。他们浑浑噩噩，痛苦不堪；他们肌肉疼，骨头疼，一直疼到心里头；因此，他们嘴头子越磨越快，一睁眼嘴里就冒粗话，临睡觉粗话也不离口。

只要默西迪斯一给机会，查尔斯和哈尔就打开了嘴仗。谁都坚信自己干了分外的活儿，忍不住要利用一切机会来表明这种看法。默西迪斯有时候支持丈夫，有时候站在弟弟一边。其结果是一场蔚为壮观、无休无止的家庭吵架会。从谁该砍几根树枝来生火吵起（此类争端只涉及查尔斯和哈尔），很快就把家族的其他人都拉扯进来。爸爸妈妈、叔叔伯伯、表兄表弟，这些人有的远在千里之外，有的还是死鬼。哈尔的艺术见解和他舅舅写过的打油剧本居然也能和砍柴生火联系起来，真是匪夷所思；不过，吵架题目也同样有可能朝查尔斯的政治偏见那个方向发展。怎样把查尔斯的姐姐爱说长道短和育空河畔的一堆火联系起来，当然只有默西迪斯办得到。她就这个题目畅所欲言，还顺便敲打几种她婆家不幸独具特色的品性。吵归吵,火还是没生,帐篷只搭了一半,狗照样没喂。

默西迪斯觉得特别委屈——身为女人的委屈。她漂亮温柔,向来备受呵护。现在丈夫和弟弟对她的态度无论如何也算不上呵护备至。做小鸟依人状是她的习惯。他们却怨声载道。既然他们向她认为最重要的女性特权发难,她就要让他们难受。痛苦而疲劳的默西迪斯不再关怀狗队,她坚持要坐雪橇。虽然她漂亮温柔,可体重也有一百二十磅。对那些又弱又饿的动物来说,她加上了一点要命的分量。她整天坐在雪橇上,一直坐到狗倒在套绳中间,雪橇一动不动。查尔斯和哈尔央求她下来走走,可不论他们怎么求,她只管哭哭啼啼地向老天控诉,历数他们的粗暴行径。

有一次他们把她强拉下雪橇,从此以后没有再试第二次。她像惯坏了的孩子一样打坠儿,坐在雪道上。他们自管往前走,可她原地不动。走出三英里以后,他们只好卸了雪橇回来接她,又把她强拉上了雪橇。

深重的不幸使他们对狗的遭遇冷酷无情。哈尔曾在别处实践过的理论是:做人就要铁石心肠。开始他向姐姐姐夫宣传这套理论,失败以后转而用大棒向狗队灌输。到五指山时狗粮用完了,一个没牙的老婆子要用几磅冻马皮换哈尔的科尔特左轮枪,那把枪和大猎刀一起别在他的后腰上。马皮是一种劣质代食品,是六个星期前从牧人饿死的马身上剥下来的。马皮冻得像洋铁片,强咽进狗肚子里就化成了细细的皮条和一团团短毛,不光没营养,难消化,还闹心。

在这期间,巴克一直率领狗队摇摇晃晃地走着,就像做一场噩梦。拉得动就拉,拉不动就倒在地上,直到让鞭子或者棍子打得站起来。他那漂亮的皮毛既不挺括也没了光泽。狗毛倒伏,软耷耷、脏兮兮的,到处都是哈尔用大棒打出来的斑斑点点的干血迹。他身上的肌肉疙疙瘩瘩打了绺,没了肉样,皮下空空荡荡,一层层打起了褶,肋条和骨头包在松松垮垮的皮下,一根根都看得清楚。此情此景实在令人心碎,只不过巴克的心是碎不了的。那红衣汉子已经证明过这一点。

巴克如此,他的队友也是一样,都像活骷髅。连巴克在内一共有七条狗。无比深重的苦难使他们对鞭抽棒打失去了感觉。挨打的痛感迟钝而模糊,就像他们用眼看、用耳朵听的感觉一样迟钝、模糊。他们是半死不活,也许已经死了一大半。他们只不过是些有生命余烬的骨头架子。雪橇一停,他们就像死狗一样带着缰绳栽在地上,暗淡的生命火花眼看就要熄灭。等大棒和鞭子落在身上,生命火花有气无力地忽闪两下,他们哆哆嗦嗦地站起来,又晃晃悠悠朝前走。

终于到了这一天。好脾气的比利倒下去站不起来了。卖了枪的哈尔用斧子砸死了身披缰绳的比利,把尸体卸了套拖到一旁。巴克看见了,队友们也都看见了,他们知道这事离他们不远了。第二天库纳死了,只剩下五条狗:乔早就恶不起来了;半昏迷的派克一瘸一拐,动不了装病的脑筋;独眼龙索莱克斯依旧对辛劳的雪橇事业情有独钟,又为自己力不从心而伤感;提克在冬天里走的路程没那么远,他挨的打比别的狗挨的更多,因为他的气色好一点;巴克仍然是队长,可是他既不维护纪律,也不想去维护了。他身子太虚,已看不清东西,只能跟着脚下微弱的感觉,沿着影影绰绰的雪道走。

正是春光明媚的时节,可是无论人还是狗都浑然不觉。每天太阳早早升起,很晚落山。凌晨三点钟破晓,夜里九点钟天才黑透。整天阳光灿烂。冬日的死寂在春天浩浩荡荡的生命复苏浪潮中退却了,阵阵絮语从四面八方升腾起来,洋溢着生命的欢乐。这絮语出自那些重获生机和动力的生灵,在冰封雪飘的漫漫冬日里,它们一动不动,像死了一样。松树汁液充盈,柳树和杨树绽出了嫩芽。灌木和藤萝换上了绿色的新衣。蟋蟀在夜里吟唱,白天,各种各样的爬虫和蠕虫爬到阳光下,沙沙作响。鹧鸪和啄木鸟在树林里咕咕地叫,笃笃地凿。松鼠饶舌,鸟儿歌唱,声声鸣叫的南来雁阵划破长空,从头顶飞过。

每一座山坡都传来了淙淙的流水声,这是看不到的山泉奏响的乐章。万物消融,噼啪作响。育空河正在用力挣脱束缚着它的冰甲。河水从下面侵蚀,太阳从上面消融。气孔形成了,冰面开裂了,裂缝扩大,冰从薄处塌陷,落入河水中。就在复苏的生命爆发、分裂、颤动的时候,披着灿烂的阳光,沐浴着微微叹息似的微风,两个男人、一个女人和几条赫斯基狗步履蹒跚,就像走向死亡的过客。

狗跌倒了再爬起来,默西迪斯坐在雪橇上抹眼泪,哈尔漫无目标地骂骂咧咧,查尔斯瞪着潮湿的眼睛出神;他们就这样歪歪斜斜地到了白河口上约翰·桑顿的营地。他们一停下来,那几条狗便一头栽倒,好像被打死了一样。默西迪斯擦干眼泪望着桑顿。查尔斯坐到一段圆木上休息,坐下时身体僵直,动作缓慢,痛苦不堪。哈尔说话了。约翰·桑顿正在一根桦木斧柄上削最后几刀。他一边削,一边听,哼哼哈哈地答应着,有要求时才给几句简要的忠告。这种人他了解,忠告归忠告,他们肯定听不进去。

"那边的人告诉我们,雪道的冰层化掉了,我们的行期最好往后拖,"哈尔这话是回答桑顿关于不要在融冰上碰运气的警告。"他们还说我们到不了白河呢,可我们不是到这里了嘛!"这后一句话带着一声胜利的嘲笑。

"他们说的是实话。"约翰·桑顿答道,"冰层随时都会化掉。只有撞大运的傻瓜才办得到。直说了吧,把阿拉斯加所有的金子拿来,我也不去冰上送死。"

"我想,那是因为你不是傻瓜。"哈尔说,"再怎么说,我们也得去道森。"他抡起了鞭子,"起来,巴克!嗨!起来!驾!"

桑顿接着削他的斧柄。他明白,管傻瓜的蠢事是对牛弹琴。多几个还是少几个傻瓜世事依旧。

然而狗队听到命令没有站起来。他们早就到了非打才能站起来的地步。执行残酷使命的鞭子上下翻飞,四面开花。约翰·桑顿咬紧了嘴唇。索莱克斯先爬了起来。接着是提克。乔一边叫疼,一边跟着站了起来。派克做了痛苦的努力,还没起来,就摔倒了两次,第三次好歹站了起来。巴克没有努力。他就在先前栽倒的地方静静躺着。鞭子一下接一下抽在他身上,他既不哀叫,也不挣扎。桑顿好几次跳起来,好像要开口说话,却又改了主意。他的眼里蒙着泪花。鞭子继续抽打,他站起来走来走去,不知怎么办才好。

这是巴克第一次拒绝服从,这一点足以点燃哈尔的怒火。他把鞭子换成用惯的大棒,沉重的打击雨点般落在巴克身上,可他还是拒绝起身。他可以像队友那样勉强站起来,可是他打定主意不起来。他恍惚觉得气

177

数将尽。从拉雪橇上岸时起,这种强烈的感觉就一直没离开过他。他一天到晚都能觉出爪子下面薄薄的融冰,他好像有一种预感:大祸近在眼前,就在前面主人要逼他们去的冰上。他拒绝行动。他已经受过那么多苦,到了这个份上,打也不能奈何他了。棍子不断地落在身上,他体内的生命火花摇曳不定,越来越微弱,马上就要熄灭了。他感到一阵奇特的眩晕。他好像是从老远的地方看着自己挨打。最后的疼痛感觉也消失了。他什么也觉不出,只恍惚听见大棒打在自己身上的声音。不过那已经不再是他的身体,那像是发生在老远的地方。

这时,桑顿突然发出一声突如其来、含混不清的喊叫,像是野兽的嗥叫。他向抢大棒的人扑了过去。哈尔被撞得倒退几步,就像被倒下的大树砸着了。默西迪斯尖叫起来。查尔斯在一旁出神地看着,他擦了擦潮湿的眼睛,僵硬的身子没能站起来。

约翰·桑顿站在巴克身旁,极力控制住自己,气得直抖,说不出话来。

"你再打这条狗,我就杀了你!"他终于闷声闷气地开口了。

"这是我的狗。"哈尔回答。他走回来擦着自己嘴上的血。"少管闲事,不然我就收拾你。我要去道森。"

桑顿站在他和巴克当中,没有走开的意思。哈尔抽出了他的长猎刀。默西迪斯尖叫起来,又哭又笑,显然是被歇斯底里搞昏了头。桑顿的斧柄打到了哈尔的指关节上,把他的猎刀打落到地上。哈尔想去捡,又被桑顿打了一下。然后桑顿自己弯腰把刀子捡起来,只两刀就割断了巴克的缰绳。

哈尔不再恋战。哈尔的两只手,也可以说是两条胳膊,都攥在他姐姐的手里;再说,巴克离死不远,拉雪橇也不中用了。几分钟后,他们离开岸边下河去了。巴克听到他们走的声音,抬头看着。派克打头,索莱克斯驾辕,当中是乔和提克。他们一瘸一拐,摇摇晃晃。默西迪斯坐在载货的雪橇上。哈尔掌舵,查尔斯一颠一颠地跟在后面。

巴克张望的时候,桑顿跪在他身边,用粗糙而温柔的手摸索断了的骨头。他检查完毕,知道除了遍体鳞伤和可怕的饥饿状态,没有别的问题。这时,雪橇已经走出了四分之一英里。巴克和桑顿望着他们的身影在冰上蠕动。突然他们看到雪橇的尾部陷落,好像掉进了沟里;哈尔掌着的舵把子翘上了天。默西迪斯的尖叫传到了他们的耳朵里。他们看到查尔斯转身向后跑了一步,这时整块冰面垮了,狗和人都消失得无影无踪,只能看见一个张开大口的窟窿。雪道的冰层化掉了。

约翰·桑顿和巴克互相看了看。

"哎,你这可怜的家伙!"约翰·桑顿说。巴克舔了一下他的手。

第六节 爱在一身

去年十二月约翰·桑顿冻伤了脚,同伴们帮他安排妥帖,让他留下养伤,然后便到河上游打造去道森的木筏了。搭救巴克的时候,他还有点跛脚。天气一天天暖和起来,他一点儿都不瘸了。春日迟迟,巴克躺在河边望着流水,懒洋洋地听鸟儿高唱,大自然低语,他慢慢恢复了元气。

奔波了三千英里以后能歇下来真不错。巴克的伤口渐渐愈合,筋肉舒展开来,骨头又裹上了新肉;不用说,巴克也变懒了。变懒的不光是他——约翰·桑顿、斯基特、尼格也都是懒懒散散地等着木筏到来,载他们顺流而下去道森。斯基特是一条爱尔兰小猎犬,早就和巴克交了朋友。当时巴克正半死不活,没法不让她接近。她像某些有医护才能的狗一样,把巴克的伤口舔得干干净净,就像猫妈妈清洗自己的小猫。每天早晨吃完早饭,她都一成不变地执行自我布置的任务,直到把巴克惯得总是巴望着她来照料,就像盼望桑顿那样。尼格是一条硕大的黑狗,血统的一半是警犬,另一半是猎鹿犬。他也同样友善,但不大外露。他长着两只自来笑的眼睛,绝对是好脾气。

出乎巴克意料,这两条狗对巴克没有一丝妒意。看来他们是分享了约翰·桑顿的仁爱和大度。等巴克身子壮实了,他们就引逗他玩各式各样的玩意儿,连桑顿也忍不住参加了进去。巴克就这样轻松愉快地康复,开始了新的生活。他第一次拥有了爱,是那种真诚、热烈的爱。这种爱他在圣克拉拉谷地阳光充沛的米勒法官家从没有感受过。他陪法官的儿子们打猎、散步是一种同事关系;和法官的孙辈们在一起是一本正经地尽监护职责；和法官本人之间则是一种庄重高尚的友谊。至于这种如火热烈、如痴崇拜的爱，都是约翰·桑顿引发的。

这当然是因为约翰·桑顿救了他的命，更是因为他是个理想的主子。别人眷顾他们的狗是出于责任感和生意人的算计；而他却情不自禁地把狗当做自己的孩子来关怀。还不止如此。他从来不忘亲切地跟他们打招呼，说句带劲的话，坐下来和他们慢慢地聊天（他称之为"吹牛"），他们高兴，他自己也一样欢乐。他老是使劲捧住巴克的头，再把自己的头贴在巴克的头上，一边前前后后地摇晃，一边用乱七八糟的名字叫他。巴克把这些都当作爱称。巴克从这种粗鲁的拥抱和嘟嘟囔囔的骂声中感受到了莫大的快乐。随着每一下前前后后的推搡，他情迷意乱，一颗心都要蹦出来了。桑顿一松开他，巴克就前爪跃起，张着笑呵呵的嘴巴，眼波流转，喉咙里发出似有似无的颤音，他能一动不动地保持这种姿势。这时，约翰·桑顿就会发自内心地感叹道："上帝呀！你这条狗什么都会，只差不会说话了！"

巴克有一种伤害式的爱心表达法，他经常使劲叼住桑顿的手，咬得桑顿手上的牙印很久才能消失。巴克觉得桑顿的骂是亲，桑顿也认为巴克的咬是爱。

当然，巴克对桑顿的爱更多表现为崇拜。桑顿抚摸他、跟他讲话会让他喜极若狂，但他并不追求这种粗浅的东西。斯基特习惯用鼻子在桑顿的手上来回蹭，轻轻拱，直到桑顿拍拍他；尼格则是小心翼翼地立起来，把大脑袋搁在桑顿的膝盖上；巴克不这样做，他满足于在一旁的仰慕。他在桑顿脚下一趴就是一个小时，热情、机警地仰望桑顿的脸，用执著的目光细细揣摩，带着浓厚的兴趣追踪每一丝短暂的表情，每一个动作和容貌的变化。或者，因情况而异，他在桑顿的侧面和背后趴得远一点儿，注视着桑顿的身影和偶尔的动作。也许是心有灵犀，巴克凝视的力量常使桑顿转过头来，对巴克报以无言的凝视。这时，桑顿和巴克的眼里都射出心灵的光芒。

获救后很长一段时间，巴克不愿意桑顿离开他的视野。桑顿一离开帐篷，巴克就跟着他，直到他回来。到北方后走马灯似的易主，让他害怕主人总要待不长。他担心桑顿像佩劳、弗朗索斯和那个苏格兰混血儿一样,也会走出他的生活圈子。晚上做梦的时候,这种恐惧也总来缠着他。每当这时,他就抖去睡意,顶着寒气偷偷地来到篷布外,站在那里谛听主人的鼻息声。

巴克深深爱着约翰·桑顿,这似乎体现了温柔的文明熏陶;尽管如此,北国在他内心唤起的原始血性仍然鲜活,蓬蓬勃勃。他具备在火旁与屋顶下驯养的忠实和虔诚,却又保留着野性和狡诈。说他是一条来自温和的南方、打着世代文明烙印的狗,还不如说他是一头来自荒野、蹲坐在约翰·桑顿身边的兽类。因为爱得很深,他不能偷这人的东西,可是到其他帐篷去偷别人的东西,他却毫不犹豫;而且偷得巧妙,不会被人察觉。

他的脸上和身上留下了许多狗的齿痕,搏斗时他的凶狠一如既往,而且更加敏捷。斯基特和尼格太善良,不会吵架——何况他们是属于约翰·桑顿的。可是那些陌生的狗,不管是什么种,怎样凶,很快都对巴克俯首称臣,不然他们就会感到自己是在跟一个可怕的敌人赌命。巴克是残酷无情的。他深刻领会了大棒和犬牙的规矩。他从来不会让别人占了先,也不会在他自己挑起的生死决斗中从对手面前后退。从斯匹次和善斗的警犬和邮犬身上他吸取了教训,明白没有中庸之道。他必须征服别人,要不就会被奴役;显露仁慈是一个弱点。在蛮荒的生活中没有仁慈可言,仁慈会被误解为惧怕,而被误解就是送死。不杀戮就被杀,不吃人就被吃,这就是规矩。他遵循着悠悠岁月传下来的这项指令。

他超出了自己亲身经历、呼吸于其中的岁月。他连接着过去和现在,永恒产生的强劲节拍在他体内律动,就像主宰潮涨潮落、四季交替那样主宰着他。这条蹲坐在约翰·桑顿身边的狗有宽宽的胸脯,白森森的利齿和长毛;在他身后有各色各样狗的影子,有半狼半狗的,也有野狼。他们催促他,鼓动他,分尝他吃的肉味,想饮他喝的水,和他一道闻风识天气,和他一起倾听,告诉他森林中蛮荒生命的动静,主宰他的情感,指引他的行动,他们一起躺下,一起入睡,一起做梦;却又超乎巴克之上,化作他梦中的内容。

这些影子如此蛮横地召唤着他,使他对人的归属感一天淡似一天。

密林深处回响着一种呼唤、神秘、令人激动、富于诱惑。每当听到这种呼唤,他就情不自禁地背弃火堆和四周被践踏过的土地,钻进森林,越走越远。他不知道、也不想知道要去哪里,为什么去。那呼唤声傲慢地在密林深处回荡。但往往是一踏上没有人迹的柔软土地和绿荫,对约翰·桑顿的爱就又把他拉回火堆旁边。

能留住他的只有桑顿。其他人都算不了什么。偶有过客夸奖宠爱他,他漠然置之;碰上太热情的人,他就站起来走开。桑顿的伙伴汉斯和皮特乘着盼望已久的木筏来了,巴克先是不搭理他们;在弄清他们和桑顿关系密切以后,才消极地接纳了,巴克接受他们的宠爱就像发慈悲一样。他们都是桑顿那样的大个子,脚踏实地,心直口快,明白事理;还没等木筏漂到道森锯木厂附近的大旋涡,他们已经了解了巴克的脾性,不来缠他了,因为他不像斯基特和尼格那样喜欢别人来套近乎。

不过,巴克对桑顿的爱与日俱增。在所有的人里,只有桑顿可以在夏日的旅程中让巴克驮着背包。对巴克来说,只要桑顿有令,世上就没有难事。一天(那时他们用放排的收入作了抵押,离开道森到塔那那河上游去),人和狗正在悬崖上歇脚,那峭立的悬崖足有三百英尺高,下面是光秃秃的岩石。约翰·桑顿坐在悬崖边上,巴克和他肩并着肩。桑顿一时心血来潮,招呼汉斯和皮特看他想做的实验。"跳,巴克!"他把手指向深渊。在接下来的一瞬间,他和巴克在悬崖边上滚作一团,他使出全身力气才没让巴克跳下去,汉斯和皮特把他们拽回安全的地方。

事情过去以后,他们才出了声,皮特说:"这可太悬了。"

桑顿摇着头:"不,这太棒了,也真可怕。你们知道吗,我时常为这条狗的忠诚感到后怕。"

"他在一边的时候,我再也不想跟你指手画脚了。"皮特朝巴克点点头,一本正经地说。

"乖乖!"汉斯也说,"我也不想了。"

这年还没过完,皮特的担心就在团城变成了现实。那个心黑脾气恶的黑伯顿在酒馆里找碴和一个新来的人吵架,桑顿好言相劝。巴克习惯地趴在角落里,头伏在前爪上注视着主人的一举一动。伯顿没有声张,出拳便打。桑顿被打得踉踉跄跄,抓住了吧台的扶手才没有跌倒。

围观的人听到一声非吠非叫,最好称之为吼的声音,巴克的身影已经从地板上跃起,直取伯顿的咽喉。伯顿本能地伸出胳膊保命,却仰面朝天被巴克扑倒在地。巴克从伯顿的胳膊上抽出利齿,又对准了伯顿的喉头。这一回伯顿没有完全挡住,被巴克咬穿了脖子。大家拥上去把巴克赶开,一个大夫给伯顿查看伤口,巴克怒吼着挣来挣去,还想冲进去,却被迎头一顿棍子赶走了。经现场召开的一次"矿工会议"裁决,巴克怒出有因,所以免予惩处。这一来巴克名声大振,传遍了阿拉斯加的各处营地。

后来,他在那年的秋天以截然不同的方式救了约翰·桑顿一命。当时他们三人正驾着一条窄窄长长的撑篙船,行经四十里河的激流险滩。汉斯和皮特在岸上用一条不粗的吕宋绳勒在树上系住小船,一棵树接一棵树地倒换;桑顿在船上撑篙下滩,大呼小叫地向岸上发令。在岸上的巴克忧心忡忡,他紧跟着船,两眼盯住主人。

在一处特别凶险的河段,一大块露头的礁石耸立在河中。汉斯松开绳子往下游跑,等桑顿撑到中流绕过礁石后,再勒住小船。小船绕过礁石,在风车般的激流中顺水漂荡,汉斯就在这时勒紧了绳子,勒得太猛了。小船在缆绳上弹了一下,船头朝岸,底朝天翻扣过来;桑顿被甩出船外,卷进激流,冲向最湍急的河段,没人能在那脱缰野马般的水流中生还。

说时迟,那时快,巴克纵身跃入水中,在三百码开外一处狂暴的旋涡中赶上了桑顿。他感到桑顿抓住了自己的尾巴,就鼓足全身力气向岸边凫去。可是向岸边靠得太慢,顺流而下的速度却快得惊人。更加汹涌的水声从下面传来,像鬼门关前的嗥叫,锯齿般的块块礁石就在那里把湍急的河水撕成了水沫和浪花。在最后一个陡坡上缘,河水的吸力大得吓人,桑顿知道靠不了岸了。他猛地蹭过一块礁石,在另一块礁石上擦过,又被一股势不可挡的力量摔到第三块石头上。他两手抱住滑溜溜的礁石,松开巴克大叫:"走,巴克!走!"他的吼叫压过了翻江倒海的水声。

巴克身不由己地冲向下游,他拼命挣扎着,可是回不了头。他听到桑顿又重复了一遍命令,就把身子挺出水面,头抬得高高的,好像要看最后一眼,然后顺从地向岸边凫去。他奋力游着,在眼看就要游不动的毁灭关

183

头,被皮特和汉斯拉上了岸。

他们明白一个人在激流中抱着滑溜溜的礁石坚持不了几分钟,就拼命向上游跑,跑到离河中的桑顿相当远的地点。他们把系船的缆绳小心翼翼地拴在巴克的脖子和肩头上,不能勒得他喘不上气来,也不能妨碍他凫水,然后把他放下河去。巴克奋不顾身地冲进水中,可是没有照直游向中流。他发觉这个错误为时已晚。他眼睁睁地从桑顿身旁漂了过去,相隔不过划几下水的距离。

汉斯赶快拉住缆绳,像系船一样拽紧了拴在巴克身上的绳子,往岸边拉。由于突然的拉力,巴克被拽进了水下,直到岸边才露出头来,被淹了个半死,汉斯和皮特扑上去给他运气控水。他摇摇晃晃地站起来,又摔倒了。桑顿微弱的声音传来,听不清喊些什么,他们知道他就要撑不住了。主人的声音像电一样击中了巴克。他一跃而起,向岸边他先前出发的地点奔去,两个人跟在他后面。

他又被拴上绳子放进河里,他又冲了出去,不过这一次是直奔中流。他已经误算过一次,但不会重蹈覆辙。汉斯慢慢松绳,让它绷紧,皮特防备绳子缠住狗。巴克一直凫到和桑顿成一条直线的上游;这时他掉转身,用特快列车的速度朝桑顿冲下去,带着激流的全部力量,像攻城槌一样撞向桑顿。桑顿眼看巴克靠近,冲上去抱住了巴克毛茸茸的脖子。汉斯把绳子绕在树上,桑顿和巴克被拉进了水下。他们憋得喘不过气来,一会儿这个在上面,一会儿那个在上面。他们不断撞到岩石和暗礁上,磕磕绊绊地被拉上岸来。

桑顿肚皮朝下趴在一段圆木上,汉斯和皮特在他身上前前后后地使劲挤压着。他睁开眼睛先找巴克,看到尼格在巴克软绵绵、眼见没命了的身子旁放声哀号,斯基特正在舔巴克湿淋淋的脸和紧闭的眼睛。桑顿自己身上有多处擦碰的伤痕,他给醒过来的巴克仔仔细细检查了一遍,发现他断了三根肋骨。

"就这么定吧!"他宣布,"咱们在这儿扎营。"于是他们扎了营,一直住到巴克的肋骨愈合,又能上路的时候。

那年冬天,巴克在道森又立了一功。这一次虽然算不得什么英雄事迹,却让他在阿拉斯加的知名度排行榜上连升几级。最满意的还是那三个人,因为巴克立功使他们得到了所需的装备,成全了他们向往已久的东部之行,那片处女地矿工们还从没有去过。这事的起因是在埃尔多拉多酒馆里的一番话,人们拿他们心爱的狗在那儿吹牛。名声在外的巴克成了众矢之的,桑顿不得不坚决捍卫他的声誉。吹了半个小时,一个人自称他的狗能拉动五百磅的雪橇,还能拉着走;第二个人把这个数字吹到了六百;第三个人是七百。

"这算什么!"桑顿说,"巴克能拉动一千磅。"

"是起步?还能拉着走一百码。"矿山大王马休森问,就是他吹到了七百磅。

"起步,拉着雪橇走一百码。"约翰·桑顿冷冷地说。

"那好。"马休森故意慢吞吞地说,好让大家都能听见,"我说他拉不动。赌一千块钱,钱在这儿。"说着,他把大腊肠那么大的一袋金沙嘭的一声丢在吧台上。

众人鸦雀无声。桑顿的牛皮,假使还有皮的话,要吹破了。他感觉一股热血涌上了头。他是让自己的嘴给卖了。他不清楚巴克能不能拉动一千磅。半吨!这个分量把他吓住了。他对巴克的膂力深信不疑,也经常想他能拉动这么重;可是从没像现在这样面对到底能不能的问题。十几双眼睛直勾勾地盯着他,一声不吭,等待着。再说,他也没有一千块钱;无论他,还是汉斯和皮特,都没有。

"如今我有一架雪橇,就在外头,五十磅一袋的面粉装了二十袋。"马休森毫不留情,单刀直入,"这件事你用不着费心。"

桑顿没答腔。他不知道说什么好。他的目光在一张张脸上漫无目的地扫过,就像一个脑子不转轴的人到处寻找能让它再转起来的东西。马斯托顿金矿大王吉姆·奥布莱恩是桑顿旧日的搭档,他迎住了桑顿的目光。这好似一种暗示,激励他去做连做梦也没想要做的事情。

"你能借我一千吗?"他的问话简直像耳语。

"没说的。"奥布莱恩说着,把一个鼓鼓囊囊的袋子扔在马休森的袋子旁边,"不过,我可不大相信那畜生玩得转。"

埃尔多拉多酒馆里的人全都拥到街上看这场比试。赌台空了,赌客们纷纷出来观看,还为这场赌博下注。几百人全都穿着皮袄,戴着手套,离开几步齐刷刷地围住雪橇。马休森的雪橇载着一千磅面粉,已经停了几个小时,在严寒的天气里(零下六十度)橇板都冻在硬邦邦的雪面上了。众人下了二赔一的注,赌巴克拉不动雪橇。"起步"的概念有点含糊不清。奥布莱恩争辩说,桑顿有权先把橇板敲活,巴克拉原地不动的雪橇起步。马休森则坚持,起步包括把橇板从冻雪里挣出来。旁观这场赌博的人大多偏向马休森,于是赌巴克拉不动的注又升到了三赔一。

没有人接彩。没人相信巴克能一鸣惊人。桑顿仓促成赌,心里本来没有底;现在他看着雪橇,还有实打实趴在前面雪上由十条狗组成的标准狗队,这事就更显得没谱了。马休森越发趾高气扬了。

"三赔一!"他宣布,"桑顿,我再拿一千跟你赌三赔一。怎么样?"

虽然桑顿的脸上挂着疑虑,可是他的斗志也被鼓了起来——这种斗志让他把输赢置之度外,拒绝承认有不可能的事,一切都充耳不闻,只听得见阵阵杀声。他把汉斯和皮特叫到跟前。两人的钱包都是瘪瘪的,把桑顿的放在一起,三个人也只能凑出二百块钱。他们手头正紧,这些钱就是他们全部的家当了;不过,他们还是毫不犹豫地把这些钱摆在了马休森的六百块钱旁边。

十条狗全被卸了套,巴克带着自己的缰绳套上了雪橇。他沉浸在兴奋之中,感到要以某种方式替桑顿做一件大事了。巴克出色的外表引来一片赞许声。他完美无缺,不带一两赘肉,有一百五十磅的体重,也有一百五十磅的勇武和膂力。他的皮毛像缎子一样闪闪发亮,从脖子一直披到肩头的鬃毛平时服服帖帖,现在微微乍起,好像随着巴克的每一个动作起落,充盈的精力会让每一根毛都活了起来,生机勃勃。宽大的胸脯和粗壮的前腿与身体其他部位比例匀称,皮下一团团结实的筋肉一清二楚。人们摸摸这些筋肉,说是坚硬如铁,这下赌注回落到二赔一。

"天哪,先生!天哪,先生!"新近发了的一个家伙结结巴巴地说,他是首屈一指的狗贩子大王,"先生,比试以前我出八百块钱买他;就现在这个样子,八百块。"

桑顿摇了摇头,走到巴克身边。

"你得离开他!"马休森提出了抗议,"不能帮忙,离他远远的。"

围观的人静了下来,只听见赌客们白费口舌地邀二赔一的注。谁都承认巴克是条出类拔萃的狗,不过在他们眼里,二十袋五十磅的面粉实在是太重了,没人愿出钱打赌。

桑顿跪在巴克身边。他双手捧住巴克的头,和他脸贴着脸。他不是像平日那样摇晃着巴克玩耍,也没有骂骂咧咧地爱抚;而是对着巴克的耳朵悄悄地说话,说的是:"你是爱我的,巴克。你是爱我的。"巴克压抑着自己的激情呜呜地叫。

众人好奇地望着。这事有点儿神了,好像是在施魔法。桑顿站了起来,巴克用牙咬住他戴着手套的手,然后慢慢地、不怎么情愿地放开了。这就是答复,不是用语言,而是用爱。桑顿退到了一边。

"来吧,巴克。"他说。

巴克先拉紧缰绳,然后又松开了几英寸。这是他习惯的方式。

"咭!"桑顿尖厉的声音在紧张的沉寂中响了起来。

巴克猛向右转,最后用一百五十磅的体重一拽,绷紧了缰绳。雪橇颤抖起来,橇板下传出了脆裂的声音。

"哈!"桑顿发令了。

巴克重复了那个动作,这一次是向左。脆裂的声音变成了噼啪的响声。雪橇拧动了,橇板滑着,往旁边蹭了几英寸。雪橇启动了。人们屏住呼吸,忘乎所以了。

"好,驾!"

桑顿的口令像子弹出膛。巴克全身扑前,突地绷紧了缰绳。他的身子因为竭尽全力而紧缩起来,肌肉翻腾扭动,像光亮皮毛下面的活物。他宽大的胸脯紧贴地面,头低垂着向前伸,四条腿发疯似的摆动,爪子在硬邦邦的雪面上扒出两行并排的深槽。雪橇摇晃着,颤抖着,似动非动地前进了。他的一条腿滑了一下,有人大声惊叹了一声。雪橇在一连串猛烈的冲击下走走停停,但是没有完全停顿……半英寸……一英寸……两英寸……雪橇动起来以后,不再一冲一冲的了,他稳住雪橇,直到平稳地走

187

了起来。

人们长出了一口气,又恢复了呼吸,他们没有意识到已经有好一会儿大气不出了。桑顿跟在后面,用简短而振奋的话激励巴克。这段距离是量好了的,当巴克接近标志一百码终点的木柴堆时,欢呼声一浪高过一浪;巴克越过柴堆听到口令站住时,欢呼声成了一片狂叫。每个人都纵情狂欢,连马休森也是一样。帽子和手套满天飞。人们见手就握,不管是谁,只听得一片七嘴八舌、语无伦次的声浪。

只有桑顿跪倒在巴克身旁。他和巴克头顶着头,前前后后地摇晃。那些挤上来的人听到他在骂巴克,骂得滔滔不绝,痛痛快快,骂得温柔缠绵,爱意无限。

"老天,先生!老天,先生!"那个大狗贩子急匆匆地说,"我给你一千块钱买他,先生,一千块哪,先生——两千块,先生!"

桑顿站了起来。他的眼睛湿了。泪水毫无遮拦地流下了他的面颊。"先生。"他说,"不,先生。见鬼去吧,先生。我最多只能给你这句话,先生。"

巴克用牙齿咬住桑顿的手。桑顿前前后后摇晃着他。观众好像被同样的刺激所感染,他们心怀敬意地退后一段距离,再也不去莽撞打扰了。

第七节　声声呼唤

巴克只用五分钟就给桑顿挣了一千六百块钱,使他的主人得以还清了几笔债,和同伴一起到东部去追寻传说中湮没的金矿,那些传说就像这地方的历史一样久远。很多人追寻过,极少有人能找到;更多的人是一去不回。湮没的金矿浸染了悲剧色彩,披着神秘的外衣。没人知道第一个发现金矿的人。最古老的传说也追溯不到他的身上。人们只知道那里有一间见风就倒的陈年小屋。垂死的人们信誓旦旦地说真有小屋,小屋就是金矿的标志,他们还拿一些金块证明所言不虚,这些金块和北方所知的各种金子都不一样。

可是,死的死了,活着的却又找不到这间聚宝屋;于是,约翰·桑顿、皮特、汉斯带着巴克和另外六条狗东去,踏上了一条未知之路,要在和他们同样优秀的人和狗失败的地方取得成功。他们驾雪橇沿育空河上溯七十英里,然后左转进入斯图尔特河,经由马约和麦克奎森,一直走到斯图尔特河变成涓涓细流的地方,翻过作为这片大陆脊梁的高峰。

约翰·桑顿于人于世所求甚少。他不惧怕蛮荒。他靠一把盐和一杆枪就能投身荒野,只要高兴,随处可以栖身,多久都行。他像印第安人一样边走边打猎物充饥;假如找不到猎物,也像印第安人那样接着走下去,确信早晚总能碰到。因此,在前往东部的漫漫旅途中,食谱永远是肉,雪橇则主要用来装弹药和工具,日复一日,没有尽头。

对巴克来说,在异国他乡渔猎漫游其乐无穷。有时,他们一天天赶路,一走就是几个星期;接着,不是在这儿,就是在那儿,他们安下营来待上几个星期;狗四处闲逛,人点火烧化冻住的腐土和砾石,挖出洞来,无休无止地一盘盘淘洗泥沙。有时他们饿肚子,有时又大嚼一顿,全看野物多少和打猎的运气。夏天到了,狗和人都背着行囊,乘木筏渡过一汪汪湛蓝的高山湖泊,用森林里锯倒的原木打造一只只小船,在一条条无名河里顺水而下,逆水而上。

日月如梭,他们在地图上找不到的旷野里来来回回地打转。这里没有人迹;假如真有那间"失落的小屋",这里就曾有人涉足。他们在夏季的暴风雪中越过一道道分水岭,在林线和雪线之间的秃山上沐浴着夜半的月光瑟瑟发抖,成群的苍蝇和飞虫闯进夏日的山谷,在冰河湾里采摘草莓和鲜花,这些娇艳的花果在南方都值得夸耀。这年的秋季,他们进入了一处凄凉寂寥的怪异湖区,这里原有野禽出没,这时却没了生命,连生命的迹象也没有——只有寒风嘶鸣。背阴处结了冰,凄清的浪花拍打着荒凉的湖岸。

第二个冬天,他们一直循着早已离去的人的踪迹游荡。一次,他们顺着路旁树皮上的刻痕穿过树林,这是一条年代久远的路,那"失落的小屋"似乎就在眼前了。然而那小路既无来龙,也无去脉,小屋依然是个谜,到底是谁、为什么要开这条路仍然是个谜。另一次,他们碰到了一座被岁月夷为废墟的猎户棚,在糟朽的毯子残片中间,约翰·桑顿找到一支长筒燧石枪。他知道这是一种西北地区哈得逊湾公司早期的枪支,当时一支这样的枪值一摞平铺到枪那么高的海獭皮。仅此而已——至于当初搭了棚、把枪留在毯子里的人,就一无所知了。

又是春天了,他们一路游荡,最后没有找到那"失落的小屋",却在一片宽阔的谷地发现了浅浅的冲积矿床,金子在淘盘底上闪着黄油一样的亮光。他们不再搜寻。他们每天淘出的干净金沙和金块值几千块钱,他们日复一日地淘。金子用鹿皮口袋装起来,五十磅一袋,就像堆木柴一样堆在杉木棚子外面。日子一天紧跟着一天,快得像梦,他们像大怪物似的付出辛苦,堆积财富。

狗除了不时地把桑顿射杀的猎物叼回来,没有事可做,巴克有的是时间对着火堆出神。现在既然事情不多,那个短腿毛人的形象来得越发勤了;巴克在火堆边眨着眼睛,经常和那人一起在他记忆中的另一个世界里游荡。

看来,另一个世界最明显的就是恐惧。他看到那毛人双手抱头,把头埋在膝间,在火堆边睡觉,却寝不安眠,经常惊醒,醒后他会提心吊胆地瞥一眼,往火上加柴。在海滩上,毛人边走边捡贝壳,边捡边吃。两眼骨碌碌乱转,提防着暗藏的凶险,准备一有敌情拔腿就跑,像风一样快。穿过树林时,巴克紧随毛人的脚后跟悄无声息地潜行;他们处处留神,非常警觉,耳朵转着,鼻孔颤着,那人的听觉和嗅觉不比巴克差。毛人能一跃而上,在树间疾行,如履平地。手攀着树枝荡来荡去,有时相隔数英尺,也能一荡而过,从来不会把握不住,失手坠落。其实,他在树上好像在地上一样从容;巴克追忆起他自己在树下守夜,毛人则在树上栖息,入睡时紧紧抓住树枝。

那呼声仍然从森林深处传来,和毛人的景象紧密相连。这呼声使他异常不安,充满了奇特的欲望。他感受到一种说不清的甜蜜愉悦,他意识到自己对不知是什么的东西怀有狂热的渴望,心绪不宁。有时他跟着呼声走进森林寻找,好像那声音是看得见、摸得着的东西;他随着情之所至发出叫声,有时温柔,有时又像挑战。他把鼻子插进冰凉的苔藓和长着高高野草的黑土,闻到沃土的气息就高兴地打响鼻;有时,他像打埋伏一样,在长满野菌、歪倒在地的树干后面,一蹲就是几个小时,瞪大眼睛,支起耳朵注意四周移动和发声的东西。他这样卧着也许是想在暗中听到那使他不得安宁、让他难以理解的呼声。不过,他并不明白自己为什么要做这些事。没有什么缘故,他非做不可。

  不可抗拒的冲动攫住了他。有时,温暖的白天,他卧在营地里懒洋洋地打瞌睡;突然他抬起头,竖起耳朵,全神贯注地听着,然后他会跳起来冲出去,一走就是几个小时,顺着林间小道,越过苔藓丛生的空地。他喜欢在干河床上飞奔,偷偷窥伺树丛里鸟儿们的生活。有时,他整天趴在灌木丛中,看着咕咕叫的鹌鹑大摇大摆地走来走去。不过,他最喜欢的还是在夏天午夜的微光下奔跑,倾听森林昏昏欲睡的轻声絮语,就像人们读书那样解读着形象和声音,追寻神秘的呼声。不论他醒着还是睡了,那声音总在召唤着他。

  一天夜里,他从睡梦中一跃而起,目光灼灼,抽动鼻子嗅着,鬃毛耸动,时起时伏。那呼声从森林里传来(或者说是一种调子的呼声,因为那呼声有各种各样的调子),这呼声从没有这样清楚明确——这是一种长嗥,说像也不像赫斯基狗发出的任何声音。他知道这正是自己以前听到的那种声音,他早就熟悉了。他越过沉睡的营地,悄无声息地快步冲进林中。离声音越近,他的步子越慢,一举一动都小心翼翼。他一直来到一片林中空地,探身望去,看到一条仰首向天、瘦瘦长长的森林狼。

  他没有出声,可狼却停止嗥叫,探查他的所在。巴克慢慢走向空地,他绷紧身子,挺直尾巴,落脚格外谨慎,一举一动同时显出威胁和善意。这是捕食的野兽相遇时恐吓性地示意停战。可是,狼却从他眼前逃走了。他随后狂奔,拼命要赶上狼。他把狼赶到河床上,逼进一处被树木堵塞了去路的河汊。那狼像乔和所有走投无路的赫斯基狗那样曲着后腿打转,乍起毛直吼,龇着牙咬个不停。

  巴克并不进攻,只是绕着狼转圈,善意地向前封住他的逃路。狼疑惧交加,因为巴克的块头比他大两倍,他的脑袋刚刚够得到巴克的肩头。瞅个空子他一溜烟似的跑了,于是追击重新开始。这次他又被逼得无路可走,旧戏重演;当然,若不是他身体欠佳,巴克本不会这么容易追上他。直到巴克快顶到他的腰眼上,他才停了下来,转着圈子狂叫,只要一有机会就夺路而逃。

巴克的韧性最后得到了回报;那条狼觉出巴克没有歹意,终于和他嗅了嗅鼻子。他们好了起来,用忐忑不安、还有点不好意思的方式周旋起来,这是猛兽们遮掩凶相的方式。这样过了一会儿,狼款款地大步走开了,那样子明明是示意他要去一个地方。狼让巴克明白要他同去,他们借着昏暗的光线肩并肩地跑了起来,一直沿着河床跑,跑进上游的山谷,越过源头荒凉的分水岭。

他们在分水岭另一侧顺坡而下,来到一片平原,那里有大片的森林,河网密布。他们穿过这些大片的森林不停地跑。时间流逝,太阳越升越高,天气越来越暖。巴克欣喜若狂。他知道自己到底响应了呼唤,和他的林中兄弟并肩向呼声真正的出处奔去。古老的回忆很快浮现在他心中,这些回忆让他激动不已,他从前对真实世界也曾激动不已,这些回忆正是真实世界的幻影。在另一个恍惚记得的世界某地,这事他曾经做过,现在正在重演:脚下是松软的土地,头顶是辽阔的天空,他自由自在地驰骋在宽广的大地上。

他们在溪流边站住喝水,这时巴克想起了约翰·桑顿。他蹲了下来。狼起身向真正发出呼声的地方走去,但看到巴克没有跟上,他又走回巴克身旁,嗅嗅鼻子,像是在激励巴克。可是巴克转身慢慢走向来路。他的荒野兄弟和他并排走了半个多小时,轻声地呜呜叫。后来他蹲下,仰面朝天地嗥了起来。这是悲哀的嗥声,巴克不停地走着,这嗥声越来越弱,直到消失在远方。

巴克冲进营地时,约翰·桑顿正在吃晚饭。喜极欲狂的巴克扑翻了桑顿,一次次撞向他,舔他的脸,叼他的手——就像约翰·桑顿说的"好一通撒泼";桑顿把巴克推来搡去,嘴里发出带着爱意的骂声。

整整两天两夜,巴克没有离开营地,眼睛紧跟着桑顿。跟着他干活,盯着他吃饭,夜里看着他钻进毯子,早晨再看他钻出来。可是两天过后,那林中的呼声又响了起来,声音从没有这样急迫。巴克又躁动起来,荒野上的兄弟,山那边的乐土,肩并肩跑过广袤的森林:这些回忆萦绕在他心头。他重去林中游荡,却不见了荒野弟兄的身影;他彻夜凝神细听,那悲哀的嗥声再也没有响起。

他开始夜不归宿,离营一去就是好几天;一次,他越过小河源头的分水岭,来到树木丛生、河网密布的原野;他在那里游荡了一周,徒劳地追寻荒野兄弟新近的行踪。他一边沿途捕食,一边不知疲倦大步流星地赶路。他在一条不知在何处入海的大河里捕了一条鲑鱼,还在河边咬死一头大黑熊,那熊也在那儿捕鱼,被蚊子蜇瞎了眼,怒气冲冲的,处境十分糟糕。尽管如此,这场恶战还是让巴克把原不曾显露的最后一丝凶残都调动了起来。两天后他又回到杀死大熊的地方,看到一群狼獾正为那具腐尸打架。他风卷残云般驱散了狼獾,他们逃的逃了,两只没来得及逃的狼獾留在了原地,再也不会吵架了。

他的血腥味比以往更浓。他是个屠手,以捕食为业,靠活物为生,无依无靠,独往独来,全凭自己的力量和勇气,在强者方能生存的敌对环境里高傲地活着。所有这些让他深感自豪,这种自豪见于形色,在一举一动中表现出来,在每一条筋肉的运动中都清清楚楚,在一举手一投足中说得像话语一样明白;还有,如果说这种自豪让他身上的什么东西更有光彩的话,那就是他的皮毛了。如果不是他嘴边和眉头几缕褐色的毛和直贯胸口的一片白毛,他很容易被误认作一头巨狼,比体型最大的狼还要魁伟。他的块头是圣伯纳德种父亲遗传的,而他的牧羊狗母亲让这块头成了形。他的嘴脸是狼一样的长长嘴脸,只不过比所有的狼更大。稍宽的脑袋也像狼一样,只是比狼大了一圈。

他有狼一样的狡猾,那是野性的狡猾;他的智慧是牧羊狗和圣伯纳德狗的智慧;所有这些再加上历尽险境取得的经验,把他造就成荒野上最强悍的走兽之一。他是一头正当年的食肉兽,处于生命的巅峰,精力旺盛,生机勃勃。桑顿用手爱抚他的脊背时,发出噼噼啪啪的响声,释放出一根根毛中凝聚的磁力。他的大脑和身子,神经和筋肉,每一部分都上满了弦,而各部之间得到了完美的平衡和调节。无论是见形、闻声、还是遇事,需要行动的时候,他的反应疾如闪电。赫斯基狗跃起御敌或者进击时动作很快,他比赫斯基狗还要快一倍。他看到动作、听到声音并且做出反应的时间比别的狗只是刚刚看到、听到的时间还要短。他的感知、决定和反应全在一瞬间完成。感知、决定和反应实际上是相继发生的;但是它们的间隔太短,所以看起来像是同时。他的筋肉活力充盈,就像钢簧一样一触即发。生命力一泻千里,欢畅淋漓地在他全身奔流,就像要把他在迷狂中胀裂,在整个世界上泼洒开来。

"从来没有过这样的狗。"约翰·桑顿有一天说,那时这几个人正看着巴克走出营地。

"造完他,模子就毁了。"皮特说。

"妈的!跟我想的一样。"汉斯随声附和。

他们只看到巴克走出营地,却没有看见他一到密林深处随即发生的惊人变化。他不再神气地迈步。他马上变成了一头野兽,蹑手蹑脚地溜着轻快的猫步,像一个影子,在各种各样的影子间掠过,时隐时现。他知道怎样利用每一处地形作掩护,像蛇一样肚子贴着地皮爬行,也像蛇一样跃起一击。他能捉住窝里的松鸡,杀死酣睡的兔子,比要上树的小花栗鼠快一秒钟,在半空中就叼住了它。在他面前,活水塘里的鱼算不上敏捷,会修坝的海獭也算不上多谋。他杀戮是为了充饥,而不是嗜血成性,只不过他更愿吃自己杀死的东西罢了。巴克的行为透出他喜欢埋伏、乐在其中。他喜欢偷偷逼近松鼠,差一点就要抓到时,再看着这些吓得要命的松鼠吱吱叫着逃上树梢。

这年秋天到来的时候,出现了大群的驼鹿。他们为了过冬,朝低处和不那么严寒的谷地慢慢移去。巴克已经扑倒过一头失群的半大鹿;可是他亟盼一头更大和更强悍的猎物。这一天,他在小河源头的分水岭那里碰上了。一个二十头鹿的鹿群从树木丛生、河网密布的原野上翻山过来,首领是一头大公鹿。他气势汹汹,站直了离地六英尺高,这正是巴克盼望已久的强敌。那公鹿前后挥舞着分成十四根杈、展开七英尺宽的掌形大角。他的小眼睛狠巴巴的,燃烧着恶毒的光芒,看到巴克就发出狂怒的吼声。

在公鹿身子一侧快到腰眼的部位,露出了一支箭杆的羽毛,这正是他气势汹汹的缘故。凭着原始世界里古老的捕猎岁月传下来的本能,巴克动手把公鹿赶离鹿群。这任务并不轻松。他大声吠叫,在公鹿眼前打旋,刚好让他的巨角和望而生畏的大蹄子碰不到自己,这蹄子只消一下就能叫巴克丧命。面对这个长着利齿的危险分子,公鹿不能置之不理,也无法赶路,这惹得他火冒三丈。他狂怒地向巴克冲去,巴克则狡猾地后撤,还假装软弱无力来诱敌深入。可是他刚一离群,就会有两三头年轻的公鹿来冲击巴克,让那头受伤的公鹿回群。

野兽有一种荒野的耐心——顽强,不屈不挠,和生命一样执著。蜘蛛守网,蛇类盘踞,豹子潜伏的时候,可以遥遥无期地一动不动,靠的就是这种耐心;猎取活食的生灵特别有这种耐心;巴克跟着鹿群紧追不舍,阻碍他们行军,激怒年轻的公鹿,让母鹿替半大的幼仔提心吊胆,把受伤的公鹿逼得怒不可遏,气得发疯时,用的也是这份耐心。整整半天都是如此。巴克好像分身有术,绕着圈进攻,用旋风般的威吓封住鹿群,不等猎物回群,就又把他赶了出来,一点点消磨着猎物的耐心,而猎物的耐心本来就不及猎手。

白天渐渐过去,太阳朝西北方向坠去(黑暗重又来临,秋夜长达六个小时),年轻的公鹿们越来越不愿意为他们脱不了身的首领卖力气了。就要来临的冬天催着他们赶往低地,可是这块不屈不挠的绊脚石好像再也甩不掉了。然而,并不是鹿群,也不是年轻的公鹿生命受到威胁。冤有头,债有主,比起自己的性命来,首领的死活和他们并无切身利益。最后,他们答应付过路费了。

暮色苍茫,老公鹿低头站立,望着同伴在越来越暗的光线中急匆匆蹒跚而去——有他知心的母鹿,认他为父的小鹿和尊他为主的公鹿。他同去不得,因为那个毫不留情、尖牙利齿的可怕东西就在眼前跳来跳去,不放他走。他足有一千三四百磅,一辈子争强好胜,身经百战,到头来却要落到这个高不过自己粗壮膝盖的家伙口里。

从这时开始,巴克夜以继日不离他的猎物,不让他喘一口气,吃一片树叶和杨柳的嫩芽。经过潺潺流水的小溪,那公鹿渴得嗓子冒烟,巴克却不给他喝水的机会。公鹿时常在绝望中猛地一阵狂奔。这时候巴克并不打算截他,只是大步流星地跟着,对这样玩把戏并无意见。公鹿站住,他就趴下;公鹿要觅食饮水,他就猛烈进攻。

长着枝枝杈杈鹿角的大脑袋越垂越低,摇摇晃晃的步伐越来越无力。他一站就是半天,鼻子触地,耳朵软绵绵地耷拉着;巴克自己却有了更多的时间喝水休息。巴克伸着红红的舌头喘气,紧盯着那头大公鹿,这时巴克感到事情就要起变化了。他感到原野上有了新的躁动。驼鹿来到这片土地的时候,其他种类的生灵也来了。他们的出现使森林、河流和空气躁动起来。巴克得到这消息不是靠看,不是靠听,也不是靠闻,他凭的是另外一些微妙的感觉。他虽然没听见,没看到,却明白这片土地不知怎地起了变化,其间有一些奇特的生灵到处游荡;他决定把手头的事办完了再来探究。

到第四天头上,他到底把那头硕大的驼鹿放倒了。整整一天一夜他没离开死鹿,一会儿吃肉,一会儿睡觉,轮换着来。休息够了,他又精神起来,力气大增,转身朝营地和约翰·桑顿的方向奔去。一连多少个小时,他大步流星,在错综复杂的旅途上一直没有迷路。他穿过陌生的地带,径直回家,辨别方向的准确性让人类和他们的指南针相形见绌。

他走着走着,越来越明显地感到大地新的躁动。这里有一种生灵,和整个夏天在这里的生灵迥然不同。这事已经用不着通过微妙神秘的方式得知。鸟儿交谈,松鼠饶舌,轻风低语,都说着这件事。他好几次站住深深吸着清晨的新鲜空气,解读催他奋进的信息。他感到压抑,如果不是灾难降临,就是灾难将临的那种感觉;所以,当他越过最后一道分水岭,奔下山谷,向营地前进时,就越发小心了。

离营地还有三英里远,一条新鲜的足迹让他耸起的颈毛颤动起来。这条足迹直通约翰·桑顿的营地。巴克的脚步更轻、更快,他绷紧了一根根神经,对各种各样的蛛丝马迹保持警觉——这些迹象说明了一切,只差一个结局。巴克通过嗅觉觉察出他跟踪而来的生灵的形迹。他察觉到森林里鸦雀无声,小鸟逃了开去,松鼠都躲了起来,只看到一只银灰色的趴在一段灰灰的枯树上,和树连成一体,就像是一个树疤。

巴克悄悄前进,就像一个飘忽的暗影;这时,他的鼻子突然一扭,像被一股实实在在的力量揪住拽了过去。他循着新的气味走进密林,发现了尼格。他侧身躺着,就死在自己拖着身子爬来的地方,一支箭洞穿了他的身体,箭头和箭羽从两面露了出来。

向前走了一百码,巴克看到了狗队里的另一条狗。这条狗是约翰·桑顿在道森买的,现在正躺在路当中垂死挣扎。巴克没有停步,从他身边绕了过去。营地里隐约传来了嘈杂的声音,高高低低的像唱歌一样。巴克紧贴地面爬到了空地边上,发现汉斯脸朝下趴着,满身是箭,像一头豪猪。这一刹那,巴克瞥见了杉树棚子那儿的景象,脖子和肩膀上的毛不由得倒竖起来,怒火忽地燃遍全身。他并没有意识到自己的吼声,可那震天的吼叫确实狂暴吓人。他生平最后一次让情绪压倒了机巧和理智,这都是因为对约翰·桑顿深切的爱让他发了疯。

那些伊哈特人正围着杉木棚子的废墟跳舞,只听得一声可怕的咆哮,一头野兽直扑过来,那野兽的模样他们从没见过。那就是巴克,一股活生生的狂暴旋风,挟着毁灭的怒火席卷了他们。巴克跳到最前面的人身上(那是伊哈特人的首领),把他的喉头撕开了一条大口子,血管里的血像喷泉般蹿了出来。他没有停下来撕咬这个牺牲者,而是一路咬过去,再一跳又把另一个人的喉头撕了个稀巴烂。他势不可当,直插入他们中间,又撕又扯,在持续凶猛的运动中制造毁灭,让他们射来的箭都落了空。说真的,巴克动作快得不可思议,而印第安人又搅成一团,他们射箭成了自相残杀;一个年轻猎手朝跃起的巴克投出一支梭镖,却刺中了另一个猎手的胸膛;由于用力太猛,穿透胸膛的梭镖竟然从后背钻了出来。伊哈特人一片惊慌,魂不附体、声嘶力竭地向林中逃去,就像被鬼追着一样。

巴克像恶魔现形,怒气冲冲地紧追不舍,在他们穿过树丛时像猎鹿似的把他们扑倒在地。这一天伊哈特人是在劫难逃了。他们如鸟兽散,一个星期后,那些保住命的才在低一点的山谷里聚拢来,清点损失。巴克追烦了,就返回了一片狼藉的营地。他看到皮特,当初他刚刚惊醒就被杀死在毯子下面。地面上还残留着桑顿绝望挣扎的痕迹,巴克仔仔细细地闻着,一直来到一口深水塘旁。忠诚如一的斯基特趴在水塘边,脑袋和前腿泡在水里。水塘被淘金槽弄得浑浊变色,把水底的东西全遮住了,也遮住了约翰·桑顿;巴克跟着他的踪迹,这踪迹延伸到水中,却没有出去的迹象。

整整一天,巴克不是在塘边发愣,就是在营地里游荡。死,是不再运动,是生命消逝,巴克知道这些,他知道约翰·桑顿是死了。这让巴克心里没着没落的,这是一种有点像饿、却不能用食物填满的感觉。他有时停下脚步看着伊哈特人的尸体时,就忘记了痛苦;这时他感到无比自豪——一种从未体验过的自豪。他杀了人,杀了万物灵长,而且他是冲着大棒和犬牙的规矩开的杀戒。他好奇地嗅着那些尸体。他们居然轻而易举就死了,还没有杀一条赫斯基狗费劲。要是没有弓箭、梭镖和大棒,他们哪里是对手。从今以后,只要他们手里没拿弓箭、梭镖和大棒,他再也不怕了。

夜幕低垂,一轮满月越过树梢升上天空,照亮了大地,一直到它重又沉浸在朦胧的白昼中。夜色降临的时候,在水塘边伤心发呆的巴克感受到森林中新生灵的躁动,它压过了伊哈特人激起的情绪。他直起身子听着,闻着。从老远的地方隐约传来尖利的吠声,随后是一片同样尖利的吠声在应和。随着时间流逝,那吠声越来越近,越来越大。巴克又一次明白了:这是在他挥之不去的记忆中听过的声音。他踱到空地当中细听。这是呼唤,是各种声调的呼唤,听起来比以往更富于诱惑,更有强制力。他也从没有像现在这样愿意听从。约翰桑顿死了。最后的纽带断了。人类和人类的指令再也管不住他了。

狼群像伊哈特人那样,在迁徙的鹿群两旁猎取活食,他们终于越过了河网密布、树木丛生的地带,侵入了巴克所在的谷地。他们进入月光如水的空地,就像泻下一道银流。空地当中站着巴克,他一动不动,像一尊雕塑,等着他们到来。岿然不动、体型魁伟的巴克让他们畏惧地停了下来,然后最粗壮的一只朝巴克直冲过来。巴克像闪电一样打断了他的脖子,又像先前那样一动不动地站住了。那只受伤的狼在他背后痛苦地打滚。另外三只狼连续进攻,又一个接一个地退却,被撕裂的喉头和肩膀鲜血直淌。

这足以让整个狼群攻上来了。他们杂乱无章地挤成一堆,急着放倒猎物,反而互相碍事,一片混乱。巴克出奇的速度和灵巧使他立于不败之地。他以后腿为支点旋转,放口撕咬,同时兼顾四周;他飞快旋转,两边戒

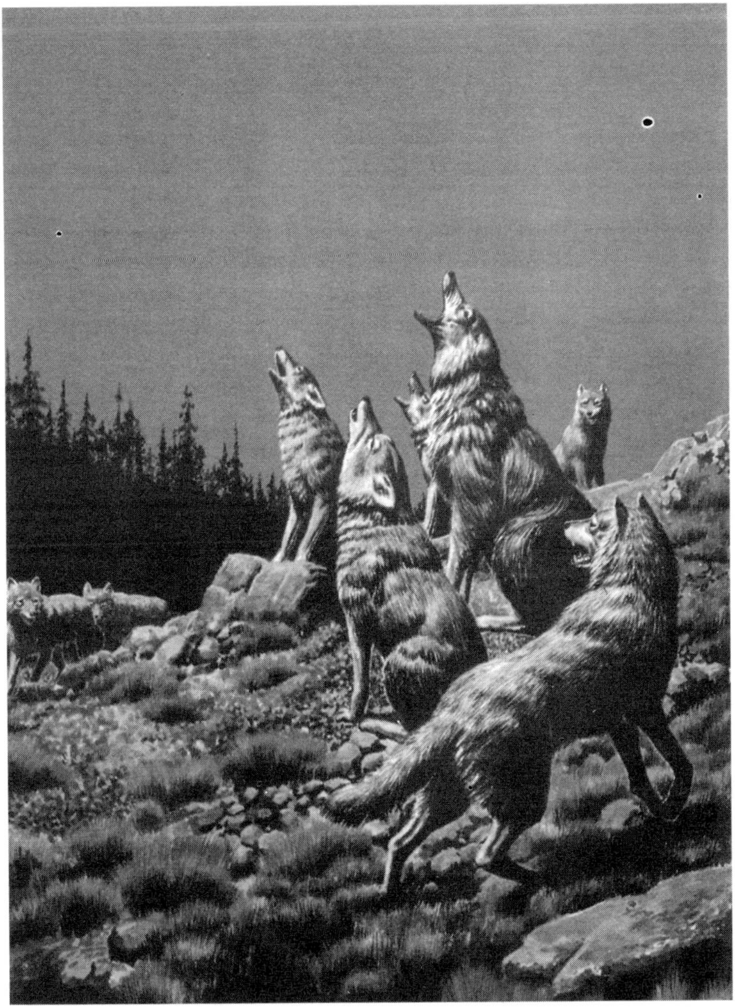

备,构成一道无懈可击的防线。不过,为了防备他们抄后路,他不得不向后退,经过水塘,退到河滩里,直退到背靠一堵高耸的石头河岸的地方。他顺着河岸来到一处人们挖矿挖出的拐角,在这个角落里他负隅顽抗,三面有了保障,只需面对前方。

他干得很好,半个小时以后,狼群溃不成军了。他们一个个耷拉着舌头,白森森的利齿映着月亮射出白光。一些趴在地上,抬着头,耳朵朝前抿着;一些站在那里盯着他;还有的在水塘边舔水。一只又长又瘦的灰狼小心翼翼带着善意凑上来,巴克认出他就是和自己一起跑过一天一夜的荒野兄弟。他轻轻地呜呜叫,巴克也这样叫起来,他们的鼻子碰在了一起。

这时,一只形容憔悴、遍体鳞伤的老狼走了上来。巴克虽然闭紧嘴巴,准备咆哮,但还是和他碰了碰鼻子。那老狼蹲下来,仰面朝天,猛地发出长长的狼嗥。别的狼也蹲下嗥了起来。这呼唤明白无误地传达给了巴克。他也蹲下发出了嗥声。嗥声过后,他走出角落,狼群围着他,又友好又粗鲁地打着喷鼻。头领们鼓动起狼群的嗥声,蹿进了森林。狼群齐声嗥叫着跟在后面。巴克和狼群一起跑去,他和荒野兄弟肩并着肩,边跑边嗥。

巴克的故事到这里可以画上句号了。不出数年,伊哈特人发觉森林狼的种群有了变化,因为有的狼脑门和鼻头上长了一抹褐色的毛,一道白毛直贯胸脯正中。伊哈特人还谈论起狼群中领头的一条不同寻常的"魔犬"。他们害怕这条"魔犬",因为他比他们还诡计多端,寒冬里从他们的营寨里偷东西,抢走捕兽机里的猎物,杀死他们的狗,公然对抗他们最勇敢的猎手。

不仅如此,这故事越来越糟了:有的猎手再也没有回到营寨,族人发现他们被残忍地撕开了喉咙,周围的雪地上满是狼脚印,这些脚印比所有的狼都大。每年秋天,当伊哈特人追踪鹿群时,有一座山谷他们无论如何不会进去。女人们在火堆旁谈论魔鬼把那座山谷选作驻地时,都不免伤心。

然而,每年夏天那座山谷都会来一个访客,伊哈特人不认识他。这是一只毛皮华丽、身材魁梧的狼,和其他的狼都不一样。他独自从美丽的林区而来,走进树间的一片空地。这里有一道黄黄的水流从一个个糟朽的鹿皮袋子中淌出来,渗进地下;地上长着高高的野草,遮盖着腐烂的植物,使这黄色难见太阳。那狼在这里呆立了一会儿,发出一声声凄厉的长嗥,然后便离去了。

他并不总是独来独往。当漫漫冬夜降临时,狼群追赶着猎物来到低一点的山谷,在惨白的月光和朦胧的北极光下,能够看到他那超出狼群的硕大身躯跃动着,率领狼群疾驰。他亮开嗓子,高声唱着一首早年的原始世界的歌,那是狼群之歌。

胡春兰 译

马普希的房子

"奥雷号"的外形虽然很笨重,它在小风里面行驶得倒很利落;船长一直把它开到拍岸的波涛刚刚退去的地方才抛下锚。环形的希库鲁珊瑚岛低低地浮在水面上,这个一百码宽,周长二十英里的珊瑚岛围起来的圆圈,比涨潮时的水平线高出三英尺到五英尺光景。在广阔的、水平如镜的礁湖底上,有许多珠蚌;从这条双桅帆船的甲板上,越过狭长的环形珊瑚岛望去,可以看到许多潜水员正在那儿干活。可是,礁湖的入口连一条双桅帆船也开不进。如果碰到顺风,单桅快船也许能勉强通过那曲折的,浅浅的航道,然而双桅帆船就只好停在外面,派它们的小艇进去。

"奥雷号"灵巧地放下一只小艇,六个棕色皮肤、只围着红腰布的水手跳了进去。他们拿起了桨,一个年轻人站在船尾掌舵,他身穿欧洲人的雪白的热带服装。不过,他不是十足的欧洲人。他的白皮肤在太阳光里隐隐透露着波利尼西亚①人的金黄色调,他那闪烁的蓝眼睛里也带着一种金黄色的光辉。他叫做劳乌尔——亚历山大·劳乌尔;他的母亲,玛丽·劳乌尔,是一个有钱的、带着四分之一外来血统的女人,独资拥有并且经营着半打跟"奥雷号"一样的双桅商船,他是她的最小的儿子。这只小艇冲过港道入口处的一个漩涡,驶了进去,在汹涌的激浪里颠簸起伏,好容易才划到了水平如镜的礁湖上。年轻的劳乌尔跳上白色的沙滩,就去跟一个高个子的土人握手。这个人的胸脯和肩膀都很魁梧,但右边的胳膊只剩了一截,骨头露出肉外几英寸长,因为日子久了,已经变成白色,证明他曾经碰到一条鲨鱼,结束了他的潜水捞珠的生涯,使他变成一个为

---

① 波利尼西亚是太平洋中部各群岛的总称。

了小利而拍马捣鬼的人。

"你听见过吗,亚莱克①?"他一开口就是这句话,"马普希弄到了一颗珍珠——多好的一颗珍珠。这样的珍珠,别说在希库鲁岛,就是在全保莫塔群岛,在全世界,也从来没有捞到过。把它买过来吧。现在还在他手里。你可别忘了,是我第一个告诉你的。他是个傻瓜。你用不了多少钱就可以弄到手。你有烟吗?"

劳乌尔从海滩一直向露兜树下的一间茅屋走去。他是他母亲的经理,他的差事就是到全保莫塔群岛去收购椰子干、贝壳和珍珠。

他是一位年轻的经理,他出来干这种差事还是第二次,因为缺乏估价珍珠的经验,不由得担着老大一把心事。可是,等到马普希把那颗珍珠拿给他瞧时,他还是地抑制住了它在他心里引起的惊讶,脸上勉强保持着买卖人的毫不在乎的神色。这颗珍珠使他大吃一惊。它有鸽蛋那么大,通体浑圆,乳白的光辉之中隐隐地反射着它周围的各种变幻不定的色彩。它简直是活的。他从来没见过这样的东西。等到马普希把它放到他手心里,它的分量也使他很吃惊。这证明了它的确是一颗好珍珠。他用袖珍放大镜把它仔细检查了一遍。毫无瑕疵。它纯净得几乎要离开他的手掌,溶化到大气中去。放在阴处,它会发出柔和的光辉,好像月光闪烁。它白得那样晶莹,当他把它放进一杯水里时,简直很难找到它。而且,它那么迅速地一直沉到了底,因此,他知道它是极有分量的。

"好吧,你要什么作代价?"他很巧妙地装出漫不经心的样子问。

"我要……"马普希开口了,同时,在他后面,衬托在他那张黑脸旁边,还有两个妇人和一个女孩子的黑脸,点着头表示赞成。她们的头向前探着,流露出勉强抑制住的热望,眼睛贪婪地闪闪发光。

"我要一所房子。"马普希接着说道,"它得有一个白铁的屋顶和一座八角挂钟。房子要有三十六英尺长,周围有一道走廊。屋子的中央要有一个大房间,当中放着一张圆桌,墙上挂着那座八角挂钟。还得在大房间的两边,每边两间,造四间卧室,每一间卧室里都得有一张铁床,两把椅子

---

① 亚历山大的简称。

和一个洗脸架。房子后面得有一间厨房,一间顶呱呱的厨房,要有锅子、罐子和一副炉灶。你得把房子盖在我们的法卡拉瓦岛上。"

"就是这些吗?"劳乌尔不大相信地问道。

"还得有一架缝衣机。"马普希的老婆——特法拉开了口。

"别忘了那座八角挂钟。"马普希的娘——瑙瑞加上了一句。

"对,就是这些。"马普希说道。

年轻的劳乌尔笑了。他笑了半天,笑得很开心。可是,他一面笑,一面却暗暗在心里盘算。他生平没有盖过房子,关于盖房子他只有一种很模糊的观念。他一面笑,一面估算着到塔希第岛采办材料的盘费、材料本身的费用、回到法卡拉瓦的盘费、把材料运上岸和造房子的费用。如果打得宽一点,大约一共要四千法国银元——四千法国银元就等于两万法郎。这可办不到。他怎么知道这样一颗珍珠值多少钱?两万法郎可是一个大数目——而且还是他母亲的钱。

"马普希。"他说,"你真是一个大傻瓜。还是说个价钱吧。"

可是马普希摇了摇头,他后面的三个人也跟着一起摇头。

"我要房子。"他说,"它得有三十六英尺长,周围有一道走廊……"

"好了,好了。"劳乌尔打断了他的话,"你要的那所房子,我全懂,可是办不到。我预备给你一千块智利大洋。"

四个人的脑袋不声不响地摇着,表示反对。

"那么再算欠你一百块智利大洋。"

"我要房子。"马普希说。

"房子对你有什么好处?"劳乌尔问道,"飓风一来,就会把它刮倒的。这个,你应该明白。船长拉斐说,看这个天气,马上就要刮一场飓风了。"

"法卡拉瓦岛上不会刮的。"马普希说道,"那儿的地势高得多。在这个岛上,是会刮的。随便来一场飓风就会把希库鲁岛刮得干干净净。我要把房子盖在法卡拉瓦。它得有三十六英尺长,周围有一道走廊……"

于是劳乌尔又听马普希从头到尾把房子的情形讲了一遍。这位经理花了好几个钟头,想尽办法来打消马普希心里关于房子的固执念头,可是马普希的母亲和老婆,还有他的女儿纳库拉,都支持他要房子的决心。正在劳乌尔听马普希把所要的房子详详细细地讲到第二十遍的时候,他从敞开的门口看见他的双桅帆船上的第二只小艇也靠拢了沙滩。水手们全没有放下桨,表示要他赶紧走。"奥雷号"的大副跳上岸,问了那个一只胳膊的土人一句话,就急忙朝劳乌尔奔来。天突然变黑了,一片黑压压的乌云遮住了太阳。劳乌尔向礁湖那面望去,可以看出飓风就要来临的预兆。

"船长拉斐说,你得赶紧离开这个鬼地方。"大副一见面就是这句话,"他要我对你说,要是这儿有什么珠蚌,我们也只能等以后再来收买。气压表已经落到二十九点七啦。"

一阵狂风掠过他们头上的露兜树,刮到后面的那些椰树上,把五六个熟透了的椰子重重地刮到地上。接着,雨就从老远的地方移过来,在狂风怒吼中一路逼近,使得风头吹皱了的礁湖水面发出腾腾的雾气。等到劳乌尔拔脚要跑的时候,头一阵雨点已经打在树叶子上了。

"一千块智利大洋,现款,马普希。"他说道,"外加欠你两百块大洋。"

"我要一所房子……"对方又说开了头。

"马普希!"劳乌尔大声喊着,好让对方听见他的话,"你是个傻瓜!"

他奔出屋子,跟大副并排拼命朝沙滩下面的小艇赶去。他们瞧不见那只小艇。热带的骤雨把他们周围全遮住了,他们只看得见脚下的沙滩和从礁湖里侵蚀着沙滩的恶毒的小浪。一个人形从倾盆大雨里钻了出来。原来那是一只胳膊的呼鲁—呼鲁。

"那颗珍珠到手了吗?"他对着劳乌尔的耳朵大声喊着。

"马普希是个傻瓜!"他大声回答了一句,接着,倾盆大雨就淋得他们彼此看不见了。

半个钟头之后,呼鲁—呼鲁站在珊瑚岛朝海的一面望出去,瞧见"奥雷号"吊起了两条小艇,把船头朝大海掉过去了。他还看见,在它附近,有一只乘着狂风从海上驶来的双桅帆船,它抛好锚就放下了一只小艇。他认识这只船。这是混血儿托里基的"奥洛亨纳号"。他是个商人,自任船上的经理,毫无疑问,现在他一定是在那只小艇的尾部。呼鲁—呼鲁咯咯地笑了起来。他知道马普希去年向托里基赊过一批货,还欠着没还。

暴风已经过去了。炙热的阳光火辣辣地晒下来,礁湖又水平如镜了。可是空气黏得跟树胶一样,沉重得好像压住了人的肺部,连呼吸都感到困难。

"你听见过这个消息吗,托里基?"呼鲁—呼鲁问道,"马普希弄到了一颗珍珠。别说是希库鲁,就是在保莫塔群岛随便什么地方,或者世界上随便哪儿,也从来没见过这样的珍珠。马普希是个傻瓜。再说,他还欠你的钱。你可别忘了,是我第一个告诉你的。你有烟吗?"

于是,托里基就朝马普希的茅屋走去。他是个很霸道的人,可是也相当愚蠢。他满不在乎地瞧了瞧那颗美妙的珍珠——只瞧了一眼;接着,他就满不在乎地把那颗珍珠放进了口袋。

"你的运气不错。"他说,"这倒是颗好珠子。我可以给你划一笔账。"

"我要一所房子。"马普希惊慌失措地开始说,"得有三十六英尺——"

"三十六英尺你奶奶!"这个商人接口骂道,"你要还清你的债,这才是你要的。你欠我一千二百块智利大洋。好吧,现在你算不欠我了。这笔账算清啦。这还不算,我还要给你记上两百块智利大洋的账,算我欠你。要是我到了塔希第,珠子的价钱卖得好,我再给你记上一百块智利大洋的账——这样,一共是三百块智利大洋。不过,你要记着,这只是珠子的价钱卖得好的话。说不定我还会亏本。"

马普希苦恼地交叉着两只胳膊,低头坐着。这颗珠子算给人抢走了。他没有得到房子,只还清了一笔债。珠子丢了,什么也没看见。

"你真是傻瓜!"特法拉说道。

"你真是个傻瓜!"他母亲瑙瑞说,"你为什么要把珍珠交给他呢?"

"我有什么办法?"马普希辩驳道,"我欠他钱。他知道我手里有这颗珍珠。你亲自听见他问我要去瞧的。我没有告诉过他。他已经知道了。是别人告诉他的。我又欠他的钱。"

"马普希是个傻瓜。"纳库拉也在学嘴。

她是个十二岁的小姑娘,还不懂事。马普希总算找到一个发泄的机会,一耳光就打得她摇晃起来;接着,特法拉和瑙瑞嚎啕痛哭起来,继续照娘儿们的那一套来责备他。

这时,在沙滩上瞭望的呼鲁—呼鲁又看见一只他所熟悉的双桅帆船在礁湖口外抛了锚,放下一只小艇。这是"希拉号",名字起得好极了,因为这只船是李微的,这个德国籍的犹太人是最大的珍珠商人;而希拉呢,大家都知道,是塔希第的渔民和盗贼的保护神。

"你听见过这个消息吗?"那个肥头硕脑、五官不正的胖子李微一上岸,呼鲁—呼鲁就问道,"马普希弄到了一颗珍珠。别说是希库鲁,就是在全保莫塔群岛,甚至全世界,也从来没见过这么好的珍珠。马普希是个傻瓜。他把它卖给托里基,得了一千四百块智利大洋——我站在外面听他们谈的时候听见的。托里基也是个傻瓜。你可以从他那儿便宜地买过来。别忘了,是我第一个告诉你的。你有烟吗?"

"托里基在哪儿?"

"他在船长林奇家里喝苦艾酒。他在那儿待了一个钟头啦。"

等到李微同托里基喝着苦艾酒,在那颗珍珠上讨价还价的时候,呼鲁—呼鲁又去偷听,只听见他们以两万五千法郎的惊人高价谈妥了这笔生意。

就在这时候,正在向海岸逼近的"奥洛亨纳号"和"希拉号"忽然像发疯一样地放起了信号枪。那三个人跨出门去的时候,正好看到这两只双桅帆船急忙掉转头离开海岸,一面收下主帆和船头的三角帆,乘着使船身倾侧的暴风,向白浪滔天的海面疾驶而去。接着,大雨就把它们遮没了。

"风暴过去之后,它们会回来的。"托里基说道,"我们最好离开这儿吧。"

"照我看,恐怕气压表又降低了一点。"船长林奇说道。

他是一个白胡子的船长,因为年纪太大,已经不能再干这一行了。他所以住在希库鲁,是因为他知道只有这地方对他的气喘病最合适。他走到屋里去瞧瞧气压表。

"好家伙!"他们听见他的叫声,急忙跑了进去。只见他站在那儿,眼睛盯着指针,它已经降到了二十九点二。

于是,他们又走到门外,焦急地观察天色和海面。暴风已经过去,但天色仍旧阴沉沉的。他们看出那两只双桅帆船张满了帆,后面还跟着另一只双桅帆船,正在一同回来。接着,风向一变,使得它们都放松了帆索,五分钟之后,风又突然朝相反的方向刮去,弄得那三只双桅帆船的帆都猛然扭到相反的方向。岸上的人都看得出在这一扭的时候,帆的下桁上的滑车突然一松,船索散掉了。这时,拍岸的涛声非常响亮、深沉,其势逼人,一片大浪正在涌过来。一道可怕的闪电在他们眼前一亮,把阴暗的天空照得通明,跟着就是一阵隆隆不绝的、发狂似的雷鸣。

托里基和李微急忙向他们的小艇跑去,后者那种一路摇晃的样子很像一匹惊惶的河马。等到他们的小艇驶出礁湖口的时候,正好和划进来的"奥雷号"的小艇一擦而过。在进来的小艇上,站在船尾掌舵,给划船的水手打气的,正是劳乌尔。他因为摆脱不掉那颗珍珠在他脑子里留下的印象,正回来接受马普希所提出的一所房子的代价。

他上岸的时候,正遇到一阵密集的狂风暴雨,因此,直到他跟呼鲁—呼鲁迎面撞上时才看见对方。

"太晚啦!"呼鲁—呼鲁大声嚷道,"马普希把它卖给托里基,得了一千四百块智利大洋;托里基又把它卖给李微,得到两万五千法郎。李微会到法国把它卖十万法郎的。你有烟吗?"

劳乌尔觉得松了一口气。珍珠在他心里所引起的烦恼没有了。虽然他没有得到那颗珍珠,可他用不着再操心了。不过他不相信呼鲁—呼鲁的话。马普希很可能把它卖了一千四百块智利大洋,可是那个李微,对珍珠那样内行的人,居然会出两万五千法郎,就太不可能了。劳乌尔决计去找船长林奇,向他打听这件事,但是等他到了这位老航海家的家里,却看见他在睁大眼睛,望着气压表。

"你瞧这上面是多少?"船长林奇焦急地问道,他擦擦眼镜,又去望那个气压表。

"二十九点一。"劳乌尔说道,"我从来没见过这么低的气压。"

"可不是!"船长哼了一声,"我从小到大,在大海大洋里足足过了五十年,也从来没见过这么低的气压。你听!"

他们站在那儿待了一会儿,惊涛拍岸,隆隆地震撼着房子。他们走到外面。暴风已经过去了。他们看见"奥雷号"停泊在一英里之外,尽管没有风,却在巨浪中疯狂地颠簸摇摆,而海浪声势浩大地从东北方滚滚而来,猛烈地撞击在珊瑚岸上。小艇里的一个水手指着礁湖口摇了摇头。劳乌尔望过去,只看见白花花一片浪沫和波涛。

"我看,今天晚上我得跟你一块过夜啦,船长。"他说。接着,他就转身吩咐那个水手把小艇拖上岸,并且叫他跟他的伙计们去找安身的地方。

"整整二十九。"船长林奇报告道,他又去瞧了一次气压表,出来时手里端着一把椅子。

他坐下来,注视着海上的光景。太阳出来了,使天气更加闷热,天空中仍然是一片死寂。海浪的声势却越来越大了。

"我真不懂这些浪头是哪儿来的!"劳乌尔烦躁地咕噜着,"又没有风,可是你瞧,瞧那儿,那个浪头!"

一道几英里长的浪头,正在以雷霆万钧之势沉重地撞击着这座脆弱的环形珊瑚岛,像地震一样地摇撼着它,船长林奇吃了一惊。

"好家伙!"他叫了一声,在椅子上欠起身子,又坐了下去。

"可是就没有风。"劳乌尔固执地说,"如果风跟浪一起来,倒还弄得懂。"

"不用操心,风马上就会来,够你受的。"船长阴沉地回答。

两个人默默地坐着。无数细小的汗珠从他们的皮肤里渗出来,聚成了许多水点,然后汇合成一条条的小河,流到地上。他们喘着气,而老头子的呼吸尤其痛苦。一个浪头冲上了沙滩,淌到椰子树周围,几乎就在他们脚边退了下去。

"超过了高潮水位。"船长林奇说,"而我在这儿住了十一年了。"他瞧了一下表,"三点整。"

一个男人和一个女人,后面跟着一大群孩子和狗,凄惨地走了过去。他们走到房子那面就站住了,随后犹豫了好久,才一齐坐在沙地上。几分钟之后,从相反的方向又来了一家人,男男女女带着各种各样的家用什物。不久,船长的房子周围,男男女女、老老少少,已经聚集了好几百人。船长问了一个才来的、怀里抱着吃奶的孩子的女人,才知道她的房子刚才给冲到了湖里。

这儿是好几英里以内地势最高的地方,在它左右两边的许多地方,巨大的海浪正在冲击着珊瑚岛的细环,波涛涌到了湖里。在这周长二十英里的珊瑚岛上,没有一处的宽度是超过三百英尺的。目前正是捞珠旺季,从周围的一切小岛上,甚至像塔希第那样远的地方,都有人到这儿来捞珠。

"现在,这儿的男女老少,一共有一千二百。"船长林奇说,"真不知道明天早上还能留下多少。"

"可是为什么不刮风呢?——这个,我倒要知道知道。"劳乌尔问道。

"别着急,小伙子,别着急,马上会叫你伤脑筋的。"

就在船长林奇说话的时候,一个大浪头打到了珊瑚岛上。海水在他们椅子下翻腾,有三英寸深。许多女人都吓得低声哭泣起来,小孩子们全握紧手,瞧着滚滚的巨浪,悲戚戚地哭着。鸡和猫本来都在水里慌张地乱跑,这时就像商量好了似的,飞的飞,爬的爬,一起到船长的房顶上避难去了。一个保莫塔人提着一篮刚生下的小狗,爬到一株椰子树上,把篮子系在离地面二十英尺的地方。母狗急得在树下的水里乱蹦乱跳,哀号狂吠。

可是,太阳仍然在明朗地照耀着,天空中仍然是一片死寂。他们坐在那儿,望着海浪和疯狂地颠簸着的"奥雷号"。船长林奇目不转睛地瞧着那些排山倒海冲过来的巨浪,直到瞧不下去了,他才用手遮住脸,不让自己再看见这个光景;接着,他就进了屋子。

"二十八点六。"他回来之后,悄悄地说。

他胳膊上套着一圈细绳子。他把它一段段割成十二英尺长,把一段交给劳乌尔,一段留给自己,然后把剩下的分给那些女人,劝她们各自挑一棵树爬上去。

从东北方吹来一阵微风,拂在劳乌尔的脸上,好像提起了他的精神。他看见"奥雷号"已经整顿好帆索,掉头离开海岸,他真懊悔自己为什么不待在船上。无论如何,它总是逃得出去的,可是这个珊瑚岛——一个浪头猛扑过来,几乎把他冲倒,他连忙选定了一棵树。随后,他想起了气压表,就跑回屋子里。他碰到船长林奇也在为这件事赶回去,于是,两个人就一同进了屋子。

"二十八点二。"老航海家说道,"这一带快要出事了——这是什么?"

空中好像充满了某种东西在疾驰的声音。房子摇摇晃晃,抖个不停;他们听到一种巨大的轰隆声。窗户全在轧轧地响。碎了两块玻璃;一阵狂风猛冲进来,刮得他们站也站不稳。对面的那扇门砰的一声关上了,弹簧锁也震断了。门上的白色把手摔到地板上,碎成好几块。房间里的墙壁就像一个突然吹胀了的气球一样鼓起来。这时,又听到了一种新的声音,仿佛谁在砰砰地放枪,原来这是海涛的浪花在拍打着房子外面的墙壁。船长林奇瞧了一下表。是四点钟。他穿上一件厚粗呢上衣,从钩子上摘下气压表,把它藏在一只大口袋里。又是一个浪头轰然打在这所房子上,这座单薄的建筑一歪,在地基上转了四分之一圈,然后一沉,地板歪下去十度。

劳乌尔先奔出去。狂风吸住他,立刻就把他卷走了。他看出风已经转了向,在朝东刮。于是他就使了一个很大的猛劲,扑倒在沙地上,蜷伏不动。接着,船长林奇像一捆稻草似的给风吹过来,趴倒在他身上。这时,"奥雷号"的两个水手立刻离开他们抱住的一棵椰子树,过来搭救。他们背着风,把身体弯到不能再弯的角度,一英寸一英寸地挣扎着爬过来。

老头子因为关节僵硬,不能爬树,两个水手只好用几截短绳子接起来,把他吊上树;他们就这样一次吊几英尺,终于把他吊到离地面五十英尺高的树顶,把他捆在那儿。劳乌尔只把他那段绳子绕在附近的一个树干上,站在地上观望。风势可怕极了。他从来没有想到风会刮得这样厉害。一片海浪冲击到珊瑚岛上,泻到湖里,弄得他从膝盖以下全湿淋淋的。太阳已经不见了,一片铅灰色的薄暮笼罩下来。几点雨横扫过来,打中了他,力量跟铅子一样。一片带咸味的浪花扑在他脸上,他好像给人打了一巴掌。他的两颊火辣辣的,一双疼得难受的眼睛不由自主地流出了眼泪。现在,已经有几百个土人爬到了树上;换个时候,他瞧着树顶上结着一簇簇这样的人参果,也许会笑出来的。此时,生长在塔希第的劳乌尔也只好弯起身体,双手抱紧树干,用脚底紧紧踩着树身,爬上树去。到了树顶,他发现那儿有两个女人,两个小孩和一个男人。一个小姑娘手里还紧紧抱着一只猫。

他从这个高巢上向船长林奇挥了一下手,那个刚强的老前辈也挥手作答。劳乌尔一看天空,不由心惊胆战。天空逼得太近了——老实说,好像就在他头顶上面;天色已经由铅灰变成了漆黑。许多人仍旧在地上,成群地聚集在树干周围。有几堆人正在祷告,还有一个摩门教的教士正在对一堆人说教。一种古怪的、有节奏的声音,低得跟极微弱的远远的蟋蟀声一样,响了一会儿,可是就在这一会儿里,他又仿佛隐隐听到了一种天堂的仙乐。他向周围扫了一眼,看到另一株树旁边,有一大堆拉着绳子或者彼此拉着的人。他看出他们的脸和嘴唇的动作都一模一样。他什么也听不见,可是知道他们是在唱赞美诗。

风势仍然在增强。凭感觉,他已经无法估计风力有多大了,因为这已经不是他生平所遇到的风所能比的;可是,不知怎么,他还是知道风势在增强。离他不远,有一棵树被风连根拔起,树上的人全摔到了地上。一个浪头扫过那段沙地,他们就不见了。事情变化得很快。他看见在泛着白沫的礁湖上露出了一个褐色肩膀和一个黑脑袋。可是一转眼,连这些也消失了。另外一些树也给风拔了起来,像火柴一样横七竖八地倒在地上。风的威力真使他吃惊。他待着的这棵树也在危险地摇摆,一个女人一面号哭,一面抱紧那个小姑娘,那个小姑娘则仍旧搂紧她的猫。

抱着另一个孩子的男人碰了碰劳乌尔的胳膊,指了一指。他望过去,只看见在一百英尺以外的那座摩门教堂像喝醉酒似的东歪西倒地飞了出去。它已经脱离了地基,给狂风大浪抬着它,推着它,冲向湖面。一片骇人的巨浪赶上了它,打得它一歪,立刻又把它甩到五六棵椰子树上。一堆堆的人像熟椰子一样掉下来。浪退之后,只看见他们都在地上,有的躺着不动,有的还在抽搐着,扭动着。他们使他很奇怪地想到了蚂蚁。他并不觉得惊骇。他已经不知道恐惧了。当他看见随后而来的一个浪头把这些人的残骸从沙地上冲得无影无踪的时候,他甚至还觉得这是理所当然的事情。随后又来了一个浪头,比他以前看到的都要大,一下子就把教堂冲到了礁湖里,让它顺着风漂到看不清的地方,一半露出水面——这使他突然想起了诺亚的方舟①。

  他找寻船长林奇的房子,不料它已经没影了。事情的确变化得太快。他看出在那些还支持得住的树上,很多人已经溜到了地面。风势更厉害了。他自己的树可以证明这一点。它已经不再摇晃或者前后摇动了。相反,它甚至还很稳,风已经把它弯成了一个直角,它只不过在那儿一味地振动。可是这样的振动叫人想要呕吐,就像音叉或者琴簧那样振动不停。最糟的是,速度太快。即使它的根还撑得住,在这样紧张的情况下,它也维持不了多久,它一定会折断的。

  啊,有一棵树已经断了。他并没有看见它是怎么断的,可是那儿只剩下了半截给拦腰折断的树干。要不是亲眼看见,就不知道出事的情形。树倒的声音和人的绝望的号哭,在这片震耳的风浪声里简直微不足道。他偶然朝船长林奇的方向望去,那儿正好出了事。他看见那棵树一声不响地就拦腰折断了。树的上半截连同"奥雷号"的三个水手和那位老船长,都在向湖上飞去。它并没有落到地上,它就像一根麦秆似的在半空里飞着。他瞧到它飞了一百码才摔到水面。他用力睁大眼睛,深信他看见了船长林奇在跟他挥手告别。

  劳乌尔不再等了。他碰了一下那个土人,对他做了个叫他下地的手势。那个人倒很愿意,可是女人们已经给吓得瘫痪了,因此他只好跟她们待在一起。劳乌尔把绳子绕在树上向下溜。一股咸水泼到了他头上。他屏住呼吸,拼命抓紧那根绳子。水退了,他在树身挡风的地方透了一口气。他把绳子拴得更牢一点,可是一个浪头又淹没了他。上面的一个女人也溜了下来,跟他待在一块儿,可是那个土人跟另外一个女人和两个小孩,还有那只猫,却仍然留在上面。

  这位经理已经注意到,那一堆堆靠近别的树脚的人正在不断减少。现在,他看出了这些变化就在他旁边发生。他得使出全身力量才抱得住树干,那个跟他待在一起的女人已经愈来愈没力气了。每逢他从浪头里露出头来的时候,他首先总是很惊讶地发现自己仍然待在老地方,并且又

---

 ① 据《圣经》传说,诺亚是希伯来人的族长,大洪水时,得上帝启示,乘方舟获救。

很惊讶地发现那个女人也仍然在那儿。最后,他冒出头来,发现只剩下他一个了。他往上瞧了瞧。树的上半截也不见了。留下的半截树干正在抖动。现在,他没有危险了:树根仍然很牢,而树上招风的部分已经给削掉了。他重新向上爬。但是,因为身体衰弱,他只好慢慢地爬。海浪接二连三地打在他身上,最后他才爬到了海浪打不到的地方。接着,他就把自己紧紧地拴在树身上,打起精神来面对黑夜和那些他所料不到的事情。

他在黑夜里觉得非常孤独。有时候,他似乎觉得这就是世界末日,只有他是最后一个活人。风势仍然在增强,它一小时一小时地在增强。到了据他估计大约是十一点钟的时候,风势猛烈得简直叫人难以相信。它变成了一个恐怖的怪物,一种凄厉的怒号,一堵摧毁一切、继续前进之后又摧毁一切、再继续前进的高墙——一堵无边的高墙。他似乎觉得自己已经变成了什么轻盈缥缈的东西;他觉得在动的是他自己;一种力量正在以不可思议的速度,驱使他穿过无穷无尽的固体。风不再是流动的空气了。它仿佛变成了水和水银一样可触摸到的东西。他产生了一种感觉,仿佛他能一手伸到风里,把它一块块地撕下来,就像从死鹿身上把肉撕下来一样;他觉得,似乎他可以抓住风头,像攀在悬岩上那样攀住它。

风逼得他透不过气。他不能面对着它呼吸,因为它冲进他的嘴和鼻孔,把他的肺吹得像气泡一样。每逢这种时候,他就觉得他的身体里好像填满了结实的泥土。他只有把嘴唇贴紧树身,才能呼吸一下。同时,风不断地冲击在他身上,使他筋疲力尽。他的身心都很困乏。他不再瞧,也不再想了;他的神智一半清醒,一半昏迷。他只有一个念头:"原来这就是飓风。"这个惟一的念头时隐时现,好像偶尔闪烁一下的微弱的火焰。有时,他会从昏迷中醒过来想着:"原来这就是飓风。"然后又昏迷过去。

飓风最猛烈的时候是从晚上十一点到早上三点,而马普希和他的女眷攀附着的那棵树,也就是在十一点钟给刮走的。马普希漂到湖面的时候,他仍然紧抱着他的女儿纳库拉。在这种窒息人的风暴的冲击中,也只有南海的岛民才活得了。他所依附的那棵露兜树一直在翻腾的浪花里滚来滚去;为了不断地让自己的头和纳库拉的头露出水面,保持呼吸,他有时要抓紧树干,有时又要迅速地换一下手。可是,由于浪花飞溅和横扫过来的大雨,空气里大部分都是海水。

到礁湖对岸的沙地,有十英里路。那些渡过礁湖、侥幸不死的可怜人到了对岸,十分之九都会死在飞舞的树干、木头、破船和房屋的残骸之下。他们在奄奄一息、筋疲力尽之后,会给抛到这种疯狂的暴风雨的捣臼里,捣成肉泥。可是马普希的运气不错。他得到了那十分之一的机会,这完全是侥天之幸。他从水里挣扎到了沙滩的时候,身上有一二十处伤口都在流血。纳库拉的左臂断了,她右手的指头也给砸烂了,裂开的面颊和前额已经露出了骨头。他一只手抓住一棵还没吹倒的树,支撑着,一只手抱住他的女儿,抽抽噎噎地呼吸着,而湖水则不时冲上来,没到他的膝盖,有时甚至没到他的腰际。

到了三点钟,飓风的威势总算减弱了。五点钟的时候,只有一股疾风还在吹着。到了六点钟,就风息全无,太阳闪闪发光。海浪已经退了。在仍然激荡不已的礁湖边,马普希看到了许多登不了陆的人的残缺肢体。毫无疑问,特法拉和瑙瑞一定也在其中。他顺着沙滩一路走,一路细细地看,终于找到了他的妻子,只见她半个身子躺在水里,半个身子露在外面。他坐在地上哭了起来,发出粗犷的野兽似的声音,就像原始人在伤心痛哭一样。这时候,她忽然不舒服地动弹了一下,哼了几声。他凑近去瞧了一下。她非但还活着,而且没有受伤。她不过是在那儿睡觉。她也同样得到了那个十分之一的机会。

在那一千二百个前天晚上还活着的人里面,只有三百个保全了性命。这个数字是那个摩门教教士和一个宪兵调查出来的。礁湖里尸体狼藉。没有一座房子或者茅屋不被吹倒的。全珊瑚岛,找不到两块仍旧叠在一起的石头。每五十棵椰子树里没有吹倒的只有一棵,不过也都残缺不全,而且上面连一个椰子也没剩下。没有淡水。那些积雨水的浅井里尽是海水。总算从湖里捞出了几袋湿透的面粉。存留下来的人剖开倒下的椰子树,挖树心吃。然后他们就在沙地上,零零落落地掘了许多小洞,把白铁屋顶的破片盖在上面然后爬进去安身。那个教士做了一具简陋的蒸馏器,但是要蒸馏出三百个人吃的淡水可办不到。第二天傍晚,劳乌尔在湖里洗澡,忽然发现口渴减轻了一点。他大声地报告了这个好消息,于是,只见那三百个男的女的和小孩子,都齐脖子站到了湖里,利用他们的皮肤吸收一点水。死尸就漂浮在他们周围,或者仍旧躺在水底给他们踩着。到了第三天,大家才埋好他们死去的亲人,坐下来等待那些救济他们的汽船。

在这一段时间里,璐瑞自从被飓风刮走,跟她一家人拆散之后,一个人经历了一番惊险的奇遇。就在她抓住一块粗糙的木板,给它弄得遍体鳞伤、身上扎满了木刺的时候,一个巨浪却把她凌空抛过珊瑚岛,送到了海上。到了海上,在滔天的巨浪冲击之下,她丢掉了木板。她是一个年近六十的老太婆;不过,她从小生长在保莫塔群岛,一生都是在海边过的。她在黑夜里一路游着,为了呼吸,她在这扼杀一切、令人窒息的狂澜里,不断地挣扎;正在这时候,她的肩膀忽然给一个椰子重重地撞了一下。她马上想到了一个主意,抓住那个椰子。后来,在一个钟头之内,她又抓住了七个。她把它们拴在一起就成了一个救生圈,可是这东西虽然可以保全她的性命,也有把她砸成肉酱的危险。她相当胖,很容易受伤;不过,她对飓风很有经验,因此,她就一面祷告鲨神,保佑她不给鲨鱼吃掉,一面等着风势退下去。可是,到了三点钟的时候,她已经昏昏沉沉,什么都不知道了。等到六点钟,天上变得无风无息的时候,她还是昏迷得什么都不知道。直到她给冲上了沙滩,她才惊醒过来。于是,她就把皮破血流的手脚插到沙地里,在倒流的波浪里撑着向前爬,一直爬到海浪冲不到的地方。

她知道她到了什么地方。这一定是那个叫做塔科科达的小岛,没错。这儿没有礁湖,也没有人烟。希库鲁离它有十五英里路。她瞧不见,可是她知道希库鲁就在南面。日子一天天过去了,她只能靠那几个曾经帮她浮在海面的椰子生活。它们使她有了吃的喝的。不过她并没有尽量地喝,也没有尽量地吃。她知道能不能得救很成问题。她看见了救生汽船正在水平线上冒烟,可是,能指望哪一条救生船会开到这荒无人烟的塔科科达呢?

一到这儿,她就受着那些尸首的折磨。海浪老是把它们冲上她所在的那一小块沙地,她不断地把它们推到海里,让鲨鱼撕碎它们,吞掉它们,一直到她用尽了气力。等到她气力用尽,这些尸首已经在她那块沙滩上堆成了阴森恐怖的半圆形,她尽量地远远避开它们,可是又退避不了多远。

到了第十天,她已经吃完了最后一个椰子,她渴得人都萎缩了。她勉强在沙滩上走着,想找到几个椰子。奇怪,尸首冲上来这么多,椰子一个也没有。照理,浮在海里的椰子当然比死人多得多!最后,她就放弃了这个打算,筋疲力尽地躺下来。末日已经到了。除了等死以外,一点指望也没有。

后来,她从一阵昏迷里醒了过来,慢慢地发觉在她眼前的是一个尸首头上的沙红头发。海浪把这个尸首向她冲过来以后,又把它拉了回去。它翻了一个身,她才看出它没有脸。可是,这种沙红头发看起来却有点熟悉。一个钟头快过去了。她并没有费心去辨认它是谁。她是在等死,因此,这个可怕的东西本来是谁,跟她毫不相干。

可是,过了一个钟头以后,她却慢慢坐起来,瞪着这个尸首。一个异乎寻常的大浪已经把它甩到了普通的浪潮够不到的地方。是的,她没有认错;在保莫塔群岛上,只有一个人长着这种沙红头发。这就是李微,那个德国籍的犹太人,也就是买下了那颗珍珠,乘上"希拉号"把它带走的人。看起来,这一点是很清楚的:"希拉号"已经完蛋了。这个珍珠贩子供奉的渔夫和盗贼之神,已经离他而去了。

她朝着那个死人爬过去。它的衬衫已经给撕掉了,她可以看出它腰里缠着一根放钱的皮带。她屏住了呼吸,解开那些搭扣,想不到轻轻易易就解开了。她连忙拖着这根皮带爬过沙滩。她把带子上的口袋一个一个地打开,可是全都空空的。他究竟把它藏到哪儿去了呢?在最后一个口袋里,她终于找到了,这是他这一趟买到的第一颗,也是惟一的一颗珍珠。她于是又爬了几英尺,以便避开皮带的臭气,然后仔细地瞧着这颗珍珠。这正是先前马普希捞到的,而后来给托里基抢走的那颗。她用手估量着它的分量,温存地把它滚来滚去。可是,她看不出它有什么内在的美。她所看到的,只是马普希、特法拉和她在脑子里精心结构的那所房子。每逢她瞧见这颗珍珠,她就会看到那所房子的一切,包括那座挂在墙上的八角挂钟。有了这样的房子,才值得活下去。

217

她从短裙子上撕下一条布,把珠子很牢固地拴在脖子上。接着,她就顺着海滩走去,一面喘,一面哼,然而决心要找到椰子。她很快就找到了一个,后来,她向周围瞧了瞧,又是一个。她砸开一个,喝着它里面发霉的汁水,把果肉吃得丝毫不剩。过了一会儿,她又找到了一只摔坏了的独木小舟。它的舷侧平衡架不见了,可是她满怀希望,一天还没有过去,她就找到了那副平衡架。每一样找到的东西都是一个好兆头。那颗珍珠简直是个护身的法宝。傍晚的时候,她看见一个木头箱子半沉半浮在水里。当她把它拖上海滩的时候,箱子里面的东西摇晃得直响,她在那里面找到了十听鲑鱼。她拿起一听在独木舟上敲着,打算把它敲开。等到敲了一条缝,她就吸干听子里的汁。吸完了,她又花了几个钟头,边敲边挤,一小块、一小块地挖出来,把鲑鱼吃光。

　　她又等了八天,希望救生船来救她。在这段时间里面,她用她所能找到的一切椰子的纤维,还有她的短裙子上所剩的一切,编成绳子,把那副平衡架重新绑在独木舟上。这只独木舟已经破裂得很厉害,她怎么也不能修得它完全不漏水;她只好用一个椰子壳做成一个瓢,放在船上当做舀水的工具。最使她为难的,是找不到桨。后来,她就用一块铅皮把她所有的头发齐头皮割下来。利用这些头发编了一根绳子;然后又利用这根绳子,把鲑鱼箱上的一块木板,紧紧地系在一根三英尺长的扫帚柄上。为了系得紧一点,她还用牙齿在扫帚柄上咬出了许多缺口。

　　到了第十八天,她趁着浪潮,在半夜里把那只独木舟推下海,动身回希库鲁。她本来是个老太婆,艰苦的遭遇已经耗尽她的脂肪,现在只剩下皮包骨头和几条肌肉。那只独木舟又很大,得由三个身强力壮的男人划才成。可是她只能独自一个人用一根代用的桨来划。而且,这只独木舟又漏得厉害,她的三分之一的时间都得用来把水舀出去。到了天光大亮的时候,她还没有瞧见希库鲁。后面的塔科科达已经隐没在水平线下。太阳灼热地照在她的光身子上,蒸发她身体里的水分。现在,只剩了两听鲑鱼,她在这一天里面只把它们敲开几个口子,吸干了里面的鱼汁。她不能把时间浪费在挖肉上面。一股海流向西流去,不管她是不是朝南划,她都得向西漂去。

刚过中午,她在独木舟里站起来,望到了希库鲁。那许多茂密的椰子树都不见了。她只看见一些零零落落、彼此相隔很远的残株。这景象鼓舞了她。她没想到会离它这么近。海流正在把她向西推去。她拗着水势划过去。桨上嵌绳子的齿痕已经磨平了,她每隔一阵就得把桨重新捆紧,这要花费很多时间。此外,她还得把水舀出去。为了舀水,她在每三个钟头里,总有一个钟头不能划桨。而且,她又是一直往西边漂。

日落的时候,希库鲁已经在她东南方三英里远近了。一轮明月升了上来,到了八点钟,陆地正好在她的东面,离她有两英里光景。她继续奋斗了一个钟头,可是陆地仍然离她有那么远。她已经给卷到了海流的中央;独木舟太大,桨太不中用,而她浪费在舀水上的时间和精力也太多。此外,她的身体也很衰弱,已经愈来愈不行了。尽管她用力地划,独木舟仍然要向西面漂。

她向她的鲨神祷告了一下,就跳下水游起来。水果然使她恢复了精神,独木舟不久就被她撇在后面。游了一个钟头之后,陆地显然近了不少。接着,发生了一件极可怕的事。就在她的眼前,不到二十英尺的地方,一片大鳍正在破水前进。她沉住气,朝它游过去,它却慢慢溜开,弯到她右面,围着她兜了一圈。她盯住了这片鳍,向前游去。等到它不见了,她就把脸向下贴着水面,注意地瞧。鳍露出来以后,她又继续向前游。这个怪物很懒——她看得出。毫无疑问,它一定是在飓风之后,吃得很饱了。如果它非常饿的话,它一定会毫不犹豫地向她冲过来的。它大约有十五英尺长,她知道,只要一口,就会把她咬成两半。

可是,她一点也不能把时间浪费在它上面。不管她游不游,海流总是在拖着她离开陆地。过了半个钟头,那条鲨鱼胆子逐渐大了。它看出她不会害它,就把圈子缩小,向她逼近,每逢它溜过的时候,它总是贪婪地斜眼瞟着她。她很清楚,迟早它定会鼓足勇气向她冲过来的。她决计要占先一步。她现在所想的事情,简直等于拼命。她是一个老太婆,孤单单地浮在海里,饥饿和艰难辛苦已经折磨得她软弱无力;然而,面对着这只海里的老虎,她必须先冲过去,使它不敢冲过来。于是,她就继续游着,等待机会。最后,它终于懒洋洋地游到她旁边,离她不过八英尺左右。她突然向它猛冲过去,装出攻击它的姿态。它像发疯似的把尾巴一挥就飞也似的逃走了,可是它那像砂纸一样的皮却擦了她一下,把她从肩膀到肘子的皮擦掉了一块。它游得很快,圈子兜得愈来愈远,终于看不见了。

马普希和特法拉,正在那种上面盖着白铁屋顶的破片的沙洞里,躺着争论。

"如果你早照我的话去做。"特法拉责备着他,这已经是第一千次了,"把珠子藏起来,谁也不告诉,现在它就会仍旧在你手里。"

"可是,我剖开蚌壳的时候,呼鲁—呼鲁就在我旁边——我不是跟你说了千百遍了吗?"

"是呀,我们今后不会有房子住了。劳乌尔今天还对我说过,如果你没有把那颗珍珠卖给托里基——"

"我没有卖。是托里基抢走的。"

"——他说,要是你没有卖掉那颗珍珠,他会给你五千块法国大洋,那可是一万智利大洋呀。"

"他跟他母亲商量过。"马普希解释道,"她是懂珍珠的。"

"可是现在珠子丢了。"特法拉抱怨道。

"它还清了我欠托里基的账。不管怎么说,我总得了一千二。"

"托里基死啦。"她叫了起来,"他们都没听到他那条双桅帆船的消息。那条船已经跟'奥雷号'和'希拉号'一起完蛋啦。托里基会把他答应给你的那三百块欠账给你吗?不会吧,因为他已经死了。就算你没有捞到那颗珍珠,难道你今天也还欠他一千二吗?用不着,托里基死了,你总不能把钱还给死人。"

"可是李微也没有付现款给托里基。"马普希说道,"他只给了他一张纸,一张在帕彼特可以兑现的纸条;不过现在李微已经死了,当然付不出,托里基一死,那张纸也跟他一道完了;要说那颗珍珠,它当然也跟着李微一块完了。你说得对,特法拉。我丢了珠子,什么也没得到。现在,我们睡吧。"

他突然举起一只手,倾听着。外面有一个声音,好像有人在用力地、痛苦地呼吸着。一只手摸索到了那张当做门帘的芦席上。

"外面是谁?"马普希喝道。

"瑙瑞。"外面回答,"你能告诉我,我的儿子马普希在哪儿吗?"

特法拉大叫了一声,抓住了她丈夫的胳膊。

"有鬼!"她吓得牙齿打战地说,"有鬼!"

马普希的脸色变得蜡黄,非常可怕。他有气无力地靠在他老婆身上。

"好婆婆。"他吞吞吐吐地说着,竭力掩饰他自己的声调,"我跟你的儿子很熟。他住在礁湖东面。"

外面传来了一声叹息。马普希开始觉得高兴了。他骗过了那个鬼。

"可你是从哪儿来的,老婆婆?"他问道。

"从海里来的。"回答的声音很凄惨。

"我早就知道!我早就知道!"特法拉尖声叫着,身子来回摇晃。

"特法拉从什么时候起睡在别人家里的呀?"瑙瑞的声音隔着芦席传了进来。

马普希用又害怕又埋怨的脸色瞧着他的老婆。是她这一叫漏了底。

"我的儿子,马普希,又是从什么时候起不认他的老娘啦?"那声音继续说。

"没有,没有,我没有——马普希没有不认你。"他叫道,"我不是马普希。我告诉你,他住在礁湖的东头。"

纳库拉从床上坐起来,哭起来了。芦席开始在摇动。

"你在干什么?"马普希问道。

"我要进来。"瑙瑞的声音回答。

芦席的一边掀开了。特法拉打算钻到毯子里去,可是马普希把她拉住了。他总得拉住点什么才行。这两个人彼此争持着,都在浑身发抖,牙齿打战,一面瞪着老大的眼睛,瞧着那个掀开了的芦席。他们看见瑙瑞爬了进来,身上滴着海水,连裙子也没穿。他们连忙向后滚,争着把纳库拉的毯子夺过来蒙住头。

"你总可以给你的老娘一点水喝吧!"那个鬼很凄惨地说道。

"给她一点水。"特法拉用颤抖的声音发了一个命令。

"给她一点水。"马普希连忙把这个命令传给了纳库拉。

于是他们就一齐把纳库拉从毯子底下踢了出来。一分钟之后,马普希偷偷一瞧,那个鬼正在喝水。当它伸出一只发抖的手,放在他手上的时候,他因为感到了它的分量,才完全相信它不是鬼了。于是,他爬起来,一面拖着特法拉也起来,几分钟之后,大家全在听瑙瑞讲起她的遭遇了。后来,她谈到了李微,就把那颗珍珠放在特法拉手心里,这样,就连她也打消了成见,承认她婆婆的确还活着。

"到了早上。"特法拉说道,"你可以把珍珠卖给劳乌尔,向他要五千块法国大洋。"

"那么房子呢?"瑙瑞不赞成。

"他会把房子盖起来的。"特法拉回答道,"他说盖房子要花四千块法国大洋。此外,他还欠我们一千块法国大洋,也就是两千块智利大洋的账款。"

"是三十六英尺长吗?"瑙瑞问道。

"对。"马普希回答道,"是三十六英尺。"

"当中那个房间里还有一座八角挂钟吗?"

"对,还得有那张圆桌子。"

"好了,给我点东西吃吧,我饿了。"瑙瑞心满意足地说道,"吃完了,我们就睡,因为我累了。明天早上,我们再把那所房子详细谈谈,然后再去卖这颗珍珠。我们最好还是叫他把那一千块法国大洋付给我们现款。向商人们买东西,现钱总比赊账好得多。"

万紫 雨宁 译

叛　逆

今天我打起精神去上工，
求主保佑我不做偷懒虫。
如果天没黑我已经死掉，
求主保佑我的工作没有毛病。
　　　阿门。

"强尼，你要再不起来，我就一点东西也不给你吃了！"

这种威胁对那个孩子已经不起作用了。他仍旧不听调动地睡在那儿，尽量地想多迷糊一会儿，就像梦想家追求好梦一样。他松松地握着拳头，像抽筋一样，有气无力对半空里打了几下。这几下本来是想打他母亲的，可是她很熟练地避开了他的拳头，抓住他的肩膀，使劲地摇晃着他。

"别惹我！"

这一声才喊出来的时候，只不过像睡得昏沉沉的人咕噜了一声，接着就迅速地提高了调子，像伤心痛哭似的，变成了激烈的挑战声音，然后低沉下去，变成含糊的呜咽。这简直是野兽的嗥叫，就像一个受尽折磨的人，充满无限不平和痛苦发出的呼声一样。

可是，她一点也不理睬。她是个眼色凄惨、容貌憔悴的女人，这种事她已经习惯了，天天如此。于是她抓住他的被，想把它拉下来，可是那个孩子立刻收回拳头，拼命把被抓紧。他蜷成一团，缩在床脚，还躺在被窝里。她打算把被拖到地板上。那个孩子拉住不放。于是她使足劲一拉。因为她的身体比较重，孩子和被就抵不住了，所以他就本能地随着被一块儿移动，免得给房间里的寒气冻着。

他给拖到了床边的时候，仿佛就要倒栽在地板上似的。可是他心里清醒过来了。他立刻把身子坐正,摇摇欲坠地摇晃了一会儿,然后一下子站到地板上。他母亲立刻抓住他的肩膀,摇晃着他。他又挥起了拳头,这一次劲更大,打得也比较准。同时他的眼睛也睁开了。她放松了他。他醒了。

"好吧。"他咕噜咕噜地说。

她立刻端着灯,匆匆地走出去,把他丢在黑房间里。

"他们会扣你工钱的。"她回过头,警告他。

他不在乎黑暗。他一穿好衣服,就走到厨房里。这个又瘦又轻的孩子,步伐很重。他那两条瘦腿好像重得不近情理,总是一步一拖。后来,他就拉过一张坐垫破了的椅子,坐在桌子旁边。

"强尼!"他母亲猛然喝了一声。

他猛然站起来,一声不响地走到水槽那儿。那是一个油腻、肮脏的水槽。排水口冒出一股臭味。他一点也不在意。对他来说,水槽里有臭味是很自然的,就像给洗碟子的水弄脏了的肥皂很难产生泡沫一样自然。不过,他并没有竭力使肥皂产生泡沫。他借着龙头里流出的冷水哗啦哗啦地洗了几下,就完啦。他并没有刷牙。事实上,他从来就没有见过牙刷,同时,他也不知道世界上居然有很多每天要遭受刷牙那份罪的大傻瓜。

"你不用人叫,也该每天洗一次脸呀。"他母亲抱怨道。

她按着壶上的破盖子,倒了两杯咖啡。他一句话也没说,因为他们常为这件事吵起来,同时,他母亲在这种事情上又很固执。他每天都得洗"一次"脸,这是非做到不可的。于是他用一条又湿又脏又破的毛巾揩了揩脸,弄得脸上沾着一丝一丝的断纱。

"要是我们住得不这么远就好了。"她说。这时候,强尼才坐下来。"我也想尽力安排好。这个,你是知道的。可是省一块钱房租也不是小数,何况这儿的房子又宽敞一点呢。这个,你也是知道的。"

他几乎没有听见。这些话,他早就听她讲过很多次了。她的思想范围很窄,她每次老说他们受苦是因为他们住得离工厂太远的缘故。

"省一块钱就多一点吃的。"他简单明了地说,"我情愿多走点路,好多弄点东西吃。"

他吃得很匆忙,只把面包嚼了几下,就用咖啡把没嚼碎的面包块冲了下去。所谓的咖啡只不过是一种挺热的、混浊的液体。强尼认为这就是咖啡——而且是很好的咖啡。这是他脑子里保存着的几种人生幻觉之一。他这一辈子从来没有喝过真正的咖啡。

除了面包之外,还有一小块冰冷的咸肉。他母亲给他又斟满了一杯咖啡。他快要吃完那块面包的时候,他就开始留心观察,看看还有没有吃的。可是她打断了他的询问的目光。

"得啦,强尼,别像猪一样贪得无厌。"她说,"你已经吃完了你那一份。你的弟弟妹妹都比你小呀。"

他没有还嘴。他不是喜欢多说话的人。他已经不再用如饥似渴的眼光张望了。他一点也不埋怨,他的耐心跟教会他忍耐的那个学校一样可怕。他喝完咖啡,用手背擦了擦嘴,就开始站起来。

"等一会儿。"她匆匆地说,"我想这块面包还可以切一片给你——一片薄的。"

她的动作跟变戏法一样。她好像从面包上切下了一片,可是接着她就把那个面包和她切下的那片放在面包箱里,从她自己的两片里拿了一片给他。她以为她已经骗过了他,可是他已看穿了她的戏法。尽管这样,他仍旧不害臊地接过了那片面包。他自有一套想法,仿佛像他母亲这样有慢性病的人,反正是吃不多的。

她看出他在把面包干嚼下去,就伸出手,把她那杯咖啡倒在他的杯子里。

"今天早晨,我好像胃里不大舒服似的。"她解释道。

远处的汽笛拖长调子,尖叫了一声,引得他们都站了起来。她瞧了瞧架子上的铁皮闹钟。正好是五点半。这个工厂区里其余的人才从梦中惊醒。她拉过一条围巾,披在肩膀上,把一顶不成样子的、又脏又旧的帽子戴在头上。

"我们得赶快跑啦!"她一面说,一面捻短灯芯,向灯罩里吹了一口气。

225

他们摸黑走下了楼梯。天气很晴,很冷,强尼一接触到外面的冷气,就哆嗦了一下。天上的星光还没有淡下去,城里一片漆黑。强尼和他母亲走起路来,都是一步一拖。他们好像连把腿提起来的力气也没有。

默默地走了十五分钟之后,他母亲转过弯,向右面走了下去。

"路上别耽搁呀!"她在黑暗中最后嘱咐了一句,就被黑暗吞没了。

他没有答理,只顾走他的路。在这个工厂区里,家家都在开门。不久以后,他已经随着一大群人,在黑暗里向前赶路了。他才走进工厂大门,汽笛又响了起来。他瞧了瞧东面。房顶上参差不齐的天际线上才露出淡淡的一线曙光。每天,他只能看到这么一点天光,接着,他就掉过头,随着一群工人走了过去。

他从一长排一长排的机器当中走到自己的位置上。他面前有一个装着许多小锭子的木箱,那上面有许多大锭子正在飞快地旋转。他的责任就是把小锭子上的纱绕到大锭子上。工作是很简单的。要紧的是速度。那些小锭子一会儿就把纱放光了,而把它们绞光的大锭子又那么多,真是连一点空闲也没有。

他机械地工作着。每逢一小锭纱放光了,他就用左手当做刹车,让大锭子停住,一面用拇指和食指捏住飞出来的纱头。同时,他又用右手捏住一个小锭子上的松的纱头。这些动作都是他同时用双手迅速完成的。接着,他的手飞快地一闪,接好纱头,松开了锭子。接纱头并不是难事。有一次,他曾经夸过口,说他睡着了也能接好纱头。关于这一层,有时候,他的确如此。在整个晚上,他在梦中接连不断地打上无数的结,仿佛辛苦了几百年一样。

其中有几个孩子偷懒,在小锭子放光了纱的时候,不换上新的。不过,监工总是不让这种事情发生。他发现强尼旁边那个孩子在玩这种把戏,马上给了他一记耳光。

"你瞧瞧强尼——你为什么不学他呢?"那个监工怒气冲冲地质问着。

强尼的锭子全在飞快地转着,可是听到这种间接的称赞并没有使他心里觉得快活。过去,他的确也有过得意的感觉——不过,那是很久、很久以前的事了。现在,当他听到别人把他当做一个光辉榜样的时候,他的冷淡的脸上毫无表情。他是一个十分熟练的工人。这一点,他完全明白。别人也常常对他这样说。这不过是一句很平常的话,再者,这种话对他已经没有什么意义了。他已经从一个熟练的工人变成了一部完善的机器。如果他干的活出了毛病,那就跟机器出了岔子一样,只能怪原料不好。事实上,要他出差错,就等于要一部完善的铸钉子的机器铸出不合格的钉子一样。

因此,说起来也不稀奇。他从来没有过跟机器不发生密切关系的时候。他简直是一部天生的机器,至少也得说,他是在机器上长大的。十二年之前,在这个工厂的织布车间里曾经出现过一个小小的紧张局面。强尼的母亲晕倒了。他们把她平放在尖叫的机器当中的地板上。从织布机旁边喊来了两个年纪大一点的女人。工头也帮了一下忙。几分钟之后,织布车间里,在那些从门外走进来的人里面,又添了一个小人儿。这就是强尼。他一出世,耳朵里就听见织布机的轰隆的声音,嘴里就吸进了充满飞花的又热又潮的空气。为了把肺里的飞花排泄出来,他从出生的头一天起就咳嗽,因为这个缘故,后来他总是咳嗽。

现在,强尼旁边的那个孩子正在抽抽噎噎地啼哭。他的脸抽搐着,露出对监工的仇恨;同时,监工也在用威胁的眼光远远盯着他。现在,每一个锭子都在飞快地转着。那个孩子对着在他面前旋转的锭子,恶狠狠地骂了几句;可是车间里的轰隆轰隆的声音,把他的声音盖住了,他的声音连六英尺以外都传不到,就像给墙挡住了一样。

强尼一点也不注意这些情形。他自有一种对待事情的看法。再者,这些事情已经变得很单调了,它们总是一再地重复出现,单就这件事来讲,他也见过了很多次。在他看来,反对监工,就跟反抗机器的运转一样毫无用处。那些机器生来就是要按照一定的方式运转,去完成一定的任务的。监工也是一样。

到了十一点钟的时候,车间里一下子紧张了起来。这种紧张的情绪好像很神秘地立刻传遍了每一个角落。强尼那面的一个缺了一条腿的孩子,连忙一瘸一拐地跑到一个空箱子跟前。他马上带着拐杖钻了进去。

工厂的主任由一个年轻人陪同,走过来。那个年轻人衣着很讲究。他身穿一件浆过的衬衫——按照强尼对人的分类的方法,他一定是一位绅士,而且一定是那位"视察"。

这个年轻人一面走,一面用锐利的眼光瞧着那些孩子。有时候,他还要停下来问几句话。每逢他问起来的时候,他就不得不提高嗓门,拼命地喊,为了让别人听见他的话;在这种时刻,他的脸就会扭成一种很滑稽的样子。他的锐利眼光一下子就看出了强尼旁边那部空着的机器,可是一句话也没说。同时,他也看到了强尼,他突然站住了。他抓着强尼的胳膊,把他从机器旁边拖开了一步;接着,他就十分诧异地叫了一声,放松了强尼的胳膊。

"非常瘦呀。"主任不安地笑了一声。

"跟烟斗的管子一样。"视察回答道,"瞧那两条腿。这个孩子有佝偻病——初期的,不过他已经有了这个毛病。以后,他一定会生癫痫病死掉的,不然的话,那一定是因为肺病先让他送了小命。"

强尼听了之后,一点也不懂。再者,他对将来会生什么病,也不感兴趣。眼前就有一种病在威胁着他,而且要严重得多——这就是那位视察。

"喂,小家伙,我要你老老实实地告诉我。"视察弯下腰,凑着强尼的耳朵喊着,好让他听见,"你几岁了?"

"十四。"强尼撒了个谎,他用尽气力,喊了这么一声。因为喊得太响了,就引起了一阵急促的干咳,咳得他把早晨吸到肺里的飞花都呛了出来。

"看起来,至少也有十六。"主任说。

"或者六十。"视察很快地说。

"他老是这个样子。"

"做了多久了?"视察马上问。

"有好几年了。简直一点也没有长大。"

"我敢说,也许倒小了。照我看,他大概这几年里全在这儿干活吧?"

"有时候在这儿,有时候不在——不过,那都是新法律颁布以前的事了。"主任连忙补充了一句。

"这部机器闲着吗?"视察指着强尼旁边那台没有人看管的机器问道,那上面的没有绞满的锭子像发疯似的正在飞转。

"好像是闲着的。"主任说完了,就做了个手势,招呼监工过来,然后指着机器,对着他耳朵高声讲了几句。接着,他就向视察报告:"这部机器是闲着的。"

他们过去之后,强尼就回来干活,他放心了,总算没有出毛病。可是那个独腿的孩子没有这么好的运气。那个眼光尖锐的视察一下子就把胳膊伸到那只大木箱里,把他拉了出来。他嘴唇发抖,脸上吓得变了色,就像遇到了不可挽回的大祸的人的模样一样。监工露出大吃一惊的神气,好像他头一次看到这个孩子似的;主任也板起脸,露出吃惊和不高兴的样子。

"我认识他。"视察说,"他只有十二岁。今年我一共把他从工厂里赶出了三次。这是第四次了。"

他转过来对那个独腿的孩子说:"你答应过我,你起过誓,说你要去上学。"

那个独腿的孩子哇的一声哭了起来,"我求求您,视察先生,我们家里已经饿死了两个小孩,我们实在穷得没有办法呀。"

"你为什么咳嗽得这样厉害?"视察问,好像在指责他犯了罪似的。

那个独腿的孩子好像否认有罪似的回答道:"没有什么。我不过上星期着了凉罢了,视察先生,没有什么。"

结果,那个独腿的孩子就跟着视察走出了车间,焦急的主任一路争辩着,也跟着他走了。接着,车间里又显得很单调了。漫长的上午和更漫长的下午过去之后,放工的汽笛声又响了。强尼穿过工厂大门走出去的时候,天已经黑起来了。在这一天里,太阳好像把天空当做了一架金梯,使世界上洋溢着它的慈悲的暖意,然后向西沉下去,消失在给房顶划得参差不齐的天际线后面。

晚餐是一天里面他们全家一块儿吃的一顿——强尼只有在这一餐里才会遇见他的弟弟和妹妹。对他来说,这种会见简直有点像遭遇战,因为他太老成了,而他们却幼稚得可怜。他受不了他们那种过分的不可思议的孩子气。他不懂得这个。他自己的童年距离他太遥远了。他就像一个容易生气的老头子,给他们的幼稚的胡闹行为惹得心烦气躁;在他看来,这是莫大的愚蠢。因此,他就板着脸,一声不响地吃着晚餐;后来想到他们不久也要去做工了,气才平了一点。工作会磨掉他们的锋芒的,而且会使他们变得沉着,稳重——跟他一样。强尼就是这样,按照一般人的风气,把自己当做一个标尺,去衡量世上一切事物。

吃饭的时候,他母亲用种种方法,不厌其烦地向他解释,她正在尽她的力量,弄得日子好过一点;强尼一直听到这顿微薄的晚饭吃完了,才把椅子向后一推,站起来,觉得松了一口气。他站在床和大门当中,踌躇了一会儿,终于走出了门口。他并没有走远。他一出门就坐在台阶上,蜷着两膝,向前垂着窄窄的肩膀,把肘子撑在膝盖上,用手掌托着下巴。

他坐在那儿,什么也不想。他不过是在休息。他的脑子简直睡着了。接着,他的弟弟妹妹也都出来了,跟其他的孩子一起在他周围吵吵闹闹地玩耍。街头上有一盏电灯照着这些在游戏的孩子。他们都知道他的脾气很怪,容易生气,可是这些爱冒险的孩子仍旧忍不住要去逗弄他。他们在他面前手拉着手,合着拍子摇晃着身体,对他唱着那种古怪的、难听的歌词。起先,他还用他从工头们那儿学来的骂人的话来骂他们。后来,看到骂也不起作用,他就想起了自己的尊严,索性一声不响了。

这群孩子里的头目是他的大弟弟,威尔,一个才满十岁的孩子。强尼对他简直没有好感。由于不断地为威尔牺牲幸福和对他让步,他的生活早已很痛苦了。他明确地认为,威尔是一个受了他的大恩却忘恩负义的孩子。过去,在他记不清的那种日子里,为了照顾威尔,他只好牺牲自己一大部分游戏时间。当时,威尔还是个吃奶的孩子,他母亲也和现在一样,整天在工厂里做工。因此,做小父亲和小母亲的责任,就一齐落在强尼身上。

由于他的牺牲和让步,威尔显然得到了不少好处。这个孩子发育得很好,身体很结实,长得跟他哥哥一样高,甚至比他还重得多。好像他哥哥的血大半流到了他血管里似的。在精神上也是如此。强尼总是又乏又累,一点也提不起精神,威尔却总是生气勃勃,精神百倍。

这时候,嘲笑的歌声越来越高了。威尔一面跳舞,一面吐出舌头,向他靠近。强尼突然伸出左臂,搂住威尔的脖子,用他的皮包骨的拳头打威尔的鼻子。这个拳头瘦得很可怜,可是打起来很厉害,从他弟弟疼得尖叫的声音里就可以证明这一点。其他的孩子全吓得叫了起来,他的妹妹珍妮连忙冲进屋子里去了。

他于是推开威尔,野蛮地踢他的小腿,然后抓住他,把他脸朝下砰的一声摔到泥土里。这样,直到他把威尔的脸按在泥里,揉搓了好几次之后,他才松手。接着,他母亲就像旋风一样来了,力竭声嘶地、又担心又愤怒地骂了几句。

"为什么他非要惹我?"强尼挨了骂之后回答道,"难道他看不出我很累吗?"

"我跟你一样大了。"威尔在母亲怀里气得要命地喊着,他脸上简直给眼泪、脏土和鲜血弄得一塌糊涂,"现在我长得跟你一样大,以后我会长得比你更大。到了那时候,我就要揍你——看我会不会揍你。"

"你既然知道自己有多大了,你就该去做工。"强尼吼道,"你的毛病就在这儿。你应该去做工。妈应当叫你去做工。"

"他太小了。"她争辩道,"他不过是一个小孩子呀。"

"我刚做工的时候,比他还小。"

强尼张开嘴,打算进一步发泄他心里的不平,可是忽然又闭上了。他一赌气就转过身,大踏步走到屋里睡觉去了。他敞开房门,让厨房里的暖气进来。他在半明半暗之中脱衣服的时候,听见他的母亲正在跟一个偶然来拜访的邻居女人谈话。他母亲正在哭,她的话里夹杂着抽抽噎噎的无力的哭声。

"我真不知道强尼脑子里钻进了什么东西。"他听见她在说,"他从来不是这样的。以前,他真是一个很能忍耐的小天使。"

"现在,他也真是一个好孩子!"她接着又连忙为他辩护道,"他总是老老实实地干活。他刚做工的时候,的确太小了。不过这也不是我的错。我的确尽了力。"

厨房里传来了拖长的啜泣声音。强尼一面阖上眼皮,一面喃喃自语:"我本来就是老老实实地干活嘛。"

第二天早晨,他又在蒙头大睡里被他母亲硬拖了起来。然后又是那

231

样微薄的早饭,那样摸着黑赶路,他又瞧了瞧屋顶上暗淡的曙光,然后转过身,走进工厂的大门。于是又过了一天,而且一年到头,天天都是这样。

不过,他的生活里也有过变化——有时候他会调换工作,有时候,他会生病。他六岁的时候,就成了威尔和更小的弟弟妹妹的小母亲和小父亲。他七岁时进了工厂——在那儿绕锭子。八岁的时候,他在另外一家工厂里找到了工作。这个新差事容易极了。他只要坐在那儿,手里拿一根小棍子,引导着在他面前川流不息地流过去的布就够了。这些川流不息的布从机器里出来之后,经过一个热滚筒,就流到别的地方去了。可是他始终坐在一个位子上,在阳光照射不到的地方,只有一盏煤气灯在他头上闪闪发亮,他自己成了机器上的一个零件。

尽管那儿又潮又热,他仍旧喜欢那个差事,因为那时候他还小,还抱着很多梦想和幻想。他一面瞧着那些热气腾腾、川流不息地流过去的布,一面做着好梦。不过,这是个不需要运动、不用动脑筋的活,他的梦愈来愈少,同时他的脑子也变得迟钝思睡了。然而,他一个星期赚两块钱,而这两块钱就代表着急性的挨饿同慢性的吃不饱之间的区别。

可是,他九岁时就失业了。这是麻疹造成的。复原之后,他在一家玻璃工厂里找到了工作。工资高了一点,可是这个活需要技巧。这是个计件的活。他的技巧愈高,赚的工钱也愈多。刺激就在这儿。于是,在这种刺激之下,他渐渐变成了一个出色的工人。

这是一种简单的工作,给塞到小瓶子里的玻璃塞子系绳子。他腰里带着一捆麻线。为了能够两手干活,他把瓶子夹在膝盖当中。这样,因为总是坐着,向前弯着腰,他的窄肩膀就变驼了,他的胸部每天都要压缩十小时。这对他的肺很不好,可是他一天能扎三百打瓶子。

有了他这样的童工,主任觉得很得意,就带着一些参观的人去瞧他。在十小时里,三百打瓶子都经过他的手扎好了。这就是说,他已经熟练得跟机器一样好了。一点多余的动作都没有。他的瘦胳膊的一举一动,他的细指头上的肌肉的每一个动作,都是又迅速、又准确。他工作得非常紧张,结果他就变得神经过敏了。晚上在睡梦中,他的肌肉也要抽搐着。白天里,他又不能松一松,歇一会儿。他总是那么紧张,他的肌肉总是在抽搐。他的脸色愈来愈坏,给飞花引起的咳嗽也愈来愈厉害。后来,他的压缩得很窄的胸腔里的衰弱的肺患了肺炎,他就失去了玻璃厂里的工作。

现在他又回到了一开始绕过锭子的那家麻织厂。可是升级也很有希望。他是一个优秀工人。不久他就要到上浆车间里去了,以后他还会升到织布车间。至此就算升到顶了,可是他还可以提高工作效率。

现在,机器比他初次做工的时候转得快多了,他的脑子反而转得慢了。他再也不做梦了,尽管当初他总是做着好梦。他甚至还爱过一个女人。那是在他才开始引导着布匹绕过热滚筒的时候,她是厂长的女儿。她比他大得多,已经是一个年轻的女人,他只远远地看到了她五六次。不过那也没有关系。他仿佛从流过他面前的布面上,看出了他的灿烂的前途。他会创造出劳动奇迹,发明神妙的机器,争来工厂头脑的地位,而最后抱住她,庄严地吻她的前额。

不过,那都是很久以前的事了。现在,他已经变得太老气,太疲倦,不想恋爱了。再说,她已经嫁了人,到别的地方去了,因此,他就不再动脑筋了。然而,这段经历还是很美妙的,他常常回忆这件事,就像一般男女回想他们心目中的童话时代一样。他从来不相信童话或者圣诞老人;可是过去,他却绝对相信他的幻想在热气腾腾的布流上织出的美妙前途。

他很早就变成了大人。从七岁那年,他头一次领到工资的时候,他的青春期就开始了。他渐渐产生了一种自食其力的感觉,接着,他跟他母亲的关系就发生了变化。仿佛他既然成了挣钱养家,在社会上有了自己工作的人,他的地位就跟她平等了。他在十一岁的时候就成了大人,一个十足的大人,那一年,他做了六个月的夜工。从来没有哪个做过夜工的孩子还会保留着孩子气的。

他生平经历过几件大事。有一次,他母亲买来了一些加利福尼亚的梅干。还有两次,她烘了几块牛奶蛋糕。这些都是大事。他常常很亲切地回忆着这些事。当时,他母亲还说过,将来她会给他做一种非常好吃的东西——据她说,那个东西叫做"浮岛"①,"比牛奶蛋糕还好吃"。后来

---

① 有奶油和蛋白涂在面上的蛋糕。

233

有好几年,他总是盼望有一天,他会看到桌子上摆着一盆浮岛,最后,他觉得这不过是一种不会实现的理想。

有一次,他在人行道上发现了一枚二十五美分的银币。这也是他生平的一件大事,同时也是一幕悲剧。当时,银子的亮光一照到他眼里,他还没有把它拾起来,他已经懂得了他的责任。他家里的人一向都是吃不饱的,他应当像每星期六晚上把工资带回家一样,把它带到家里。他明明知道遇到了这样的事应当怎么办才正确,可是他从来没有用过自己的钱,同时他又是那么痛苦地想吃点糖果。他馋极了,他这一生,只有在过年过节的时候,才尝到过糖果。

他不打算欺骗自己。他知道这是罪过,可是他明知故犯,仍旧用十五美分买了一点糖果,大吃起来。他留下十美分,预备将来再吃一次;不过,他没有带钱的习惯,当时就失落了这十美分。这件事发生的时候,他正在受着良心上的种种折磨,这简直是上帝给他的报应。他心惊胆战地觉得,好像有一位可怕的、怒气冲冲的上帝正在他身旁。上帝已经看见了,而且惩罚得很快,使他不能完全享受罪恶的果实。

他一回想起来,总觉得这是他生平的一件大罪;一想到这件事,他总是觉得良心不安,又受了一次很大的折磨。这是他心里的惟一隐痛。同时,由于他的性格和环境,他回想起来又不免非常懊悔。他觉得那枚银币用得很不称心。他本来可以用更好的办法花掉它的,再者,正因为后来他知道上帝下手很快,他本来可以一下子把它用光,让上帝措手不及的。后来,他重新划算了成百上千次,觉得一次比一次更上算。

还有一件事也是他常想到的,对此他只有一点模糊黯淡的印象,可是在他心灵里永远铭记着他父亲那双野蛮的脚。这件事,与其说是记得起的一件具体事实的印象,还不如说像一场噩梦——还不如说像一个人对于原始人种的回忆,使他梦见他的住在树上的祖先。

强尼在白天清醒的时候,从来没有想到过这件事。他只在晚上,躺在床上,神志渐渐模糊,终于睡着了的时候才回忆起来。它常常把他惊醒,使他害怕得不得了,而且总是使他在刚惊醒的那种不舒服的一刹那里,觉得他是横着睡在床脚。而且床上还仿佛躺着他的父亲和母亲。他从来没有看见过他父亲的相貌。他只有一个印象,他只记得他父亲有一双野蛮的、无情的脚。

这些过去已久的事常常萦绕在他的脑子里,可是近来的事他却记不得了。天天一个样。昨天和去年都是一样,仿佛事隔千年——或者只过了一分钟。从来没有出过一点事情。一点也没有什么标志着时间流逝的事。时间一点也没有前进。它好像站住不动了。只有那些旋转不停的机器在动,可是,尽管它们转得更快了,它们也移不到哪儿去。

十四岁那年,他到上浆机上去工作。这是一件重要的大事。除了一夜的睡眠,或者每星期的发薪日之外,到底有了一件值得记忆的事了。这是一件划时代的大事。这是一个新纪元的开端。从此以后,"我到上浆机上干活的时候",或者"在我到上浆机上工作之前",或者"之后",就成了他不离嘴的口头禅。

十六岁的时候,他进了织布车间,管理一台织布机,来庆祝他的生日。这又是一个带刺激性的工作,因为它是计件的。同时,因为他早就被工厂铸成了一部完善的机器,他的成绩很好。三个月之后,他就兼管着两台织布机,接着,他就兼管了三台,以至四台。

进织布车间的第二年底,他生产的码数已经比任何其他的织布工人都多了,而且超过了不熟练的工人的生产量一倍以上。这时候,他赚钱的本事也快发展到顶了,他的家境也开始好转了。不过,这并不是说他的工资高到了超过需要的程度。孩子们都在长大。他们吃得更多了。同时,他们都进了学校,而课本是要钱买的。还有,不知怎么,他工作得愈快,物价也涨得愈高。甚至连房租也涨了,可是房子却因为失修,反而变得愈来愈坏了。

他已经长得高一点了;不过身材增高了,人却比以前显得更瘦了。同时,他的神经也更紧张了。于是,神经愈紧张,他的脾气也更乖戾,更容易动怒。孩子们都从痛苦的教训里学会了要躲开他。他的母亲很尊重他的赚钱本领,可是这种尊重仿佛也带着几分畏惧。

他的生活没有一点乐趣。他从来没有看到日子是怎么过的。晚上,他在无意识的抽搐里睡过去了。其他的时间他都在干活,他所想到的,只

235

有机器。除此之外,他的脑子就是一片空白。他没有理想,他只有一种幻觉,仿佛他喝的是最好的咖啡。他不过是一个干活的牲口。他一点也没有什么精神生活,然而在他内心深处,他的每一小时的劳碌,他的手的每一个动作,他的肌肉的每一次扭动,都由他毫不自觉地仔细衡量过了,而这一切都是为了将来使他自己以及他那个小天地大吃一惊的行动所做的准备。

暮春季节,有一天晚上他下工回来,觉得非常疲倦。他坐下来吃饭的时候,大家都好像在兴奋地期待着什么,可是他没有注意。他只是闷闷不乐地一声不响地吃下去,无意识地吃着他面前的东西。孩子们全在唔呀啊呀地吃得嘴里嗒嗒乱响。可是他一点也没听见。

最后,他母亲实在忍不住了,就问他:"你知道你吃的是什么吗?"

他茫然地瞧着他面前的盘子,然后又茫然地瞧着她。

"浮岛呀。"她得意地宣布道。

"哦。"他说。

"浮岛呀。"孩子们异口同声地大叫了一下。

"哦。"他说。接着,他吃了两三口,才说:"今天晚上,我好像不饿。"

于是他放下匙子,把椅子向后一推,有气无力地从桌子旁边站了起来。

"看起来,我还是睡觉去吧。"

他一步一拖地走过厨房里的地板,两条腿好像比平常更沉重了。现在,连脱衣服也要费九牛二虎之力,而且一点使不出劲来。等到他爬上床了,一只鞋仍旧穿在脚上,他不由得无力地哭了起来。他觉得脑袋里好像有什么东西在向上涌,向外涨,弄得他的脑子混乱如麻,模模糊糊。他觉得他的瘦指头粗得跟腕子一样,指尖上也有一种跟他的脑子一样混乱、模糊的感觉。他的腰部疼得他受不了。他浑身的骨头都疼。简直浑身疼。

接着,他脑袋里就出现了一百万台织布机的尖叫、撞击、压轧、怒吼的声音。整个空间都充满了飞梭。它们在星星中间错综复杂地穿来穿去。他自己掌握着一千台织布机,它们的速度不断增加,越来越快,同时,他的脑子也松了弦,越转越快,变成了供给那一千只飞梭的纱线。

第二天早晨,他没有去上工。他正在他脑子里的一千台织布机旁边,拼命地忙着织布。他母亲上工去了,不过她先请来了一位医生。据他说,这是严重的流行性感冒。于是珍妮照医生的嘱咐,看护着他。

这场病很厉害,过了一个星期,强尼才能够穿上衣服,在房间里无力地拖来拖去。据医生说,再过一个星期,他就可以回去上工了。星期天下午,也就是他复元的头一天,织布车间的工头来瞧了瞧他。据这个工头对他母亲说,强尼是织布车间里最好的织布工人,他们会给他保留他的工作的。他可以从星期一起,再休息一星期来上工。

"为什么你不谢谢他呢,强尼?"他母亲焦急地问道。

于是她很抱歉地对客人解释道:"他病得太厉害了,直到现在还没有完全清醒。"

强尼弯着腰坐在那儿,一个劲儿瞅着地板。等到工头走了之后,他还像这种姿势坐了很久。外面很暖和,这天下午,他到门口的台阶上坐了一会儿。有时候,他会动一下嘴唇。他好像沉迷在无穷的计算中。

第二天早晨,天气暖和起来之后,他又坐在门口的台阶上。这一次,他带了铅笔和纸,来继续计算,这是一种很痛苦、很惊人的计算。

"百万以后是什么?"中午,威尔从学校里回来的时候,他问道,"你是怎么算的?"

那天下午,他完成了这个任务。以后,他每天要坐在那个台阶上,不过,他不再带着铅笔和纸了。街道对面有一棵树,把他完全吸引住了。他会一连几个钟头地瞧着它,每逢风吹得它的枝条摇摇摆摆、叶子飘动的时候,他就觉得非常有趣。这一星期,他好像始终沉迷在深刻的自省里。星期日,他坐在台阶上,放声大笑了几次,笑得他母亲心里很难过,她已经好几年没听到他笑了。

第二天早晨,天还没亮,她就走到他的床旁边去叫醒他。这一星期,他已经睡足了,很容易惊醒。他没有挣扎,她来扯掉他身上的被子的时候,他也不想把被抓住。他只是安静地躺着,说话的口气也很安静。

"妈,没有用。"

"你会迟到的。"她说,她仿佛觉得他睡得还是糊里糊涂的。

"妈,我醒着,我已经告诉你了,没有用。你顶好别管我。我不会起来的。"

"你会丢掉饭碗的!"她叫起来了。

"我不会起来的。"他用一种奇异的、毫无感情的声音重复了一遍。

这天早晨,她也没有上工。这种毛病她真是从来也没见过。发热和昏迷,她倒能懂得,可是这是疯病呀。于是她给他盖好被,叫珍妮去请医生。

医生来的时候,他睡得很安稳,他慢慢地醒过来,让医生给他按脉。

"不要紧。"医生说,"就是身体太虚了,没有什么别的毛病。身上尽是骨头,肉太少了。"

"他一向都是这么瘦。"他母亲主动地说。

"妈,走开吧,让我睡完这一觉吧。"

他的声音很柔和,很平静。然后他很柔和,很平静地翻过身,又睡着了。

十点钟的时候,他醒了,随后就穿上了衣服。他走到厨房里,看见他母亲脸上带着十分害怕的表情。

"妈,我要走了。"他说,"我想跟你说一声再会。"

她用围裙蒙着脸,突然坐下去,痛哭起来。他耐心地等着。

"我早知道有这一天的。"她抽抽噎噎地说。

最后,她拉下脸上的围裙,伤心地瞧着他那张若无其事的脸,问道:"到哪儿去呢?"

"我不知道,随便哪儿。"

他一面说,一面觉得街对面那棵树在他心里发出了耀眼的光芒。那棵树好像就藏在他眼皮底下,无论什么时候,只要他想看,他就会看见。

"你的活呢?"她声音发抖地说。

"我再也不干活啦。"

"上帝呀,强尼。"她痛哭流涕地说,"可不能说这种话呀!"

对她来说,他说的话简直是亵渎神明。强尼的母亲听到这种话,吓得连气也透不过来,就像一个母亲听见她的孩子否认上帝一样。

"唉,究竟什么东西钻到你脑子里去啦?"她想责备他,可是又没有勇气。

"数目。"他回答道,"就是那些数目。这个星期里我算了很多数,结果真是惊人。"

"我真不知道数数又跟这有什么关系。"她泣不成声地说。

强尼耐心地笑了笑。他母亲看到他这样始终不闹别扭,不发脾气,心里更觉得吃惊了。

"我说给你听吧。"他说,"我累极了。是什么使我累得这样呢?动作。我从一生下来就在做动作。我动得腻烦透了,我再也不想做动作了。还记得我在玻璃厂干活的时候吗?那时候,我每天要扎三百打瓶子。照我的算法,大概扎一个瓶子要十个动作。这样,一天就是三万六千个动作。十天就是三十六万个动作。一个月,一百万零八千个动作。把那八千去掉不算(他用慈善家做好事的得意口气说),把八千去掉不算,一个月就是整整一百万个动作——一年就是一千二百万个动作。

"进了织布车间之后,我的动作快了一倍。这样,一年就是两千五百万个动作。我像这样动了将近一百万年似的。

"可是,这个星期,我一点也没有动。一连好几个钟头,我一动也不动。让我跟你说吧,那可真是太好啦,我干脆坐在那儿,一连好几个钟头,什么也不干。我从来没有快活过。我从来没有一点空闲的时候。我始终都在动。所以,我根本没有办法让自己快活。现在,我再也不干活了。我干脆坐定了,我要坐着,坐着,休息了以后再休息,然后再多休息一会儿。"

"可是威尔跟其余的孩子怎么办呢?"她绝望地问。

"对啦。'威尔跟其余的孩子'。"他重复了一句。

可是他没有一点悲伤的口气。他早就知道他母亲为他弟弟费的那番苦心,可是想到这种事他再也不痛心了。再也没有什么关系。连这种事他也不放在心上了。

"妈,我知道你为威尔做的安排——你想让他在学校里读下去,把他培养成一个管账的。不过,那也没什么用,我不干了。他只好去干活。"

"我辛辛苦苦把你抚养成人,你就这样啊!"她哭着说。她本来就要用围裙蒙着脸的,可是一下子又改了主意。

"你根本没有把我抚养成人。"他用悲惨而亲热的口气说,"是我把自己抚养成人的,妈,连威尔也是我抚养大的。他的个子比我大,比我重,也比我高。我小时候,一直没有吃饱过。他出世之后只有几岁,我就在干活,挣饭给他吃了。不过那种事已经了结了。威尔可以去干活,跟我一样,不然的话,那就随他去,我根本不管了。我累了。现在我要走了。你不跟我说一声再会吗?"

她没有回答。她又用围裙蒙住脸,哭起来了。走到门口的时候,他停了一会儿。

"我相信我是尽了力。"她正在啜泣。

他走出屋子,到了大街上,一瞧见那棵孤单的树,他脸上就露出一副凄惨的笑容。"反正我什么也不干了。"他自言自语地轻轻说了一句,带着一种低声唱歌的口气。他若有所思地瞧了瞧天空,可是明亮的太阳照得他眼都花了。

他走了很久,可是走得不快。他顺着路,走过了麻织厂。织布车间里低沉的轰隆轰隆声传到了他耳朵里,他微微笑了一下。这是一种温和的、宁静的微笑。他谁也不恨,连那些砰砰乱撞、叫得很响的机器他也不恨。他心里没有一点怨恨,他只有一种不寻常的、渴望休息的念头。

房子和工厂渐渐稀少了,空旷的地方渐渐多了,这时候,他已经接近乡下了。最后,城市就撇在他背后了,他顺着铁路旁边一条树木茂盛的小路走了下去。他走路的样子,并不像人。他的模样也不像人。他简直是一个似人非人的可笑东西。他好像一个身子歪歪扭扭、发育不全、说不出名堂的生物,看他跟跟跄跄地走着,两只胳膊松弛地垂着,弓肩膀,狭胸膛,样子又古怪又可怕,简直像一只生病的猿猴。

他从一个小火车站旁边走过去,躺到一棵树下的草地上。他在那儿整整躺了一下午。有时候,他打起盹来,他的肌肉就在睡梦里抽搐着。醒来之后,他一动不动地躺着,瞧着那些小鸟,或者透过上面的树枝缝,仰望着露出的天空。有一两次他大笑了起来,不过这跟他所看到的或者感觉到的东西,都没有关系。

　　黄昏过去,黑夜初临的时候,一列货车隆隆地开进了站。等到机车带着货车转到岔道上的时候,强尼就沿着列车旁边爬过去。他拉开一节空车厢的边门,笨拙地、吃力地爬了进去。他关上了车门。火车头的汽笛响了。强尼躺下去,在黑洞洞的闷子车里微笑起来。

万紫　雨宁 译

意　外

　　摆在面前的东西是容易看到的,意料中的事情,做起来也很方便。每个人都喜欢过安定的生活,所谓一动不如一静。人类愈文明,生活也愈安定,因此,在文明社会里,事情都摆得清清楚楚,很少遇到意外。不过,一旦发生了意外,而且情形相当严重,那些不能适应的人就要完蛋了。他们看不出隐蔽的事物,不能应付意外,也不能改变原有的习惯,来适应新的、陌生的生活方式。总之,等到他们习惯的生活过不下去的时候,那就只有死路一条了。

　　不过,也有一些适于生存的人,要是他们由于迷失方向,或者被迫离开了一向熟悉的平静环境,走向一条陌生的道路,他们就能使自己适应新的生活。伊迪茨·惠特尔塞就是这样。她生长在英国的一个农村里,那儿的生活向来都是循规蹈矩,打破常规的事不仅使人感到意外,甚至会给人看成是不道德的。她工作很早,按照那儿的传统,她在少女时期,就当了一位贵妇人的侍女。

　　文明的作用就在于强迫环境服从人类的规律,直到它变得跟机器一样听话。麻烦的事儿不会有,不可避免的事情可以预先料到。人甚至能雨淋不湿,霜冻不冷,就是死,也不是那样可怕和偶然,随时潜伏在你周围;它已经成了一出事先编排好了的戏,它会很顺利地演到进入家族的坟墓的一场,非但不会让墓门上的铰链生锈,连空气里的灰尘也要不断地打扫干净。

　　伊迪茨·惠特尔塞的环境就是这样。一点也没有出过事。二十五岁那年,她陪她的女主人到美国旅行了一趟,可是这也算不了一回事。路仍然是那条顺顺当当、按部就班的路。只不过换了一个方向。这条横跨大西洋的路非常平稳,因此,船也不成其为海船,只好算是一座宽广的、有许多走廊的旅馆,在海里迅速而平稳地移动,凭着它那笨重的身体,把波涛压得服服帖帖,使海洋变成了一个安静单调的磨坊水池。到了大西洋彼岸之后,这条路就在陆地上继续向前——这是一条安排得很好、很体面的路,在每一个落脚的地方都有许多旅馆,而且在那些落脚的地方之间,还有许多装上了轮子的旅馆。

住在芝加哥的时候,她的女主人看到了社交生活的一面,伊迪茨·惠特尔塞看到了另一面;直到她向她的女主人辞掉差事,变成伊迪茨·纳尔逊之后,她才显露了一下她的才能,也许只稍微显露了一下,表示她不仅能应付意外,而且能控制意外。汉斯·纳尔逊是个移民,原籍瑞典,职业是木匠,他身上充满了条顿人的孜孜不倦的精神,正是因为这种精神,这个民族才不停地在西方进行伟大的冒险事业。他是一个身强力壮、头脑迟钝的人,他虽然缺乏幻想,却有无穷的进取心,他的忠诚和他的爱情,跟他的体魄一样坚强。

"等我辛辛苦苦地干一个时期,积了一点钱,我就要到科罗拉多去一趟。"结婚的第二天,他对伊迪茨说。一年之后,他们果真到了科罗拉多。汉斯·纳尔逊在那儿头一次采矿,就害上了采矿热的毛病。他到处勘探金矿银矿,走遍了南北达科他、爱达荷和俄勒冈州的东部,然后又走到了英属哥伦比亚的丛山里面。无论宿营还是走路,伊迪茨·纳尔逊总是和他同甘共苦,一块儿操劳。她在做家庭妇女时走惯了的小步,已经变成了登山越岭的大步。她学会了用冷静的眼光和清醒的头脑来对待危险,再也不至于像过去那样吓得不知所措了。那种出于无知的恐惧,是生长在都市里的人的通病,它会使他们变得跟笨马一样愚蠢,一受惊就僵在那儿听天由命,而不去搏斗,要不然,就吓得盲目奔逃,彼此拥挤,把路也堵住了。

伊迪茨·纳尔逊一路上老是遇到意外的事情,眼光也锻炼出来了。她不仅能看到山光水色里明显的一面,也看到了其中隐秘的一面。她这个一辈子没有下过厨房的人,居然学会了不用忽布花、酵母或者发面粉就可以做面包的本事,用普通的锅子在火堆上烘面包。遇到连最后一块腌猪肉也吃完了的时候,她能够当机立断,用鹿皮鞋或者行李里硝得比较软的皮子,做成代食品,让他至少可以保全性命,勉强前进。她学会了套马,套得跟男人一样好——这是无论哪个都市里的人干起来都要灰心的,她知道哪一种行李该用哪一种方法捆扎。她还能够在倾盆大雨里用湿木头生火而不气馁。总之,不论在什么环境里,她都能够应付意外。可是,最大的意外还没有来,她还没有受过这样的考验。

当时,找金矿的浪潮正在向北涌到阿拉斯加,因此,汉斯·纳尔逊同他的妻子也不可避免地给卷进了这股潮流,涌向克朗代克。一八九七年秋天,他们到了狄亚,因为没有钱,不能带着行李穿过契尔库特山隘,再从水路到道森。所以这一年冬天,汉斯·纳尔逊就干起他的本行,帮着大家建设这个应运而生、供应行李用品的史盖奎镇。

他好像停留在黄金国的边缘上似的,这一冬,他总是觉得全阿拉斯加都在召唤他。其中,以拉图亚湾的呼声最高,于是,到了一八九八年夏天,他同他的妻子就乘着七十英尺长的西瓦希木船,顺着曲曲折折的海岸线摸索前进了。跟他们同路的还有许多印第安人和三个白人。那些印第安人把他们和他们的给养运到离拉图亚湾一百英里左右的一个荒凉的小地方,登陆之后,就回到史盖奎镇去了;可是那三个白人留下来了,因为他们跟纳尔逊夫妇是合伙的。费用由大家公摊,以后赚的钱也由大家平分。在这段时间里,伊迪茨·纳尔逊负责给大家烧饭,将来也可以跟大家一样分到一份好处。

首先,他们砍下了许多枞树,造了一幢三间房的木屋。伊迪茨·纳尔逊的责任是操持家务。男人们的责任是去寻找金矿,而且要找到金矿,这些他们都办到了。那并不是什么惊人的发现,那不过是一个贮藏量很少的冲积矿床,一个人一天要极辛苦地干上很多钟头才能得到十五到二十块钱的金沙。这一年,阿拉斯加的短暂的夏天比往年长得多,他们一直推迟回到史盖奎镇的时刻。等到他们要走的时候,已经太晚了。他们本来是跟当地的几十个印第安人约好的,趁他们在秋天到沿海一带做生意的机会,跟他们一块儿走。那些西瓦希人等着他们,直到不能再等了才动身走了。现在,这伙人除了等偶然的机会搭船以外,已经没有别的路可走了。在这段时间里,他们就把金矿挖空,又砍了许多木柴贮存起来过冬。

晚秋的暖和天气像梦境一般持续不断,突然间,在尖厉的呼号声中冬天来了。一夜之间,天气就变了,这几个淘金者醒来之后,已经是狂风怒号,大雪漫天,千里冰封了。风暴一个接着一个,在间断的时候,四外都是静悄悄的,只有荒凉的海岸上澎湃的浪潮打破这一片沉寂,浓霜似的盐好像在海滩上镶了一条白边。

木房子里面的一切都很好。他们的金沙已经称过了,大约值八千块钱,谁也不能说不称心。几个男人都做了雪鞋,打一次猎就可以带回许多新鲜的肉,贮藏起来;在长夜里,他们无休无止地玩起纸牌来,有时玩惠斯特,有时玩五点。现在,既然采矿已经结束,伊迪茨·纳尔逊就把生火洗盘子的活交给男人们去做,自己来给他们补袜子、补衣服了。

这个小木屋里,从来没有发生过抱怨、口角或者无谓的吵闹,因为大家的运气还算不错,他们常常彼此庆贺。汉斯·纳尔逊头脑迟钝,性情随和,伊迪茨待人接物的本领是他早就非常钦佩的。哈尔基,这个又高又瘦的得克萨斯州人,虽然沉默寡言,性情孤僻,可是非常和气,只要没有人来反对他那种金子会生长的论调,他总是跟大家相处得很好的。这一伙里面的第四位,麦克尔·邓宁,他给这所木屋子里的欢乐增添了爱尔兰的情趣。他是个身材高大、很有气力的人,容易为了一点小事突然发火;可是遇到事态重大,局面很紧张的时候,他的脾气却又很好。其中的第五位,也就是最后一位,名字叫达基,他是一个甘心为大家充当小丑的人,为了使大家高兴,他甚至会拿自己来开玩笑。他一生为人好像就是为了引人发笑。在这伙人的平静生活之中,从来没有发生过严重的争吵。他们只干了短短的一个夏天,每人就得到一千六百美元,这所木屋子里自然要充满富裕满足的欢乐气氛了。

接着就发生了意外的事情。他们刚坐下来准备吃早餐。这时候,已经八点钟了(淘金停止以后,早餐自然而然地推迟了),可是还得点着那支插在瓶口里的蜡烛来吃东西。伊迪茨同汉斯面对面坐在桌子两头。哈尔基同达基背朝着门,坐在桌子的一边。他们对面空着一个位子。邓宁还没有来。

汉斯·纳尔逊瞧了瞧那个空椅子,慢慢地摇摇头,打算卖弄一下他那笨拙的幽默,就说:"平常吃东西,他总是第一个到。这可太奇怪了。也许他生病了吧?"

"麦克尔到哪儿去啦?"伊迪茨问。

"他比我们起来得早一点,到外面去了。"哈尔基回答道。

达基脸上露出调皮的笑容。他假装知道邓宁为什么没来,故意摆出一副神秘的样子,好引得他们都来向他打听。伊迪茨到男人们的卧室里看了一下,回到桌子边来。汉斯看看她,她摇了摇头。

"他以前吃饭,从来不迟到。"她说。

"我可不懂。"汉斯说,"他的胃口一向大得像马一样。"

"太糟啦!"达基悲伤地摇着头说道。

一个伙伴没来,他们却借此开起了玩笑。

"这可真是太不幸了!"达基自动地开了个头。

"什么?"他们异口同声地问道。

"可怜的麦克尔呀。"他凄惨地回答道。

"麦克尔究竟出了什么事?"哈尔基问道。

"他再也不会饿啦。"达基悲切切地说,"他没有胃口啦。他不喜欢这种伙食了。"

"不喜欢?他吃起来,连耳朵也会浸在盆子里。"哈尔基说。

"他那样做,是为了对纳尔逊太太表示礼貌。"达基立刻反驳道,"我明白,我明白,太糟啦。为什么他不在这儿呢?因为他出去了。出去干什么呢?因为他要开开胃口。怎么才能开胃呢?他光着脚在雪里走路。哎呀!难道我还不明白吗?有钱的人遇到胃口不开的时候,就是用这个法子来开胃的。麦克尔有一千六百块钱。他是个有钱的人了。他就没胃口了。所以呀,这就是因为他正在想法子开胃。你们只要把门打开,就会看见他光着脚在雪里走路。不过,你们可看不见他的胃口。这就是他的麻烦。等他找到了胃口,他就会抓住它回来吃早饭啦。"

达基的胡言乱语引得他们哈哈大笑起来。笑声未停,门就开了,邓宁进来了。大家都回过头来瞧他。他手里提着一支猎枪。就在他们瞧他的时候,他已经把枪举到肩头,开了两枪。头一颗子弹才打出去,达基就倒在桌子上面,撞翻了他的咖啡,他那乱蓬蓬的黄头发就浸在他那盆玉米粥里了。他的前额压在盆子边上,使盆子翘起来,跟桌面构成一个四十五度的角。哈尔基跳了起来,身子还在半空,第二枪又响了;他脸朝下,栽倒在地板上了。他那句"我的天!"在嗓子里只咕噜了一声就听不见了。

这可真是料想不到的事。汉斯同伊迪茨都吓呆了。他们浑身紧张地坐在桌子旁边,眼睛像中了魔似的盯着那个杀人的凶手。他们从火药的烟雾里,隐隐约约地看到了他。这时一片寂静,只听见达基的那杯倒翻的咖啡滴在地板上的声音。邓宁拆开猎枪的后膛,抽出了子弹壳。他一手端着枪,用另一只手伸到口袋里去掏子弹。

正在他要把子弹装上膛的时候,伊迪茨·纳尔逊清醒过来了。他分明是要打死汉斯和她。这件意外的事来得太可怕,太叫人不解了,因此,她神智迷惑,精神麻木了大约三秒钟。接着,她就挺身而出,跟他搏斗起来。她真的和他搏斗起来了,她像猫一样跳到凶手面前,用两只手揪住他的衣领。她这一撞,使他踉踉跄跄,倒退了几步。他打算把她甩开,可是又不肯放弃手里那支枪。这可不容易,因为她的结实的身体已经变得像猫的身体一样了。她掐住他的脖子,用全身的力量向旁边一拉,几乎把他摔倒在地板上。他立刻站直了,飞快地转起来。她因为抓得很紧,身体随着他转,脚就离开了地板,于是她用手抓紧他的脖子,悬空转了起来。转了一会儿,她的身体撞在一把椅子上,这一男一女就在拼命挣扎之下,摔倒在地板上,占了半个房间。

汉斯·纳尔逊碰到这种意外,要比他的妻子迟半秒钟才开始行动。他的神经和头脑的反应都比他的妻子慢。他的感觉比较迟钝,要多耽搁半秒钟的时间才能明白情况,拿定主意,开始行动。伊迪茨已经扑到邓宁面前,掐住他的脖子了,汉斯才跳起来。可是他没有她那样冷静。他气疯了,就像古时喝醉了酒混战的武士那样怒气冲天。他从椅子上一跳起来,嘴里就发出一种一半像狮吼,一半像牛鸣的声音。伊迪茨同邓宁的身体已经旋转起来了,他还在那儿咆哮嘶吼,接着,他就在房间里到处追赶这股旋风,直到他们摔在地板上了,他才追到。

247

汉斯一扑到那个摔倒的男人身上，便发狂似的用拳头揍他。这些拳头跟打铁的锤子一样，后来，伊迪茨觉得邓宁身上没劲了，就松开手，一翻身滚到旁边。她躺在地板上，一面喘气，一面瞧着。狠命的拳头仍然像骤雨一样不停地打下去。邓宁好像并不在乎。他甚至连动也不动。这时候，她才想到他已经昏过去了。她连忙大叫汉斯停手。接着她又喊了一遍。可是任凭她怎么喊，他也不理。她抱住他的胳膊，他还是不理，只不过使他挥起拳头来不大方便罢了。

于是，她只好把自己的身体阻挡在她丈夫和那个不会抵抗的凶手之间。她这种举动并不是出于理智，也不是出于怜悯，更不是为了服从宗教的戒律。这可以说是出于一种守法的精神，这是她从小养成的道德观念迫使她这样做的。汉斯直到发觉自己是在打自己的妻子时才停手。他乖乖地任凭伊迪茨把他推开了，好像一条凶猛而听话的狗给主人赶开了似的。这种比喻还可以再进一步。汉斯的嗓子里，和野兽一样仍然有一种余怒未息的狺狺之声。有好几次，他都仿佛要跳回去，扑到他的俘虏身上，幸亏他的妻子迅速用身体挡住了他。

伊迪茨一步一步地把她丈夫向后推。她从来没见过他这种样子，她觉得他的神气比邓宁跟她搏斗得最激烈的时候还要可怕。她简直不能相信这只狂怒的野兽就是她的汉斯；她战栗了一下，畏畏缩缩，突然感到一种出于本能的恐惧，怕他会跟发狂的野兽一样来咬她的手。至于汉斯，他虽然不想伤害她，却不肯罢休，仍然要回过去再打，有好几秒钟，他总是忽而往后退，忽而向前扑。因此，她就坚决地拦住他，直到他恢复了理智，平静下来。

他们站了起来。汉斯摇摇晃晃地回到墙边，靠在那儿，脸上的肉抽搐着，嗓子里继续发出深沉的嘶吼，可是声音已经在轻下去，几秒钟之后就不响了。现在，反应过来了。伊迪茨站在房间当中，拧着手，气喘吁吁，浑身都在猛烈地哆嗦。

汉斯什么也不瞧，可是伊迪茨的眼睛却狂热地在房间里瞟来瞟去，一一瞧着刚才发生的情景。邓宁一动不动地躺在那儿。在狂转之中撞翻了的那把椅子就在他旁边。那支猎枪一半压在他身体下面，后膛仍然是拆开的。那两颗没有装上膛的子弹,已经滚出了他的右手,他本来是捏得很紧的,直到失去了知觉才松手。哈尔基脸朝下,扑在他摔下去的那个地方;达基向前伏在桌子上,乱蓬蓬的黄发浸在他那盆玉米粥里。那个盆子仍然翘起一边,跟桌面构成一个四十五度的角。这个翘起来的盆子使她觉得很奇怪。为什么它没有倒呢?这真是太不近情理了。即使出了人命,一只盛粥的盆子这样翘在桌子上,也是不合情理的。

她回头瞟了邓宁一眼,双眸又立刻回到了那个翘起的盆子上。这真是太不近情理啦!她感到了一种想笑一下的神经质的冲动。随后她注意到了房间里的沉寂,期望着发生点什么事情,便把那个盆子忘了。从桌子上滴下去的咖啡声那么单调,只不过加强了这片沉寂的气氛。为什么汉斯没有动静呢?为什么他不说话呢?她瞧着他,想说点什么,这才发现自己的舌头已经不听使唤了。她嗓子里有一种疼得很特别的感觉,她的嘴又干又苦。她只能瞧着汉斯,汉斯也在瞧她。

突然,一个尖锐的金属声打破了这一片沉寂。她尖叫了一声,立刻掉转眼光瞅着那张桌子。那个盆子已经倒了。汉斯叹息了一声,好像才从梦里醒过来,盆子的声音使他们想到了今后他们将要生活在一个新的世界里。而这所木房子,就是今后他们要生活行动的那个新世界了。原来的木房子中的生活已经一去不返。眼前的生活全然是新的,生疏的生活。这个意外的变故在事物的表面施了一层魔法,更换了它们的远景,改变了它们的价值,把现实的和不现实的交织起来,混乱得令人无所适从。

"我的上帝呀,汉斯!"这是伊迪茨的第一句话。

他没有回答,只是面带恐怖地瞪着她。他慢慢地瞧了瞧房间里的情形,这才看了个仔细。接着,他就戴上帽子,朝门口走去。

"你要到哪儿去?"伊迪茨极其担心地问着。

他已经抓住了门上的把手。他扭转半个头,回答道:"去刨几个坟。"

"汉斯,别让我一个人留在这儿,跟这些——"她向整个房间扫了一眼——"跟这些待在一起。"

"迟早总是要刨的。"他说。

"可是你不知道该刨几个坟。"她拼命地反对。她看他犹疑不决,又说道:"再说,我也要跟你一块儿去,帮帮忙。"

于是汉斯走到桌子旁边,不假思索地吹灭了蜡烛。接着,他们就一块儿来检查房间里的情形。哈尔基同达基已经死了——死得很可怕,猎枪的射程太近了。汉斯不愿意走到邓宁附近,伊迪茨只好一个人去进行这一部分的检查。

"他没有死。"她对汉斯说。

他走过去,低下头瞧了瞧那个凶手。

伊迪茨听见她丈夫在含含糊糊地咕噜着,就问道:"你说什么?"

"我真丢脸,居然没有把他揍死。"这就是他的答复。

伊迪茨正在弯着腰检查邓宁。

"你走开!"汉斯非常粗暴地命令着,声调有点奇怪。

她突然惊慌起来,瞧了他一眼。他已经抓起邓宁丢下的猎枪,正在把子弹塞进去。

"你要干什么?"她一面喊,一面迅速地挺直了弯下去的腰。

汉斯没有回答,可是她看出猎枪正在举向他的肩头,她连忙用手抓住枪口,把它向上一推。

"别管我!"他厉声喝道。

他打算把枪从她手里夺过来,可是她靠得更近了,已经把他抱住。

"汉斯!汉斯!醒醒吧!"她喊道,"别发疯啦!"

"他杀死了达基和哈尔基!"这是她丈夫的答复,"我要打死他。"

"可是这样做是不对的。"她反对道,"还有法律。"

他冷笑了一声。他不相信在这种地方法律会有什么作用,他只是固执地、毫无感情地重复着那句话:"他杀死了达基和哈尔基。"

她跟他争论了很久,这不过是一种单方面的争论,因为他很固执,总是一再地重复那句话:"他杀死了达基和哈尔基。"而她又摆脱不开她小时候所受的教训和她本身的民族传统。这是一种守法的传统,对她来说,正确的行为就等于守法。她看不出还有什么更正确的路。她认为汉斯这种把执法权揽到自己手里的行为,并不比邓宁干的事来得正当。用错误来对待错误是不对的,现在,要惩罚邓宁,只有一个办法,应当按照社会上的规定,依法处理。最后,汉斯终于给说服了。

"好吧。"他说,"随你好了。说不定明天或者后天,他就会把你我都打死的。"

她摇了摇头,伸出手要他交出猎枪。他刚伸手要交,又缩了回去。

"最好还是让我打死他吧。"他恳求道。

她又摇了摇头,于是他又准备把枪交给她。这时候,门开了,一个印第安人没有敲门就进来了。随着他刮进了一阵猛烈的风雪。他们转过身子,面对着他,汉斯手里仍然抓着猎枪。这个不速之客看到这番情景,一点也不慌张。他眼睛一扫就看清楚了有死的,也有伤的。他脸上一点也没有吃惊的神气,甚至连好奇的样子也没有。哈尔基就躺在他脚旁边,可是他理也不理。对他来说,哈尔基的尸首并不存在。

"好大的风呀!"这个印第安人说了这么一句,算是问候,"都好吗?都很好吗?"

汉斯手里仍然抓着那支枪,他觉得那个印第安人一定以为摊在一地的尸首都是他打死的。他用恳求的眼光瞧着他的妻子。

"早晨好,尼古克。"她说,声音显得很勉强,"不好,很不好。乱子很大。"

"再会,现在我要走了,事情很忙。"那个印第安人说完了,就不慌不忙,非常仔细地跨过地板上的一摊血渍,开了门,走出去了。

纳尔逊夫妇面面相觑。

"他以为是我们干的。"汉斯上气不接下气地说,"他以为是我干的。"

伊迪茨一声不响。过了一会儿,她用很简短、老练的口气说:

"他怎么想,不用去管,那是以后的事。现在,我们要挖两个坟。不过我们得先把邓宁捆起来,别让他跑掉。"

汉斯连碰一碰邓宁都不愿意,可是伊迪茨一个人也把邓宁的手脚捆紧了。后来,她同汉斯走到门外的雪地里。地已经冻硬了。锄头凿不进去。他们先弄来许多木柴,扫开积雪,在冻结的地面上生起一堆火。烧了一个钟头之后,才烧化了几英寸深的泥。他们挖出这些泥,又生了一堆火。按照这样的速度,一个钟头只能挖下去两三英寸深。

这是一件又困难、又辛苦的工作。暴风雪刮得火总是烧不旺,风又在穿透他们的衣服,冻得他们浑身冰冷。他们很少谈话。风不容他们开口。除了偶尔猜测邓宁犯罪的动机以外,他们总是默默无言,心头压着这场悲剧给他们带来的恐怖。到了下午一点钟的时候,汉斯瞧着木房子那面,说他饿了。

"不成,现在还不成,汉斯。"伊迪茨回答道,"屋子里弄得那个样子,我可不能一个人回去烧饭。"

两点钟的时候,汉斯主动地提出要陪她回去;可是她一定要他干下去;到了四点钟,两个坟才挖好。坟坑很浅,不过两英尺深,可是也够了。到了晚上,汉斯拉出雪橇,在暴风雪的黑夜里,拖着两个死人走向那个冻结的坟墓。这简直不像出殡。雪橇深深地陷在风刮成的雪堆里,非常难拖。他们夫妇从昨晚起一点东西也没有吃过,他们又饿又累,身体已经十分衰弱。他们没有抵抗风的力气了,有时,甚至还会给风吹倒。有几次,连雪橇也翻了,他们只好把这批可怕的货物再装上去。走到离坟坑一百英尺的时候,他们要爬上一个陡坡,两个人只好趴下去,像拖雪橇的狗一样,把胳膊当成腿,把手插到雪里。即使这样,有两次,他们还是给沉重的雪橇拖倒,从山坡上滑下来,弄得活人同死人、绳子同雪橇,可怕地纠缠在一起。

"明天,我再来插上两块木牌,写上他们的名字。"他们把坟做好以后,汉斯说。

伊迪茨抽抽噎噎地哭着。她所能做的,只不过断断续续地祷告几句,就算完成了葬礼。现在,她的丈夫只好扶着她回到木房子里。

邓宁已经苏醒过来了。他在地板上滚来滚去,白费气力地想挣脱捆住他的皮带。他用亮闪闪的眼睛瞅着汉斯同伊迪茨,可是不想说话。汉斯仍旧不肯碰一碰这个凶手,他闷闷不乐地瞅着伊迪茨把邓宁从地板上拖到男人的卧室里。可是,用尽力气,也不能把他从地板上抬到他的床上。

"最好让我给他一枪,省得以后麻烦。"汉斯最后一次恳求道。

伊迪茨摇了摇头,又弯下腰去搬邓宁了。使她感到奇怪的是,这一次,轻易就把他搬起来了。原来汉斯在帮她搬,她知道汉斯的心已经软了。然后,他们就打扫厨房。可是地板上惨不忍睹的血渍仍然洗不清,汉斯只好把那一层刨掉,用刨花在炉子里生起了一堆火。

日子一天一天地过去了。大部分的时间都是在黑暗和寂静里度过的,只有暴风雪和波涛打在冰冻的海岸上的轰隆声打破这种沉寂。汉斯对于伊迪茨真是惟命是从。他那种惊人的进取精神已经完全消失了。她要用她的办法来对付邓宁,因此他就把这件事完全交给她去处理。

这个凶手是一个经常的威胁。不论什么时候,他都可能挣脱捆着他的皮带,因此,他们只好昼夜地监视着他。汉斯或者伊迪茨,总是坐在他旁边,拿着那支实弹猎枪。最初,伊迪茨规定八小时一班,可是这种不断的监视太紧张,后来她同汉斯就每隔四小时换一次班。由于要轮流睡觉,轮流看守邓宁,他们几乎连做饭和砍柴的工夫都没有了。

自从尼古克那一次不巧的拜访之后,当地的印第安人就不肯再到这间木屋里来了。于是伊迪茨叫汉斯到他们的木屋里去一趟,要他们用一只独木船把邓宁送到沿海最近的白人村落或者贸易站上,可是交涉没有结果。伊迪茨只好亲自去拜访尼古克。他是这个小村子的村长,完全懂得他所负的责任,三言两语就把他的观点对她说清楚了。

"这是白人闹的乱子。"他说,"不是西瓦希人闹的乱子。我们的人要是帮助了你们,这件事就会变成西瓦希人的乱子了。等到白人的乱子跟西瓦希人的乱子混在一块儿,成为一个乱子,那就会变成一个搞不清的、没完没了的大乱子。闹乱子可没有好处。我们的人没有做错事。他们为什么要帮助你们,给自己添麻烦呢?"

于是,伊迪茨只好回到那间可怕的木屋里,去过那无休无止的、四小时值一次班的日子。有时候,轮到了她值班,她坐在囚犯旁边,腿上搁着实弹的猎枪,就会闭上眼睛,打起盹来。每逢这种时候,她总是会突然惊醒过来,抓起枪,马上盯着邓宁。这分明是神经过度紧张所致,对她的影响当然不好。她非常怕他,甚至在她清醒的时候,如果他在被里动了一动,她也禁不住要吓得一跳,急忙去抓猎枪。

她知道,这样下去,她的神经随时会出毛病。头一个现象是眼珠子跳,逼得她只好闭上眼睛,让它们安定下来。过了一会儿眼皮又会神经质地抽搐起来,怎么也控制不了。可是使她最痛苦的却是,她忘不了那场悲剧。她在发生意外的那天早晨感到的恐怖,始终在折磨她。每逢她给那个凶犯吃东西的时候,她就不得不咬紧牙关,挺起身体,壮起胆子。

汉斯所受的影响不同。他给一个念头缠住了:打死邓宁是他的责任;每逢他去服侍这个给捆住的人,或者在他旁边监视的时候,伊迪茨就提心吊胆,怕汉斯会在这间木房子的死亡簿上又添上一笔。他总是很野蛮地咒骂邓宁,对他非常粗暴。汉斯为了掩饰他的杀人狂,有时还会对他的妻子说:"慢慢地,你会叫我杀死他的,可是到了那时候,我可不愿意杀死他了。我不想玷污我的手。"不过,有好几次,在她不值班的时候,她悄悄走到那间屋子里,总是发现这两个男人,像一对野兽一样,恶狠狠地,你望着我,我望着你。汉斯的脸上杀气腾腾,而邓宁的脸色,就像一只给逼到绝境的老鼠一样凶野。于是,她就会大喊一声:"汉斯!你醒醒!"他就会镇定下来,感到吃惊,脸上显得很难为情,可是并不懊悔。

因此,自从发生这件意外以后,汉斯也成了伊迪茨·纳尔逊要对付的一个问题。起初,只有一个要用正当的方式对待邓宁的问题,至于所谓的正当方式,在她看来,也就是要把他看守起来,直到把他交给正式的法庭受审。可是现在还得考虑到汉斯,她觉得他的神志是否清醒,灵魂能否得救,都有问题。此外,不久她又发现自己气力和耐心也成问题了。由于神经过分紧张,她的身体快要垮了。她的左臂会不由自主地抖动和抽搐。她用匙子的时候会把食物泼出来,她的左手已经不听使唤了。她认为这是一种舞蹈风①,她怕病情会发展得非常严重。如果她真垮了,会怎么样呢?她一想到将来这所木房子里只剩下邓宁同汉斯时的情景,心里就又添了一层恐怖。

三天之后,邓宁开始说话了。他的头一个问题就是:"你们预备把我怎么办?"他天天问这个问题,每天都要问好几次。伊迪茨总是答复他说,一定要根据法律来处理他。同时,她也天天问他:"为什么你要干这

---

① 从前在日耳曼一带流行的一种病。

种事?"对这个问题他从来不回答。他一听到这个问题就暴跳如雷,拼命想挣脱捆在他身上的皮带,并且威胁她说,等到他挣脱后他会收拾她,他说迟早他会挣脱的。每逢这种时候,她就扣住枪上的两个扳机,准备在他挣脱皮带的时候打死他,可是由于过分的紧张和震惊,她自己又会浑身发抖,感到心跳和头昏。

不过,日子一久,邓宁总算变得比较就范了。在她看来,他似乎过厌了这种整天躺着不动的生活。他开始恳求她放了他。他起了许多粗野的誓。他说他绝不会害他们。他会一个人沿着海岸走下去,向法庭自首。他愿意把自己的那份金子送给他们。他要一直走向荒野深处,永远不再在文明社会露面。只要她放了他,他情愿自杀。通常,他恳求到后来,总是会不自觉地说起呓语来,直到她觉得他快要发疯了。不过,尽管他这样发狂似的求她,她总是摇摇头,不肯释放他。

后来,过了几个星期,他变得更加顺从了。在这一段时间里,他的精神却越来越委顿了。他常常会像一个性情乖张的小孩子那样,把头在枕头上翻来覆去,口里喃喃地说着:"我真过厌了,真过厌了。"后来,隔了不久,他就常常激动地请求他们把他处死,一会儿求伊迪茨杀了他,一会儿又求汉斯解除他的痛苦,让他至少可以安静地长眠。

这种局面正在迅速地变得叫人不能忍受。伊迪茨的神经愈来愈紧张,她知道自己随时都有垮掉的可能。她甚至不能好好休息一下,因此她总是提心吊胆,生怕在她睡觉的时候,汉斯发起狂来,把邓宁杀死。这时候,虽然已经到了正月,前来做生意的双桅帆船还要过几个月才可能靠岸。他们本来没有想到要在这所木房子里过冬的,现在,粮食正在一天一天地少下去;汉斯又不能出门打猎,添补一下。为了必须看守他们的犯人,他们简直给捆在这所木房子里了。

伊迪茨也明白,总得想个办法才好。她强制着自己把这个问题重新考虑了一下。她还是摆脱不开她那个民族的传统观点,以及她那种一半得自血统,一半得自教育的守法精神。她知道,无论怎么做,她都得依照法律。每逢猎枪搁在她的膝盖上,不安的凶手躺在她旁边,暴风雪在外面狂吼着,她要一连看守几个钟头的时候,她就发挥她的创见来考虑社会问题,自己造出一套法律的演变的理论。她认为,所谓法律,不过是一群人的判断和意志。至于这群人的人数多少,那倒没有关系。按照她的理解,其中有小至如瑞士的人群,也有大如美国的人群。依此推理,这个人群无论小到什么程度都没有关系。也许,一个国家只有一万人,可是他们的集体的判断和意志,仍然会成为那个国家的法律。照这样看,为什么一千个人不好算一群人呢?她向自己提出了这个问题。如果一千个人可以成为一群,为什么一百个就不可以呢?为什么不可以是五十个呢?为什么不可以是五个呢?为什么不可以是一两个呢?

这个结论使她吃了一惊,她把这个问题对汉斯谈了一下。起初,汉斯不懂,后来,等到他明白了,他就举出了一个令人信服的例证。他谈起了淘金者的会议。每逢开会的时候,当地的淘金者都要聚在一块儿,制订法律,执行法律。据他说,有时,总共也不过十个到十五个人,可是对于这十个或者十五个人来说,多数人的意见就是法律,谁要违反了多数人的意见,谁就会受到惩罚。

到了这一步,伊迪茨才搞清楚了她的问题。邓宁必须受到绞刑。汉斯也很赞成。在他们这一群里,他们两个占了多数。根据集体的意志,邓宁必须受到绞刑。为了执行这个决定,伊迪茨很认真,一定要按照习惯上的形式办理。可是这个人群太小了,汉斯和她,只好一会儿充当证人,一会儿充当陪审人,一会儿充当法官——然后还要充当行刑的人。她正式控诉麦克尔·邓宁犯了谋杀达基和哈尔基的罪,那个躺在床上的囚犯,先听了一遍汉斯的证词,然后又听了一遍伊迪茨的证词。他既不肯认罪,也不说自己无罪,等到伊迪茨问他有什么为自己辩护的话没有的时候,他还是不响。于是,她同汉斯,也没有离开席位,就宣布了陪审人认为犯人有罪。然后,她就充当法官,当庭宣判。尽管她的声音颤抖,眼皮跳动,左臂抽搐,可是她到底读完了这份判决书。

"麦克尔·邓宁,在三天之内,就要把你绞死。"

这就是判决书。那个人不自觉地舒了一口气,然后轻蔑地哈哈一笑说:"这么说,这张该死的床不会再折磨得我背上疼痛了,那倒也叫我安心。"

宣判之后，这三个人好像都有了一种轻松的感觉。尤其是从邓宁脸上最容易看得出。他那种阴沉凶蛮的神气全没有了，他跟看管他的人随便聊天，甚至还像旧日那样，说些才气焕发的俏皮话。伊迪茨给他读《圣经》，他也很满意。她读的是《新约》，读到浪子和十字架上的贼的时候，他好像听得津津有味。

执行绞刑的前一天，伊迪茨又提出那个老问题来问他，"为什么你要干这种事？"邓宁回答道："这很简单。我想……"

可是她马上拦住了他的话，叫他等一会儿再讲，然后匆匆地走到汉斯的床边。这时候，正轮着他休息，他从梦里醒来，揉揉眼睛，说了几句抱怨的话。

"你出去一趟。"她对他说，"把尼古克找来，另外再找一个印第安人一起来。麦克尔要招供了。你要逼着他们来。把步枪带去，万一不得已的时候，就用枪口逼着他们，把他们带来。"

半小时之后，尼古克和他的叔叔哈狄克万就给领进了这间出过人命的屋子。他们不是出于自愿来的，是汉斯用步枪押着他们来的。

"尼古克。"伊迪茨说，"这件事不会给你和你的人添麻烦的。我们也没有什么别的要求，只不过请你坐在这儿，听一听，了解一下情况。"

于是，麦克尔·邓宁在被判处死刑之后，终于公开地招认了他的罪行。他一面说，伊迪茨一面记录下他的口供，那两个印第安人在一旁听着，汉斯为怕证人逃走，就守在门口。

据邓宁说，他已经有十五年没回老家了，他一直打算在将来要带上很多钱回去，让他的老娘可以舒舒服服地度过余年。

"可是这一千六百块能顶什么事呢？"他问道，"我的目的是要把所有的金子，把那八千块钱的金子全弄到手。这样，我就可以很体面地回家了。因此，我就想，这还不容易吗？我可以先杀死你们，再到史盖奎镇去报告，说你们是给印第安人杀死的，然后一溜烟逃到爱尔兰去。于是，我就动手来杀死你们，不过，这正像哈尔基从前常常喜欢说的那样，我的野心太大了，等到我要把它吞下去的时候，我已经摔倒了。这就是我的口供。我既然干了这种鬼事，现在，只要上帝愿意，我也愿意向上帝赎罪。"

"尼古克,哈狄克万,你们都听见了这个白人说的话。"伊迪茨对那两个印第安人说,"他的口供现在都写在这张纸上了,现在该你们来签字了,就签在这张纸上。这样,等到以后再有别的白人来的时候,他们就会知道有你们旁听为证了。"

这两个西瓦希人在他们的名字后面画了两个十字之后,伊迪茨给了他们一张传票,要他们明天带着他们部落里所有的人来再作一次见证,然后允许他们回去了。

他们把邓宁的手松了一下,让他能在文件上签个字。接着,屋子里就一点声音也没有了。汉斯露出了不安的神色,伊迪茨好像觉得很不舒服。邓宁仰面朝天地躺着,直愣愣地瞧屋顶上长着苔藓的裂缝。

"现在我就要向上帝赎罪了。"他喃喃地说。接着,他就掉过头,瞧着伊迪茨。"为我读一段《圣经》。"他说,然后,他又像开玩笑似的添了一句。"也许这样会让我忘了这张床有多硬。"

执行绞刑那天,天气晴朗,寒冷。温度表上指着零下二十五度,寒风一直透进人的衣服、皮肉和骨头。在这几个星期里,今天邓宁头一次站起来。好久以来,他的肌肉一直没有活动过,他已经不能照往常那样保持直立的姿势了,因此,他简直站不住了。他总是前前后后地摇晃,走起路来一栽一跌,他只好用那双捆着的手抓住伊迪茨,免得摔倒。

"真的,我真有点头昏眼花了。"他无力地笑了笑。

过了一会儿,他又说:"这样倒也叫人高兴,总算都过去了。我明白,那张该死的床也会把我折磨死的。"

等到伊迪茨把他的皮帽子戴在他头上,要替他放下护耳的时候,他哈哈地笑了一声,说道:

"你为什么要把它们放下来呢?"

"外面天气很冷。"她回答道。

"再过十分钟,可怜的麦克尔·邓宁就是冻坏了一两只耳朵,又有什么关系呢?"他问道。

她本来打起了精神,准备对付这场最后的严峻考验,可是他这句话打击了她的自信心。直到目前,一切都好像是梦中的幻影,可是他刚才所说的残酷的真理使她惊醒过来，让她睁开眼睛，看见了正在发生的事实。这个爱尔兰人也看出了她心里难受。

"对不起，我不该用这种蠢话使你难过。"他懊悔地说，"我不是有意的。对我麦克尔·邓宁来说，今天是个伟大的日子，我真是快活得跟云雀一样。"

他立刻吹起了快活的口哨，可是一会儿就变成阴郁的调子，不响了。

"我希望这儿能有一位牧师。"他若有所思地说着，然后又很快地添了一句，"不过，像我麦克尔·邓宁这样的老兵，在出征的时候，就是没有这些享受，也不会难过的。"

他的身体已经很衰弱了，再加上长时期没有走路，门一开，他才跨出去，就几乎给风刮倒了。伊迪茨和汉斯，只好一边一个地架着他走，他就对他们说着笑话，尽力使他们高兴。后来等到他告诉他们，怎样把他那份金子寄到爱尔兰他母亲那里的时候，他才停止了说笑。

他们爬上一座小山之后，到了树林里的一片空旷的地方。这儿，在一个竖立在雪里的圆桶周围，很严肃地站着一群人，其中有尼古克、哈狄克万以及当地所有的西瓦希人，甚至连孩子同狗也来了，他们要看一看白人是怎样执行法律的。附近还有汉斯烧化了冻土，掘好了的一个坟穴。

邓宁用一种老练的眼光，瞧了瞧这些准备好的东西。他瞧到了那个坟，那个圆桶，那根绳子和吊着绳子的那根大树枝，还注意到绳子和树枝的粗细。

"说真的，汉斯，要是叫我来给你准备这些东西，我决不会办得比你更周到。"

他开了这个玩笑，不由得高声笑了起来。可是汉斯的死气沉沉的、阴森森的脸似乎只有世界末日的号声才化得开。汉斯克制着自己，他也觉得很痛苦。他到现在才明白，要把一个同胞处死是一个多么艰巨的任务。伊迪茨倒是早想到了；不过，想到了也没有使这个任务变得轻松一点。现在，她已经失去信心，不知道自己能否支持到底。她觉得心里有一种不可遏制的念头，她想尖叫，狂喊，想扑在雪里，想用手蒙住眼睛,转过身,盲目地跑开,跑到树林里,或者任何其他的地方。她所以能挺起胸膛,走到前面,做她必须做的事,完全是靠了心灵上的一种崇高的力量。她觉得,这一次,自始至终,她都得感谢邓宁,因为他帮助她度过了这一切。

"扶我一把。"邓宁对汉斯说。然后他借着汉斯的力量,勉强登上了那个木桶。

他弯下腰来,让伊迪茨能够把绳子套在他的脖子上。接着,他就站起来,这时,汉斯已经拉紧了头顶上那根套在树枝上的绳子。

"麦克尔·邓宁,你还有什么话要说吗?"伊迪茨的声音很干脆,可是仍然有点颤抖。

邓宁在桶上挪动了一下他的脚,不安地望着下面,就像一个人第一次发表演说一样,然后清了清嗓子。

"我很高兴,一切都要过去了。"他说,"你们始终把我当做一个基督徒来看待,我衷心地感谢你们对我的好意。"

"上帝会收下你这个悔过的罪人。"她说。

"是呀。"他说,他那深沉的嗓子好像响应着她的尖细的声音,"上帝会收下我这个悔过的罪人的。"

"永别了,麦克尔!"她喊道,声音中带着一种绝望的调子。

她用全身的力量来推那个木桶,可是怎么也推不倒它。

"汉斯!快!帮我一下!"她无力地喊道。

她觉得她的最后一点力气都快用完了,可是那个木桶也不动。汉斯连忙跑到她旁边,一下子把木桶从邓宁脚下推开了。

她立刻背转身,把指头塞在耳朵里。接着,她就凄厉地尖声笑了起来,好像金属的声音。汉斯吓了一跳,他虽然经历了这场悲剧,可是从来也没有受过这样的惊吓。伊迪茨·纳尔逊终于垮了。即使在她神经错乱的时候,她也知道自己垮了。使她高兴的是,她总算在这样紧张的环境里撑过来了,而且一切都做完了。她摇摇晃晃地走到汉斯面前。

"扶我到屋里去,汉斯。"她勉强说出了这几个字。

"让我休息休息。"她接着又说,"就让我休息,休息,休息吧。"

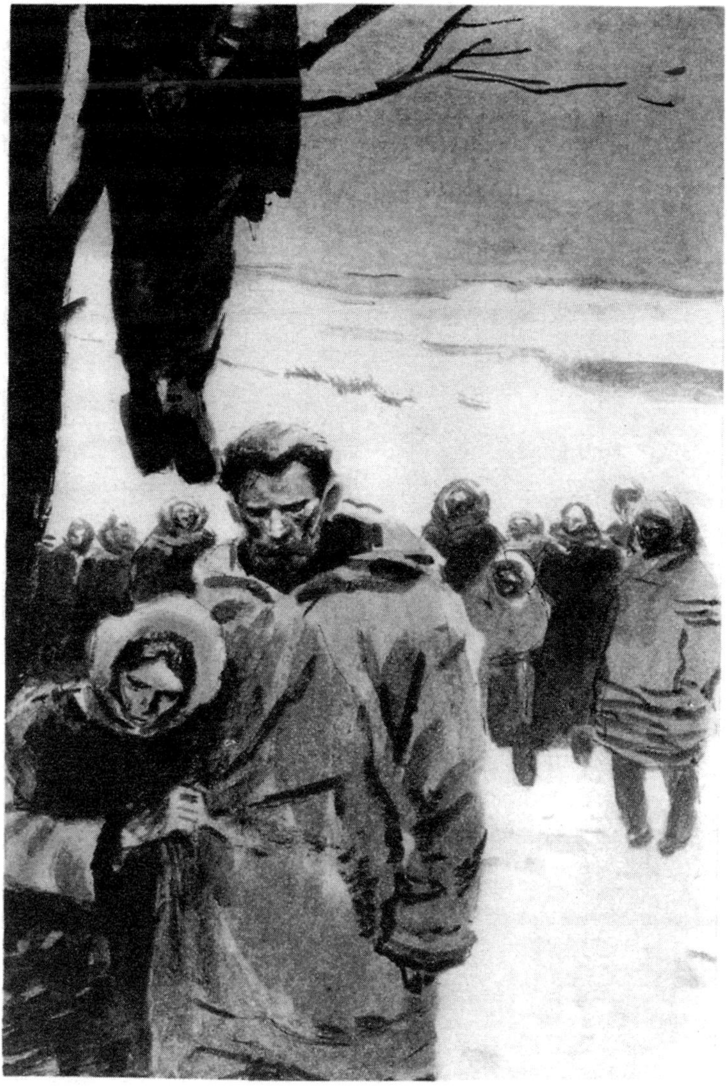

于是汉斯搂着她的腰,架着她,引导着她那无力的脚步,她就从雪地上走回去了。可是那些印第安人仍然留在那儿,严肃地瞧着白人的法律怎样强迫一个人在半空里荡来荡去。

万紫　雨宁 译

有麻风病的顾劳

"因为我们有病,他们就剥夺了我们的自由。我们一向守法。我们没有做过一点错事。可是他们要把我们关到监牢里。摩罗该①是一座监牢。你们都知道。就说坐在那儿的牛尼吧,七年之前,他姐姐被他们送到了摩罗该岛。后来他就一直没有再看见过她。他一辈子也见不着她了。他姐姐只好待在那儿,直到死掉。这不是他姐姐的本愿。这也不是牛尼的主张。这是由地方上当权的白人决定的。可是这些白人是什么人呢?

"我们知道。我们早就从我们的父辈和祖上那儿知道了。他们才来的时候,跟绵羊一样,轻言细语。他们也只好轻言细语,因为当时我们人多势众,所有的海岛都是我们的。我刚才说过,他们本来都是轻言细语的。他们这些人,有两种。一种请求我们恩准他们来传布上帝的福音,一种请求我们恩准他们来做生意。这是当初的情形。如今,所有的海岛都是他们的了,所有的土地,所有的牲口——一切都成了他们的东西。当初传布上帝的福音和甜酒的好处的那些人,现在全结成一伙,变成大人物了。他们像国王似的,住在有很多房间的宅邸里,有一大群奴婢来服侍他们。他们一点事也不做,可是什么都有,如果你我或者随便哪个坎纳加人饿了,他们总是冷言冷语地说:'唔,你为什么不干活呢?有的是种植园呀。'"

顾劳停住不说了。他举起一只手,用弯曲多瘤的指头,抬了抬戴在他那黑头发上的火红的木槿花冠。月亮的银光普照着全场。这是一个宁静的夜晚,可是坐在他周围,听他讲话的那些人,却像受了战争的摧残。他

---

① 夏威夷群岛中的一个小岛,本文中所提到岛屿都在夏威夷群岛里。

们的相貌跟狮子一样。有的在本来生着鼻子的地方敞开了一个大洞,有的烂掉了手,只剩下一截胳膊。他们这三十个男女,已经不成其为人了,因为他们全给打上了禽兽的烙印。

在这个芬芳明亮的夜里,他们坐在那儿,戴着花冠,用嘴唇发出刺耳的响声,从喉咙里吐出粗重的音调,表示他们拥护顾劳的演说。他们本来全是正常的男女。可是现在,他们已经不再成其为人了。他们全是些怪物——他们的相貌身材,就像把人的一切丑化了的漫画。这些身残肢缺,奇形怪状,非常丑恶的家伙,就像在地狱里受了几千年折磨的鬼怪。他们的手,那些还没有烂掉的手,跟怪鸟的爪子似的。他们的面目,不是五官位置不对,就是缺这缺那,好像给一个玩弄生命机器的邪神压坏了,擦伤了。其中,有些人的五官已经给那个邪神毁掉了一半,有一个女人正在从原来是眼睛的两个可怕的洞里流出热泪。有些疼得难受的人从胸里发出一片呻吟。还有一些人正在咳嗽,声音好像扯碎一块纱绸。其中有两个白痴,仿佛在成长期间受了毁损的巨大人猿——如果跟他们比,简直连普通的人猿也可以算做天使。他们戴着低垂的金黄色花冠,在月光里做着各种怪样子,叽里咕噜地说个不停。有一个人的耳朵肿得像把大扇子,在肩头上扇动着,他还采了一朵极鲜艳的橘红色大花,装饰在这只随着身体摇动、摆来摆去的怪耳朵上。

顾劳是他们的国王。而这就是他的王国——在这个满是鲜花的峡谷里,有很多巉岩绝壁,那上面时常飘来野山羊的叫声。峡谷的三面都是险恶的绝壁,壁上覆着由热带植物编成的奇形怪状的帷幕,壁底有好几个洞口——这就是顾劳的臣民的岩穴。第四面的地势陷落,成为一个极大的深渊,向下面远远望去,可以看到那些不太高的山峰和巉岩的峰顶,太平洋的波涛就在它们脚下奔腾澎湃。天气好的时候,小船可以在多岩的滩头靠岸,这个滩头就是卡拉劳山谷的入口,不过,天气必须非常好。一个头脑冷静的爬山能手也许可以从海滩上爬到卡拉劳山谷的谷口,来到顾劳统治下的群峰中的峡谷;不过,这个爬山的人必须头脑非常冷静,他必须知道那些野山羊走的小路。奇怪的是,像顾劳手下这些残废,居然拖着一身无法医治的病痛,也能沿着叫人头晕的羊肠小道,走到了这种难以登攀的地方。

"弟兄们。"顾劳又说起来了。

可是,一个挤眉弄眼、像人猿似的丑怪物突然狂叫了一下,尖厉的叫声在绝壁之间来回激荡着,在这寂静的黑夜里引起了远远的一片回声,顾劳只好等一等。

"弟兄们,这不是很奇怪吗?这片土地本来是我们的,可是你们瞧,它又不是我们的。那些宣传上帝的福音和甜酒的好处的人,把土地夺走之后,给了我们什么代价呢?你们之中,究竟有谁得过一块钱的土地代价呢?哪怕就是一块钱吧!可是,土地已经成了他们的,他们反而告诉我们,我们可以在这片土地——他们的土地上干活,而且由我们辛辛苦苦种出来的东西,都归他们所有。可是从前,我们并不需要干活。还有,等到我们病了,他们就夺走我们的自由。"

"顾劳,这种病是谁带来的?"基洛连那问道,他是一个结实的瘦子,长着一副跟笑呵呵的半人半羊怪一样的脸,使你以为他下身也长着一双从当中裂开的羊蹄子。其实,他那双脚也的确是从当中裂开的,不过,那是大瘤子和惨白的烂肉上的裂口。然而,这就是基洛连那,他们之中最勇敢的爬山能手,他认得这儿的每一条羊肠小道,顾劳和他手下的残废来到这个偏僻的卡拉劳山谷里的时候,就是由他领路的。

"对,问得好。"顾劳回答道,"因为我们不愿意在我们从前放马的那片绵延数英里的甘蔗田里干活,他们就从海外弄来了很多中国奴隶。他们一到,就带来了这种中国的毛病——于是我们也生了这种病,因此,他们就要把我们监禁在摩罗该岛。我们都是出生在考爱岛上的人。我们也到过别的海岛,有的到过这儿,有的到过那儿,我们到过奥阿胡岛、茅伊岛、夏威夷,还到过檀香山。可是我们总是要回到考爱岛来。为什么我们要回来呢?这一定是有原因的。这是因为我们都爱考爱岛。我们出生在这儿。我们一向生活在这儿。将来,我们还要死在这儿——除非——除非——我们之中出现了懦夫。我们不要这样的人。他们只配到摩罗该去。如果有这种人,那就请他不要留在这儿。明天,军队就要登陆了。让那些懦夫下山到他们那儿去吧。他们会立刻给送到摩罗该的。至于我们,我们要留在这儿斗争。可是大家要明白,我们是不会死的。我们有来复枪。你们都知道那些小路很窄,人只能一个一个地爬过来。我在尼好岛上当过牧场保镖,单凭我顾劳,也可以在这条小路上挡住一千个人。这儿还有卡巴雷,他当过法官,先前还是个有名望的人,可是现在跟你我一样,也成了他们追击的耗子。听他说吧。他很有见识。"

卡巴雷站起来了。他当过法官,在彭纳豪进过大学,还跟贵族、酋长同保护商人和教士的利益的外国高级官员坐在一起吃过肉。这就是过去的卡巴雷。可是现在,正像顾劳所说的,他已经成了他们追击的耗子,一个漏网的家伙,他已经深深地陷在人间惨事的泥潭里,既可以说在法网之上,也可以说在法网之下。他的脸已经五官不分,只剩了几个敞开的洞口和在没有毛的眉毛下愤怒发光的一双没有眼皮的眼睛。

"让我们不要去惹事吧。"他开始说,"我们只要求他们别管我们。可是,如果他们一定不肯,那就是他们要惹事,要受到惩罚。我已经没有指头了,你们都看得见。"他伸出他的没指头的手,让大家可以看见,"可是我还有一个拇指的关节,它能够稳稳地扣住扳机,就跟从前的好指头一样。我们热爱考爱岛。让我们活在这儿,或者死在这儿,可是不要把我们送到摩罗该岛的监狱里去。这种病不是我们本来有的。我们没有罪过。这种病是那些宣传上帝的福音和甜酒的好处的人,在他们弄来很多奴隶耕种他们掠夺的土地的时候,一块儿带来的。我做过法官。我懂得法律和公道,我要对你们说,先掠夺一个人的土地,再让他染上这种中国病,然后把他终身关在监牢里,是不公道的。"

"生命很短促,天天充满了痛苦。"顾劳说,"让我们尽情喝酒,跳舞,作乐吧。"

他们立刻从一个岩穴里搬出几个葫芦,传给大家。这些葫芦装着从棕榈百合的根里蒸出的烈酒,等到酒劲透过他们全身,进了他们的脑子,他们就又变成了正常的人,而忘掉那过去的事了。那个曾经从空眼窝里流出热泪的女人,也变成了一个真正的生气勃勃的女人;当她拨弄着四弦琴的琴弦,提高嗓子唱起来的时候,那就像从原始的黑暗森林深处传来的野蛮人的情歌一样。空气里激荡着她那柔和迫切的诱人歌声。于是,基洛连那就在一块垫子上，合着这个女人的歌声的节拍，跳起舞来。这是真正的舞蹈。他的每一个动作都是爱情的舞蹈，接着，一个女人就跟他在垫子上对跳起来；如果单看她那肥胖的臀部和丰满的乳房，谁也不会相信她的脸已经腐烂。这是一种活死人的舞蹈，因为在他们的溃烂的身体里，仍然残留着能够爱和渴望的生命。那个从瞎眼睛里流出热泪的女人一直唱着情歌，那些跳起爱情的舞蹈的人也一直在暖洋洋的黑夜里欢舞不停，同时，那些葫芦也一直在他们当中传来传去，直到大家的脑子里都给回忆和欲望的蛆虫爬满了。这时候，还有一个苗条的少女，也在垫子上跟那个女人一块儿跳舞，她的脸长得很美，没有一点毛病，可是从她那一起一落的畸形手臂上，可以看出她已经受了麻风的蹂躏。至于那两个叽叽喳喳，发出怪声音的白痴，他们也在一边跳起舞来，用奇形怪状的姿势嘲弄着爱情，就像生命嘲弄他们自己的情形一样。

可是，那个女人的情歌突然中断了，大家都把葫芦放下来了，跳舞也停止了。大家全注视着海上那片深渊，只见一支火箭像一个苍白的幽灵一样，在月光下的半空里一闪而过。

"这就是那些军队。"顾劳说，"明天就要打仗了。大家最好先睡一觉，做好准备。"

这些麻风病人听了他的话，就一个个爬到绝壁下的洞里去了；最后，只剩下顾劳独自一个，一动不动地坐在月光里，把来复枪放在膝盖上，注视着远处小船靠岸的情形。

他们选择得很好，把卡拉劳山谷的顶层当做了他们避难的地方。除了认得从后面的小路攀到这些绝壁上的基洛连那以外，谁也走不进这个峡谷，除非他能沿着一条刀锋似的山脊过来。这条刀锋似的小路有一百码长。它最宽的地方也只有一英尺。两边都是深渊。只要脚一滑，无论向左向右，都会送命。可是一走完这条小路，就到了一片人间的天堂。整个峡谷都浸沉在海洋似的草木里，它们好像绿色的浪涛一样从这片绝壁涌向那片绝壁，大片的葛藤从悬崖边上倒垂下来，同时在无数的缝隙里布满了种种的羊齿植物和气根植物。顾劳已经在这里统治了好几个月。在这段时间里，他们向这片海洋似的植物展开了斗争。他们从野生的香蕉、橘子和芒果旁边,铲除了那些拥塞在一起的树丛和茂盛的野花。现在,在那些小小的空地上长着野葛,岩石上已经由他们堆满泥土,开辟出了种着芋艿和甜瓜的田地;而且在每一块阳光照得到的空地上,都长出了结满黄金果实的番木瓜树。

顾劳是从海滨附近比较低的山谷里给赶到这儿来避难的。他知道,背后的乱山丛里还有更可靠的峡谷,如果他们不让他待在这儿,他可以带着他手下的人到那儿去住。现在,他躺在他的来复枪旁边,透过乱蓬蓬一丛绿叶,瞧着海滩上的那些兵士。他看出他们还带来了几门大炮,它们像镜子一样反射着阳光。那条刀锋似的小路正好面对着他。当他沿着小路向那儿爬过去的时候,他可以看出那上面有几个很小的人影。他知道他们不是兵士,只不过是几个警察。等到他们失败之后,那些兵士就会上来的。

他用一只畸形的手亲切地抚摩着他的枪筒,直到把准星弄得非常干净了才放心。他是在尼好岛上捉野牛的时候学会射击的,那个岛上的人直到现在也没有忘掉他的百发百中的本领。等到那些小黑点走近了,变大了,他就估量着距离,考虑着跟弹道成直角的风可能造成的偏差,盘算着他在向比他的地势低得这么多的地方开枪的时候,可能打不中的机会。可是他并没有开枪。直到他们要走上那条山脊的时候,他才让他们知道他在这儿。不过他并没有露出身子,他只从密林里喝了一声。

"你们要干什么?"他问道。

"我们要捉到生麻风病的顾劳。"领头的警察回答道,他是一个蓝眼睛的美国人,其余的警察都是本地人。

"你们给我滚回去!"顾劳说。

他认得这个人,当初就是这个副警察长逼得他逃出尼好岛,渡过考爱海峡,来到卡拉劳山谷里,然后从山谷里逃到这个峡谷里来的。

"你是谁?"那个警察头目问道。

"我就是有麻风病的顾劳。"顾劳回答道。

"出来!我们就是要找你。不论死活,捉到了你就可以得到一千块奖金。你逃不了!"

顾劳在密林里高声笑了起来。

"出来!"警察长命令了一声,可是对方一声也不响。

他跟其余的警察商量了一会儿,顾劳看出他们正在准备向他冲过来。

"顾劳。"警察长招呼道,"顾劳,我可要过来抓你啦。"

"那么,你就先好好地瞧一瞧你周围的太阳、大海和天空吧。要知道,这是你的最后的机会了。"

"不要紧,顾劳。"警察长很镇静地说,"我知道你的枪法百发百中。不过你不会开枪打死我。我没有做过对不住你的事。"

顾劳在密林里哼了一声。

"喂,你自己也知道,我没做过对不住你的事,是不是?"警察长老是这样说。

"你做的就是对不住我的事,你想把我关进监牢。"这就是对方的回答,"你想拿我的头去领一千块钱的奖赏,这就是你对不住我的地方。如果你想活着,现在就该站住。"

"对不起,我非过来抓住你不可。这是我的责任。"

"不等到你走过来,你就会死掉的。"

这个警察长不是个懦夫。可是他拿不定主意。他瞧了瞧两边的深渊,又沿着他一定要走的那条刀锋似的山脊瞧了一眼。于是,他就拿定了主意。

"顾劳。"他叫了一声。

可是密林里静悄悄的。

"顾劳,别开枪,我过来啦。"

警察长回过头,对那些警察吩咐了几句,然后便开始了他的危险的跋涉。他走得很慢。好像在一根拉紧的绳子上走路似的。他没有一点依靠。他脚下的岩石碎了,松动的碎块从两边落到下面的深渊里。他头上照耀着一轮骄阳,他已经汗流满面了。可是他仍旧向前走,一直走到了这段路中点。

"站住!"顾劳从密林里喝了一声,"再走一步,我就要开枪了。"

警察长站住了,他在深渊的上空摇晃了一会儿,让自己站稳。他的脸

色很苍白,可是他的眼光很坚决。他舔了一下干燥的嘴唇,说道:

"顾劳,你不会开枪打我的。我知道你不会。"

他又在向前走了。一颗子弹打得他转了半圈。他带着一种怨恨而吃惊的表情,摇摇晃晃地倒了下去。他打算让自己的身体横卧在山脊上来保全性命,可是就在这一刻儿,他已死了。转眼之间,那条刀锋似的山脊上就没有他的影子了。接着,五个排成单行的警察非常勇敢地沿着山脊冲了过来。同时,其余的警察就向那片密林里开火射击。这简直是发疯。顾劳连扣了五下扳机,因为动作太快,子弹像连珠炮似的打了出去。他连忙变换位置,在嗖嗖地穿进树丛的子弹下趴着,向外面窥探。四个警察已经跟着那位警察长送了命。只有一个横倒在刀锋似的山脊上的还活着。远处那些残余的警察也不开枪了。在这样赤裸裸的岩石上面,他们连一点希望也没有。顾劳本来可以在他们爬下山之前,杀得他们一个也活不了的。可是他没有开枪,那伙警察商量了一会儿,于是,其中就有一个脱下一件白汗衫,当做一面旗子摇了一下。接着这个警察就在另外一个警察陪伴之下,沿着刀锋似的山脊走过来挽救他们的受伤的伙伴。顾劳没有一点表示,只是瞧着他们慢慢退却,像几个小黑点似的走到下面的山谷里。

两小时之后,顾劳从另外一片树丛里看到一群警察正在打算从山谷对面爬上来。他看出有几只野山羊在他们前面飞逃,他们越爬越高,弄得顾劳心里疑惑不定,就派人去找基洛连那来。不一会儿,基洛连那就爬到了他旁边。

"不会的,没有路。"基洛连那说。

"那些山羊呢?"顾劳问。

"它们是从隔壁的山谷里来的,可是它们没有办法过来。没有路。那些人不会比山羊高明。他们会摔死的。让我们瞧着吧。"

"他们很有勇气。"顾劳说,"让我们瞧着吧。"

他们一块儿躺在朝霞花当中,黄色的朝霞花从上面飘落到他们身上。他们瞧着那些斑点似的人吃力地向上爬,直到他们出了事故,其中有三个人脚一滑,就连滚带溜地冲出一片悬崖外面,从离地五百英尺的地方悬空摔下去了。

基洛连那咯咯地笑了起来。

"我们再也用不着担心了。"他说。

"他们有大炮。"顾劳回答道,"那些军队还没有开枪哩。"

午后的天气使人昏昏欲睡,这些有麻风病的人大半都在他们的石洞里睡着了。顾劳把他那支才擦干净、装满子弹的来复枪放在膝盖上,在自己的洞口打起盹来。那个手臂弯曲的姑娘躺在下面的树丛里,监视着那条刀锋似的小路。可是,海滩上突然发出一声爆炸,立刻就把顾劳惊醒了。霎时间,空气就好像给一种不可思议的力量撕裂开了。这个可怕的声音吓了他一跳。仿佛所有的神仙抓住天幕,像女人撕布似的把它撕裂开来。不过,这个劈空而来的声音很大,正在迅速地逼近。顾劳警觉地瞧着上面,仿佛想看到这个东西似的。接着,炮弹就落到高高的绝壁上,在一片黑烟里炸开了。山岩震碎之后,碎石纷纷地落到了绝壁底下。

顾劳用手抹着他头上的汗。他简直吓坏了。他从来没有经历过炮火,这简直比他想象之中的任何东西都可怕。

"一发。"卡巴海说,他突然想起了应该记一记数。

第二发和第三发炮弹在绝壁顶上呼啸着,在看不见的地方炸开了。卡巴海有条不紊地记着数。那些麻风病人都爬到了洞口前面的空地上。起初,他们都很惊慌,可是,炮弹不断地从他们头上飞过去,接着,他们就放心了,开始来欣赏这种奇观了。那两个白痴快活得乱叫,每逢炮弹劈空而过的时候,他们就像发狂的小丑一样乱蹦乱跳。顾劳也开始恢复了自信。没有一点损伤。很清楚,炮弹这么大,距离这么远,他们不会瞄得跟步枪一样准的。

可是,局势变了。炮弹的射程开始缩短了。一发炮弹在那条刀锋似的小路下面的树丛里炸开了。顾劳想起了趴在那儿望风的姑娘,连忙跑过去瞧。当他爬进去的时候,树丛里仍然在冒烟。他吃了一惊。树枝都给炸断了,炸碎了。那个姑娘躺的地方只剩了一个大洞。她的身体已经给炸成了无数碎块。炮弹正好在她身上炸开了。

顾劳先向外面瞧了一眼,等到他看清楚没有人想从那条险路上偷偷地过来的时候,他就连忙跑回洞口。这时候,炮弹的声音一直在附近鬼哭神嚎地叫着,山谷里尽是轰隆轰隆、滚滚不停地爆炸声音。等到他走到看见了洞口的地方,他看到那两个白痴正在用烂掉半截的指头,彼此抓住手,跳来跳去。正在他跑过去的时候,那两个白痴附近的地上突然升起了一大团黑烟,他们的身体立刻就给爆炸的力量拆开了。一个躺在那儿,一点也不动了,而另外一个仍然用手爬着,向洞口那面爬去。他后面拖着两条不中用的腿,鲜血正在从他身体里涌出来。他好像全身都浸在血里,他一面爬,一面像小狗一样叫着。现在,除了卡巴海以外,其余的麻风病人全逃到洞里去了。

"十七发。"卡巴海说,接着他又说:"十八发。"

这发炮弹正好落进一个洞里。躲在别的洞里的人都给爆炸的声音吓得逃了出来。可是没有人从那个打中的洞里爬出来。顾劳在辛辣刺鼻的浓烟里爬了进去。里面躺着四个被炸得很可怕的尸首。其中有一个就是那个瞎女人,她的眼泪一直流到现在还没有停。

回到洞外,顾劳看见他手下的人都吓得狼狈不堪,他们已经爬上了那条通到峡谷外面丛山深谷里的羊肠小路。那个受伤的白痴,正在无力地哀号着,用手爬着,一路向前挣扎,想跟上他们。可是才爬到绝壁前的第一个斜坡上,他就支持不住,跟不上去了。

"不如把他杀了吧。"顾劳对卡巴海说,卡巴海仍然坐在原来的地方。

"二十二发。"卡巴海回答道,"对,打死他也许要好一点。二十三发——二十四发。"

那个白痴看到顾劳端起来复枪,对他瞄准的时候,立刻拼命哀号起来。顾劳犹豫了一下,然后就放下了枪。

"真难下手。"他说。

"你真是傻子。二十六发,二十七发。"卡巴海说,"让我做给你瞧吧。"

他站起来,手里拿着一块沉重的石头,走近那个受了伤的家伙。正在他举起胳膊要动手的时候,一发炮弹正好在他身上炸开了——不必再动手了,也用不着再记数了。

现在,峡谷里只剩下顾劳一个人了。他瞧着他手下的人拖着他们的残废的身体越过山坡,然后就看不见了。于是他回转来,走到炮弹炸死那个姑娘的树丛里。炮火仍然没有停,可是他仍旧留在这儿;因为他已经看出,那些兵士正在从下面很远的地方爬上来。一颗炮弹在离他二十英尺的地方炸开了。他紧贴着地面趴在那儿,只听见无数弹片碎石从他身上嗖嗖飞过。朝霞花像骤雨一样落在他身上。他抬起头,窥探着下面的小路,叹了一口气。他很害怕。他并不怕步枪的子弹,可是这种炮火真该死。每逢炮弹呼啸着飞过去的时候,他总是战战兢兢地趴在地上,可是每一次他都要重新抬起头,注视着下面的小路。

最后,炮火停了。据他推测,这一定是因为那些兵士已经走近了。他们正在排成单行,沿着小路走过来,他一个一个地数着他们的人数,直到数不清才停。总之,大概有一百左右——而且都是来捉拿有麻风病的顾劳的。霎时间,他觉得很得意。他们这些警察和兵士,带着大炮和来复枪,都是为他而来的,可是他只有一个人,而且是一个残废。不论死活,只要有人捉住他,就可以得到一千元赏金。他这一辈子从来也没有过这么多钱。他一想到这里就恨透了。卡巴海说得对。他,顾劳,没有做过一点错事。那些洋鬼子需要人在他们掠夺来的土地上干活,因此,他们就带来了很多中国苦力,同时也带来了这种病。而现在,因为他得了这种病,他就值一千块钱——不过这不是对他自己来说。这是指他那个病得发烂或者给炮弹炸死的,不值一文的躯壳,而他的尸首就值这么多钱。

那些兵士走到那条刀锋似的小路面前的时候,他本来想警告他们一下的。可是他一眼瞧到了那个被残杀的姑娘的尸首,他就不响了。等到有六个人走上刀锋似的小路的时候,他开火了。直到刀锋似的小路上的兵都死光了,他仍旧不停。他打空了弹夹里的子弹,又重新把它装满,然后又把子弹打光。全部的冤仇都在他脑子里燃烧起来,他心里充满了复仇的怒火。沿着整条羊肠小路,所有的兵士都在开火,他们都平躺在那些浅浅的洼地里,借此掩蔽,可是对他来说,他们仍然是敞开的目标。子弹在他周围呼啸着,砰砰地落下来,偶尔还会有一颗跳弹发出尖厉的声音,从空中飞过。有一颗子弹擦伤了他的一块头皮,还有一颗擦过了他的肩胛骨,可是没有烧破他的皮肤。

这简直是屠杀,而且是由一个人干出来的。那些兵士扶着他们之中受伤的人开始退却了。正在顾劳把他们一个一个地打翻的时候,他闻到了一股焦肉的气味。他先瞧了瞧他周围,后来才发现是他自己的手。这是给他自己的枪烫出来的。他手上的神经已经差不多给麻风菌毁光了。尽管他的肉给烧焦了,他也闻到了臭味,可是他并不觉得。

他躺在树丛里,微笑着,直到他想起了那些大炮。毫无疑问,他们一定会再向他开炮的,而且这一次一定会对准这片使他们受了损失的树丛。他看出在一堵不高的石壁后面,有一块没有给炮弹炸过的角落,他才挪到那儿,轰炸就开始了。他数了一下。这一次,他们一共向峡谷里打了六十发炮弹才停。这块小小的地方到处都是弹穴,简直就像没有任何生灵还可能活下来似的。那些军人也的确是这么想的,因为他们在午后的骄阳下面又爬上了那条羊肠小道。他们又来强渡那条刀锋似的小路,然后又退回到海滩上面。

顾劳控制着这条路,又支持了两天,可是那些兵却只顾向他掩蔽的地方开炮。后来,帕豪,一个有麻风病的男孩子来到峡谷后面的绝壁顶上,大声地告诉他,基洛连那已经在打山羊,给他们找东西吃的时候摔死了,现在那些女人都很恐慌,不知道怎么办才好。顾劳于是叫他下来,给他一支备用的来复枪,让他守卫着那条小路。顾劳看出他手下的人都很气馁。在这种毫无出路的环境下面,大多数的人都软弱得连给自己找东西吃的力气也没有,所有的人都在挨饿。于是他选出病情不太重的两个女人和一个男人,叫他们回到峡谷,把粮食和席子搬来。然后他就鼓励和安慰其余的人,终于劝得连最衰弱的人也动起手,为他们自己搭造着简陋的栖身的地方了。

不过,他派去搬运粮食的人并没有回来,于是他动身回到峡谷。他才走到悬崖上面,就受到了六支步枪的同时攻击。一颗子弹穿破了他肩膀上的肉,他的脸也给一片被另一颗子弹打碎的石头划破了。就在他遇到这种意外,连忙跳回去的那一刹那,他看出峡谷里已经布满了军队。他自己的人已经背叛了他。炮火太可怕了,他们宁可待在摩罗该的监牢里面。

顾劳退回去,解下了一条沉重的子弹带。他躺在岩石中间,准备等到头一个兵士露出头和肩膀的时候,才扣动扳机。他等着了两次,可是,过了一会儿,从悬崖边上再露出来的不是头和肩膀,而是一面白旗。

"你们要干什么?"他问道。

"你是有麻风病的顾劳吧,我们要的就是你。"对方回答道。

顾劳躺在那儿,想着这些洋鬼子竟然固执得这么奇怪,哪怕天塌下来也要达到目的,不由得忘记了自己身在何处,他简直什么都忘了。是的,即使他们为这种事送了性命,他们也要实现他们那统治所有的人和万物的愿望的。他不能不佩服他们和他们的意志,这是一种比生命还有力,一定要强迫一切服从他们的意志。他深深地感到,他的斗争是毫无希望的。跟洋鬼子这种可怕的意志斗争,是不会有结果的。尽管他可以杀死一千个洋鬼子,可是他们会像海里的沙一样升起来,再攻打他,而且人数一次比一次更多。他们从来不知道他们有过打败仗的时候。这是他们的短处,同时也是他们的长处。而他自己的人所缺少的正是这个。现在他看出来,那一小撮宣传上帝的福音和甜酒的好处的家伙是怎么征服这些土地的。这是因为——

"喂,你还有什么话要说?你愿意跟我走吗?"

这是白旗下面那个看不见的人说话的声音。他就在那儿,而且跟所有的洋鬼子一样,下定了决心,一定要达到目的。

"让我们谈一谈吧。"顾劳说。

那个人先露出了头和肩膀,然后才露出全身。他是一个脸上皮肤细嫩、眼睛蓝蓝的小伙子,大约有二十五岁,穿着上尉的制服,显得很苗条,很整洁。他一路向前走着,直到被喝住了才停下。于是他就在十二英尺外的一个地方坐了下来:

"你是一个有勇气的人。"顾劳很诧异地说,"我可以像打死一只苍蝇那样把你打死。"

"不会的,你办不到。"对方回答道。

"为什么不会?"

"顾劳,因为你是一个人,尽管你是一个坏人。我知道你的历史。你杀人是光明正大的。"

顾劳哼了一声,可是心里很高兴。

"你把我手下的人怎么办了?"他质问道,"那个孩子,那两个女人,还有那个男人?"

"他们投降了,我正是来要你也投降的。"

顾劳大笑了起来,他不相信。

"我是一个自由的人。"他声明道,"我没有做过一点错事。我只要求你们别来管我。我生得自由,同时我也要死得自由。我是绝不会投降的。"

"那么,你手下的人就比你聪明。"年轻的上尉回答道,"瞧——他们来了。"

顾劳回过头,瞧着他的残军走过来。他们一路哼着,叹息着,像一群鬼一样,拖着他们的悲惨的身体走了过去。这是为了让顾劳尝到更辛酸的滋味,故意安排的,因为他们走过去的时候,一路都在咒骂他,侮辱他;走在最后的那个气喘吁吁的丑老太婆甚至还停下来,伸出她的瘦得只剩了一层皮的、像鸟爪子一样的指头,摇晃着她那跟死人一样的脑袋,诅咒了他一句。接着,他们就走到山头下面,向潜伏着的军队投降了。

"现在你可以走了。"顾劳对那个上尉说,"我绝不会投降的。这是我最后的一句话。再会吧。"

上尉从悬崖上溜过去,回到了他的军队那面。接着,他就撤下休战的白旗,用他的刀鞘顶起了他的帽子,顾劳立刻就用子弹把它打穿了。那天下午,他们又从海滩上用炮来轰击他,等到他退到了远处高不可及的深山里的时候,那些军队就追了上来。

他们从这座山追到那座山,沿着火山的峰顶和山羊的小路,一连搜捕了六个星期。当他藏在马缨丹树丛里的时候,他们就摆开了围攻的阵势,穿过马缨丹树丛和番石榴树丛,追得他像兔子一样东奔西窜。可是,他总是用绕过来、折回去的办法避开了他们。他们根本逼不住他。每逢追得太紧的时候,他的百发百中的来复枪就会挡住他们,让他们只好带着受伤的兵士,顺着山羊的小路,回到海滩上去。有时候,遇到他的棕色身体从矮树丛里露出来的那一会儿,他们就开枪打他。有一次,五个兵士发现他在山丛间一条毫无遮掩的羊肠小路上。他们趁着他在那条使人头晕的路上一瘸一拐地走过去的时候向他开枪,直到用完了他们的子弹。后来,他们发现了许多血迹,知道他受了伤。六个星期之后,他们不再追捕了。军队和警察都回到了檀香山,卡拉劳山谷就成了他一个人的地方,不过,时常也有一些人,为了那笔奖金,打算来捉住他,结果反而送掉自己的性命。

两年之后,有一次,顾劳爬到一片树丛里,躺在棕榈百合的叶子和野姜花中间,这是最后一次。他自由自在地活了一生,现在,他要自由地死去。天上开始落下了毛毛细雨,他拉过一块破毯子,盖住他的残废畸形的肢体。他身上盖着一件油布上衣。他把他的毛瑟枪横放在胸膛上,恋恋不舍地揩了一会儿枪筒上的湿气。那只揩枪筒的手已经没有指头可以扣动扳机了。

他闭上了眼睛,现在,他身虚力竭,脑子里乱纷纷的,他知道他的结局快到了。他跟野兽一样,爬到了这个藏身的地方来等死。他昏昏沉沉,毫无目地胡思乱想起来,他回到了当初在尼好岛度过的青年时代。现在,他的生命正在消逝,雨声在他耳朵里愈来愈模糊了,他好像又在起劲地驯马了,他坐下的一匹野性未驯的小马正在竖立起来,拼命乱跳,他的马镫子也在马肚下结在一块儿了;接着,他又好像在驯马栏附近,疯狂地奔驰着,把帮助他的饲马员赶得跳出栏杆。而刹那之间,他又很自然地发现自己正在高原的草地上追赶着野牛,用绳子把它们套住,领着它们回到下面的山谷里。于是,他又到了牲口栏里,汗水和灰尘刺痛了他的眼睛和鼻孔。

现在,他的精神横溢,身体健全的青年时代已经完全恢复了,这样,直到他感到了临终前的剧烈痛苦,才苏醒过来。他举起他的可怕的双手,诧异地瞧着它们。这是怎么回事呢?为什么呢?为什么他的狂放的青年时代的健全身体会变成这样呢?于是他想起来了,在一刹那之间,他又记得了他是有麻风病的顾劳。他的眼皮无力地动了两下,就垂下来了,耳朵里的雨声也停止了。他的身体里出现了一种拖延时间的战栗。后来,连这个也停止了。他勉强把头抬起一半,可是马上又倒了下去。然后他的眼睛就睁开了,再也不闭拢了。他最后想到的是他那支毛瑟枪,于是他合拢起他的没有指头的双手,把它按在自己的胸膛上面。

万紫　雨宁 译

在甲板的天篷下面

"有哪一个男人——我的意思是指上等人——能把一个女人叫做猪?"

矮子说了这句向大家挑战的话之后,就靠在帆布椅上,摆出一副自以为是和严阵以待的神气,慢慢喝着柠檬水。谁也没有答话。他们都习惯了这个矮子的急躁莽撞,说话耸人听闻的脾气。

"我再讲一遍,这是他当着我的面说的,他说有一位小姐,一个你们都不认识的女人,是一头猪。他不是说她像猪。他非常粗鲁地说她就是一头猪。我认为,无论谁,只要是一个男子汉,就绝不可能用这样的话来称呼任何女人。"

道森医生泰然地抽着他的黑烟斗。马裘斯用胳膊搂着屈起的膝盖,注视着一只飞翔的海鸥。斯威特在喝完了威士忌加苏打水之后,东张西望地找船上的茶房。

"我问你,特列洛尔先生,哪个男人能把一个女人叫做猪?"

特列洛尔正好坐在他旁边,给他这样突如其来地一问,不由得吃了一惊;他简直搞不明白自己有什么地方不对劲,让这个矮子认为他能把一个女人叫做猪。

"照我看。"他开始吞吞吐吐地回答,"这……唔……就得看……唔……那个女人自己了。"

矮子大吃了一惊。

"你的意思……"他的声音有点发抖。

"就是说,我见过不少坏得跟猪一样——甚至更糟的女人。"

一阵长久的痛苦的沉默。那个矮子似乎给这种粗鲁残酷的答复弄得十分沮丧。他脸上带着说不出的痛苦和悲哀。

"刚才,你提到过一个出言不逊的男人,而且表示了你对他的意见。"特列洛尔用冷静、平淡的口气说道,"现在我要跟你讲起一个女人——对不起——是一位小姐;等我说完了,我要请你对她也表示一下意见。我姑且把她叫做卡鲁塞尔斯小姐吧,主要因为她并不是这个姓。事情发生在一条东方公司的船上,离现在不过几年光景。

"卡鲁塞尔斯小姐很漂亮。不对,这样说还不恰当。她简直是美得惊人。她很年轻,而且是一位小姐。她父亲是一位高级官员,他的名字,如果我说出来,你们立刻全都知道。当时,她正跟她母亲和两个女用人一起到东方去找那位老先生,至于究竟到哪儿,那就随你们猜好了。

"她呀,恕我重复,简直是美得惊人。只有这个字眼才合适。要形容她,哪怕是最普通的形容词,都得加上一个'顶'字。她无论做什么事,都比任何女人,以及大多数男人,更胜一层。唱歌,游戏——嘿!——那就像从前哪一位修辞学家说老拿破仑一样:所向无敌。游泳!她要是公开表演,准能名利双收。有一种很难得的女人,如果脱下各种衣服,不加打扮,换上简单的游泳衣,反而会显得更美——她就是这样的女人。讲到服装,她简直是一位艺术家!

"就说她的游泳吧。论体格,她称得上十全十美——你们也懂得我的意思;我不是指像杂技演员一样,肌肉粗壮,而是线条优美,身材苗条,肌肤柔软。此外,还得加上强壮有力。至于她怎么能具备这些条件,那可真是不可思议。你们都知道一个女人的胳膊有多么神妙——我的意思是说前臂;那样圆圆的,肌肉丰满,经过小小的肘子到柔软结实的手腕,很美妙地一路细下去,腕子很小,然而是那样不可思议地又小又圆又有力。这就是她的胳膊。可是,如果你瞧见她游泳,瞧见那种飞快的英国的自由式,唔——好吧,尽管我也懂得解剖学、运动和这一类的事情,要问她怎么能游得这个样子,对我来讲,仍然是一个谜。

"她能够在水底下待两分钟。我用表计算过。船上的人,除了邓尼森,谁也不能像她那样,一个猛子扎下去拾起那么多铜板。船头的主甲板上有个大帆布水池,装着六英尺深的海水。我们常常朝里面扔小钱。我曾经看到她从舰桥上跳下去——单是这样也不容易——她能钻到六英尺深的水里,把零零落落分布在水池底上的小钱,一下子捞上四十七个。邓尼森这个不大说话的英国青年,在这一方面也只能和她比成平手,从来没有胜过她。

"说她是海洋里的能手,这当然不成问题。不过,她也是一个陆地上的能手,一个马上的能手——一个——她简直是一个无所不能的女人。你如果瞧见她换上优雅的衣服首饰,露出无限温柔,在五六个热烈追求她的男人包围之中,懒洋洋地全不把他们放在心上,或者运用她的机智来驯服他们,作弄他们,以至于刺痛他们,你就会认为,她生来就是为了来摆布他们的。遇到这种时候,我总是不禁要回忆到她从游泳池底捞上四十七个小钱的情形。她就是这样一个神奇的女人,无论干什么都很出色。

"她迷住了她周围的每一个男人。她迷得我——我说出来也不怕难为情——她迷得我也像其余的人一样跟在她后面。无论年轻的小鬼,或者照理说应该世故较深的头发灰白的老家伙——嘿,只要她吹声口哨,他们全会跑过来,缠在她裙子周围,摇尾乞怜。他们心里全有鬼,从年轻的阿德莫尔,那个又红又胖、要去领事馆做职员的只有十九岁的家伙,直到白发苍苍、饱经风浪的老船长本特利,看起来,都像中国菩萨那样温柔。其中有一个讨人欢喜的中年人,大概是叫白尔金斯,照我看,他恐怕只有在卡鲁塞尔斯小姐下了逐客令,叫他回到自己的地方去的时候,才记得他的老婆也在船上。

"男人在她手里都成了蜜蜡。她随自己高兴,一会儿把他们熔化,一会儿轻轻把他们捏成各种样子,一会儿又把他们点着。甚至连那些茶房,尽管她对他们那样高傲疏远,一听到她的吩咐,也会毫不犹豫地把一盆菜汤泼到老船长身上。你们都见过这种女人——一种叫所有的男人都死心塌地地爱她的女人。在征服男人方面,谁也比不上她。她就像一根鞭子,一根刺,一道火焰,一道电花。嘿,听我说吧,她会在卖弄风情的时候,突然发起脾气来,搞得她的牺牲品茫然不知所措,吓得发抖。

"同时,从以后的事情看来,你们也应该知道,她是一个骄傲的女人。种族的骄傲,门第的骄傲,性别的骄傲,权利的骄傲——她都占全了,这是一种又奇怪、又任性、又可怕的骄傲。

"她控制着全船,控制着航行,她什么都管,连邓尼森也归她管。邓尼森比我们都行,这一点,就是我们当中最笨的人也得承认。她喜欢他,而且这种感情正在发展,那也毫无疑问。我可以有把握地说,她瞧他的眼光比以往瞧任何男人的眼光都来得亲热。虽然我们都知道邓尼森已经远远跑到了我们前面,可是,我们仍然崇拜她,在她旁边伺候,等着她呼唤。至于以后可能怎样,我们谁也不会知道,因为我们不久就到了科伦坡,碰到了另外一桩事。

"你们都知道科伦坡,而且知道当地那些小孩子,会怎样泅到尽是鲨鱼的海湾里去捞小钱。当然,他们也只敢在格林兰种鲨鱼和吃鱼的鲨鱼当中泅水。说起来简直不可思议,他们对鲨鱼都了解得那么清楚。只要来了一条吃人的家伙,他们马上就会知道——例如,一条虎鲨,或者一条从澳大利亚海洋里漂来的灰奶妈。只要出现了一条这样的鲨鱼,那么,他们这群家伙就会在乘客都没有猜到之前,早就浮出水面,乱成一团地逃命去了。

"事情发生在吃完早点以后。卡鲁塞尔斯小姐正在甲板的天篷下面照常临朝听政。老船长本特利刚给她召过来,并且答应了她一件他从来没有答应过——以后也没有再答应过的事情:让那群小孩子都到上层甲板上来。你们都知道,卡鲁塞尔斯小姐是一位游泳家,因此,她对这些小孩子很感兴趣。她把我们的零钱全收罗了过去,亲自把它们一个一个或者一把一把地扔下海,并且定好比赛的条件,捞不着的要挨骂,捞得巧妙的会得到额外赏赐,就这样安排好了整个比赛。

"她对他们的跳水特别感到兴趣。你们都知道,脚朝下地从高地方跳出去,到了半空,当然很难让身体保持垂直。男人身体的重心一般都很高,很容易翻跟斗。不过这群小要饭的有一个法子,她觉得很新鲜,说她很想学学。他们从吊救生艇的架子上向下一跳,立刻低着头,肩膀向前弯,瞧着水面,直等到最后一刻他们才突然把身子一挺,笔直地扎进水里。

"这种光景很好看。不过,他们入水的姿势并不太好,其中只有一个小家伙最出色,他在表演其他特技的时候也是这样。他一定是受过什么白人的指教，因为他对天鹅入水式非常在行，我从来没有见过比他跳得更美的人。你们都知道，这是要头先入水，要从很高的地方跳下去；问题是，入水的角度必须绝对正确。角度一错，至少也会扭伤背，残废一辈子。这对很多手脚笨一点的人，还有性命危险。不过，这个小家伙能办到——我曾经瞧见他从七十英尺高的吊架上跳水——他把手贴在胸前，仰起头，像飞鸟一样，朝上跳出去，然后向下，在半空里放平身体，因此，如果他在这种姿势下碰到水面，准会像青鱼似的给摔成两半。可是，在碰到水面之前，他会低下头，伸出两手，环着两臂，在头前面形成一个弧形，身体很优美地向下弯，刚好照这个角度扎进水里。

"这个小孩子一次又一次地这样做，我们都很喜欢看，特别是卡鲁塞尔斯小姐。他至多不过十二三岁，可是在那群人里面，就数他最聪明。他那一伙人都喜欢他，同时，他还是他们的头儿。虽然其中有很多都比他大，他们都承认他是首领。他是一个美丽的孩子，好像一个身体柔软的少年神仙的青铜塑像，距离很宽的两只眼睛又聪明，又大胆——好像生活中的一个水泡，一粒微尘，一道美丽的闪光或者火花。你们都见过那种神妙光彩的小生命——我是说动物，任何一种动物，一只豹或者一匹马——它们都是那样动个不停，那样急切，那样活泼得一刻儿也不能安静；肌肉就像丝网，每一个极微小的动作都很优美，每一个举动都是那么奔放，那么不可拘束，处处都迸发着充沛的生命力，灿烂夺目的生命光辉。这个小孩子就是这样。他几乎全身都射出了生命的光辉。他的皮肤闪烁着生命。他的眼睛里充满了炽热的生命。我敢说，我几乎听到了生命从他身体里爆裂的声音。一瞧见他，就像鼻孔里闻到一股臭氧的气味——他就是这样的新鲜，这样身体健康，精神焕发，这样粗野奔放。

"他就是这样一个孩子。在比赛中发出警号的也是他。这些小孩子立刻拼命奔向舷门，用他们所会的最快的姿势游水，乱糟糟地，手脚不停地打得水花四溅，脸上充满了恐怖，一蹿一跳地爬出水面，或者用任何其他的办法上来，一个拉着一个的手跑到安全的地方，直到他们完全鱼贯地爬到了舷门上，从那儿瞧着下面的海水。

"'怎么回事？'卡鲁塞尔斯小姐问道。

"'照我看,大概是一条鲨鱼。'船长本特利回答道,'这些小讨饭的真运气,一个也没有给它咬住。'

"'他们怕鲨鱼吗?'她问道。

"'难道你不怕吗?'他反问道。

"她耸耸肩膀,向外瞧着水面,噘了一下嘴。

"'无论给我什么,我也不敢到可能有鲨鱼的地方去冒险。'她说完了,又耸了一下肩膀,'它们真可怕!太可怕了!'

"这时候,那些小孩全走上了第一层甲板,聚在栏杆旁边,非常羡慕地望着给了他们这么多赏钱的卡鲁塞尔斯小姐。表演已经结束了,于是,船长本特利就叫他们下船。可是,她拦住了他。

"'等一会儿,对不起,船长。我一向听说这儿的土人不怕鲨鱼。'

"她把那个会天鹅入水式的小孩喊到身边,对他做做手势,要他再跳水。他摇摇头,跟在他后面的那群小孩子笑了起来,觉得这好像是在开玩笑。

"'有鲨鱼。'他指着水面,主动地说。

"'不。'她说,'没有鲨鱼。'

"可是,非但他肯定地点着头,站在他后面的那些小孩子也同样肯定地点着头。

"'没有,没有,没有。'她叫道。接着,她就对我们说,'谁愿意借给我半个克朗和一个金镑?'

"我们六个人立刻掏出了许多克朗和金镑,但是她只从年轻的阿德莫尔手里接过了两个硬币。

"她举起那个半克朗给小孩子们瞧。可是谁也没有急忙奔到栏杆旁边准备跳下去。他们都站在那儿,咧着嘴怯生生地笑着。她把这个钱举到他们每一个人面前,可是无论轮到了谁,他都是用脚心磨着自己的小腿,一面摇头,一面咧着嘴笑。后来,她把这个半克朗扔下了海。他们望着这个银币在半空中飞下去,脸上都带着惋惜渴望的神气,不过谁也没有跟着一块儿下去。

"'千万别用那个金镑来引诱他们。'邓尼森低声对她说。

"她一点也不理睬,反而用这个金币在那个会天鹅入水式的小孩子眼前晃来晃去。

"'不能这样。'船长本特利说道,'有鲨鱼的时候,我连一只生病的猫也不会扔下去。'

"可是她却笑了起来,一心要达到目的,她仍然引诱着那个孩子。

"'别引诱他。'邓尼森坚决地劝她,'这对于他是一笔大钱,他可能跳下去的。'

"'难道你不愿意跳下去吗?'她对他发作了起来。接着换成比较温和的口气说道:'如果我把它扔下去呢?'

"邓尼森摇了摇头。

"'你的代价高了。'她说,'要多少钱你才肯下去呢?'

"'世界上还没有那么多的钱可以引我下去。'这就是他的答复。

"她争论了一会,因为在跟邓尼森争执,暂时把那个小孩子忘了。

"'假如为了我呢?'她非常小声地说。

"'为了救你性命——我会下去的。别的就不成。'

"她转过身来对着那个孩子,又把那枚硬币举到他眼前,利用它的巨大价值来引诱他。接着,她就做了一个要把它扔出去的样子,这时候,那个孩子好像不由自主似的向栏杆跑去,可是他的伙伴们的大声责备又把他拦住了。他们的声音还带着愤怒。

"'我知道你不过是在逗着玩。'邓尼森说道,'你愿意怎么逗他就怎么逗他好了,不过,看在老天面上,千万别扔出去。'

"当时,究竟这是出于她的古怪的任性,还是因为她觉得这个孩子不会上钩,谁也说不出所以然。总之,这完全出于我们的意料之外。那个金币一下就从天篷的影子下面飞到了耀眼的太阳光里,在半空中划了一道亮晶晶的弧形奔向海面。大家还没有来得及把那个小孩子抓住,他就翻过了栏杆,非常美妙地弯着身体随着那个钱下去了。两个同时都在半空里。瞧起来很好看。金镑笔直地破水而入,那个小孩子也在同一个地方,而且几乎在同一刹那,几乎连声音都没有地钻到了水里。

"那些眼快的黑孩子瞧着瞧着就大叫了起来。当时,我们都在栏杆旁边。别说什么鲨鱼吃人非翻身不可的话吧。这一条就没有翻身。那时候,水很清,我们从上面望下去,什么都清清楚楚。那条鲨鱼很大,它一下子就把那个小孩咬成了两半。

"就在这时候,我们之中有人咕噜了两句——至于是谁,我可不知道;也许那就是我。后来就谁也不响了。第一个开口的是卡鲁塞尔斯小姐。她的脸色白得跟死人一样。

"'我……我做梦也没有想到。'她一面说,一面发出一种短促的、神经质的笑声。

"她的全部骄傲都在勉力使她能克制自己。她有气无力地瞧着邓尼森,后来又一个一个地瞧着我们。她眼睛里流露出一种可怕的难过神色,她的嘴唇一直在哆嗦着。我们都是畜生——唉,现在回头一想,我才真正明白了。可是,当时我们一点举动也没有。

"'邓尼森先生。'她说道,'汤姆,你愿意扶我下去吗?'

"他一点也没有改变他凝神注视的方向,那种冷淡的神气,我从来没有在谁的脸上见过,他连眼皮也没有动一动。后来他就从他的烟盒里拿出一根烟卷,点了个火。船长本特利从喉咙里呼噜了一声,向船外吐了一口痰。这就是一切;除了这几声,就是一片沉默。

"她转过身子,打算镇静地走下甲板。但走了不过二十英尺,她就摇晃起来,用手扶住了墙,以免栽倒。后来,她就这样,用手扶着舱板,慢慢地走下去了。"

特列洛尔停了一下。他回过头,用一种冷淡的询问眼光瞧着那个矮子。

"好吧。"他终于说道,"请你对她表示一下意见。"

那个矮子只是一口一口地咽下口里的唾沫。

"我没有什么可说的。"他说道,"什么话也没有。"

万紫　雨宁 译

一块牛排

汤姆·金用最后一小块面包,揩干净了盆子里的最后一点汤汁之后,若有所思地慢慢嚼着。等到他从桌子旁边站起来的时候,他还是觉得饿得非常难受。可是,只有他一个人吃过东西。隔壁房间的两个孩子早就给送上床了,因为一睡他们就会忘了没吃晚饭。他老婆什么也没吃过,默默地坐着,担心地瞧着他。她是一个瘦削憔悴的工人阶级的妇女,可是在她的脸上还留着年轻时代漂亮的痕迹。做汤汁的面粉是她跟走廊对面的邻居借来的。面包是她用最后两个小钱买的。

他坐在窗旁一张经不住他的重量的东倒西歪的椅子上,机械地把烟斗塞在嘴里,把手伸到上衣口袋里。口袋里一点烟草也没有,这才使他惊觉过来,不由得皱起眉头,怪自己健忘,然后把烟斗放在一边。他的动作缓慢,简直有点笨拙,仿佛不胜肌肉沉重的负担。他是个身体结实、看起来呆头呆脑的人,相貌也并不十分讨人喜欢。他的粗料子的衣服又旧又邋遢。他那双鞋还是很久以前换过底的,鞋面已经坏得支不住沉重的鞋底了。他的布衬衫是两个先令的廉价品,领口已经磨破,还有很多去不掉的油漆斑点。

不过,只有他那张脸才一丝不差地说明了他是什么人。那是一张典型的职业拳击家的脸,一张在拳击场上混了很多年的脸,因此好斗的野兽的一切标志,在他脸上都非常突出。这分明是一张皱眉蹙额的脸,而且,他脸上的特色一点也瞒不过人们的眼目,两片嘴唇破了相,合成一张极难看的嘴巴,好像脸上的一条伤疤。他的下巴显得咄咄逼人,粗壮而残忍。他的眼睛转动得很慢,眼皮很厚,在紧扣的浓眉下面,几乎毫无表情。他简直是个野兽,而最像野兽的部分就是他那双眼睛。这双眼睛看上去昏昏欲睡，跟狮子的一样——是好斗的野兽的眼睛。他的额头向头发根下面斜着塌下去，头发剪得很短，可以看出他那个相貌凶恶的脑袋上的每一个隆起部分。他那断过两次的鼻子，因为挨了无数次打击而变得奇形怪状，他的耳朵跟卷心菜一样老是肿的，已经比原来大了一倍。这些就是他脸上的全部装饰品。此外，他的胡子虽然才刮过，皮肤里的胡子茬却长出来，在他的脸上涂上了蓝黑的颜色。

总之，这是一张在黑胡同里或者在偏僻地方见了就叫人害怕的脸。不过，汤姆·金既不是罪犯，也没有干过犯罪的事。他除了在拳击场上经常打斗以外，没有伤过任何人。也从来没有听说他跟人吵过嘴。他是以拳击为职业的人，他的好斗的野蛮行为全留到拳击场上表现出来。在拳击场外面，他是一个行动迟缓、性情随和的人，而且在他年轻时，钱来得容易，他对人非常慷慨，不为自己打算。他不记旧恨，也很少仇人。对他来说，拳击就等于谋生。在拳击场里，他把人打伤，打成残废，甚至打死，可是并无恶意。这不过是很普通的事情。观众花钱到场子里来，就是为了看人们互相把对方打倒在地。赢的人可以拿到一大笔钱。二十年前，当他要跟乌鲁木鲁·高杰拳击的时候，他知道高杰的下巴曾经在新堡的比赛里给人打坏，好了还不到四个月。因此，他就专门去攻那个下巴，终于在第九个回合里，又把它打坏了。这并不是因为他对高杰怀着什么恶意，而是因为要打倒高杰，赢得那一大笔钱，只有这个办法最可靠。高杰也没有因此而记仇。比赛就是这么回事，他们都明白，而且都是这么干的。

汤姆·金从来不多说话，他常常沉闷地坐在窗户旁边，盯着他那双手。手背上的血管隆起来，又粗又肿；一看那些打伤、击碎、变了形的指节，就知道他是怎样用拳的。他从来没听说过，一个人的生命就等于他的动脉的生命；可是他完全懂得这些肿大的青筋的意义。他的心脏以最大的压力通过血管曾经输送过太多的血液。现在，这些动脉已经不中用了。它们已经胀得失去了弹性，同时，由于血管肿胀起来，他的耐力也不行了。现在，他很容易疲倦。他再也不能很快地斗上二十个回合，拼命地斗呀，斗呀，斗呀，从一次锣声到又一次锣声，愈斗愈猛，一会儿给打得靠着绳子，一会儿又打得他的对手靠着绳子，而且一次比一次猛烈，终于在第二十个回合里,引得全场的观众站起来狂呼,而他自己却用冲、打、闪的方法,用暴雨般的拳头一阵阵打击对方,同时也挨对方一阵阵的拳头,而他的心脏总是忠实地把汹涌的血液送到适当的血管里。那些血管虽然当时胀得很大,可是总是缩回原状,不过,也并不完全如此——每一次斗完拳,它们总要比原来胀大了一点,只是起初看不出而已。他盯着这些血管和打伤了的指节,霎时间仿佛看到了这双手细嫩优美的形象。不过,那是这双手在绰号"威尔斯的凶神"的本尼·琼斯的脑袋上击碎第一个指节之前的事了。

现在,他又觉得饿了。

"唉!难道我连一块牛排也吃不到吗!"他高声地嘟囔着,一面捏紧他的大拳头,吐出了一句抑制着的骂人话。

"我已经到勃克和索雷那儿去过了。"他的妻子有点抱歉地说。

"他们不肯?"他问道。

"半个小钱也不肯。勃克说……"她吞吞吐吐地没有说下去。

"说下去!他说什么?"

"他说,他觉得今天晚上桑德尔一定会打败你,而且你欠他的账已经够多了。"

汤姆·金哼了一声,可是没有回答。他正在一心想着他年轻的时候养的那条猎狗,他不断地喂它牛排。那时候,就是他要赊一千块牛排,勃克也会答应的。可是时代变了。汤姆·金上了年纪啦。一个在二等俱乐部拳击的老头子,是不能指望商人赊给他多少账的。

这天早晨,他一起来就想吃一块牛排,这个心思一直没散。这一次拳击,他没有事先好好锻炼过。这一年,澳大利亚大旱,生活很艰难,连临时工作都不容易找到。他没有陪他练拳的人,他吃的伙食根本不是最好的,而且有时还吃不饱。他有时即使找得到工作,也是临时当几天苦力。每天一早,他都要在陶门公园周围跑几圈,练练腿。可是这样也很难练好,他既没有伙伴,又得养活他的老婆同两个孩子。自从他得到跟桑德尔比赛的机会之后,商人们才稍微对他放宽了一点赊账。快活俱乐部的秘书也只肯预支三个金镑给他——这是失败的人可能得到的酬劳——除此之外,他就不肯再借了。有时他设法从他的老朋友那儿借到几个先令,他们本愿意多借几个给他,可是遇到这样的大旱年,他们自己也很困难。得啦——掩饰事实是没有用的——比赛前他锻炼得很不够。他应当吃得好一点,心里没有牵挂。此外,一个四十岁的人练起来,当然要比他二十岁的时候难得见效。

"什么时候啦,丽芝?"他问道。

他的妻子到走廊对面问了一下,回来说:

"八点差一刻。"

"再过几分钟,他们就要开始第一场比赛了。"他说,"那不过是试试拳头。接下来是狄勒·威尔士同格列德雷的四个回合的比赛,然后斯塔莱特还要同一个水手斗上十个回合,一个钟头以后我才上场。"

又默默地过了十分钟,他才站起来。

"老实说,丽芝,我简直没有好好地练过功。"

他伸手拿起帽子,向门口走去。他并没有去跟她接吻——他出去时从不跟她接吻道别——可是这天晚上,她却主动地去吻他,用胳膊搂住他,强迫他低下头来跟她亲嘴。他的身体那么魁伟,相形之下,她就显得很小了。

"希望你交上好运,汤姆。"她说,"你一定要打败他。"

"对,我一定要打败他。"他照样说,"反正非这样不可。我一定得打败他。"

他笑了起来,装得很痛快;这时候,她跟他贴得更紧了。他从她的肩膀上瞧了瞧这个空荡荡的房间。这就是他在世界上所有的一切:欠了很久的房租,老婆与孩子。现在,他正在离开家,在黑夜里到外面去为他的老伴和小家伙弄点吃的东西——不过,他并不是像现代的工人一样到车床上去耐心工作,而是用古老的、原始的、威武的、禽兽一样的方式去角斗。

"我一定要打败他。"他重复道,这一次,稍微带着一点拼命的口气。"如果打赢了,那就是三十金镑——我就可以付清全部的账,还剩下一大笔钱。如果打败了,我就什么也得不到——连坐电车回家的一个便士也得不到。秘书已经把输家的那一份全给我了。再会吧,老太婆。要是打赢了,我就马上回来。"

"我等着你。"她在走廊里对他喊道。

到快活俱乐部,足足有两英里路。他一边走,一边想起他当初的黄金时代——他曾经当过新南威尔士的重量级选手——那时候,他常常坐着马车去拳击,而且常有个在他身上押大注的人跟他同路,替他付车钱。就拿汤米·彭斯和那个美国黑人,杰克·约翰逊来说吧——他们都是汽车来往。可是他只好走路!同时,人人都知道,在拳击之前,辛苦地走两英里路不是个最好的办法。他老了,如今的世界对上了年纪的人真是不好。除了做苦工以外,他简直毫无用处。即使这样,他的坏鼻子和肿耳朵还要跟他作对。他真希望当初他学会了一样手艺。从长远来看,那总要好一点。可是从来没有人对他这样说过,再者,他心里也明白,即使有人跟他说过,当时他也不会听的。那时候,生活太轻松了。大笔的进款——激烈、光彩的战斗——中间还有一段段休养和闲游的时间——一大串拼命奉承他的人总是跟在他后面,拍拍他的背,握握他的手,那些阔少也乐于请他喝酒,借此可以跟他谈五分钟的话,以为莫大的荣幸——那种情形的确光彩:全场观众狂呼起来,他用暴风雨一样的拳法来收场,评判员总是宣布:"汤姆·金胜利!"而第二天体育栏里就会登出他的名字。

那才是黄金时代!但是现在经过他慢慢地回想,他才明白,给他打倒的都是些老头子。那时候,他是青年,正在成长;而他们都是老年人,正在没落。怪不得他赢起来这么容易——原来他们的血管都已肿胀,指节已经打伤,由于长期的拳击比赛,筋骨也已经疲乏。他记起那一次在拉希卡特斯湾,在第十八个回合里他怎样打垮了老斯托什尔·比尔,后来老比尔在更衣室里像小孩子一样哭起来的情形。也许老比尔当时也是拖欠了房租。也许他家里也有一个老婆同两个孩子。也许在拳击的那天,比尔也是渴望吃一块牛排。当时,比尔斗得很勇,因此挨了他无比凶猛的还击。现在,在他自己也受到了这种折磨之后,他才明白在二十年前的那天晚上,斯托什尔·比尔是为了更大的赌注去拳击的,而他,年轻的汤姆·金,不过是为了荣誉和得来容易的钱罢了。难怪斯托什尔·比尔后来要在更衣室里那样痛哭了。

总之,看起来,一个人一生只能斗那么多次。这是拳击比赛的铁的规律。有的人的精力也许能够狠狠地斗一百次,有的人也许只能斗二十次;每一个人根据他的体格和气质,都有一定的数字,等到他斗完了这个数字,他就完了。不错,他斗的次数比大多数同行都多,他所经历的艰苦奋战已经远远超过了他的本分——而这种比赛,总是使心脏同肺仿佛要破裂一样,使动脉失去弹性,使年轻的灵活柔软的肌肉结成硬块,使他神经麻木,精力衰退,而且由于过分用劲与过分忍受使他的头脑同筋骨疲乏不堪。是的,他比他们干得都好。他的老搭档已经一个也没有了。在老一辈的拳师里,他是最后一个。他看见他们一个个完蛋,其中有几个人的完结跟他也有关系。

过去,他们总是拿他来对付那些老家伙,他一个一个地打倒了他们——每逢他们像老斯托什尔·比尔一样,在更衣室里痛哭的时候,他总是觉得可笑。如今,他自己老了,他们又拿那些小伙子来对付他。拿桑德尔这个小家伙来说吧,他是从新西兰来的,运动的成绩留在那儿。可是在澳大利亚,谁也不了解他的情形,所以他们让他跟汤姆·金比赛。如果桑德尔干得出色,他们会让他跟更好的人比赛,赢得更大的奖金。因此,不用说,这一场他一定会斗得非常凶猛。凭着这场比赛,他会赢到一切东西——金钱、荣誉和前途;汤姆·金则是阻碍他走向名利大道的一个头发斑白的老砧板。他什么也赢不到,最多也只有那三十个金镑,让他还清房东和商人的账。就在汤姆·金这样回想的时候,在他的迟钝的头脑里出现了青年的形象——趾高气扬、不可一世的光辉的青年形象,肌肉柔软,皮肤滑润,不知疲倦的健康的心肺,嘲笑力量有限那种论调的青年。是的,青年是涅米塞斯①。他毁掉了老一辈的人,根本不考虑这样做就等于毁掉他自己。这样扩大了他的动脉,击碎了他的指节,结果给下一辈的青年毁掉。因为青年总是年轻的。只有老年才会变老。

走到卡斯尔雷街的时候,他向左转弯,走过三条横马路,就到了快活

---

① 希腊神话中的报应和复仇的女神。

俱乐部。门外有一群无赖少年,恭恭敬敬地给他让开了一条路,他只听见有一个人对另外一个人说:"那就是他!那就是汤姆·金!"

进去之后,他在去更衣室的路上碰见了俱乐部的秘书,这个年轻人有一双锐利的眼睛,一张机灵的脸。他跟他握了握手。

"你觉得怎么样,汤姆?"他问道。

"好得很。"金回答道,当然,他知道这是撒谎,如果他有一镑钱的话,他会马上买一块上好的牛排。

等到他从更衣室出来,带着他的助手,沿着过道向大厅中央用绳子圈起来的拳击场走去的时候,正在等候演出的观众立刻发出了一片欢迎和喝彩的声音。他向左右的观众还了还礼,可是,没有几张面孔是他认识的。大多数观众都是他在拳击场里第一次赢得荣誉的时候还没出世的小孩子。他轻快地跳到台上,低下头从绳子下面钻到他那一角,坐在一张折叠凳子上面。评判员杰克·鲍尔过来,跟他握了握手。鲍尔是个垮了台的拳击家,他已经有十多年没有在台上当过主角了。汤姆看到他来当评判员,心里很高兴。他们都是老一辈的人。如果他稍微犯了一点规,对桑德尔稍微过分一点的时候,他知道鲍尔一定会马虎过去的。

年轻的、雄心勃勃的重量级拳击选手一个接着一个地跳到圈子里面,由评判员介绍给观众。同时,他还宣布了他们提出来的挑战。

"年轻的普隆托。"鲍尔宣布道,"是北悉尼人,他愿意另外加五十镑,向赢家挑战。"

观众喝彩之后,等到桑德尔跳到圈子里,坐在他那一角的时候,又喝了一遍彩。汤姆·金好奇地瞧着对面的桑德尔,因为几分钟之后,他们就要在无情的战斗里扭到一块儿,使出全部力量来把对方打昏过去。可是他看不出什么,因为桑德尔跟他一样,也在拳击衣外面套着长裤子和绒线衫。他的脸长得非常英俊,头上一蓬拳曲的黄发,从他那结实的、肌肉发达的脖子,可以看出他的身体一定非常雄壮。

年轻的普隆托从这个角落走到那个角落,跟台上的主角握过手以后,就下去了。挑战继续进行。年轻人不断地跳到圈子里——没有名的,然而不能满足的年轻人——总是向大家喊着,他们要凭自己的力气和本事,

293

向赢家比一比高下。要是几年之前,在他所向无敌的黄金时代,汤姆·金看到这种举动,也许会觉得又好笑,又讨厌。可是现在,他坐在那儿,好像着迷一样,怎么也摆脱不掉他眼睛里的青年的幻象。这些小伙子总是在拳击比赛里占上风,总是从圈子旁跳进来,大声地挑战;而在他们面前倒下来的,总是老一辈的人。他们都是从老一辈的人身上爬到成功之路。他们源源不绝而来,愈来愈多——难以抑止的、不可阻挡的青年——他们总是打倒了老一辈的人,然后自己变得老起来,走着同样的下坡路,而他们后面那些不断涌上来的人,永远是青年——这些新生的婴儿,长得雄壮起来之后,总是再打倒他们的长辈,同时,他们后面又会出现更多新生的婴儿,直到永远——青年一定要实现他们的意志,永远不会死亡。

汤姆向记者席瞧了一眼,跟体育报的摩根和公正报的考尔柏特点了点头。然后他伸出手来,由桑德尔的一个助手严格地检查绕在他指节上的细带,并且在这个人的严密监视之下,由他自己的助手们锡德·沙利文和查利·贝茨给他套上手套,把手套扎紧。同时,在桑德尔那一角,也有汤姆的一个助手,干着同样的事。这时候,桑德尔的裤子已经脱下来了,他一站起来,他的绒线衫也从头上给脱掉了。汤姆·金望过去,看到了青年的具体形象:厚厚的胸脯,强壮的筋肉,一身的肌肉就像活的东西在缎子似的白皮肤下面滚动,全身充满了活跃的生命。汤姆·金知道,这是从来没有失去过朝气的生命,等到在长期的战斗里,这股朝气从发痛的毛孔里泄了出去,青年付出了经过这一关的代价,他就不会再像以前那样年轻了。

这两个人走拢了,锣声一响,那些助手就噼噼啪啪地折起折叠凳子爬到圈子外面去了。他们握过手以后,立刻摆出了拳击的姿势。而桑德尔立刻就像一个由钢铁和弹簧组成的机件,在灵巧的扳机操纵之下,来往不停,一会儿用左拳打汤姆的眼睛,一会儿用右拳打他的肋骨,然后避开对方还来的一拳,轻轻跳开,接着又声势逼人地跳了回来。他的动作很敏捷,很灵巧。这是一种使人眼花缭乱的表演。全场观众都大声喝彩。可是汤姆并没有眼花。他参加过的比赛和遇到的青年对手实在太多了。他知道这种拳法是怎么回事——来势太快太灵活了,不会有危险的。很清楚,桑德尔一开头就想速战速决。这是料想得到的。年轻人总是如此——逞凶撒野,猛攻猛打,肆意消耗自己的光彩和优越性,凭着无限的辉煌的精力和必胜的愿望来压倒对方。

桑德尔一进一退,一会儿,一会那儿,满场跳来跳去,步伐轻快,心情急切,就像一个由雪白的皮肤和坚实的筋肉构成的活的奇迹。他用身体组成了一个令人眼花缭乱的进攻网,溜过来,跳过去,像飞梭似的一个动作接着一个动作,片刻不停。而这千百个动作针对着一个目的,就是要消灭汤姆·金。因为汤姆·金妨碍他飞黄腾达。可是汤姆·金却耐心地忍受着。他知道该怎么办,他自己虽然不再是青年了,可是他懂得青年。他的想法是,在对方没有丧失一部分精力之前,是没有办法的。于是,他就暗自狞笑了一下,故意地把头一低,挨了重重的一拳。这是个恶毒的办法,不过按照拳赛的规则来说,倒是很正当的。一个人照理是应当保护自己的指节的,因此,如果他一定要打中对手的头顶,那就只能说他是自讨苦吃。金本来可以把头躲得更低一点,让这一拳毫不伤人地落空,可是他想起了在当初的比赛里,他怎样在威尔斯凶神头上打坏了自己的第一个指节的情形。现在,他不过是想取胜。这一低头使桑德尔付出了一个指节的代价。就目前来说,桑德尔是不会在乎的。在这场比赛里,他会毫不介意地继续狠狠地打到底的。不过,以后等到他在拳场上斗得久了,对他开始产生影响的时候,他就会痛惜这个指节,回想起来他怎样在汤姆·金的头上把指节打碎的情形了。

第一个回合完全是桑德尔的天下,他的旋风式的猛攻引起了全场的喝彩声。他的排山倒海的拳法压倒了汤姆,汤姆什么也没有施展。他从来没有回过一拳,他只求掩护、抵挡、躲闪,或者跟对方扭抱起来以免遭到痛击。有时候,他佯攻一下,在拳头落下去的时候摇摇头,然后迟钝地兜来兜去,他从来不跳来跳去,或者浪费一丝精力。一定要等到桑德尔泄掉了青年的锐气,这个谨慎的老年人才敢还手。金的一切动作都是慢腾腾、一板一眼的,他那双眼皮很厚,转动得很慢的眼睛,使他带着一种半睡半醒、茫然若失的神气。可是,这是一双无所不见的眼睛,在二十多年的拳场生活里,他的眼力早就锻炼出来了。即使一拳打到了眼前,它们也不会眨一眨,动一动,却能够冷静地观测出来拳的距离。

在第一个回合结束,休息一分钟的时候,他坐在他那个角落里,伸开两条腿仰面躺着,把胳膊搭在两旁的绳子上;当他吸进去他的助手们用毛巾扇过来的空气时,看得出他的胸膛在深深地起伏着。他闭着眼睛,听到场子里的喊声:"你为什么不斗,汤姆?"很多人都在这样喊:"你并不怕他,是吗?"

"肌肉硬了。"他听见一个坐在前排的人这样议论。"他的动作快不了啦。桑德尔要是输了,我赔双倍,照金镑算。"

锣声一响,两个人都从各自的角落向前走过去。桑德尔急于再战,足足跑到全场四分之三的地方;可是汤姆却情愿少走几步。这完全符合他的节省体力的策略。他既没有锻炼好,又没有吃饱,每一步路都很要紧。再者,他到拳击场已经走了两英里路。这一回合跟第一回合一样,桑德尔仍旧像旋风一样地猛攻,观众都愤愤地质问汤姆·金为什么不打。他假装进攻,不起作用地慢慢挥了几拳,除此之外,他就只采取抵挡、拖延和扭抱的办法。桑德尔要速战速决,可是汤姆很聪明,不肯去迎合桑德尔。他露齿一笑,那张在拳击场上击伤了的脸,露出一种沉思悲愤的神气,继续怀着老年人才有的谨慎,保存着实力。桑德尔是青年,他总是以青年慷慨放纵的气派,浪费他的精力。汤姆是拳击场上的一位将才,他有着由长期的痛苦战斗里得来的智慧。他用冷静的眼光和头脑注视对方,他行动迟缓,等待着桑德尔泄去锐气。在大多数观众看起来,汤姆似乎已经毫无希望地给压倒了,他们表示愿意在桑德尔身上押下三对一的赌注。可是也有几个聪明人,他们知道汤姆过去的情形,因此,他们就接受了他们认为容易赢钱的挑战。

第三个回合开始的时候,仍旧是一面倒,桑德尔仍旧掌握着全部主动权,尽量痛击。半分钟之后,桑德尔由于过分自信,露出了一个破绽。在这刹那间,汤姆眼到手到,他两眼发光,右手像闪电一样打了过去。这是他第一次真正的一击——使了一个钩拳,他把胳膊扭成拱形,使拳头更坚实,同时把旋转一半的身体的全部重量加在拳头上。这就像一头仿佛沉睡的狮子,突然像闪电似的伸出一只爪子来。下巴旁边挨了这一下的桑德尔,立刻像一头阉牛似的倒了下去。观众倒抽了一口气,喃喃地发出了一种敬畏的喝彩声。这个人的肌肉不曾变僵硬,他能够把拳头像大铁锤一样打出去。

桑德尔心惊胆战。他翻了个身,打算爬起来,可是他的助手喝住了他,要他等着计数。他单膝跪着,准备起来,可是仍旧等着。此时裁判监视着他,正在大声对着他的耳朵计数。数到九的时候,他站起来摆出了战斗的姿态;这时候,面对着他的汤姆·金不由得懊悔起来,这一拳要是离桑德尔的下巴尖再近一英寸就好了。那样,他就能把他打昏过去,而他就可以带着三十金镑回家去见自己的老婆孩子了。

这一回合一直打完了规定的三分钟,桑德尔这才初次敬重起他的对手来,可是汤姆的动作仍旧很慢,眼睛仍旧那么昏昏欲睡。汤姆·金看到他的助手们在绳子外面蹲下来,准备跳进来时,就警觉到这个回合快要结束了,于是他就把战斗向他自己的那一角引过去。锣声一响,他立刻坐在那张等着他坐的凳子上,而桑德尔却只好走完这个正方形的对角线,回到他那一角。这是一件小事,不过把很多小事累积起来就是一件大事。桑德尔不得不多走许多路,多消耗许多精力,而且要在这宝贵的一分钟里损失一部分休息时间。在每一回合开始的时候,汤姆·金总是慢腾腾地从他那一角走过去,逼着他的对手要比他走更长的路。而在每一回合结束之前,汤姆总是把战斗引到自己的一角,那么他自己便可以立刻坐下。

在接下来的两个回合里,汤姆·金一直节省着气力,而桑德尔则尽量浪费。桑德尔力求速战速决的攻势弄得他很不舒服。因为那些像雨点似的拳头大部分都打中了。可是汤姆坚持着他的顽固的拖延战略,无论那些急性子的年轻人怎样催他斗,他也不理。后来,在第六个回合里,桑德尔又大意了一次,汤姆的可怕的右拳又像闪电似的打中了他的下巴,于是桑德尔又等到裁判数到九才起来。

打到第七个回合,桑德尔的优势完了,他安定下来,开始应付他知道这是他有生以来最艰苦的一场比赛。汤姆·金是个老家伙,可是比他碰到的那些老家伙要厉害得多——这个老家伙从来不失去理智,他的防守本领非常强,他的拳头就像一根有节的棍子,而且他两只手都能把人打倒。然而,汤姆·金仍旧不敢时常攻打。他从来没有忘记他那些打坏了的指节;他知道,如果要他的指节能够支持到底,他就必须次次打中。当他坐在自己的角落里,瞟着他的对手的时候,他脑中忽然产生一个念头:如果把他的智慧跟桑德尔的青春结合在一起,那就会成为一个闻名世界的重量级锦标选手。可是困难就在这里。桑德尔绝不会变成世界选手。他缺乏智慧,而得到智慧的惟一办法,就是用青春去买;等到他有了智慧,他的青春也就虚度了。

汤姆·金利用一切他所知道的有利的手法。他从来没有放过一次扭抱的机会,每逢扭抱起来,他总是用肩膀硬撞对方的肋骨。按照拳击的理论,就肩膀跟拳头造成的损伤来说是一样的,就消耗体力来说,那简直要好得多。而且,一扭抱起来,汤姆总是把自己的重量压在对方身上,不肯松开。这样就逼得裁判来干涉,把他们拉开,而没有学会休息的桑德尔还帮着裁判来松开。他忍不住,他总是运用他那威风凛凛的飞舞的胳膊和他的扭动不停的肌肉。每逢对方冲过来扭抱,用肩膀抵住他的肋下,而把头靠在他的左臂上的时候,桑德尔几乎总是把右拳从自己背后挥过去,打那个突出的脸。这一手打得很巧妙,观众非常钦佩,然而并不危险,因此,只好算是浪费气力。不过,桑德尔既不知疲倦,也不知节制,而汤姆总是露齿笑着,顽强地忍受着。

后来,桑德尔使出了一种用右拳猛击汤姆的身体的拳法,看起来就像汤姆挨了一顿饱打似的。不过,只有老看拳赛的人才佩服汤姆那种在拳头打到之前的一刹那,用左面的手套碰一碰对方的双头肌的巧妙手法。当然,次次都打中了;可是每一次都因双头肌给碰了一下,便使拳头失去了力量。在第九个回合里,一分钟里一连三次,汤姆都弯着胳膊,用右拳一钩,打中了对方的下巴;一连三次,桑德尔的沉重身体,都给打倒在垫子上。每一次他都在休息了应有的九秒钟之后,才站起来。他虽然摇摇晃晃,有点头昏,不过体力还是很强。他的速度比以前慢多了,可是他浪费的气力也少了。他斗得很苦,可是他会继续利用他的本钱——青春。汤姆的本钱是经验。现在,他的体力衰退了,气力也小了,可是他用策略代替了它们,他会利用他在长期比赛里得来的智慧,他会谨慎地积蓄他的力量。他不仅懂得绝不能有一个多余的动作,他还懂得怎样引诱对方消耗精力。他一再地用手、脚同身体,装作要攻击的样子,引得桑德尔一时向后跳,一时闪避,一时还击。汤姆·金休息着,可是他绝不肯让桑德尔休息。这是老年人的战略。

第十个回合才打起来,汤姆·金就开始用左直拳攻对方的脸,来阻挡对方的猛攻;这时候,桑德尔已经变得谨慎了,他立刻收回左臂,低头一闪,把右拳向上一钩,向汤姆的头旁边打过去。这一拳打得太高,没有真正收效;可是汤姆一挨到拳头,立刻就产生了过去他很熟悉的那种面前一片漆黑、一时昏迷的感觉。一刹那间,或者不如说,在一刹那的万分之一的时间里,他的生命停止了。在这瞬刻之前,他看见桑德尔闪出他的视野,后面背景上的一片注视着的白面孔也不见了;而一瞬间之后,他又看到了桑德尔和背景上的那些面孔。他好像睡了一会儿,才睁开眼睛;不过,不省人事这一刹那间非常短暂,他没有倒下去。观众只看到他摇晃了一下,膝盖一弯,然后又看见他恢复过来,用左肩紧紧地护住下巴。

桑德尔照这样连打了几次,让汤姆一直保持着半昏迷状态,可是汤姆终于想出了一个以攻为守的办法。他假装用左拳进攻,可是马上退后半步,把右拳用全力向上猛攻。他把时间计算得非常准确,趁着桑德尔正在低头闪避时,把拳头端端正正地打到了他的脸上,打得桑德尔两脚腾空,缩成一团向后仰去,脑袋和肩膀同时撞倒在垫子上面。汤姆·金照这样连打中了两次,然后他就放手痛击他的对手,把他逼到绳子上面。他不让桑德尔有一点休息或者振作起来的机会,只顾一拳接一拳地捣下去,直到全场的观众都站起来,空气中充满了狂吼的喝彩声。可是桑德尔的气力和耐力是超群出众的,他仍旧站着。看起来,桑德尔肯定要给击昏过去了。场子旁边的一个警官被这种可怕的狠打吓坏了,连忙站起来阻止这场拳击。等到锣声一响,这一个回合宣告结束的时候,桑德尔一面摇摇晃晃地回到他的角落,一面对警官声明,说他仍旧很好,很有劲。为了证明这一点,他向后连跳了两下,那个警官就退让了。

这时候,靠在自己的角落里喘得很厉害的汤姆·金非常失望。如果这场拳击给阻止了,那么,裁判就会迫不得已作出结论,那三十个金镑就

299

会归他了。他跟桑德尔不一样,他不是为了争荣誉或者前程而来拳击的,他只为了那三十个金镑。现在,桑德尔只要休息一分钟就会恢复过来。

青年总有办法——这句话忽然在汤姆的脑子里一闪,他想起了他头一次听到这句话,是在他打垮斯托歇尔·比尔那天晚上。这是那个在拳击之后请他喝酒的家伙,拍着他的肩膀对他说的。青年总有办法!那个家伙说得对。在很久之前的那个晚上,他的确是青年。然而今天晚上,青年却坐在对面的一角。至于他自己呢,他已经斗了半个钟头,他已经是个老头儿了。如果他像桑德尔那样斗,他连十五分钟也支持不了。不过,问题在于:他的气力不能恢复。那些突出的动脉和那颗疲劳已极的心脏使他不能在两个回合之间的休息时间内重振威力。而且,一开头他的气力就不充沛。他的腿很沉重,正在开始抽筋。他不应该在拳击之前走那两英里路。还有他早上一起来就非常想念的那块牛排。他恨透了那个不肯赊账给他的肉店老板。一个没有吃饱的老年人是很难斗胜的。区区一块牛排,最多不过值几个便士,然而对他来说,却等于三十金镑。

第十一个回合的锣声响过之后,桑德尔为了显示他实际上并没有的锐气,发动了猛攻。汤姆知道这是怎么回事——这种虚张声势的把戏跟拳击本身一样古老。为了挽救自己,他扭抱起来,然后松开,让桑德尔摆开阵势。这正是他求之不得的事。他先装做用左拳进攻,引得桑德尔低头一闪,然后他退半步,用右拳向上猛地一钩,迎面击中脸部,打得桑德尔摔倒在垫子上。后来,他一直不让桑德尔休息,尽管他自己也受到痛击,但是他打中的次数要多得多,他打得桑德尔靠在绳子上,上下左右地用各种拳法擂过去,然后挣脱开对方的扭抱,或者用重拳打得对方不能来扭抱。每逢桑德尔快要倒下去的时候,他就用举起的一只手撑住他,而立刻用另一只手打得他靠在绳子上,不摔下去。

这时候,全场都疯狂了,成了汤姆·金的天下,几乎每一个人都在喊:"加油,汤姆!""打垮他!打垮他!""你已经胜了,汤姆!你已经胜了!"比赛就要在旋风式的攻击之下结束了,而观众花钱到这儿看的,也正是这个。

半小时以来一直保存着实力的汤姆·金,现在一下子把他所有的力气全使出来了。这是他的惟一的机会——要是现在不赢,就根本赢不了啦。他的气力消耗得很快,他只希望在最后一点气力用完之前,能够打得对方爬不起来。因此,他一面继续猛攻,一面冷静地估计他的拳头的分量和它们造成的损伤,他这才看出桑德尔是一个很难打垮的人。他的体力和耐力简直大到了极点,这是青年的原封未动的体力和耐力。桑德尔一定是个蒸蒸日上的好手。他是一个天生的拳击家。只有这样坚韧的材料,才能创造出成功的斗士。

桑德尔已经摇摇晃晃,站不稳了,可是汤姆的腿也在抽搐,他的指节也痛起来了。不过他还是咬紧牙关,猛捶狠打,每一次都打得自己的手疼得不得了。现在,他虽然实际上一拳也没有挨到,可是他的气力也在跟对方一样迅速地衰弱下去。他次次都打中要害,可是再也没有以前那种分量了,而且每一拳都要经过极大的努力。他的腿跟铅一样重,看得出在拖来拖去;因此,把赌注押在桑德尔身上的人,看到这种情形都很高兴,就大声地鼓励着桑德尔。

这情形刺激得汤姆产生了一股劲儿。他一连打了两拳——左拳打在腹腔神经丛上,稍微高了一点,右拳横击在下巴上。这两拳打得并不重,可是本来就昏迷无力的桑德尔已经倒下去,躺在垫子上直哆嗦。裁判监视着他,对着他的耳朵,大声数着有关生死的秒数。如果在数到十秒之前他还没有起来,他就输了。全场的观众都肃静无声地站着。汤姆·金两腿发抖,勉强支持着。他感到一阵剧烈的眩晕,观众的脸好像一片大海,在他眼前波澜起伏,裁判数数的声音好像是从很远的地方传到他耳朵里的。可是他认为自己是赢定了。一个挨了这么多重拳的人是不可能站起来的。

只有青年人能够站起来,桑德尔终于站起来了。数到四的时候,他翻了个身,面孔朝下,盲目地摸索那些绳子。数到七的时候,他把身子拖了起来,用一条腿跪着,一面休息,一面像喝醉了似的摇晃着脑袋。等到裁判喊了一声"九!"的时候,桑德尔已经笔直地站了起来,摆出适当的招架姿势,用左臂护着脸,右臂护着胃部。他护住要害以后,就摇摇摆摆地向汤姆走过去,希望能跟对方扭抱在一块儿,以便争取时间。

桑德尔一起来,汤姆·金就开始进攻,不料打出去的两拳都给招架的胳膊挡住了,接着,桑德尔就跟他扭在一起,拼命地抵住他,裁判费了很大力气才把他们拉开。汤姆也帮着摆脱自己。他知道青年人恢复得很快,而且知道,只要他能不让桑德尔恢复,桑德尔就会败在他手下。只要狠狠的一拳就够了。桑德尔已经败在他的手下,这已经是无疑的了。他已经在战略和战术上胜过他,占了上风。汤姆·金从扭抱中摆脱出来,摇摇晃晃,他的成败得失就在毫发之间。只要好好的一拳,就能把他打倒,叫他完蛋。汤姆·金忽然一阵悲痛,想到了那块牛排若来支撑他这必要的一击,那有多好啊!他鼓足力气,打了一拳,可是分量不够重,出手也不够快。桑德尔摇摆了一下,没有摔倒,蹒跚地退到绳子旁边就支撑住了。汤姆·金蹒跚地追过去,忍受着揪心的剧疼,又打了一拳。可是他的身体已经不听指挥了。他只剩下了一种要斗下去的意识,然而由于疲劳过度,连这一点意识也很模糊。这一拳他是对着下巴打过去的,可是只打到肩膀上。他本来想打得高一点的,可是疲劳的肌肉不服从指挥。同时,他自己却受了这一拳回冲力的影响,跟跄地倒退回来,几乎栽倒。后来他又勉强打出了一拳。这一次简直完全落空,他因为身体衰弱到了极点,就倒在桑德尔身上,跟他扭抱在一块儿,以免自己摔倒。

汤姆一点不想挣脱开来。他的力气已经用光了。他垮了。青年总有办法。即使在扭抱的时候,他也觉得桑德尔的体力变得比他强起来。等到裁判把他们拉开的时候,他所看到的已经是一个身体复原的青年。桑德尔变得一刻比一刻强壮。他的拳头最初还是软绵绵的,不起作用。现在已经变得又硬又准了。汤姆的昏花眼睛看见他的戴手套的拳头正在向自己的下巴打来,他打算抬起胳膊来保护。他看到了这个危险,而且准备这样做,可是他的胳膊太重了。它好像一百多磅的铅块那么重。它不能自动地举起来,因此他就拼命集中意志要抬起这只胳膊。这时候,那只戴手套的拳头已经打中他了。他好像给电火击中一样,感到了一种剧烈的痛苦,同时,眼前一黑,他就什么都不知道了。

等到他再睁开眼睛的时候,他已经坐在自己的一角,只听见观众的喊声像邦狄海滨的惊涛骇浪一样。他的后脑压在一块潮湿的海绵上,锡特·沙利文正在向他脸上和胸口上喷冷水,让他苏醒过来。他的手套已经给脱下了,桑德尔正弯下腰来,跟他握手。他一点也不恨这个打昏了他的人,因此,他热诚地跟他握手,一直握得自己的破指节疼得受不了。然后,桑德尔就走到拳击场当中,观众停止了喧嚣,听他讲话。他接受了年轻的普隆托的挑战,而且建议把超过一般赌注的赌注增加到一百镑。汤姆无动于衷地听着,这时他的助手们拭去他身上的热汗,揩干他的脸,以便他可以出场。他觉得很饿。这不是那种寻常的、胃很疼的饥饿感觉,而是一种极度的衰弱,一种心口悸动,传遍全身的感觉。他回想起刚才比赛时桑德尔摇摇欲坠、快要失败的那一刻。唉,一块牛排就顶用了!决定胜负的那一拳就缺少这块牛排,现在他输了。这全因为那块牛排。

他的助手们扶着他,帮助他钻过绳子。他挣脱他们的手,自个儿低头钻过绳子,沉重地跳到地板上,跟在替他从拥塞的中央过道挤出一条路的助手们后面。当他离开更衣室到街上去的时候,有一个年轻人在大厅的入口对他说了几句话。

"刚才他在你手掌之中的时候,你为什么不把他打倒呢?"这个小伙子问道。

"去你妈的!"汤姆·金一面说,一面走下台阶,到了人行道上。

街角上酒店的门开得大大的,他看到那些灯光和含笑的女侍者,听到很多人都在谈论这次比赛,他还听到了柜台上生意兴隆的丁当直响的钱币声。有人喊他喝一杯。看得出来他犹豫了一下,就谢绝了,继续走路。

他口袋里连一个铜板也没有,回家的两英里路好像特别长。他的确老了。走过陶门公园的时候,他突然在一张凳子上垂头丧气地坐下来,因为他想起了他的老婆正坐着等他,等着听赛拳的结果。这比任何致命的拳头都沉重,简直无法承受。

他觉得人很虚弱,身上处处酸疼。那些打碎了的指节也很疼,它们在警告他,即使他找到了一种粗活儿,也要等一个星期他才能握得住一把锄头或者铲子。饿得心口悸动的感觉使他想要呕吐。悲惨的心情压倒了他，他眼睛里涌出了不常有的泪水，他用手蒙住脸，一面哭，一面想起了很久之前那天晚上他对待斯托什尔·比尔的情形。可怜的老斯托什尔·比尔！现在他才明白了比尔为什么在更衣室里痛哭。

万紫　雨宁译

疑犯从宽

一

卡特尔·华特森，胳膊下夹着一本最近的杂志，正在慢慢地一路溜达，好奇地望着四周。二十年前，他曾经在这条街上走过，这里变化很大，真叫人吃惊。这个三十万人口的西部大城，当初只不过三万人；那时候，他还是个小孩子，他常常在各条街上闲逛。他现在走的这条街，本来是在安静的工人区里，周围都是可敬的工人阶级的家庭。可是这天傍晚，他所发现的却是一个庞大、丑恶的藏垢纳污的地方。到处都是中国人和日本人的商店同龌龊的人家，此外还乱糟糟地掺杂着许多下流的白人娱乐场和酒店。他幼年时的这条安静的街道，现在已经变成全城最可怕的地区了。

他瞧了瞧他的表。正好是五点半。在这一带，这是一天里最冷清的时候。他完全明白，不过他很好奇，还是想瞧一瞧。二十年来，他到处漂泊，研究世界各地的社会情况，他心里一直觉得他的故乡是一个健康、可爱的城市。现在他所看到的变化真是惊人。他决计要继续走下去，瞧瞧他的故乡究竟堕落到了什么地步。

还有一桩：卡特尔·华特森有一种很敏锐的公民责任感。他有钱，不用依靠谁，他讨厌那种把精力浪费在精致的茶会和轻狂的宴饮上的社交生活；他对女演员、赛马和各种其他的消遣也很冷淡。他喜欢研究道德问题，自命是一位改革家，虽然他的工作主要是给那些性质比较严肃的评论杂志和季刊写稿，出版一些写得很出色、很明智的关于工人阶级和贫民区人民的书籍。在他所著作的二十七部书中,有这样一些标题:"如果基督来到新奥尔良","筋疲力尽的工人","柏林出租房屋的改革问题","英国的农村贫民区","东区的人民","改革与革命","大学区,激进主义的温床",以及"文明社会中的穴居人"等等。

不过,卡特尔·华特森既不是病态的,也不是狂热的人。他在遇到可怕的现象,对它进行研究和揭发的时候,并不会失去理智。他不是容易激动的人。他的幽默,以及他的广阔的阅历和他那保守的哲学家气质,帮了他的忙。他可不耐烦听那种闪电式改革的理论。据他看,只有通过极慢极慢的和艰难痛苦的进化过程,社会才会变好。既没有捷径,也不会有突然的变革。人类的改良必须经过痛苦和灾难才能实现,就像社会上过去完成的一切改革所经过的情形一样。

可是,在这个夏天的傍晚,卡特尔·华特森的好奇心很重。他走着走着,走到一家华美的酒店门口就停下了。那上面的招牌是"方多模酒店"。那儿有两个入口。一个显然是通到酒吧间的。他没有进去探望。另外一个是一条狭窄的过道。进去之后,他发现里面有一个很大的房间,摆了很多用椅子围起来的桌子,然而很冷清。借着昏暗的光线,他看出远远有一座钢琴。他心里起了一个念头:以后他还要再来一次,研究一下那些坐在这许多桌子旁边喝酒的人;接着,他就在这个房间里兜了一圈。

房间的后面,有一条很短的过道,通到一间小厨房;这时候,帕茨·霍朗,方多模的老板,独自坐在一张桌子旁边,在晚上的生意还未忙起来之前,匆匆地吃着晚饭。这一天,帕茨·霍朗无论瞧见什么都有气。早上,他一起床就老大不高兴,因此,一天之中,觉得事事都不如意。假使有人问他的酒吧间的伙计,他们一定会用闹别扭这个字眼来形容他的心情。卡特尔·华特森怎么会知道这一层呢。就在他走过那个小过道的时候,帕茨·霍朗的怨气冲天的眼睛一下就看到了他胳膊底下夹着的那本杂志。帕茨并不认识卡特尔·华特森,也不知道他胳膊底下夹的是一本杂志。当时,帕茨因为心里火气很大,就认定这个陌生人是那种张贴广告,把他的许多后房的墙上弄得一塌糊涂的家伙。杂志封面的颜色,使他肯定了这就是那种广告。于是,麻烦事就开始了。他手里拿着刀叉,立刻向卡特尔·华特森跳过来。

"你给我滚蛋!"帕茨怒吼道,"我懂得你那套把戏!"

卡特尔·华特森吃了一惊。这个冲到他面前的人,好像一个一掀开盒子盖就会跳出来的玩偶。

"又要来把我的墙上弄得一塌糊涂啦!"帕茨叫道,接着就吐出了一连串生动下流但是缺乏丈夫气概的骂人字眼。

"假使我冒犯了你,我也不是有意……"

不过,来客的话只能说到这儿。帕茨把他的话打断了。

"你给我滚出去,少噜苏!"帕茨一面说,一面挥动刀叉来加强他的语气。

卡特尔·华特森的脑子里迅速地一闪,好像看见那把叉子已经怪不舒服地插在他肋骨当中;他知道再开口会有危险,连忙转身就走。看起来,他的软弱的退却一定是惹得帕茨·霍朗更恼火了,因为这位可敬的老板立刻丢下刀叉,跳到了他面前。

帕茨·霍朗的体重是一百八十磅。华特森也有这样重。从这一点看,他们是势均力敌的。不过,帕茨只是一个勇敢好斗、粗鲁的酒店打手,华特森是一位拳击家。从这一点看,后者是占上风的,因为帕茨过来的时候,袒胸凸肚,只顾抡起右手,狠狠地一拳打来。华特森只要对直从左面给他一拳,就可以脱身。不过,华特森还有一个占上风的地方。他的拳术和他从世界各地的贫民窟同犹太区得来的经验,教会了他要忍耐。

他没有打他,只在原地一转,闪过对方挥来的拳头,趁此跟他扭在一起。可是像野牛一样冲过来的帕茨有一股冲力,而转身迎他的华特森却没有冲力。结果,这一对总共有三百六十磅的人就轰隆一声,摔在地上。华特森给帕茨压在下面。他躺在那儿,脑袋抵着这个大房间的后墙。街道离他有一百五十英尺,他迅速地动了动脑筋。他的第一个念头是避免麻烦。他绝不希望自己的名字登上这个城市的报纸,这是他童年的故乡,他的很多亲戚和世交仍旧住在这儿。

于是他扣紧胳膊,抱住压在他身上的那个人,等解救的人来,他们摔得这么响,别人一定会听到的。解救的人果然来了——这就是说,从酒吧

307

间里来了六个人,在他们跟前摆开了一个半圆形的阵势。

"把他拉开,伙计们。"华特森说,"我没有揍他,我不愿意跟人打架。"

可是那个半圆形阵势一声也不响。华特森继续抱着,等着。帕茨想尽方法来伤害他,结果都没有用,于是就提出一个建议。

"放开我,我就放你走。"他说。

华特森放开了他,可是帕茨一爬起来就站在他那位躺着的对手旁边,准备再打。

"站起来。"帕茨命令道。

他的声音严厉,凶恶,跟上帝传人去听审的口气一样。华特森知道他是不会留情的。

"你往后站一点,我就起来。"他反抗道。

"你要算个上等人,就站起来。"帕茨说着,浅蓝色眼睛里冒出一股怒火,他的拳头正在准备着致命的一击。

就在这时候,他把一只脚往后一提,朝对方的脸上踢了过去。华特森交叉着胳膊,挡过这一脚,立刻跳了起来,在对手来不及挥拳之前,又跟他扭在一块儿。华特森抱住了帕茨,对旁边看着的人说:

"把他拉开,伙计们。你们都看见了,我没有揍他。我不愿意打架。我要离开这儿。"

那一圈人既不动弹,也不说话。他们的沉默使他感到兆头不妙,华特森不禁心里一阵颤抖。帕茨打算把他摔倒,结果自己反而被他弄得仰面朝天地摔到地上。华特森摆脱了帕茨,立刻跳起来,奔向门口。可是那圈人像一堵墙似的挡住了他。他看了一下他们那些苍白浮肿的脸,这是那种从来不见太阳的脸;他知道,这伙挡住他的去路的人,都是晚上在城市里的下流场所为非作歹的恶棍。接着,他就被他们推到了像野牛一样冲过来追打他的帕茨面前。

他又跟帕茨扭抱在一块儿了,借这短暂的喘息之机,他又来恳求那伙人。他们还是不理睬他。到了这一步,他才觉得可怕。这种事他已经听人说过很多次,单身的人在这种下流场所挨揍的时候,常常会弄得筋骨折断,眼青鼻肿,甚至死在他们的拳脚之下。同时他还知道,如果他想逃出去,他可绝对不能打他的对手,或者跟挡住他的人打斗。

但他心里涌起一股正当的愤慨之情。不论在什么场合,七对一总是不公平的。他也有点发火了,心里也激起了人人都不免的那种跟他们拼一下的野性。不过,他想起了他的妻子儿女、他的未完成的著作、他非常心爱的那一万英亩高地上的平坦的农场。他眼前仿佛突然出现了蔚蓝的天空,金黄色的阳光正在照射着他那繁花似锦的草地,懒洋洋的牛群正在深及膝盖的小河里站着,鳟鱼闪现在涟漪之中。生活真是太好了——他不能牺牲这么好的生活,来满足一时的野性冲动。总之,卡特尔·华特森很冷静,又很害怕。

这时,被他紧紧抱住的对手正在拼命要把他扳倒。华特森又把对手摔倒在地板上,想冲出门去,可是又给那群脸色浮肿的人推回来。他闪过帕茨挥来的右拳,重新跟他扭在一块。这样重复了许多次。华特森越来越冷静,吃了亏的霍朗因为打不着对方,火气越来越大了。他在给华特森扭住的时候,拼命用头撞。头一次,他用额角撞中了华特森的鼻子。后来,每逢扭到一块儿的时候,华特森就把脸躲在帕茨的胸口。不过,愤怒的帕茨还是要撞下去,他用自己的眼睛、鼻子和腮帮子撞对方的头顶。这样,帕茨受的伤愈重,他也就撞得愈急,愈厉害。

这种单方面的仗一共打了大约有十二到十五分钟。华特森从来没有还过手,他只想赶快脱身。有时候,碰到双方没有扭到一块儿,他在桌子之间闪来闪去,打算冲到门口去的时候,那伙脸色浮肿的人就会抓住他的上衣下摆,把他推回去,迎接冲过来的帕茨挥起的右拳。这样,一次接着一次,不知经过了多少次,他都是扭住帕茨,然后把帕茨摔得仰面朝天地倒下去,而且每一次,他总是先把帕茨旋转一下,然后朝门口的方向甩过去,借此来一步一步地接近他的目标。

最后,丢了帽子,头发蓬松,鼻孔流血,一只眼睛青肿的华特森终于逃到人行道上,撞在一个警察的怀里。

"捉住那个人。"华特森上气不接下气地说。

"喂,帕茨。"警察说,"出了什么乱子?"

"喂,查理。"对方回答道,"这个家伙一进来……"

309

"抓住他,警察!"华特森又说了一遍。

"走!滚蛋!"帕茨说。

"滚蛋!"警察加了一句,"你要不走,我就抓你进去。"

"除非你逮捕那个人。他无缘无故地打我。"

"是这么回事吗?帕茨。"警察问道。

"哪儿的话!让我告诉你,查理,上帝保佑,我有证人。刚才,我正在厨房里喝汤,这个家伙一进来就跟我胡闹。我从来没见过这个人。他喝醉了……"

"瞧瞧我,警察。"愤怒的社会学家抗议道,"我究竟醉了没有?"

这个警察用恼怒、威胁的眼光瞧了他一下,就对帕茨点点头,叫他说下去。

"这个家伙跟我胡闹。他说:'我是提姆·麦格莱特,我爱把你怎样就怎样。'他说。'举起手来!'我笑了笑,他就砰砰给我两拳,打翻了我的汤。你瞧我的眼睛。我差点儿给他揍死啦。"

"你打算怎么办,警察先生?"华特森质问道。

"去你的,滚蛋!"这就是警察的答复,"你要不走,我一定把你抓起来!"

卡特尔·华特森一肚子公民的义愤立刻发作起来。

"警察先生,我要抗议……"

可是这时候,警察却抓住他的胳膊,狠狠一推,差一点把他摔倒。

"走吧,到局里去。"

"你也要把他抓起来。"华特森要求道。

"没有的事。"这就是对方的答复,"他好好地喝他的汤,你为什么要打他?"

二

卡特尔·华特森可真气极了。这不单是因为他无缘无故受到了攻击,给打伤了,又给抓了起来,而且所有的晨报,都毫无例外地登载着那种可怕的新闻,诬蔑他喝醉了,在著名的方多模酒店跟老板打架。这些报道连一句正确或真实的话都没有。帕茨·霍朗同他的党羽把这次斗殴说得绘声绘色。卡特尔·华特森喝醉了,这已经成了无可争论的事实。一连三次他们把他轰出去,推到马路旁边的阴沟里,可是一连三次他仍旧跑回来,气势汹汹,好像要杀人放火似的,宣称他要把这家酒店捣毁。他看到的第一个标题是:

《著名的社会学家酗酒被捕!》

消息登在第一版上,还印出了他的一张很大的半身像。其他的标题是:

《卡特尔·华特森一心夺取拳击锦标!》
《卡特尔·华特森得到了报应!》
《著名的社会学家企图捣毁一家不夜区的酒店!》
《卡特尔·华特森被帕茨·霍朗击败三次!》

第二天早晨,交保释放的卡特尔·华特森走到警察局的法庭里,答复人民向卡特尔·华特森提出的公诉,因为后者殴打了帕茨·霍朗。可是,那位被雇来控诉一切损害人民的罪犯的检察官,却先把他拉到旁边,私下同他谈起话来了。

"你为什么不私下了结呢?"检察官说,"华特森先生,我告诉你怎么办:跟霍朗先生握握手,讲个和,我们当场就把案子了结。我只要对法官说一句话,就会撤消对你的控诉。"

"不过我不愿意撤消。"这是华特森的答复,"你既然担任着这个职务,就应当向我提出公诉,而不应当要我跟这个……这个家伙讲和。"

"哎,我当然会向你提出公诉的。"检察官回答道。

"你也得向那个帕茨·霍朗提出公诉。"华特森警告道,"因为现在我要告他殴打伤人,要求把他逮捕起来。"

"最好你还是跟他握手讲和。"检察官重复道,这一次,声音里几乎还有威胁的口吻。

这两个案子定于一星期以后的早晨,在警察局法官威特白格的法庭里一并开庭审理。

"你一点胜诉的机会也没有。"华特森的一个童年的老朋友——这座城里最大的一家报馆的一位前任经理对他说,"人人都知道你给这个人揍了一顿。他的名誉坏到了极点。可是这一点也帮不了你的忙。两个案子都会给撤消。这还因为是你。换上一个寻常的人,还要判罪呢。"

"可是我不明白。"这位不知所措的社会学家不服气地说,"这个人不分青红皂白就向我攻击,把我打伤,而我一次也没有还过手。我……"

"对这场诉讼来说,那是无关紧要的。"对方打断了他的话。

"那么,究竟什么才是有关紧要的呢?"

"让我告诉你。现在,你的对头是本地的警察和政治机器。你是什么人?你连这座城里的一个合法居民都够不上。你住在乡下。你在这儿连一张选票也没有,当然更谈不上什么操纵选票。这个下流酒店的老板在他的地区操纵着一大串选票——而且是很长很长的一大串选票。"

"难道你的意思是说,这位威特白格法官会亵渎他的神圣职责,违反他的誓言,放掉这个野蛮家伙吗?"华特森质问道。

"你瞧着好啦。"对方冷冷地回答道,"哎,他会做得很漂亮的。他会做出一个非常合法,非常公正的判决,凡是字典里代表公平和正当的字眼儿,他全会用上。"

"可是还有报纸呢。"华特森喊道。

"报纸是不会跟正在执政的人做对的。他们会弄得你啼笑皆非。你不是已经领教过了吗?"

"难道那些到警察局采访的小伙子,不会把真情实况写出来吗?"

"他们会写得非常逼真,让公众都相信的。你要明白,他们是在别人的指示之下写报道的。他们是奉了命令来歪曲渲染的。等到他们把新闻登出之后,你就会给搞臭了。最好还是马上把这件事情了结。你的处境很糟!"

"可是开庭的日期已经定好了。"

"只要说句话,他们就会马上把案子了结。一个人总不能跟一部机器斗,除非他后面也有一部机器。"

三

不过，卡特尔·华特森很执拗，他完全相信这部政治机器会打败他，可是他一生都在寻求社会经验，再者，这件事也的确有点新鲜。

开庭的那天早晨，检察官又作了一次调解的尝试。

"如果你认为应当和解，我就要请一位律师来起诉。"华特森说。

"你别请律师啦！"检察官说，"我是由人民给我薪水，让我提出公诉的，我当然要提出公诉。可是让我告诉你，你一点胜诉的机会也没有。我们会并案办理的。你瞧着好啦。"

法官威特白格给华特森的印象很好。这个人年纪还轻，个子矮矮的，有点胖，却并不臃肿。一张聪明的脸上，胡子刮得干干净净，看样子，的确是个非常好的人。此外，再加上他的含笑的嘴唇，和那双黑眼睛的眼角上带着笑意的皱纹，给人的印象就更好了。华特森瞧着他，把他仔细研究过以后，觉得他的老朋友的推测十有八九是错的。

可是，华特森不久就明白了。帕茨·霍朗同他的两个党羽举出了大量的伪证。如果不是亲身经验，华特森绝不可能相信会有这种事。他们根本不承认当时还有另外四个人。至于这两个作证的家伙，一个声称他当时在厨房里，亲眼看到华特森无故殴打帕茨，另外一个说他在柜台里面，看见华特森在第二次和第三次冲进来的时候，打算揍死并没有惹他的帕茨。他们诬赖华特森骂人，他们捏造的那些词句下流已极，不堪入耳，使华特森觉得他们简直是在自露马脚，因为他绝不可能说出这样难听的话来。等到他们形容他怎样用凶狠的、骤雨似的拳头，打在可怜的帕茨脸上，又怎样没踢着帕茨，反而踢坏了一把椅子的时候，华特森虽然暗暗觉得好笑，可是也很难过——这种审判简直是一出滑稽戏。他也知道，人类要得到崇高的品德，一定要经过漫长的努力，可是当他看到人们居然会堕落到如此卑劣的地步，他就觉得实在不堪设想了。

他们把他描绘成一个无事生非、爱打架的人，真是使华特森本人也认不出自己了，甚至可以说，连他的仇恨最深的对头也认不出那就是他了。

不过,跟所有的混乱的伪证一样,他们的捏造也有许多破绽和互相矛盾的地方。那位法官不知怎的却不曾注意,检察官和帕茨的律师也是神色自若,只当没有听见。华特森本来没有把请律师的事放在心上,现在他很高兴,幸亏他没有请。

不过,等到他自己走上被告席,开始讲他自己的经过的时候,他仍然对法官威特白格多少抱着一点信心。

"法官大人,当时我正在街上随便溜达……"华特森才开口,就给法官打住了。

"我们这里并不是来考虑你以前的行为的。"法官威特白格粗鲁地说道,"谁先动手打人的?"

"法官大人。"华特森辩诉道,"关于具体的殴斗,我没有证人,我必须从头到尾地讲下去,才能说明事实的真相……"

他的话又给打断了。

"我们这儿并不要出版什么杂志!"法官威特白格吼道;他那样气势汹汹,恶狠狠地瞧着华特森,使华特森简直不能相信这就是几分钟之前他仔细瞧过的那个人。

"谁先动手打人的?"帕茨的律师问道。

检察官插嘴说,他要知道现在所审讯的是这两个合并起来的案子之中的哪一件,帕茨的律师根据什么权利在诉讼程序的这个阶段要求对证。帕茨的律师立刻用话来还击。于是法官威特白格就来干涉,声明他不知道这是把两个案子合并办理。这些全需要解释。接着就掀起了一场激烈无比的争论,结果,律师和检察官都向法庭道歉,然后又彼此道歉,才告结束。于是,审判就这样进行了下去。在华特森看来,这就像一群扒手在拿走了一个老实人的钱包之后,反而在他面前喧嚷、发火一样。总之,这部政治机器正在发挥它的作用,就是这么回事。

"为什么你要走到这个声名狼藉的地方去呢?"法官问他。

"我是一个研究经济学和社会学的人,多年以来,我总是喜欢让自己见识一下……"

可是,华特森的话说到这儿就给打断了。

"我们并不要听你讲这个学,那个学!"法官威特白格吼道,"这是一个直截了当的问题。你要直截了当地回答。当时你究竟喝醉了没有?这才是我要问的。"

等到华特森打算申述帕茨怎样用头来撞他,反而撞伤了自己的脸的时候,他们都公开地嘲笑他,认为他在胡说。法官威特白格又来教训他了。

"你在席上宣过誓,说你要讲的句句都是实话,这是严肃的事情,你明白吗?"法官质问道,"你现在讲的话非常荒唐。一个人居然会这样撞伤自己,而且不断地用他脸上娇嫩的地方来撞你的头,来继续撞伤自己,这是不合情理的。你是个有理性的人。你想,这种事是否合乎情理?"

"人在发脾气的时候,是不通情理的。"华特森温和地回答。

这句话深深冒犯了法官威特白格,当然也引起了他的义愤。

"你凭什么权利说这种话?"他大喊起来,"毫无必要。这种话跟这个案子丝毫不相干。先生,你是来对证事实的。法庭不想听你表示任何意见。"

"我不过是回答你的问题,法官大人。"华特森低声下气地辩诉道。

"你根本没有回答问题。"法官又吼起来了,"让我警告你,先生,让我警告你,你这样傲慢无礼,是可能得到一个藐视法庭的罪名的。我得让你知道,在这个小小的法庭里,我们是懂得怎么遵守法律和礼节的。我真替你害臊。"

等到卡特尔·华特森供述他在方多模酒店所遇到的情形时,他的话又给律师和检察官在法律问题上纠缠不休的争辩打断了。华特森一点也不怨恨,他只觉得又好笑又难过,他好像看见统治着他的祖国的大大小小的政治机器正在他眼前出现,他还看到了这些机器中的寄生虫正在一千座城市里干着那不受惩罚的、无耻的贪污勾当。目前的情形就是这样,这个法庭和这个法官靠着政治机器,对一个操纵着一串选票的下流酒店的老板就是这样俯首听命。这虽然是一件渺小的卑鄙事儿,可也是那部多面的政治机器的一面,它在每一座城市和每一个州里都潜伏着庞大的势力,并向整个国家投下它的阴影。

华特森耳朵里好像听到了一句熟悉的成语:"付之一笑"。有一次,正在他们争辩得最激烈的时候,他甚至咯咯地笑出声来,声音很响,引得法官威特白格狠狠瞪了他一眼。他觉得,这些欺压人的法律学家和这个欺压人的法官,简直比那最可恶的商船上的粗暴的大副还要坏上一万倍,那种家伙虽然欺压人,可是也要自卫。至于这批小坏蛋,他们却利用法律的威风来掩护自己。他们打人,但是不准任何人还手,因为他们有监狱和愚蠢的警察的棍子作为后盾,而且这些警察都是拿薪水的职业打手。不过,他并不怨恨。一看到他们的愚蠢可笑,他就忘了他们是多么粗鄙奸诈,他有一种苦中取乐的幽默感。

他虽然受到了多次的威吓和诘问,却终于设法把这件事简单明了、直截了当地讲了一遍,而且无论他们怎样唇枪舌剑,反复讯问,他的话都是无懈可击的。这跟帕茨和他的两个证人嘶喊出来的那一套伪证完全不同。

帕茨的律师同检察官都停止提出证据,也不再辩论,让法庭来作出判决。华特森对这种做法提出了抗议,可是检察官却告诉华特森,他是公诉人,他知道该怎么做,这样,华特森就给压得不做声了。

"据帕茨·霍朗供称,当时,他由于生命遭受威胁,被迫自卫。"法官威特白格的判决词是这样开始的,"华特森先生在供词中也提出了同样的理由。双方都声明是对方先动手,而且双方都声明他受到了对方的无故殴打。根据法律,被告应享有疑犯从宽的权利。本案显然是证据不足的。所以,就人民向卡特尔·华特森提出公诉一案,本庭宣布,被告卡特尔·华特森应享有疑犯从宽的权利,因此,应将被告予以释放。对于人民向帕茨·霍朗提出公诉一案,这种论断也同样适用。他也应当享有疑犯从宽的权利,由本庭予以释放。本庭建议,两案的被告应彼此握手讲和。"

华特森在晚报上看到的第一个标题就是:《卡特尔·华特森获释!》另一家报纸的标题是:《卡特尔·华特森免予罚金处分!》不过,最妙的却是有一家报纸上登着:《卡特尔·华特森,好汉子!》在下面的正文里他看到,法官威特白格怎样建议这两个打架的人彼此握手,他们怎样立刻照办。接下去,他还看到:

"'让咱们为这件事干一杯去。'帕茨·霍朗说。

"'好。'卡特尔·华特森说。

"于是,他们就手挽着手,缓步走向最近的一家酒店。"

四

华特森经过了这一场惊险,事后并不怨恨。这倒是一种新的社会经验,这件事还促使他写成了一部新的著作,把它题名为:《试论警察法庭的诉讼程序》。

一年之后,在一个夏天的早晨,华特森在他的农场下了马,独自从一个小小的山谷里爬上去,瞧瞧他在去年冬天种下的凤尾草。他从山谷里地势较高的一头走出去之后,就到了一片繁花似锦的草地。这是一个很可爱的幽僻的所在,周围有低矮的山坡和树丛把它跟外界隔开。他发现这儿有一个人,显然是从下边一英里之外的那座小镇上的一家避暑的旅馆里走上来散步的。他们脸对脸地碰上之后,彼此都认出了对方是谁。这个人就是法官威特白格。这种行为分明是犯了侵入罪,因为华特森在他的农场边界上竖有私人产业,禁止入内的牌子,不过他对这种事一向都没有认真执行。

法官威特白格伸出了一只手,可是华特森只当没有看见。

"政治是一种肮脏的行业,对吗,法官?"他说,"哦,我看见你的手啦,可是我不情愿握这种手。报纸上都说我在审判之后跟帕茨·霍朗握了手。你知道我没有,不过,让我告诉你,我宁可跟他和他手下的那批下流东西握一千次手,也不情愿握你的手。"

法官威特白格碰到这种难堪的局面,很不好受。正在他哼哼哈哈,想说点什么话的时候,华特森瞧着他,忽然产生一个念头,决计要狠狠作弄他一番。

"我想,像你这样学识渊博、人情通达的人,总是不会对我记仇的。"法官说。

"记仇?"华特森回答道,"当然不会。我生来不知道记仇。为了证明我对你并没有记仇,我要让你见识一件古怪的、你从来没见过的事情。"于是,华特森就在附近找了一下,拾起一块跟他的拳头一样大的粗糙的石头。"你看见这个了吧。瞧我。"

卡特尔·华特森说完了,立刻用石头朝自己的腮帮子上狠狠地砸了一下,砸得皮破血流,骨头也露了出来。

"这块石头太锋利了。"他对那位吓昏了、以为他疯了的法官说。"我搞得过头了。干这种事,要做得愈像真的愈好。"

于是,卡特尔·华特森另外找了一块光滑的石头,挑好地位,在他自己脸上捶了几下。

"嘿。"他轻声地说,"再过几个钟头,这些地方会变得又青又黑,非常好看。这就最容易叫人相信得过了。"

"你疯了!"法官威特白格颤声说。

"别对我用这种粗鲁的字眼!"华特森说,"你瞧见我这张皮破血流的脸没有?是你干的,是你用右手打的。你打了我两下——砰砰两拳。这是一种野蛮的、无故伤人的行为。我的生命受到了危险。我必须自卫。"

法官威特白格看见对方的两个气势汹汹的拳头,吓得忙往后退。

"你要是打我,我可要叫人把你抓起来。"法官威特白格威胁道。

"先前我对帕茨说的,也是这句话。"对方回答道,"你知道我跟他说这句话的时候,他怎么办吗?"

"不知道。"

"这样!"

就在这时候,华特森的右拳已经落在法官威特白格的鼻子上,打得这位法律界人士仰面朝天地倒在草地上。

"站起来!"华特森命令道,"你要算个上等人,就站起来——当初帕茨就是这么对我说的,这你是知道的。"

法官威特白格不肯起来,于是华特森抓住他的衣领,把他拖起来;这不过是为了好把他的一只眼睛打得青肿,让他再翻身倒下去。接着就好像一场红印第安人的虐杀。法官威特白格挨了一顿科学而人道的饱打。他的腮帮子挨了拳头,耳朵挨了巴掌,他的脸被按在草地上摩擦。而且,自始至终,华特森都是模仿帕茨·霍朗的方法表演的。有时,这位诙谐的社会学家还会很小心地给他真正凶狠的一拳,把他打伤。有一次,他把可怜的法官威特白格拖来之后,故意用自己的鼻子撞这位绅士的头。他的鼻子就流出血来了。

"瞧见了没有?"华特森一面喊,一面退后了一步,巧妙地让鼻血全流在自己的衬衫前襟上。"这是你干的。是你用拳头打的。太可怕了。我快给你打死了。我得再自卫一次。"

于是,法官威特白格脸上又挨了一拳,倒在草地上。

"我要叫人把你抓起来。"他躺在地上抽抽噎噎地说。

"这句话帕茨说过的。"

"真是野蛮。"他哼哼地禽动着鼻子,然后又说,"无缘无故——哼,哼——打人。"

"这句话,帕茨也说过。"

"我一定要叫人把你抓起来。"

"说得土一点,要是我抢了先,你就抓不了我。"

说完之后,卡特尔·华特森就走下山谷,骑上马,到镇上去了。

一个钟头之后,正在法官威特白格一颠一跛地回到旅馆去的时候,一个村子里的巡警,根据卡特尔·华特森提出的殴打伤人的控告,把他逮捕了。

五

"法官大人。"第二天,华特森对村子里的法官,一个三十年前在农业学院毕业的富农说道,"既然这个索尔·威特白格在我控告他殴打我之后,认为他应当控告我殴打他,我愿意建议你并案办理。这两个案子里的口供和事实都是一回事。"

法官同意了。于是,这两个案子就合并审讯。因为华特森是先起诉的原告,就由他先站起来,申述他的理由。

"当时,我正在采花。"他申诉道,"我在我自己的地里采花,做梦也没

319

有想到会有什么危险。可突然,这个人从树后面冲到我跟前。他说:'我是朵多①,我要揍死你。举起手来!'我笑了笑,可是他说完了,立刻砰砰揍了我两下,打得我躺到地上,把我的花撒得满地。他那些骂人的字眼真是难听。这完全是一种野蛮的、无故伤人的行为。你瞧我的腮帮子,瞧我的鼻子!我怎么也不明白。他一定是喝醉了。我受了惊,还没定下来,他就这样揍了我一顿。我的生命受到威胁,只好被迫自卫。我的话全说完了,法官大人,不过末了我还得再声明一句,我怎么也搞不清其中的道理。为什么他要说他是朵多?为什么他要无缘无故地打我?"

于是,索尔·威特白格就这样受了一堂关于伪证技巧的高等教育。过去,他在审判那些做好圈套的案子的时候,常常坐在警察法庭的高椅子上,宽容地听取那些假口供;现在,假口供头一次直接落到了他自己头上,而且,又是当他不曾高高地坐在法庭上,没有狱吏,没有警察的棍子和监狱作后盾的时候。

"法官大人。"他喊道,"这样的无耻谎言真是闻所未闻,居然会有这样不要脸的人……"

华特森立刻跳了起来。

"法官大人,我要抗议。口供的真假只能由法官大人来决定。提供证词的人只能说明事情的真相。至于他个人的意见,不论是一般性的,还是对我的,都同这个案子无关。"

法官摇了摇头,渐渐露出冷冷不快的神气。

"这一点说得很对。"他裁决道,"我真没有料到,威特白格先生,像你这样自称法官、精通法律的人,居然会干出这样违法的事来。先生,你的态度,你的作风,真像一个恶讼师。这是一桩简单的殴打伤人的案子。我们在这里是要决定谁先动手打人。我们不想问你对华特森先生个人品德的意见。现在,由你接下去讲。"

索尔·威特白格真是一肚子的气。如果他那片受伤肿胀的嘴唇不疼得那么厉害的话,他一定会咬住嘴唇,不再开口了。不过,他还是忍下了

---

① 《旧约·历代志》上第十一章的勇士,以利亚的父亲。

这口气,把事情的真实情节,简单地照实申述了一遍。

"法官大人。"华特森说,"我想请您问他一下,当时他在我的田地上干什么呢。"

"这个问题很好。先生,你在华特森先生的田地上干什么呢?"

"我不知道那是他的田产。"

"法官大人,这是一种非法的侵入。"华特森喊道,"我的警告牌是竖在很容易看到的地方的。"

"我没有看见什么警告牌。"索尔·威特白格说。

"我亲自见过。"法官厉声驳斥道,"那些警告牌都是显而易见的。先生,我要警告你。如果你在这种小事上也要颠倒黑白的话,那么,你那些比较重要的口供就更使人怀疑了。为什么你要殴打华特森先生?"

"法官大人,我已经声明过,我从来没有打过他一下。"

法官瞧了瞧华特森那张受伤肿胀的脸,就转过来瞪着索尔·威特白格。

"你瞧瞧那个人的脸!"他大声吼道,"如果你一下也没有打过他,他怎么会这样口歪鼻肿,伤痕满脸呢?"

"我已经声明过……"

"你要小心一点。"法官警告道。

"我会小心的,先生。我要说的句句都是实话。他用一块石头打他自己。他用两块不同的石头打他自己。"

"这种话讲得通吗?一个人只要不是疯子,难道会用石块打在自己脸上娇嫩的地方,会那样伤害自己,而且继续不断地伤害自己吗?"卡特尔·华特森质问道。

"这简直像是神话。"法官评论道,"威特白格先生,当时你是不是喝过酒了?"

"没有,先生。"

"你从来不喝酒吗?"

"有时喝一点。"

法官听了他的回答,沉思起来,露出一种老谋深算的样子。

321

华特森利用这个机会,对索尔·威特白格眨了眨眼睛,可是这位吃尽苦头的绅士却看不出在这种场合有什么幽默的地方。

"真是一桩奇怪的案子,真是一桩奇怪的案子。"法官在开始宣判之前声明道,"双方的口供竟然这样完全矛盾。除了当事人之外,又没有别的证人。双方都控诉对方殴打伤人。从法理上来看,我也无从判断真相。不过,我倒有一个私见,威特白格先生,照我看,从今以后,你还是别再走到华特森先生的田地上,最好离开这一带吧……"

"真是岂有此理!"索尔·威特白格不觉漏出了这么一句。

"坐下来,先生!"法官厉声命令道,"如果你再以这样的态度打断本庭的话,我可要认为你藐视法庭,判你罚金了。我警告你,我会判你很重的罚金的——你自己也是个法官,应该懂得法庭上的礼貌和尊严才是。现在由我来宣判:

"按照法规,被告应享有疑犯从宽的权利。刚才我已经说过,现在再重复一遍。从法理上来看,我也无从判断谁先动手打人。因此,非常抱歉。"说到这里,他停顿了一下,瞪了索尔·威特白格一眼,"对两案的被告,只好根据疑犯从宽的原则来处理。先生们,你们都被释放了。"

"让咱们为这场官司干一杯去。"在他们离开法庭的时候,华特森对威特白格说;可是那个受了侮辱的人却不肯同他挽着手,缓步走到最近的酒店里去。

万紫　雨宁 译

墨西哥人

一

　　谁也不了解他的历史——最不了解他的,是革命委员会里那些人。他是他们的"小神秘",他们的"大爱国志士",他按照自己的方式,为了即将到来的墨西哥革命,跟他们一样起劲地工作。他们过了很久才知道这回事,因为委员会里没有一个人喜欢他。他头一次到他们那些拥挤忙碌的房间里的那天,他们都疑心他是一个暗探——一个被狄亚士①的特务机关收买下来的爪牙。他们的同志当中有很多人都给关进了美国各地的普通监狱和军事监狱,另外有一部分人被戴上了脚镣手铐,甚至被押解到边境之外,面对着土墙排成队,给枪毙掉了。

　　这个小伙子给他们的头一个印象就不顺眼。他的确是个小伙子,还不满十八岁,从年龄来看,个子也不太大。他说他叫菲力普·利威拉,他的志愿是为革命工作。就是这些——完全没有废话,也没有进一步的解释。他站在那儿等着。他的嘴上不带一丝笑容,他的眼光也不和善。大个儿、急性子的保林诺·维拉心里一阵哆嗦。这个小伙子真是又可恶,又可怕,又难以捉摸。他的黑眼睛里含有一种毒蛇似的光芒。它们像冷酷的火焰一样燃烧着,仿佛含有无限的、凝聚的仇恨。他的眼光从那些革命者的脸上扫到了矮小的塞斯贝太太忙碌地使用着的那架打字机上。他只

---

① 狄亚士(1830—1915),墨西哥的反动独裁者,后来在一九一一年的资产阶级革命中被推翻。上面所谓的委员会即指当时领导革命的政党。

瞧了她一下,碰巧她正抬起头来,连她也感觉到那种说不出的眼光逼得她把工作停了一下。她只得把打好的字重新看一遍,再继续打那封她正在草拟的信。

保林诺·维拉探问似的瞧着阿列拉诺和拉摩斯,他们也探问似的瞧着他,然后彼此瞧着。他们眼睛里都流露着迟疑不决的神色。这个瘦长的小伙子是个来历不明的人,而且具有来历不明的人的一切叫人不安的气味。在这些正直的普通革命者的眼里,他好像一个不可理解的谜;当然,他们都对狄亚士和他的暴政抱有深切的仇恨,不过,这只是出于正直的普通爱国者的仇恨。现在在他身上却带有另外一种性质,他们都说不出所以然。可是,一向最容易冲动、喜欢说干就干的维拉,终于出来对付这个难题了。

"很好。"他冷冷地说,"你说你愿意为革命工作。把上衣脱下来,挂在那儿。让我来告诉你——来——告诉你水桶和抹布在哪儿。地板很脏。你先把它擦一擦,再去擦别的房间里的地板。痰盂也得倒干净。还有窗户也得擦擦。"

"这是为革命吗?"那个小伙子问道。

"这就是为革命。"维拉回答道。

利威拉用冷冷的怀疑眼光瞧了他们一遍,开始脱掉上衣。

"那么,好吧。"他说。

再也没有别的话了。他每天来干活——扫地,擦地板,把房间收拾干净。他总是在他们之中最勤快的人来工作之前,已经把炉子里的灰清好,把煤和引火柴弄来,把炉子生好。

"我可以睡在这儿吗?"有一次,他问道。

啊哈!原来是这么回事——狄亚士的爪牙到底现出原形来了!睡在革命委员会里——这分明是想探听他们的秘密、他们的名单,以及他们在墨西哥做地下工作的同志的住址。这个请求被拒绝了,利威拉再也没有提起这件事。他们不知道他睡在哪儿,也不知道他在哪儿吃饭,靠什么糊口。有一次,阿列拉诺打算给他两块钱。利威拉摇了一下头,不肯接受。等到维拉也过来,竭力劝他接受的时候,他说:

"我是为革命工作。"

进行现代的革命是需要钱的,但是委员会一直非常拮据。委员会里的成员虽然饿着肚子仍旧辛勤工作,日子再苦也不嫌苦;可是有时候,革命的成败,看起来又仿佛只是几块钱的问题。有一次,而且是第一次,房租拖欠了两个月,房东正在逼着大伙搬家。当时,菲力普·利威拉,也就是那个穿着可怜的破破烂烂的粗布衣服、打扫房间的小工,却在梅·塞斯贝的台子上放了六十块金币。这样的情形不止一次。有一回,忙碌的打字机上打出了三百封信(请求援助、请求有组织的劳工团体捐款的呼吁书,要求报纸编辑在新闻报道上主持公道的信,以及反对美国法院以高压手段对待革命人士的抗议书),因为没有邮票,都摆在桌子上没有寄出去。维拉的表已经不见了——那只老式的自鸣金表还是他父亲传给他的。梅·塞斯贝中指上一只金的结婚戒指也没有了。真是山穷水尽。拉摩斯和阿列拉诺无可奈何地捋着他们的长胡子。这些信一定得寄出去,然而邮政局对买邮票的人偏偏不能赊账。当时,利威拉戴上帽子就走了出去。他一回来,立刻把一千张两分的邮票放到梅·塞斯贝的台子上。

"我真有点疑心这是不是狄亚士的该死的钱?"维拉对同志们说。

他们扬了扬眉毛,都不能断定。可是那个为革命做清扫工的菲力普·利威拉,却不断地在必要的时候,掏出金元和银元交给委员会使用。

不过,他们还是没法喜欢他。他们不了解他。他的作风跟他们不同。他从来不吐露心事。他让你没法向他试探。他虽然是个年轻小伙子,他们却从来不敢大胆地去盘问他一下。

"也许他是个伟大而孤独的人吧,我不知道,我可不知道。"阿列拉诺无可奈何地说。

"他简直不近人情。"拉摩斯说。

"他的心灵已经麻木了。"梅·塞斯贝说,"光彩和笑容都给烧光了。他像一个死人,可是他又那么可怕地充满了生气。"

"他一定吃过很多苦。"维拉说,"没有吃过千辛万苦的人,绝不会像他这样——他还不过是个小孩子呢。"

然而,他们还是不能喜欢他。他从来不谈天,从来不问问题,从来不提任何建议。每逢他们谈起革命,谈得慷慨激昂的时候,他总是站在旁边听着,脸上毫无表情,仿佛一个死人,只有他的眼睛发出冷冷的寒光。他那双眼睛总是从这张脸瞟到那张脸,从这个说话的人瞟到那个说话的人,像寒光灼灼的冰凌一样刺人,让人觉得不安和狼狈。

"他不是暗探。"维拉对梅·塞斯贝表示自己的意见,"他是一位爱国志士。听我说吧,他是我们所有的人里面最伟大的爱国志士。我知道,我感觉得出来,我从心里和脑子里都感觉得出来。不过,我还是一点不了解他。"

"他的脾气很坏。"梅·塞斯贝说。

"我知道。"维拉说着,哆嗦了一下,"他用他那双眼睛瞧过我。那种眼光里没有爱,只有威胁,野蛮得跟猛虎一样。我知道,如果我万一不忠于革命的话,他会杀死我的。他没有感情。他就像钢刀一样无情,像冷霜一样凛冽。他就像冬天晚上,一个人在荒凉的山顶给冻死的时候的月光。我并不怕狄亚士跟他所有的刽子手,不过这个小伙子我可真怕他。我老实跟你说。我真害怕。他是死神的使者。"

不过,说服别人第一次给利威拉信任的,也是维拉。洛杉矶和下加利福尼亚之间的交通线断了。三个同志已经被枪杀在他们自己掘的坟墓里面。另外有两个同志又在洛杉矶给关进了美国监狱。联邦军的司令,璜·阿尔瓦拉多是一个恶魔。他破坏了他们的一切计划。他们已经不能再跟在下加利福尼亚积极活动的革命家,以及那儿新参加革命的人,取得联系了。

年轻的利威拉奉命南下。他回来的时候,交通线恢复了;璜·阿尔瓦拉多也死了。人们发现他死在床上,一把钢刀齐柄插进了他的胸口。这件事超过了利威拉所奉的命令,可是委员会里的人全知道他活动的情形。他们没有问他,他也没说一句话。他们只不过彼此交换着眼色,心照不宣。

"我早就跟你们讲过。"维拉说道,"这个小伙子会比任何人更使狄亚士害怕。他是个铁石心肠的人。他是上帝的铁腕。"

梅·塞斯贝曾经说过他脾气很坏,这一点,他们不仅感觉到了,而且还得到了实际证明。他露面的时候,不是嘴唇破了,就是脸青了一块,或者一只耳朵发肿。很清楚,他一定是在外面,在他吃饭、睡觉、赚钱,以及按照他们所不了解的方式活动的那个世界里,常常跟人吵架。后来过了一阵子,他开始为他们的宣传革命的小周报排字。然而有时候他又不能排字了,因为他不是指节上皮破血流,就是大拇指受了伤,毫无办法,或者无力地耷拉着一只胳膊,脸上流露出说不出的痛苦表情。

"流浪汉。"阿列拉诺说。

"准是个常到下流地方去的家伙。"拉摩斯说。

"可是他的钱是从哪儿弄来的呢?"维拉说,"就拿今天来说吧,刚才,我才知道他已经付清了纸钱——一百四十块钱。"

"他常常不来。"梅·塞斯贝说道,"他从来不说明原因。"

"我们应当派一个人侦查他一下。"拉摩斯提议道。

"我不想当这个侦探。"维拉说,"我恐怕你们会再也看不见我,除非是给我落葬。他的脾气太可怕了。他要是来了脾气,恐怕上帝也拦不住他。"

"在他面前,我觉得自己像个小孩子。"拉摩斯坦白地说。

"我觉得他是一种强大的力量——他好像原始人,好像野蛮的狼,咬人的响尾蛇,螫人的蜈蚣。"阿列拉诺说道。

"他是革命的化身。"维拉说,"他是革命的火焰和灵魂,他是无情地要求复仇的呼声,不过他并不叫唤,他只是一声不响地杀人。他好像一个在夜静更深时活动的煞神。"

"我想到了他,真要为他哭一场。"梅·塞斯贝说,"他没有朋友。他恨所有的人。对我们,他还能容忍一点,因为我们是在实现他的愿望。他很孤单……很寂寞。"她说到这里就抽抽噎噎地说不下去了,两只眼睛也模糊了。

利威拉的行踪的确神秘。有时,他们会一连一个星期看不见他。有一次,他甚至出去了一个月。结果,他总是出乎意料地回来了,而且回来之后,他既没有什么表示,也不说话,一下拿出许多金元,放在梅·塞斯贝的桌子上。此后,他会一连多少天,多少星期,把所有的时间都用来为革命委员会工作。接着,不定过了多久,他又每日白天出去。不过每逢这种时候,他总是早晨提早来,晚上待得很晚。阿列拉诺曾经发现他在半夜里排字,指节还是新肿起来的;要不然,就是他的嘴才给打破,还在流血。

二

紧要的关头快要到了。革命能不能发动起来,就得看革命委员会了,而革命委员会偏偏窘得厉害。现在比过去任何时候都需要钱,可是弄钱却愈来愈困难。爱国志士们已经拿出了他们的最后一分钱,现在再也拿不出来了。季节工——从墨西哥逃亡出来的、以劳役抵债的农民——捐出了他们的微薄工资的一半。可是还不够。多年的辛苦、密谋和地下工作,已经快要有收获了。时机已经成熟。革命成败未决。只要再加一把劲,再作一次最后的英勇努力,就会像在天平上加了一个砝码,把革命推向胜利。他们了解他们的墨西哥。只要一旦发动起来,革命就会自然而然地进行下去。狄亚士的整个政权就会像纸板的房子一样垮台。边境上正在准备起义。有一个美国人带领着一百名世界产业工人联合会的会员,正在等待越过边境的命令,去攻打下加利福尼亚。不过他需要枪支。同时,革命委员会跟大西洋那面的人也有联系,而他们也都需要枪支,其中有纯粹的冒险家、碰运气的军人、土匪、心怀不满的美国工会会员、社会主义者、无政府主义者、恶棍、从墨西哥流亡出来的人、逃出来的以劳役抵债的农民,以及在柯尔达伦和柯罗拉多的监狱里受尽鞭打之后逃亡出来、更加迫切要求战斗的矿工———切在这个混乱复杂的现代世界里给弄得流离失所和被抛弃了的不顾一切的人。而他们的不停的、永远的呼声,就是枪支和弹药,弹药和枪支。

只要让这群五花八门、不名一文的志在复仇的人冲过边界,革命就会爆发。海关,北部的港口,都会被他们占领。狄亚士也不能抵抗。他不敢驱使他的主要兵力来对付他们,因为他必须控制南方。可是南方也会到处燃起革命的火焰。人们会揭竿起义。他的防御会一个城池接一个城池地崩溃,一个州接着一个州地垮台。最后,胜利的革命军队,就会从四面八方汇合拢来,围攻狄亚士的最后据点——墨西哥城。

可是钱呢?他们有人,一个个迫不及待,都愿意拿起枪支。他们也认识那些肯出卖和运送枪支的商人。但是把革命培植到这种地步,已经把委员会的力量耗尽了。最后的一块钱也用掉了,最后的资源,以及最后一位挨饿的爱国志士的口袋都已经空了,而伟大的革命却仍然在天平上摆动。要枪,要子弹!这些拼凑起来的队伍必须得到武器。可是怎么办?拉摩斯叹息着他的被没收的产业。阿列拉诺惋惜着他年轻时的挥霍浪费。梅·塞斯贝在想,如果革命委员会里的人过去能够更节省一点,也许情形会有所不同。

"想想看,墨西哥能不能得到自由,居然要取决于区区的几千块钱。"保林诺·维拉说道。

他们的脸上都带着绝望的神气。他们本来把最后的希望都寄托在乔斯·阿马利诺身上;这个新近加入革命委员会的人曾经答应拿出钱来,可是他在齐华华自己的庄园里被捕,在他的马厩的墙边给当场枪毙了。消息刚刚传到。

利威拉跪在地上,正在揩地板。他抬起头瞧了瞧,手里拿着刷子,两只光膀子上尽是一点一点的脏肥皂水。

"五千块够吗?"他问道。

他们都显得万分惊讶。维拉点了点头,咽了一口唾沫。他说不出话来,可是霎时间他心里燃起了希望。

"订枪吧。"利威拉说。接着,他讲了许多话,他们从来也没听到他讲过这么多话。"时间很紧急。我准在三个星期之内把这五千块钱给你们送来。这样也好。到了那时候,天气会暖和一点,对打仗的人也好一点。再说,我也只能做到这样。"

维拉想压住心里的希望。这真叫人不能相信。自从他搞革命以来,不知有多少美妙的希望都破灭了。他相信这个衣衫褴褛的、革命的清扫夫说的话是真的,可是他又不敢相信。

"你疯啦!"他说。

"三个星期内。"利威拉说,"订枪吧。"

他站起来,放下卷着的袖子管,穿好了上衣。
"订枪吧。"他说,"现在我要走了。"

三

经过一阵忙乱,打了许多电话,吵吵闹闹之后,凯里的办事处在晚上开了个会。凯里的事务极忙,他的运气也不好。他把丹尼·华尔德从纽约请来,安排好了他跟比里·卡尔塞的拳击比赛,日期定在三个星期之后,不料卡尔塞受了重伤,已经躺了两天,他把这件事小心地瞒着体育记者。可是,没有代替卡尔塞的人。凯里发了许多电报到美国西部去,问遍了每一个合格的轻量级拳击家,但是他们都限于赛期和合同,不能前来。现在,又有了一点希望,可是不大。

"你的胆子可不小。"凯里见到利威拉,看了他一眼之后,就这样说。

利威拉眼睛里充满了深刻的仇恨,脸上却不动声色。

"我能打败华尔德。"他只说了这么一句。

"你怎么会知道?你见过他斗拳吗?"

利威拉摇了摇头。

"他闭上眼睛,用一只手,也能把你打倒。"

利威拉耸了耸肩膀。

"你怎么不说话?"拳行老板咆哮起来。

"我能打败他。"

"你究竟跟谁斗过拳呀?"迈克尔·凯里问道。迈克尔是老板的兄弟,开设着黄石赌场,在拳击比赛上赚了很多钱。

利威拉只狠狠地瞪了他一眼,没有回答。

老板的秘书,一个打扮得很花哨的年轻人,听得清清楚楚地冷笑一声。

"好吧,你认识罗伯兹。"凯里打破了这充满敌意的沉默,"他该来了。我已经派人去请他。坐下来等一会儿吧,不过,从你的模样看来,你可没有希望。我不能让这种狗屁的拳赛来使观众扫兴。圈子周围的票要卖十五块一张,这你总知道。"

后来,罗伯兹来了,显然带着几分酒意。他是个又高又瘦、无精打采的家伙。他走路的神气,跟他说话一样,也是那么平稳,那么慢吞吞的。

凯里开门见山地说:

"你听我说,罗伯兹,你夸过口,说你发现了这个墨西哥小子。你知道,卡尔塞的胳膊坏了。好吧,这个面黄肌瘦的小子今天居然厚着脸皮跑来,说他能代替卡尔塞。你倒说一说?"

"这蛮好,凯里。"他回答的声音慢吞吞的,"他能打。"

"照我看,接下去你就要说他能够打败华尔德啦。"凯里很快地顶了他一句。

罗伯兹慎重地考虑了一会儿。

"不对,我可不能说这种话。华尔德是个第一等好手,是拳王。不过,他不能一下子打倒利威拉。我知道利威拉。谁也不能使他慌张。我从来没见他慌张过。再说,他又是个能使双手的拳击家。他能够随便从哪个方向一拳打得人头昏眼花。"

"那是小事情。要紧的是,他能给观众看点什么?你这一辈子一直在培养和训练打拳的人,我佩服你的眼力。他能让大家看完后觉得钱没白花吗?"

"这不成问题,而且,他还会搞得华尔德筋疲力尽。你不了解这个小伙子。我了解。是我发现了他。他是个不会慌张的人。他是个魔鬼。如果有人问你,你可以说他是个魔术家。他那套自学的拳击,会使华尔德吓一跳,使你们大伙也吓一跳。我不能说他准会打败华尔德,不过他会打得很出色,让你们知道他是一个很有希望的拳师。"

"就这样吧。"凯里转过脸对他的秘书说,"给华尔德打个电话。我预先对他说过,如果我认为合适,我会叫他到这儿来。他就在对面的黄石赌场,把大把的钱扔出去出风头。"凯里又回过头来对这位教练说:"喝一杯,怎么样?"

罗伯兹呷了一口威士忌苏打,说起底细来。

"我从来也没告诉你我怎么发现了这个小家伙。几年前,他到教练场来。当时,我正在训练普列因,让他去跟德莱尼比赛。普列因这小子很缺德。他生来没有一点好心。他总是狠毒地打他的对手,害得我找不到人愿意跟他练。我看到这个挨饿的墨西哥小子正在周围晃荡,就不管三七二十一,抓住他,给他戴上拳击手套,让他进场。他比生牛皮还结实,就是没气力。他对拳击的规则一窍不通。普列因打得他很惨。可是他居然挺住了两个回合,也够他受的,后来他才昏倒。他不过是饿昏了。打坏了。你简直不认得他了。我给了他半块钱和一顿饱饭。你真该瞧瞧他怎样狼吞虎咽地吃下去的。他已经有两天没吃过一口东西了。我想,这一下他可完了。不料第二天他又来了,身体僵硬,还有点发肿。他要再赚半块钱和一顿饱饭。日子久了,他就打得好起来了。真是个天生的拳击家,结实得叫你不相信。他没有感情。他简直是块冰。我跟他认识了这么久,他从来没有一连说过十一个字。他只顾自己干活。"

"我见过他。"那位秘书说,"他替你干过不少活。"

"所有出名的小伙子都拿他试过。"罗伯兹承认道,"他也从他们那儿学会了本领。我看得出,他可以打倒他们当中的几个人。不过他的心并不在这上面。照我看,他从来也没喜欢过这一行。至少我觉得他是这样的。"

"最近几个月,他在那些小俱乐部里打过几趟。"凯里说道。

"不错。不过我不知道是什么东西影响了他。他忽然起劲了。他一出场就把所有的本地小伙子收拾完了。他好像需要钱,他的确也赢了一点,虽然从他的衣服上看不出来。他很古怪。没有人知道他的事情。也没有人知道他的日子是怎么混的。他甚至在斗拳的时候,也是一斗完就走,这一天就不见人影了。有时候,他会一连几个星期不露面。他不喜欢听别人的劝告。谁要能当上他的经理,准会发财,不过他不会考虑。可是等到你跟他谈条件的时候,你瞧吧,他会要现钱的。"

说到这里,丹尼·华尔德正好进来了。简直是大批人马。他的经理和教练也一块儿来了,他好像一阵风的刮进来,殷勤,和蔼,还带着征服一切的神气。他到处打招呼,对这个说句笑话,对那个反驳一句。他对每一个人,不是微微一笑,就是哈哈几声。这就是他的作风,这里面只有一部分是出于真心。他是个极会做作的人,他知道,在处世为人这套把戏里,殷勤是最好的法宝。其实,骨子里他只是个谨慎、冷静的拳击家和生意人。其余的都是假面具。那些了解他或者跟他谈过生意的人都说,一到银钱问题上,他就会现出丹尼的本来面目。凡是遇到谈生意的时候,他都要亲自到场,有的人甚至说他的经理是一个傀儡,惟一的作用就是替他开开口。

利威拉的为人不同。他的血管里流着印第安人和西班牙人的血液;他一动不动地默默坐在后面的角落里,只有他的黑眼睛在从这张脸扫到那张脸,注意着一切。

"原来是这么个家伙。"丹尼一面说,一面用审视的眼光把他预计中的对手上下打量了一番,"你好,老兄。"

利威拉眼睛里恶狠狠地冒着火,一点没有答礼的表示。他讨厌一切美国佬。而对这个美国佬,他简直是一见就恨。这在他也是很少有的情况。

"老天爷!"丹尼向老板开玩笑似的提出了抗议,"你不会要我同聋子哑巴斗拳吧。"笑声平息下去之后,他又挖苦起来。"如果这就是你找来的头等角色,洛杉矶一定也小得可以啦。你们究竟是从哪个幼儿园把他找来的。"

"他是个出色的小伙子,丹尼,请相信我。"罗伯兹辩护道,"他并不像他的外表那样容易对付。"

"况且票子都卖出去一半了。"凯里恳求道,"你一定得跟他斗,丹尼。我们找不到再好的了。"

丹尼漫不在意地、轻蔑地又打量了一下利威拉,然后叹了口气。

"我只好打得他轻一点。但愿他别一下给打死了。"

罗伯兹哼了一声。

"你可得小心点。"丹尼的经理警告道,"别跟不熟悉的对手冒险,那可能出事。"

"得啦,我会小心的。"丹尼微笑道,"我会一开始就把他掌握住,然后为了我的亲爱的观众,好好地照顾他。凯里,就这样打十五回合——然后

333

来个杀手,怎么样?"

"可以。"这就是凯里的答复,"只要你能做得像真的一样就成。"

"那么我们来谈生意吧。"丹尼停了一下,心里在盘算,"当然喽,还是门票的六成半,就跟同卡尔塞斗拳一样。不过我们的分法要有点不同。我得拿八成才合适。"他接着朝他的经理问了一句:"怎么样?"

经理点了点头。

"喂,你懂了没有?"凯里向利威拉问道。

利威拉摇了摇头。

"是这么回事。"凯里解释道,"拳师的收入一共是门票收入的六成半。你是个初学的,又没有名。你跟丹尼分这笔钱,两成归你,八成归丹尼。这是很公道的,对不对,罗伯兹?"

"很公道,利威拉。"罗伯兹同意地说,"你得明白,你还没出名呢。"

"门票收入的六成半一共是多少钱?"利威拉问道。

"唔,也许五千,也许可以多到八千。"丹尼插嘴解释道,"大概就是这么个数目。你那一份大约有一千到一千六。真不错,被我这样有名的人打败了,还能赚这么多钱。你还有什么话要说?"

可是,利威拉使他们大吃了一惊。

"谁赢谁拿全份。"他说得非常坚决。

满屋子一片死一样的沉默。

"这可像从娃娃手里把糖拿过来一样。"丹尼的经理说。

丹尼摇了摇头。

"我是个老于世故的人。"他解释道,"我并不怀疑裁判员或者各位在座的人。我也不想提到赌场老板和有时可能遇到的欺骗。我要说的就是,对于像我这样的拳击家,这笔买卖实在差劲。我玩稳当的。事情难说。也许我会折断胳膊,呢? 也许有人会给我下麻醉药。"他郑重地摇了摇头。"不论输赢,我都拿八成。你说怎么样,墨西哥人?"

利威拉摇了摇头。

丹尼火啦。现在,他下定了决心。

"好吧,你这个下流的墨西哥小鬼! 我真想马上把你的脑袋揍

334

下来。"

罗伯兹慢慢站起来把身子插在这两个对头当中。

"谁赢谁拿全份。"利威拉绷着脸重新说了一遍。

"你为什么一定要这样?"丹尼问道。

"我能打败你。"利威拉直截了当地回答。

丹尼把上衣脱下了一半。可是他的经理明白,这不过是一种要观众喝彩的把戏。衣服并没有脱下来,丹尼也让大家把他劝好了。人人都同情他。利威拉完全孤立了。

"你听我说,你这个小傻瓜。"凯里插嘴说,"你算不了什么。我们知道你在最近几个月里打败了几个小小的本地拳击家。不过丹尼是第一流的。打完这场以后,下一次他就要夺锦标了。你是个无名小辈。洛杉矶以外的人,都没听见过你的名字。"

"在这场比赛以后。"利威拉耸耸肩膀说,"他们会听见的。"

"你居然会想到你能打败我?"丹尼忍不住插嘴说。

利威拉点了点头。

"你好好考虑一下。"凯里劝告道,"想想,这等于在给你做广告。"

"我要钱。"这就是利威拉的答复。

"你一千年也赢不了我。"丹尼肯定地对他说。

"那么你为什么不同意呢?"利威拉反问道,"如果钱那么容易挣,你为什么不设法挣到手呢?"

"哎,好吧!"丹尼忽然信心百倍地叫道,"我要在台上打死你,小子——你敢这么挖苦我!把条件写下来,凯里。赢的人拿全份。登到体育栏里宣传一下。告诉他们这是一场报仇的拳赛。我要给这个初见世面的小子一点厉害。"

凯里的秘书正要写的时候,丹尼制止了他。

"等一会儿!"他转过来对着利威拉说,"体重呢?"

"到台边去磅。"利威拉回答道。

"办不到,蛮不讲理的小子。如果赢的人拿全份,我们就在早上十点钟磅体重。"

335

"那么赢的人拿全份了?"利威拉又问了一下。

丹尼点了点头。这就算决定了。他要在精力最饱满的时候上台。

"那就在十点钟磅体重。"利威拉说。

秘书的笔继续写下去。

"你轻五磅呀。"罗伯兹向利威拉抱怨道,"你吃亏太大了。单凭这一点你就输了。丹尼像公牛一样结实。你是个傻瓜。他一定会打败你的。你一点希望也没有。"

利威拉用冷冷的仇视的眼光代替了他的答复。现在,甚至连这个美国佬他也瞧不起,虽然过去他还认为他是所有的美国佬里面最正直的一个。

四

利威拉上台的时候,几乎没有人注意。欢迎他的,只有几下轻轻的、零零落落的冷淡的掌声。观众都不相信他。他不过是牵来让伟大的丹尼亲手宰割的羔羊。再者,观众又很失望。他们本来希望会看到丹尼·华尔德和比里·卡尔塞之间的一场激战,如今却只好将就着来看这个蹩脚的新手。还有,他们已经在丹尼身上押了二对一,甚至三对一的赌注,来表示他们对这种变动的不满。而对于这些打赌的观众来说,他们的钱押在哪儿,他们的心也就向着哪儿。

这个墨西哥小伙子坐到他那一角等着。时间一分钟一分钟地慢慢拖延下去。丹尼故意让他等着。这虽然是新鲜把戏,可是用来对付年轻的新手却一向很见效。他们这样坐下去,一面担着心事,一面瞧着冷漠无情、不断吸烟的观众,往往会变得害怕起来。不过这一次,这条诡计却落空了。罗伯兹说得对。利威拉从来没有慌张过。他比他们任何一个人的神经都更健全,比他们更有勇气,更沉着,他绝不会有这种神经过敏的情形。预料他那方面必然失败的气氛,对他毫无影响。他的助手都是些陌生的美国佬。他们都是废物——拳击比赛中的肮脏的垃圾,既无廉耻,又不中用。现在,连他们也泄了气,因为他们相信他们这一面是要失败的。

"现在,你可得小心点。"斯派德尔·海格尔特警告他。斯派德尔是他的主要助手。"你得尽量拖延时间——这是凯里嘱咐我的话。否则,报纸上就会说这又是一场狗屁比赛,而且会在洛杉矶对这场比赛散布更多的坏话。"

这一切都不是鼓励他的话。不过利威拉并没有放在心上。他鄙视拳赛。这是可恨的美国佬搞出来的一种可恨的把戏。先前,他开始搞这一行,到训练场里给别人当工具,只是因为肚子饿。他那不可思议的成绩,他觉得算不了什么。他恨这一行。直到他加入了委员会以后,他才为钱去斗拳,才发现这种钱容易赚。他并不是世界上第一个在自己瞧不起的职业上获得成功的人。

他没有去分析。他只知道这一场他一定要赢。不可能有其他的结果。因为在他后面,鼓励着他坚持信心的,是这个拥挤的场子里的人所梦想不到的一种更强大的力量。丹尼斗拳是为了钱,为了用钱换来的舒服生活。可是利威拉斗拳,却完全为了那些在他脑子里燃烧着的东西——惊心动魄的幻象;现在,他孤单单地坐在台上的一角,眼睛睁得大大的,一面等着他的诡计多端的对手,一面清清楚楚地看到了许多幻象,那都好像是他亲身经历过的。

他看见了里奥·布兰柯河畔白围墙的水力发电站。他看见六千个工人挨着饿,面无血色,还有许多七八岁的小孩子做着整日班的工作,一天只挣到十美分。他看到了许多脸色惨白的死尸般的染坊里的工人。他记起了他曾经听到他父亲把这种染房叫做"自杀洞",人只要在里面做一年工就会死掉。他看见了那个小院子。他母亲正在院子里烧饭,忙着粗杂的家务,还抽空来跟他亲热一下。他又看见了他父亲,身材魁梧,大胡子,宽阔的胸脯,他比任何人都仁慈,他爱所有的人,他的心非常宏大,因此那里面还能留一部分爱,流到妈妈和他这个在院子角落里玩耍的小淘气身上。那时候,他的名字并不叫菲力普·利威拉。他姓弗尔南德斯,这是他父母的姓。他的名字叫璜。后来,他自己把姓名改了,因为他发现弗尔南德斯是那些警察局长和宪兵们所痛恨的姓。

魁梧的、好心肠的霍亚金·弗尔南德斯!他在利威拉所见到的幻象

337

里占了一个很大的地位。那时候他还不懂,现在,回头一想,他懂得了。他好像又看见他在那个小印刷所里排字,或者在那堆满东西的桌子上,无休无止地、急促地写着一行行不整齐的字。他又看到工人们在那些不可思议的夜里,偷偷摸着黑,像做坏事的人一样,来跟他父亲聚会,一谈几个钟头,而他这个小淘气躺在角落里,却常常没有睡着。

他好像听见斯派德尔·海格尔特正在从遥远的地方对他说话:"不要一开头就躺下。这是命令。挨一顿打,挣点钱。"

已经过了十分钟,他还坐在他那个角里。丹尼仍然没有露面,很清楚,他要尽量要他那套诡计。

可是更多的回忆却滚滚地涌进了利威拉的脑海。那次罢工,或者不如说,老板停业,是因为里奥·布兰柯的工人支援了帕布拉的工人弟兄的罢工而引起的。那场饥饿,大伙到山里去找野果、树根和野菜,而吃了以后,肚子都疼得跟刀绞一样。还有那悲惨的光景:公司商店前面的一片空地;成千上万饥饿的工人;罗萨里奥·马丁纳兹将军,还有波尔弗里奥·狄亚士的军队;喷出死亡火焰的来复枪似乎永远不停地射击着,似乎工人们的罪孽永远要用自己的鲜血洗涤。还有那个夜晚!他看见那些敞车,高高地堆着被屠杀的人的尸体,就要开到维拉·克路兹,把它们喂给海湾里的鲨鱼。现在,他又爬到了恐怖的死人堆上,寻呀找呀,只看见他的爸爸和妈妈,给剥光了衣服,被砍得血肉模糊。他特别记得他妈妈的样子——只有她的脸露在外面,身体给几十具尸首压在底下。接着,波尔弗里奥·狄亚士的军队又用来复枪砰砰射击起来,而他跳下来,像被猎人追赶的小狗一样,一溜烟地跑开了。

一片很大的吼声传进了他的耳朵,好像海啸;他看见丹尼·华尔德率领着他的一班教练跟助手,正在从中央的过道走下来。场子里一片狂呼,观众都在欢迎他们所崇拜的必胜的英雄。人人都称赞他。人人都向着他。等到丹尼扬扬得意地弯下腰,从绳子下面钻到台上的时候,连利威拉的助手也兴奋起来,甚至可以说相当快活。丹尼的脸上频频露出微笑,他笑的时候,脸上处处都在笑,甚至眼角和眼珠里都在笑。从来也没见过这么和气的拳击家。他的脸仿佛一面宣扬好感和友谊的流动广告牌。他没有不认识的人。他隔着绳子向他的许多朋友逗趣,说笑,打着招呼。那些坐得远一点的,也都抑制不住崇拜的心情,高声喊着:"喂,丹尼!"这种快活的、表示亲爱的热烈的欢呼,足足持续了五分钟。

谁也不注意利威拉。在观众的眼光里,他好像并不存在。斯派德尔·海格尔特的浮肿的脸俯到利威拉的头边。

"别给他吓住了。"斯派德尔警告道,"记住命令。你得硬撑下去。不能躺下。你要是躺下了,我们奉了命令,会在更衣室里揍死你。明白吗?你只好拼。"

场子里开始鼓掌了。丹尼跨过拳击场走到了利威拉跟前。他弯下腰,用双手握住利威拉的右手,热忱地摇了几下。他那张一团笑的脸跟利威拉贴得很近。观众发出了称赞丹尼的运动家风度的喝彩声。他正在像弟兄一样亲热地招呼他的对手。丹尼的嘴唇动了几动,观众因为没有听见,都认为这是一位好心肠的运动家的客气话,又大声喝起彩来。只有利威拉听到了他的低低的声音。

"你这个墨西哥小耗子。"从丹尼的微笑的嘴唇里发出了嘘嘘的声音,"我要把你的屎也打出来。"

利威拉一动也不动。他并没有站起来。他只用眼睛表示了他的仇恨。

"站起来,你这个狗东西!"有人在绳子外面喊起来了。

观众因为他的行为没有运动家的风度,开始对他发出"嗤嗤"和"嘘嘘"的声音,可是他坐在那儿,一动也不动。等到丹尼跨过拳击场回去的时候,观众又对他大喝了一阵彩。

丹尼一脱下衣服,就听到一片"啊!"跟"哦!"的欢呼。他的身体十全十美,肌肉柔软、强健、有力,显得精神奕奕。他的皮肤光滑洁白,跟女人一样。他的身体非常优美,充满了弹性和力量。他在过去的几十次比赛里,早已证明了这一点。所有的体育杂志都刊登过他的照片。

等到斯派德尔·海格尔特从利威拉头上剥掉他的汗衫的时候,只听见一种哼声。黝黑的皮肤使他的身体显得更瘦了。他也有强壮的肌肉,不过没有他的对手的肌肉那样触目。观众由于疏忽而没有看到的是他那

339

宽阔的胸部。他们更没有料到的是他的肌肉纤维之坚韧,他的肌肉细胞的迅速反应,以及把他的全身变成一个出色的战斗机构的精密的神经系统。观众所看到的,只是一个棕色皮肤的十八岁的孩子,一副孩子似的身材。丹尼完全不同。丹尼是一个二十四岁的男子汉,他的体格是男子汉的体格。等到他们一同站在台中央,听着裁判员的最后嘱咐的时候,这种对比就更加鲜明了。

利威拉看见罗伯兹就坐在新闻记者背后。他比往日醉得更厉害,因此他说话的声音也更拉长了。

"别怕,利威拉。"罗伯兹拖长声调说,"他打不死你,记住这个。他会一开头就向你猛攻,你可别慌了手脚。你只要招架、躲避,然后跟他扭住。他不会伤得你太厉害的。你就当他是在训练场里打你好了。"

利威拉一点也没露出听见了这些话的样子。

"这个阴阳怪气的小鬼。"罗伯兹对坐在他旁边的那个人嘟囔道,"他总是这副神气。"

可是,利威拉并没有露出他那通常的仇恨眼光。一片由无数来复枪构成的幻象,搞得他眼花缭乱。他尽量望过去,一直望到高高的票价一元的座位上。观众的每一张脸都变成了来复枪。接着,他又看见了漫长的墨西哥边境,寸草不生,烈日当空,热得难受,他看见沿着这条国境线有无数衣衫褴褛的人群,他们就是为了等待枪支才待在那儿。

他站了起来,在他那一角继续等着。他的助手已经穿过绳子,爬了出来,随身带着自己的帆布矮凳。在四方形的拳击台的对角,丹尼正在盯着他。锣声一响,战斗就开始了。观众快活得狂呼起来。他们从来没见过一开头就这样动人的拳赛。报纸上说得很对。这是一场报仇的拳击。丹尼一下子就蹿到了全台四分之三的地方,面对着他的敌手。他的打算一看就明白,他要吃掉利威拉。他不是一下子猛攻一拳,两拳,或者十拳。他的拳头好像转得飞快的轮子,摧毁一切的旋风。利威拉大吃败仗。他简直给这位拳场老手从各个角度、各个方向挥来的一阵暴雨似的拳头压住了,淹没了。他垮下来,背靠在绳子上,裁判员把他们分开,他又立刻给打得靠在绳子上。

340

这不是斗拳。这是扑杀,这是残杀。任何观众,除了押下赌注的以外,都会在头一分钟里紧张得耗尽了精神。丹尼的确显出了他的一切本领——真是一场精彩的表演。观众太自信了,也太兴奋,太偏袒了,因此,他们居然没有注意到那个墨西哥人还好好地站着。他们把他忘掉了。他们几乎看不见这个人,因为丹尼的吃人的攻击已经把他遮没了。这样过了一分钟,两分钟。等到裁判员把他们拉开的时候,他们才清楚地看到了那个墨西哥人。他的嘴唇破了,鼻子也在流血。等到他转过来,蹒跚地过去跟丹尼扭到一起的时候,在他的背上,因为屡次靠着绳子,露出了一条条血印。可是观众没有注意到他的胸脯没有一起一落,他的眼睛还是和先前一样冷冷发光。过去在训练场的残酷战斗里,不知有多少雄心勃勃的拳手都在他身上练习过这种吃人的攻击。他从这种一次半块钱到一星期十五块钱代价的生活里,学到了熬过这类猛攻的经验——这是一所严酷的学校,他受到了严酷的训练。

　　接着,发生了一件惊人的事情。旋风似的、令人眼花缭乱的混战突然停顿了。利威拉独自一个站着。丹尼,勇不可当的丹尼,仰面朝天地倒下了。当他的知觉竭力要恢复过来的时候,他的身体哆嗦着。他不是摇摇晃晃地倒下去的,也不是直挺挺地慢慢翻倒的。利威拉的左拳突然向他右面死命一击,好像把他从半空中打了下来。裁判员用一只手把利威拉推到后面,就站在倒下去的格斗家面前,一秒一秒地数着。这样干脆地一拳打倒对方,看拳击比赛的观众照例是应该喝彩的。可是这班观众并没有喝彩。这件事太出人意料了。观众在紧张的沉寂中注意着报秒的声音,只有罗伯兹的欢呼声打破了这一片寂静。

　　"我跟你们说过他是个双手的拳击家!"

　　到了第五秒钟,丹尼脸朝下地翻过了身,数到七的时候,他跪起了一条腿,准备在数完九没数到十之前站起来。如果数到"十"他的膝盖还没离开地面,他就算"打败了","退出了战斗"。只要他的膝盖一离开地,他就算"站着",利威拉就立刻有了再打他的权利。利威拉一点也不放松。只要丹尼的膝盖离开了地面,他就会再打。他在丹尼身边绕着圈子,可是裁判员也跟着挡在他们两人当中,同时,利威拉也知道他数得很慢。现

341

在，所有的美国佬都跟他作对，连裁判员也是这样。

数到"九"的时候，裁判员猛力把利威拉向后一推。这是不公平的，可是这一推却使丹尼有机会站起来，嘴上又露出微笑。他几乎把腰弯成直角，用两臂护住脸和肚子，机灵地冲到利威拉怀里，跟他扭成一团。按照比赛的规则，裁判员应该阻止他，可是他没有把他拉开，丹尼就像一个给浪冲过来的蚌壳那样粘住利威拉不放，借此一点一点地恢复元气。这一回合的最后一分钟快完了，如果他能撑到底，他就会有整整一分钟的时间，让他坐在他那一角养养精神。他终于撑到了底，不管情况怎样绝望和恶劣，他还是继续微笑着。

"他总是笑的！"有人喊了一句。观众松了一口气，都高声大笑起来。

"那个墨西哥小子的一拳可真够厉害！"丹尼在他那一角里，上气不接下气地对那些为他拼命忙着的助手说道。

第二回合和第三回合都很平常。丹尼是个狡猾无比的拳场老将。他总是闪着，挡着，支持着，竭力要从第一回合所受的使他昏迷的打击下恢复过来。到了第四回合，他复原了。他虽然受到了猛烈的打击和震动，但是他的优良体质又使他恢复了精力。不过他不用吃人的战术了。这个墨西哥人原来是个蛮汉。他换了个法子，尽量发挥他最好的拳击本领。他是个诡计多端、拳术高强、经验丰富的老手，他虽然不能一拳把对方打倒，可是他已经开始有计划地用疲劳战术来攻打他的对手。利威拉打他一拳，他会反攻三拳，不过这只是要使对方疲劳，并不是致命的回击。要这样打了无数拳以后才会致命。他很佩服这个左右开弓的不知底细的人，他有用双拳快速出击的惊人本领。

为了抵抗，利威拉打出了一种叫人仓皇失措的左直拳。一次接连一次，他都用左直拳挡开了对方的一再攻打，使丹尼的嘴跟鼻子屡次受伤。不过丹尼是个多面手。就是因为这个，他才成了夺锦标的选手。他能够随意改变战术。现在，他专心采用接近战。他这种战术特别厉害，可以使他避过对方的左直拳。他引起了全场观众的一再热烈欢呼，随后他又出奇地切入对方的防线，朝对方的下巴向上一击，打得那个墨西哥人两足腾空，摔倒在垫子上。利威拉单膝跪着，尽量利用数数的时间休息，心里知道裁判员给他数得很快。

　　这样,在第七回合里,丹尼又得到了那种极恶毒地朝下巴向上一击的机会。他只打得利威拉倒退了两步,可是接着他就利用对方在这刹那之间无从抵挡的机会,一拳打得他裁到绳子外面。利威拉的身体一下撞到了下面的新闻记者们头上,他们立刻把他推回到擂台的绳子外面。他于是单膝跪着休息。裁判员一秒一秒地急急数着。他必须穿过绳子,钻到里面去,可是丹尼就在绳子里面等着他。现在,那个裁判员既没有干涉,也没有把丹尼推到后面。

　　观众快活得忘了形。

　　"打死他,丹尼,打死他!"有人喊道。

　　无数个声音随着叫起来,好像一片狼嗥。

　　丹尼用尽一切办法,可是利威拉不在数到九,而在数到八的时候,出乎意料地穿过绳子,安稳地跟丹尼扭到了一起。现在裁判员可忙起来了,他连忙把利威拉拉开,让他能够挨打,同时又让丹尼得到一个不公正的裁判员所能给他的一切便宜。

　　可是利威拉挺住了,他的脑子也清楚了。他们都是一样的。他们都是可恨的美国佬,他们都不公正。可是,在这最困难的时候,那些幻象却继续在他脑子里一闪一闪的——沙漠上热腾腾的漫长的铁路线,墨西哥的宪兵和美国的警察,监狱和拘留所,水塔旁边的流浪汉——眼前尽是他离开里奥·布兰柯和那次罢工之后,一路漂泊时所看到的种种污秽痛苦的景象。接着,他看到了光辉灿烂、席卷祖国的伟大的红色革命。枪就在他眼前。每一张可恨的脸都是一支枪。他是为了枪来斗拳的。他就是枪。他就是革命。他是在为全墨西哥斗争。

　　观众开始对利威拉发怒了。他为什么不接受给他指定的失败呢?当然,他是要失败的,可是他为什么要这样倔强呢?只有极少的人对他发生兴趣,这些人在赌徒里占有一定的比例,他们专押希望渺茫的赌注。他们相信丹尼会胜,可是他们仍然以四对十和一对三的比例,把钱押在这个墨西哥人身上。当时,大多数的人都在赌利威拉能支持几个回合。台边出现了大笔的赌注,有的人认为他不能撑过七个回合,有的人甚至说六个。

现在赢了的人,既然他们的冒险已经侥幸成功,在金钱上没有出入了,于是也就一同来给那位拳场的红人喝彩了。

利威拉一直不让对手把他打倒。在第八回合里,丹尼竭力想再来一次从下向上击的拳法,可是枉费气力。在第九回合里,利威拉又让观众大吃了一惊。他在跟丹尼扭到一起的时候,突然用一个迅速灵巧的动作挣脱开来,利用两个人身体之间的空隙,把右拳从腰边向上一击。丹尼倒在地上,只靠数数来挽救了。大家都给吓呆了。对方用丹尼自己的拳法把他打倒了。他那种出名的用右手从下巴向上打的拳法,居然打到他自己头上来了。利威拉并不打算在丹尼听到"九"站起来的时候,给他一下子。裁判员正在公开地阻挡着这一手,可是如果情形颠倒一下,轮到利威拉要站起来的时候,他就会避开的。

在第十回合里,利威拉有两次使用右拳向上击的手法,从腰边向对手的下巴猛击。丹尼要拼命了。他脸上仍然带着微笑,可是他重新用起他的吃人战术来了。他的拳头像旋风一样,然而不能伤害利威拉,而利威拉却在这种旋风似的、令人眼花缭乱的攻击之下,一连把他打倒在垫子上三次。现在,丹尼要恢复过来,已经没有那么快了,到了第十一回合,他的情况就很糟糕了。可是从这时起,直到第十四回合,他使出了拳击家的一切本领。他闪着、挡着、省力地斗着,尽量恢复气力。他利用一个成名的拳击家所懂得的一切卑鄙手段斗着。他使出了一切诡计和把戏,假装不留心地撞过去跟对方扭成一团,把利威拉的手套夹在他的胳膊同身体之间,并且用他手套顶住利威拉的嘴,堵得他不能呼吸。他常常在扭成一团的时候,用他那张皮破血流而带笑的嘴,对着利威拉的耳朵,说出许多下流不堪的侮辱他的话。而每一个人,从裁判员到观众,都向着丹尼,帮着丹尼。他们知道他在打什么主意。他虽然给一个无名小卒的这套惊人拳法打败了,他还是在集中一切力量,准备作致命的一击。为了要找一个机会,拼全力打上一拳,扭转局面,他故意让自己挨打;他时而试探,时而佯攻,时而诱敌,像从前有一个比他更有名的拳击家干过的一样,对准利威拉的腹部和颚骨双拳齐发。他能够办得到,因为他是以膂力大出名的,只要他站得住,他的两只胳膊就有这样的力量。

利威拉的助手在两个回合之间的休息中,一点也不用心照料他。他们挥动毛巾只不过是装装样子,并没有把多少空气扇到他那喘息不停的肺里。斯派德尔·海格尔特也来忠告他,可是利威拉知道那是不能听信的。每一个人都在跟他作对。他正在阴谋的包围之中。在第十四回合里,他又打倒了丹尼,裁判员数数的时候,他垂着双手,站在那儿休息。从对面的角落里,他听到了可疑的私语。他看见迈克尔·凯里走到罗伯兹那儿,弯下腰在悄悄说话。利威拉的耳朵在沙漠里受过锻炼,跟猫一样灵敏,他听到了几句不连贯的话。他想多听一点,因此,等到他的对手站了起来,他就乘势扭到一块,靠在绳子上面。

"非这样不可。"他听见迈克尔说,罗伯兹点点头,"丹尼一定得赢——否则我要输一大笔钱。我押了很大的赌注——我自己的钱。如果他撑过了第十五回合,我就垮了。这孩子会听你的话。去想点办法。"

从此以后,利威拉就不再看到幻象了。他们正打算愚弄他。他又打倒了丹尼,站在那儿,垂着双手。罗伯兹站起来了。

"这就算把他解决了。"他说,"回到你那一角去。"

他用的是命令口吻,就像他常常在训练场对利威拉说的一样。可是利威拉用仇恨的眼光瞧着他,仍然在那儿等丹尼站起来。后来在一分钟的休息时间里,拳场老板也走到他这一角来跟他说话。

"他妈的,你算了吧。"他用很低的、刺耳的声音说道,"你得躺下,利威拉。你听我的话,我会成全你的。下一次我会让你打倒丹尼。不过这一次你得躺下。"

利威拉瞧了他一下,表示他听见了,但没有露出同意或者不同意的眼色。

"你为什么不说话?"凯里愤愤地问道。

"你反正输定了。"斯派德尔·海格尔特帮腔道,"裁判员会叫你赢不了。听凯里的话,躺下吧。"

"躺下,小家伙。"凯里恳求道,"我会帮你夺到锦标的。"

利威拉没有回答。

"我一定会帮你夺到锦标的,帮我个忙吧,小家伙。"

锣声一响,利威拉就感到要出什么事情。观众可没有感觉到什么。他自己也不知道究竟有什么危险,不过反正是台上跟他有关系的事,而且已经事到临头。丹尼好像又有了先前那样的把握。他的大胆进攻使利威拉吃了一惊。这里面有鬼。丹尼冲了过来,利威拉不跟他交手。他闪到了旁边安稳的地方。丹尼一心要跟他扭到一起。这好像是那套鬼把戏里不可少的一步。利威拉往后一退,避开了,可是他知道,迟早仍旧要扭到一起,那条诡计总是要使出来的。他决计冒险把它引诱出来。他装作要在丹尼再冲过来的时候跟他扭在一起。可是,到了最后一刹那,正在他们的身体要碰到一起的时候,利威拉敏捷地猛然向后一退。就在那一刹那,丹尼的一角大喊"犯规"。利威拉把他们骗过了。裁判员迟疑地停顿了一下。他的话已经到了嘴边,不过始终没有说出来,因为楼座里传来了一个小孩尖叫的声音,"不讲道理!"

丹尼公开地咒骂利威拉,向他紧逼,可是利威拉跳开了。利威拉决计不再往他身体上打了。的确,这样他要失去一半赢的机会,可是他知道,如果他要打败丹尼,那就只有依靠远攻了。只要给他们一点机会,他们就会诬赖他犯规。这时,丹尼已经十分大意了。一连两个回合,他都在对那个不敢跟他近身作战的小伙子穷追猛打。利威拉一次又一次地挨打;为了避免危险的扭打,他挨了几十拳。观众看到丹尼终于恢复了优势,都跳了起来,发狂似的欢呼。他们什么也不明白。他们只看到他们的宠儿终于要得胜了。

"你为什么不斗!"观众愤怒地质问利威拉,"胆小鬼!胆小鬼!""拿出本事来,你这个狗东西!拿出本事来!""揍死他,丹尼!揍死他!""你一定要弄死他!揍死他!"

在全场的人中,只有利威拉是惟一冷静的人。就性格和血气来说,他是场子里最热情的人;可是他经历过的场面,比这不知要激烈多少倍。这种好像一阵阵越来越大的波涛似的一万人的齐吼,对他来说,不过是夏天黄昏里凉爽的微风罢了。

到了第十七回合,丹尼重振旗鼓。利威拉在挨了沉重的一拳之后,精神委顿。他的手无力地耷拉着,身体摇摇晃晃往后退了两步。丹尼觉得这正是机会。这个小家伙在他手掌之中了。利威拉就用这样的伪装,麻痹了他的警惕性,对他嘴上狠狠地打了一拳。丹尼倒了下去。他一起来,利威拉就用右拳对准他的脖子和颚骨向下一击,把他打倒。他这样一连打了三次。任何裁判员都不能说这种拳是犯规。

"喂,比尔!比尔!"凯里向裁判员央告着。

"我没法子。"裁判员悲惨地回答道,"我找不到他的碴儿。"

丹尼虽然被打败了,还是很英勇地不断地爬起来。凯里跟其他靠近圈子的人连忙大喊警察,要他来阻止他们再赛下去,可是丹尼的一场外指导却不肯丢下毛巾认输。利威拉看见那个胖警官正在笨手笨脚地从绳子下爬过来,还搞不大清楚他是来干什么的。在美国佬的这种比赛里,不知道有多少骗人的诡计。丹尼就在他面前站着,像喝醉了酒似的无力地摇晃着。裁判员和警官一齐过来,正要拉开利威拉时,他已经打下了最后一拳。用不着再阻止这场比赛了,因为丹尼并没有起来。

"数!"利威拉厉声对裁判员喝道。

数完之后,丹尼的助手就把他抬起来,弄到他那一角去了。

"谁赢啦?"利威拉问道。

裁判员老大不情愿地抓住他那戴着手套的手,把它举了起来。

谁也没向利威拉祝贺。他独自走到他那一角,他的助手连凳子也没有给他摆好。他背靠在绳子上,用仇恨的眼光瞧着他们,然后又把这仇恨的眼光向周围扫过去,直到看遍了全场的美国佬。他的膝盖在下面抖着,他筋疲力尽地抽噎着。那些可恨的脸在他面前来回晃荡着,他头晕得要呕吐。接着,他就想起了他们是枪。枪是他的了。革命可以进行下去了。

万紫　雨宁译

"插图本名著名译丛书"书目

（按著者生年排序）

第 一 辑

书　名	著　者	译　者
荷马史诗·伊利亚特	[古希腊]荷马	罗念生　王焕生
荷马史诗·奥德赛	[古希腊]荷马	王焕生
一千零一夜		纳　训
神曲(地狱篇、炼狱篇、天国篇)	[意大利]但丁	田德望
十日谈	[意大利]薄伽丘	王永年
堂吉诃德(上下)	[西班牙]塞万提斯	杨　绛
培根随笔集	[英]培根	曹明伦
罗密欧与朱丽叶——莎士比亚悲剧选	[英]威廉·莎士比亚	朱生豪
威尼斯商人——莎士比亚喜剧选	[英]威廉·莎士比亚	朱生豪
鲁滨孙飘流记	[英]丹尼尔·笛福	徐霞村
格列佛游记	[英]斯威夫特	张　健
忏悔录(上下)	[法]卢梭	范希衡　等
少年维特的烦恼	[德]歌德	杨武能
浮士德	[德]歌德	绿　原
傲慢与偏见	[英]简·奥斯丁	张　玲　张　扬
红与黑	[法]司汤达	张冠尧

I

希腊神话和传说(上下)	[德]古斯塔夫·施瓦布	楚图南
高老头 欧也妮·葛朗台	[法]巴尔扎克	傅雷
普希金诗选	[俄]普希金	高莽 等
巴黎圣母院	[法]雨果	陈敬容
悲惨世界(一二三四五)	[法]雨果	李丹 方于
基督山伯爵(一二三四)	[法]大仲马	李玉民
三个火枪手(上下)	[法]大仲马	李玉民
安徒生童话故事集	[丹麦]安徒生	叶君健
死魂灵	[俄]果戈理	满涛 许庆道
汤姆叔叔的小屋	[美]斯陀夫人	王家湘
雾都孤儿	[英]查尔斯·狄更斯	黄雨石
双城记	[英]查尔斯·狄更斯	石永礼 赵文娟
简·爱	[英]夏洛蒂·勃朗特	吴钧燮
呼啸山庄	[英]爱米丽·勃朗特	张玲 张扬
猎人笔记	[俄]屠格涅夫	丰子恺
罪与罚	[俄]陀思妥耶夫斯基	朱海观 王汶
包法利夫人	[法]福楼拜	李健吾
海底两万里	[法]儒勒·凡尔纳	赵克非
八十天环游地球	[法]儒勒·凡尔纳	赵克非
复活	[俄]列夫·托尔斯泰	汝龙
战争与和平(一二三四)	[俄]列夫·托尔斯泰	刘辽逸
安娜·卡列宁娜(上下)	[俄]列夫·托尔斯泰	周扬 谢素台
小妇人	[美]路易莎·梅·奥尔科特	贾辉丰
百万英镑——马克·吐温中短篇小说选	[美]马克·吐温	叶冬心
汤姆·索亚历险记	[美]马克·吐温	成时
最后一课——都德中短篇小说选	[法]都德	刘方 陆秉慧
羊脂球——莫泊桑短篇小说选	[法]莫泊桑	张英伦
一生	[法]莫泊桑	盛澄华
变色龙——契诃夫短篇小说选	[俄]契诃夫	汝龙

泰戈尔诗选	[印度]泰戈尔	冰 心 等
麦琪的礼物——欧·亨利短篇小说选	[美]欧·亨利	王永年
名人传	[法]罗曼·罗兰	傅 雷
约翰-克利斯朵夫(一二三四)	[法]罗曼·罗兰	傅 雷
童年	[苏联]高尔基	刘辽逸
在人间	[苏联]高尔基	楼适夷
我的大学	[苏联]高尔基	陆 风
绿山墙的安妮	[加拿大]露西·蒙哥马利	马爱农
热爱生命——杰克·伦敦小说选	[美]杰克·伦敦	万 紫 等
一个陌生女人的来信 　——斯·茨威格中短篇小说选	[奥地利]斯·茨威格	张玉书
变形记——卡夫卡中短篇小说全集	[奥地利]卡夫卡	叶廷芳 等
了不起的盖茨比	[美]菲茨杰拉德	姚乃强
老人与海	[美]欧内斯特·海明威	陈良廷 等
钢铁是怎样炼成的	[苏联]尼·奥斯特洛夫斯基	梅 益
静静的顿河(一二三四)	[苏联]米·肖洛霍夫	金 人